CEZAR

ALESSANDRO GRECO

CEZAR

A HISTÓRIA DE LUIZ CEZAR FERNANDES, QUE CONSTRUIU OS DOIS MAIORES BANCOS DE INVESTIMENTO DO BRASIL E REVOLUCIONOU O MERCADO FINANCEIRO

PREFÁCIO DE
ANDRÉ ESTEVES

1ª edição

best.
business

RIO DE JANEIRO – 2025

FOTO DE CAPA
Leo Aversa

PROJETO GRÁFICO E DIAGRAMAÇÃO
Abreu's System

CIP-BRASIL. CATALOGAÇÃO NA PUBLICAÇÃO
SINDICATO NACIONAL DOS EDITORES DE LIVROS, RJ

G829c Greco, Alessandro
Cezar : a história de Luiz Cezar Fernandes, que construiu os dois maiores bancos de investimento do Brasil e revolucionou o mercado financeiro / Alessandro Greco. – 1. ed. – Rio de Janeiro : Best Business, 2025.

ISBN 978-65-5670-066-3

1. Fernandes, Luiz Cezar, 1945-. 2. Sucesso nos negócios. 3. Banqueiros – Brasil – Biografia. I. Título.

25-100392.1 CDD: 332.1092
CDU: 929:336.711

Gabriela Faray Ferreira Lopes – Bibliotecária – CRB-7/6643

Texto revisado segundo o novo Acordo Ortográfico da Língua Portuguesa.

Citação de *Fausto* (p. 9): tradução de João Barrento (Autêntica, 2023)

Impresso no Brasil

ISBN 978-65-5670-066-3

Para Gabriela, companheira de jornada

"Um homem criativo é motivado pelo desejo de alcançar, não pelo desejo de vencer os outros."

Ayn Rand, escritora, dramaturga,
roteirista e filósofa norte-americana de origem russa

ESPÍRITO:

Nas vagas da vida, vendavais de
acção,
Me vês subir, descer,
Tecer fios neste pano!
Nascer e morrer,
Eterno oceano,
Alternando a trama,
A vida uma chama,
E sentado ao tear vibrante do Tempo
Teço à divindade o seu manto vivo.

JOHANN WOLFGANG VON GOETHE em *Fausto*

Sumário

Prefácio 13

Serra da Estrela 17

1. Seja determinado em tudo o que fizer 23
2. Não tenha medo de mudanças no meio do caminho 37
3. Seja teimoso no crescimento pessoal 71
4. Defenda aquilo em que acredita 91
5. Sonhe muito, não deixe de sonhar 133
6. Trabalhe com pessoas mais capacitadas do que você 155
7. Tenha muitos projetos a realizar, não fique somente com um ou dois 203
8. Não espere reconhecimento de ninguém a quem você ajudou 253
9. Olhe sempre para o futuro, mas prepare-se para ele no presente 269
10. Fale a verdade, sai sempre mais barato 303

Fênix 319

Agradecimentos 323

Fontes 325

Índice 335

Prefácio

Conheci o Cezar num tempo em que o Pactual tinha pouca estrutura, mas já muita ambição. Não havia grandes formalidades, organograma ou manual de cultura. O que existia era um grupo muito qualificado disposto a construir algo diferente, e ele era uma das poucas pessoas no mercado financeiro brasileiro que enxergavam gente antes de enxergar cargo. A maioria das decisões importantes sobre quem ficava, quem crescia e quem tinha futuro passava, de algum jeito, pelo olhar dele. E não era um olhar genérico — ele prestava atenção nas pessoas com uma curiosidade genuína, tentando entender quem tinha fibra, quem tinha vontade, quem aprendia rápido. Isso virou parte do DNA do banco até os dias atuais.

Cezar foi o principal responsável por eu me tornar sócio do banco. Se não fosse por ele, talvez minha história ali tivesse sido outra. Sempre teve essa obsessão por talento — não como discurso, mas como prática diária. Não estava atrás apenas de currículo, e sim de gente que pudesse carregar cultura, ensinar e multiplicar. Isso moldou o Pactual mais do que qualquer apresentação ou planejamento estratégico, e esse jeito ficou como marca mesmo depois da saída dele.

Ao longo do tempo, entendi que o maior legado dele não foi uma transação ou uma tese de investimento, e sim a cultura de acreditar que instituições só ficam de pé quando chamam as pessoas certas para construir junto. Ele nunca tratou esse tema como abstração. Sabia dizer quando alguém não estava pronto e, ao mesmo tempo, apostar em quem tinha margem para crescer. Essa combinação de exigência e visão de gente criou uma marca que sobreviveu ao tempo.

O mais curioso é que ele fez tudo isso sem precisar protagonizar. O ambiente no banco sempre foi de decisões colegiadas, cujo bom argumento sempre é o vencedor da discussão por mais acalorada que seja. Quando o Pactual começou a crescer mais rápido, muita gente atribuía o ritmo ao capital, ao momento ou à estratégia. Quem viveu por dentro sabe que havia um componente menos visível e muito mais determinante: a escolha das pessoas. E nisso a influência de Cezar foi central.

O livro escrito por Alessandro Greco carrega essa perspectiva. Não tenta transformar lembrança em monumento, nem usa o distanciamento como desculpa para reescrever a história. Para quem esteve lá, muita coisa aparece nas entrelinhas. Para quem não esteve, fica claro como decisões, perfis e timing se misturam na construção de uma instituição vencedora.

Escrever este Prefácio não é gentileza, nem formalidade. É registrar o impacto de alguém que ajudou a formar gente, criou um marcante DNA corporativo e definiu padrões que continuaram mesmo depois da sua saída. No meu caso, é também um reconhecimento pessoal. A melhor prova do que ele acreditava está no fato de eu estar escrevendo estas linhas. O capital humano sempre foi a grande tese dele — e talvez os sócios atuais do BTG Pactual sejam o exemplo mais direto disso.

André Esteves

Chairman *e sócio sênior do* BTG *Pactual*

CEZAR

Serra da Estrela

"O maior erro que você pode cometer é o de ficar o tempo todo com medo de cometer algum (erro)."

ELBERT HUBBARD, filósofo e escritor norte-americano, autor de *Mensagem a Garcia*

Março de 2004

O Fiat Linea deslizava suavemente pela autoestrada que liga a Serra da Estrela à cidade de Braga, em Portugal.

— Olha aquele Jaguar atrás da gente. Ele está nos seguindo.

— Você tá louco. Ninguém vai seguir a gente em Portugal.

— Vou sair da estrada. Se ele estiver seguindo a gente, vai sair junto.

Logo à frente, em uma saída vicinal, o motorista do Fiat sedan enxergou o pátio de uma fábrica enorme aberto. Não teve dúvida: entrou nele e ficou escondido. Dez minutos depois, nada do Jaguar. Problema resolvido, o Fiat voltou tranquilamente à pista.

— Ele continua atrás da gente — falou o motorista.

— Verdade — respondeu a passageira.

— É sequestro — pensou alto e pisou no acelerador.

Na virada da década de 1980 para 1990, o Brasil viveu uma grande onda de sequestros de empresários iniciada em 1989 com o cativeiro do então presidente e maior acionista do Grupo Pão de Açúcar, Abilio Diniz, libertado após sete dias. Pouco depois, Roberto Medina, criador do Rock in Rio, um dos maiores festivais de música do planeta, passou quinze dias nas mãos de sequestradores quando se preparava para realizar a segunda edição do evento. Um ano e meio depois foi a vez do publicitário Washington Olivetto, da agência de publicidade W/Brasil, criador de alguns dos slogans mais famosos do país, ficar 53 dias em cativeiro. A situação começou a arrefecer somente após 1995, com a criação do Disque Denúncia no Rio de Janeiro, que em um momento posterior serviu de modelo para instituições em outros estados brasileiros.

Ao avistar uma estrada ladeada de eucaliptos, o Fiat não teve dúvida. Entrou, na certeza de que o Jaguar nunca viria atrás no caminho todo esburacado. Afinal, faria um estrago danado no carro — uma preocupação que não existia com o Fiat alugado semanas antes. Parado, escondido no meio da floresta e convencido de que o Jaguar havia desistido, ele acelerou tranquilamente pela estrada cheia de corcovas deixadas pelos caminhões que trafegavam retirando os eucaliptos. Na saída, do outro lado da floresta, o casal respirou aliviado até olhar novamente pelo retrovisor.

— O Jaguar...

— Já sei — interrompeu o agora apavorado motorista, e acelerou, arranhando o histórico câmbio duro do bólido e testando seu limite de velocidade e sua resistência estrutural. Entrou em uma cidadezinha, arrancando as placas do canteiro central com o nome do local, as distâncias e orientações de trânsito.

Firme e forte, o Jaguar continuava no retrovisor, sem dar sinais de que iria desistir. Uma concorrência desleal entre motores e pilotagem, embora o motorista do Fiat tivesse — e ainda tenha — certeza de sua grande habilidade ao volante. No entanto, sabendo que não tinha chance alguma de continuar naquela corrida maluca por muito tempo, ele começou a procurar uma saída. E achou.

Pouco à frente, um açude ladeado por uma estrada onde passava apenas um carro. Seguro de ter achado A SOLUÇÃO, o motorista do Fiat não pensou duas vezes e entrou rasgando por ali. Do outro lado da pista havia um precipício; se o Jaguar tentasse ultrapassá-lo e bloqueá-lo, bastava jogá-lo morro abaixo — um clássico Davi contra Golias. Mas a história não quis se repetir, e o Davi Fiat teve seu plano frustrado pela chegada acelerada de dez viaturas de polícia bloqueando a passagem à sua frente, e mais dez atrás do Jaguar. Assustado, o casal desceu do carro e o motorista do Fiat, tomando a devida bronca, se explicou:

— Meu nome é Luiz Cezar Fernandes, tenho uma fazenda lá no Brasil, crio ovelhas e os cachorros comeram um monte delas. Um amigo me disse que na Serra da Estrela tinha uma raça de cachorro que protegia as ovelhas, e eu e minha mulher, Cecilia, viemos vê-lo. — E apontou para sua companheira, a passageira assustada. — Fui dono de dois bancos de investimento, o Garantia e o Pactual, lá no Brasil.

Incrédulo, o policial foi checar as informações do carro achando absolutamente estranha aquela história de ovelhas e bancos contada pelo senhor de barba branca com um cachimbo na mão. Após alguns minutos, tudo certo com o carro e com os documentos do casal. Havia apenas um detalhe: as infrações de trânsito cometidas por Cezar. Valor: 49 euros.

Com a tranquilidade de quem sabe que acabou de se safar de uma situação potencialmente perigosa, ele não teve dúvida: entregou uma nota de 50 euros para o policial.

— Não posso receber. Tem de ser 49.

— Eu não tenho trocado…

— Então não pode ir embora. Teremos de ir até a delegacia.

— Por quê?

— Cinquenta não é 49. Não posso lhe dar troco aqui. Tem de ser feito na delegacia. É a lei.

— Tá, mas o que eu fiz?

Vendo a situação, a moça que estava no Jaguar entrou na conversa:

— O senhor estava vindo da região da Serra da Estrela, na divisa com a Espanha. Meu marido — apontando para o motorista do Jaguar — é do serviço secreto português, e estamos monitorando a região devido aos atentados que ocorreram em Madri.

Semanas antes, em 11 de março, explosões simultâneas nos trens suburbanos da cidade haviam matado 193 pessoas e ferido 2.050. Ela completou, entregando 50 euros trocados a Cezar:

— Achamos que os terroristas poderiam ter atravessado para Portugal por esse caminho, e que talvez o senhor fosse um deles.

Com uma cara entre o surpreso e o "finalmente entendi alguma coisa", Cezar agradeceu, pegou o dinheiro, pagou os 49 euros para o policial e seguiu viagem, não sem antes agradecer ao casal.

Fundar os dois mais icônicos bancos de investimento brasileiros — Garantia e Pactual (atualmente BTG Pactual) — e criar ovelhas são apenas pequenos exemplos do que Luiz Cezar Fernandes fez desde que começou a trabalhar, em 1957, servindo café para os funcionários administrativos do Club Athletico Paulistano, local frequentado pela elite da cidade de São Paulo. Ele contribuiu ativamente para a criação da Selic, do Cetip e do CDI, siglas que estão diariamente na boca de economistas, influenciadores, políticos e pessoas comuns, e para a reestruturação de empresas como Fundição Tupy, Mesbla, Varig, Lacta, entre tantas outras.

No tempo livre, Cezar se dedica à sua maior paixão, a bricolagem — a arte de fazer trabalhos e reparos usando habilidades manuais sem ser um especialista no tema. Sim, por mais estranho que pareça, ele conserta e constrói móveis. Uma cama e duas mesas laterais que fez no início da década de 1970 continuam habitando sua casa no Rio de Janeiro, embora nem sempre a bricolagem ocorra como deveria. Ou, melhor, o horário dela. O vizinho do apartamento de cima de São Paulo já foi acordado por uma furadeira quando Cezar descobriu como resolver um problema na fixação de um lustre que o atormentava durante semanas. O horário não podia ser mais adequado: três da manhã. Apenas na semana seguinte, ao receber uma carta do condomínio, ele se deu conta de que tinha escolhido um momento absolutamente errado.

O lustre ficou perfeitamente encaixado no teto, embora a broca tenha ficado imprestável para novos serviços — Cezar tinha furado uma laje, parte da estrutura do edifício, o que necessitou de um tanto de força da parte dele. Na época, em 2023, aos 77 anos, ele se recuperava da covid-19, que quase o matou.

Este livro conta a jornada do menino que saiu de casa aos 12 anos porque não aguentava mais apanhar de cinto do pai para se tornar, com suas ideias e ações, uma figura icônica do mercado financeiro. Uma história moldada por tragédias e triunfos profissionais e pessoais, e que continua a se desenrolar, regida pelos dez mandamentos que ele criou para si mesmo:

1. Seja determinado em tudo o que fizer.
2. Não tenha medo de mudanças no meio do caminho.
3. Seja teimoso no crescimento pessoal.
4. Defenda aquilo em que acredita.
5. Sonhe muito, não deixe de sonhar.
6. Trabalhe com pessoas mais capacitadas do que você.
7. Tenha muitos projetos a realizar, não fique somente com um ou dois.
8. Não espere reconhecimento de ninguém a quem você ajudou.
9. Olhe sempre para o futuro, mas prepare-se para ele no presente.
10. Fale a verdade, sai sempre mais barato.

1

Seja determinado em tudo o que fizer

> "Sim, a vida pode ser maravilhosa se não se tem medo dela."
>
> CHARLES CHAPLIN, ator, comediante, compositor, roteirista, cineasta, editor e músico britânico

A cidade de Santa Rita do Passa Quatro, no interior paulista, tem, em pleno 2025, segundo o censo demográfico do IBGE, exatos 24.833 mil habitantes. Em 1945 o número ficava perto de 13 mil, e a família Fernandes havia acabado de chegar ao local, vinda do Sul. O pai, Luiz, a mãe, Maria (Mariúcha) — carregando um bebê na barriga —, e o filho mais velho, Luiz Carlos (Lica), com 2 anos.

Ninguém garante, mas, segundo a lenda familiar, Luiz havia sido enviado ao norte do Paraná pelo irmão, Nelson, então presidente da Refinações de Milho Brasil, com o objetivo de ensinar os agricultores da região a plantar milho em uma área tradicionalmente usada para cultivo de café. A empresa fizera um acordo com a Companhia Melhoramentos Norte do Paraná para desenvolver o plantio de milho na região, e Luiz havia tocado o trabalho até ser chamado de volta para sua cidade natal pelo irmão a fim de ajudá-lo em suas ambições políticas.

Nelson era presidente do diretório estadual do Partido Trabalhista Brasileiro (PTB) e queria expandir sua base política com o objetivo de suceder a Getúlio Vargas, ex-presidente brasileiro que acabara de renunciar, colocando fim ao Estado Novo — que suprimira a liberdade partidária, a independência dos três poderes e dera a Vargas o poder de fechar o Congresso Nacional (o que ele fez) e nomear governadores (o que ele também fez).

Ali, em casa, nasceu Luiz Cezar, o segundo filho de Luiz e Maria. O primeiro nome, Luiz, todos os filhos homens receberiam em homenagem ao pai. Pouco depois nasceria Luiz Álvaro (Zau). E as filhas seriam sempre Maria; daí vieram Clara Maria (May), Sonia Maria, Margarida Maria (Gaida), Ana Maria e Cecilia Maria.

A avó materna, Ana Clara, chamada carinhosamente de Nini, gostava de criar canções para cada neto que nascia. Ao ver o pequeno Luiz Cezar, disparou:

> "Sou o segundo. Me acham bonito,
> mas vivo pulando que nem um cabrito.
> Vamos, criança contente, cantar
> que a nossa vidinha tende a melhorar (refrão)."

Nini não poderia ter enxergado mais longe em relação ao neto Luiz Cezar.

A vida da família parecia absolutamente estruturada na cidade conhecida pelo clima ameno, pelas belezas naturais e por ser a terra natal do ilustre compositor Zequinha de Abreu, um nome pouco lembrado, mas cujo choro "Tico-tico no fubá" marcou gerações e é até hoje reconhecido na voz de Carmen Miranda:

> "O tico-tico tá,
> Tá outra vez aqui.
> O tico-tico tá comendo o meu fubá
> Se o tico-tico tem, tem que se alimentar
> Que vá comer umas minhocas no pomar."

As conversas entre o pai e o tio de Cezar, porém, não eram nada amenas, nem musicais (a não ser que se considere berros um tipo de som musical). Uma dessas conversas mudaria o destino da família Fernandes.

Conhecido pelo estilo pouco afeito a amenidades, Nelson — apelidado de Nelson "Botinada" pela tendência a resolver questões por meio da força — brigava ao telefone aos berros com Luiz, pai de Cezar, quando teve um infarto fulminante e morreu. A partida precoce do irmão deixou Luiz sem saber exatamente o que fazer da vida naquele momento.

Luiz acabou levando a família para morar em São Paulo e foi trabalhar na Caixa Econômica Estadual fazendo auditoria nas agências. E lá nasceram todos os outros irmãos de Cezar, no Hospital Santa Helena, da Fundação Antonio e Helena Zerrenner, criadores da cervejaria Antarctica. Vinte e cinco anos depois, o jovem Cezar, então sócio da corretora Garantia, teria ações do maior concorrente da Antarctica, a Brahma.

Mas ele nunca gostou de cerveja, nem de nenhuma outra bebida alcóolica. Assim como o pai, que nunca bebeu, e que nunca precisou de qualquer tipo de estimulante para aprontar. Cezar sempre foi agitado e dado a ações ousadas. Pequeno, adorava escalar móveis, telhados e árvores. Subia sozinho ou acompanhado, não importava. Magrinho, ágil, habilidoso e destemido, adorava o desafio não apenas de subir em árvores, mas de se equilibrar e pular de uma para a outra — uma espécie de parkour antigo.

Para não se espatifar no chão, calculava de antemão distâncias e alturas. Nem sempre dava certo, o que lhe custou algumas fissuras nos ossos ao longo da infância. A última e pior delas lhe deixou de presente para a vida uma forma de andar muito específica: balançando as pernas lateralmente, meio que flutuando. Com um detalhe: sem nunca perder a agilidade. Não é tão simples quanto parece, mas foi a adaptação que ele conseguiu criar por conta própria para continuar andando. No caso dele, uma dádiva. Segundo os médicos, pelo tipo de queda que teve, não deveria sequer estar vivo, imagine andando.

A avenida Santo Amaro — uma das mais movimentadas de São Paulo — tinha umas poucas casas na década de 1950. Os prédios viriam apenas anos depois, com a expansão da cidade. A referência da avenida era o Esporte Clube Banespa, agremiação dos funcionários do antigo Banco do Estado de São Paulo (Banespa), que estava ali desde a década de 1930 por conta de um grupo de trabalhadores do banco que gostava de jogar futebol e depois acabou se transformando em um clube completo (o Banespa foi comprado pelo Banco Santander no ano 2000, e sua marca deixou de existir).

O clube continua no mesmo local, mas antes havia a casa da família Fernandes exatamente na sua frente. Nela, um abacateiro enorme, frondoso, com uns 9 metros de altura, era a paixão de Cezar, que adorava subir nele sozinho ou com os amigos enquanto a mãe cuidava da casa, dos irmãos e das irmãs.

Um dia, o menino se apoiou em um galho, que quebrou. Resultado: duas clavículas quebradas e gesso no tronco inteiro (como um sutiã) por meses.

Maria, a mãe, já tinha se resignado com as peripécias do filho. Não que ela deixasse barato; o problema era a dificuldade para pegá-lo. Ela corria atrás dele, mas Cezar (baixinho, magrinho e ágil) subia em árvores, no telhado ou em qualquer outro lugar alto e ali ficava até a mãe desistir. O menino a vencia quase sempre pelo cansaço. Só que, quando dava errado e Maria conseguia pegá-lo, a surra era dura. Uma vez Cezar tentou pular a janela, que era de guilhotina (do tipo que abre e fecha juntando as partes de cima e de baixo), não foi rápido o suficiente e acabou em apuros.

— Apanhei tanto com fio de ferro que fiquei com as costas em carne viva. Não consegui dormir direito durante um mês por conta das feridas.

Não contente com a surra e já recuperado das fraturas, Cezar cismou de subir na mesa de mármore da cozinha. E a mesa virou em cima dele. Por sorte nada mais grave aconteceu, tirando dois ossos da perna quebrados (a tíbia e o perônio). Mais um tempo engessado. E mais castigo.

Para melhorar a situação, Cezar sempre foi péssimo aluno, e foi só com mais de cinquenta anos que descobriu o motivo. Ele não bagunçava na aula, ficava quieto, mas tinha uma dificuldade enorme para escrever e trocava as letras das palavras, um transtorno específico de aprendizagem. Essa dificuldade, que se mantém até hoje, obrigou-o a se adaptar para conseguir transmitir o que pensa — são clássicas as histórias das pessoas com quem trabalha tentando decifrar o que ele escreve/desenha.

Já adulto, para explicar uma operação, um bloquinho amarelo e um lápis surgiam, e Cezar começava a rabiscar. Todos os esquemas começavam com um quadrado e a sigla XPTO no meio. E Cezar começava a puxar linhas, a dizer o que tinha de ser feito. No fim da explicação, uma página cheia de garranchos ilegíveis e o interlocutor debruçado sobre ela com cara de "o que foi mesmo que o Cezar disse?".

Na infância, a sucessão de castigos parecia incentivá-lo a aprontar mais e mais. Um dia, ficou com vontade de tomar café. Sozinho em casa, já que a família tinha ido à missa, resolveu aquecer a bebida acendendo uma espiriteira (uma peça similar àquela usada para aquecer fondue), assim ele não teria que acender o fogão a lenha, o que daria um trabalho enorme. Seria uma ótima ideia se a espiriteira estivesse apagada; mas os pais haviam esquecido de apagá-la ao sair. Assim que Cezar colocou álcool no recipiente, o fogo subiu na garrafa de vidro.

Assustado, cercado por móveis de madeira e com medo de fazer um estrago maior, o menino correu para a pia e a garrafa explodiu. Por uma sorte incrível — que o acompanharia pelo resto da vida —, ele só teve queimaduras leves, apesar de ter deixado a família assustada.

Mas o que levou um menino de 8 anos a ficar sozinho em casa enquanto a família ia à missa? Preguiça, mais precisamente sono. Ele havia ficado acordado até de madrugada na noite anterior e não levantara a tempo de ir para a igreja. Um hábito que manteria ao longo da vida e que o faz considerar as 9 da noite o início do dia e não o fim — para Cezar, qualquer atividade antes das 11 da manhã é irritante, embora ele nunca deixe transparecer esse sentimento.

A aparente falta de talento para os estudos provocou outros efeitos colaterais na vida do menino, que foram muito além do castigo de ficar na escola depois do horário normal para estudar.

Cezar era aluno do Colégio Diocesano Meninópolis, um ícone do bairro paulistano do Brooklin ao longo de seus 54 anos de existência. Fundado em 1950 por padres italianos, o colégio foi, durante muito tempo, o mais respeitado da região e teve entre seus alunos figuras como Roberto Rivellino, um dos melhores da história do futebol, parte da seleção que tornou o Brasil tricampeão na Copa do México, em 1970.

Em uma das inúmeras vezes em que ficou de castigo estudando, Cezar presenciou, no colégio — naquele momento uma escola apenas para meninos —, uma cena inesquecível: um professor beijando uma professora. Justamente aquela que ele, Cezar, achava a mais linda. O menino não conseguiu guardar segredo — na verdade, nem quis — e contou para a classe toda. Obviamente deu problema. O padre, preocupado com a situação, virou para Cezar e disse que era mentira, que ele não devia falar esse tipo de coisa e que ia contar ao pai dele.

Já imaginando as consequências em casa — mais uma surra —, Cezar tomou a decisão de atravessar a cidade até a rua Tupi, no bairro do Pacaembu, onde morava sua tia e madrinha Mariana, irmã da vó Nini. Uma caminhada de mais de três horas. Chegando lá, a tia não estava. Sem saber o que fazer, ele resolveu bater na casa da antiga babá da mãe, ali perto, na rua Cardoso de Almeida. Preocupada, ela avisou o pai de Cezar, que bateu nele do momento em que o encontrou até chegar em casa.

O pequeno Cezar também não era exatamente compreendido pelas professoras. Um dia, em uma aula de artes, a professora pediu que os alunos desenhassem uma árvore e um gramado. Ele pintou o tronco da árvore de verde e o gramado de marrom, e levou um redondo zero na tarefa. Apenas anos depois Cezar descobriria que era daltônico.

E o menino não cansava de aprontar. Um dia, viu uma moto na rua e decidiu que iria pilotá-la mesmo sem ter a menor ideia de como se fazia isso. Acabou enroscado em um caminhão e arrastado por alguns metros. Resultado da empreitada: a perna toda em carne viva.

Mas ele não só apanhava; batia também, nos irmãos Luiz Carlos e Luiz Álvaro. O primeiro era mais velho e o segundo mais novo que ele. Cezar brigava com os dois ao mesmo tempo. Apesar de os três terem quase a mesma idade, Cezar nunca foi realmente próximo deles. Os meninos gostavam de futebol, enquanto o único esporte que Cezar praticou ao longo da vida foi levantar o cigarro e, tempos depois, o cachimbo para dar suas baforadas. "Odeio exercício. Sempre odiei. Desde sempre."

Ele batia também nos colegas de classe. Um dos padres da Paróquia Sagrado Coração de Jesus, no Brooklin, ao lado do Colégio Meninópolis, pediu que Cezar se vestisse de anjinho para a procissão da Semana Santa. Ele gostou da ideia e se sentiu bem no papel, mas a molecada não perdoou: tirou sarro de todas as formas. "Eu avisei que ia bater neles quando terminasse a procissão. Bati em todos", disse ele.

A falta de aptidão para os esportes e para atividades que não envolvessem, digamos, subir em árvores, derrubar mesas e bater nos colegas deixou Cezar muito mais suscetível a levar surras dos pais do que os irmãos, que nunca experimentaram a ira dos genitores na mesma intensidade e frequência que ele. E a constância das surras, em especial do pai, acabou provocando consequências únicas na vida de Cezar.

Mas nem só de apanhar o menino vivia. Nas férias, acompanhava o pai nas auditorias das agências da Caixa no interior.

A vida de Luiz na Caixa Econômica do Estado de São Paulo não era exatamente fácil. Responsável por auditar as agências da instituição, sua função era vista com desconfiança e medo por muitos gerentes dessas unidades. O auditor tinha poder de dar voz de prisão a quem quisesse se constatasse alguma irregularidade, uma fraude, por exemplo, na agência.

A Caixa, fundada em 1916, começou recebendo depósitos de poupança de pequenos valores, que aplicava no desenvolvimento da economia local. O crescimento dos depósitos aumentou a importância do banco para o estado de São Paulo, e Luiz cumpria suas funções com esmero. Ele era conhecido por ser absolutamente honesto, incorruptível, uma característica que o faria, com o tempo, crescer na instituição — retidão que Cezar herdaria. Não que não enfrentasse percalços, que incluíam sair fugido de uma cidade para não apanhar — ou coisa pior.

Na década de 1950, a cidade de José Bonifácio tinha cerca de 20 mil habitantes. Chão de terra, nenhum pingo de asfalto, pó para todos os lados. Chegar lá vindo de São Paulo era "coisa simples". Primeiro, um trem de São Paulo até Campinas. De lá, outro trem até Araraquara. Depois, mais um até São José do Rio Preto. E, por fim, um carro até José Bonifácio. Bem simples; bastava sair à tarde de São Paulo que, no dia seguinte, à noite, chegava-se a José Bonifácio.

Essa era uma pequena jornada que o menino Cezar, com seus 8 anos, achava divertida de fazer com o pai. Só não imaginava que seu Luiz, ao investigar o gerente da Caixa da cidade, descobriria que ele estava roubando a instituição. E muito menos que, por chamar o delegado para prendê-lo, irritaria os funcionários a ponto de quererem matar Luiz, obrigando pai e filho a sair fugidos da cidade. O delegado simplesmente fez o que devia e levou o homem preso; enquanto, isso, Luiz deixava a cidade, levando Cezar.

As atitudes corajosas de Luiz, que não hesitava em mandar prender gerentes corruptos, acabaram lhe valendo fama na instituição, e ele acabou promovido a delegado regional da Caixa, para cuidar de uma região do estado. Com a mudança de cargo, a família foi morar em Botucatu, a 235 quilômetros da capital. Lá, Cezar desenvolveu suas habilidades de subir em árvores e de cair delas também. E pôs em prática a epifania que havia tido quando se vestiu de anjinho: entrar para um seminário para se tornar padre — por mais estranho que isso possa parecer para um menino que aprontava como ele. "Meus pais eram católicos. Eles me levavam à missa [quando conseguia acordar]. Fui coroinha, batia o sino. Eu gostava. Me dava uma sensação boa. Foi por isso que eu saí de anjo e quis ser padre", recorda Cezar.

Em Botucatu, o terreno da casa da família Fernandes era enorme. Ocupava quase um quarteirão e tinha uma fileira de árvores que fazia um contorno, como uma letra "C". A brincadeira preferida dos meninos era ver quem conseguia fazer toda a caminhada pelas árvores na maior altura. Uma brincadeira que tinha tudo para — um dia — dar errado. E deu.

Os dois melhores na brincadeira eram sempre Cezar e Chita (apelido depreciativo — racista — dado a um menino negro, algo comum na época e que fazia referência à chimpanzé companheira de Tarzan em uma história em quadrinhos muito famosa). A dupla era imbatível.

Um dia, um novo gerente do Banco do Brasil chegou à cidade com a família. Um dos integrantes era um menino de 9 anos, idade de Cezar. Os dois logo ficaram amigos e o garoto passou a frequentar a casa e as brincadeiras da família. Não sem antes ganhar um apelido: Martha Rocha. O apelido originalmente era de Cezar, e ele, assim que possível, transferiu-o para o recém-chegado. Uma "homenagem" à Miss Brasil de mesmo nome, que tinha pernas bonitas (como o menino) e era baiana (o menino também).

Então, Cezar foi explicar para o Martha Rocha como fazer a travessia. Havia chovido, e os galhos estavam escorregadios. Na hora em que pulou de um para o outro, Cezar simplesmente escorregou e despencou de uma altura de 14 metros. Parecia morte certa, mas o anjo da guarda, que já o havia protegido nas outras fraturas, resolveu que iria trabalhar um pouco mais (mal sabia ele que estava apenas começando sua jornada).

Enquanto caía de cabeça no chão, ele percebeu um tronco grande embaixo de si e tentou se segurar. Não conseguiu, mas seu corpo girou e ele aterrissou no chão como uma pedra que, ao ser arremessada na água, vai quicando até afundar. No caso de Cezar, ele quicou de lado no chão até parar. Ficou todo quebrado, mas vivo.

Mariúcha, a mãe, estava em casa, mas, acostumada com as aprontadas de Cezar, e, naquela altura, já com sete filhos — além de Luiz Carlos e Luiz Álvaro, haviam nascido Clara Maria, Sonia Maria, Margarida Maria e Ana Maria —, achou que não era nada de mais. Errou. Muito. E ela só ficou sabendo quando vieram dizer que Cezar estava no hospital, e que seu estado não era nada bom. A bacia quebrada em 12 partes era o menor dos problemas de Cezar, na visão dos médicos. Ele podia ter uma hemorragia interna, por isso a solução foi deixá-lo sem engessar, em observação, à base de morfina na veia, durante 48 horas. A única lembrança que restou do hospital foram as inúmeras alucinações.

Nos primeiros dias de internação, Luiz, o pai, chegou de alguma viagem de trabalho. Acordado, Cezar fingiu dormir quando o pai entrou no quarto do hospital, de tanto medo de apanhar. Risco de hemorragia superado, o médico, doutor Luiz Godoy, deu a próxima má notícia a Mariúcha e Luiz: o menino poderia ficar paraplégico, mas antes disso precisaria ficar seis meses engessado para colar a bacia com um gesso que começava embaixo da axila e terminava abaixo dos joelhos, e tinha uma trava que o impedia de fechar as pernas.

Mas Cezar tinha outros planos: ele iria andar. E conseguiu já no primeiro mês, impulsionando o corpo para a frente de um lado para o outro, como quem anda em pernas de pau, daquelas bem altas. Mas não era suficiente. Cezar queria fazer mais, e carregava as irmãs menores no colo para cima e para baixo, para desespero da mãe. E isso não foi nem o começo.

Depois de um mês, ele descobriu que havia uma forma de subir em árvores utilizando o pau que mantinha suas pernas abertas. Bastava colocá-lo atravessado em cima do galho que Cezar, usando os braços, conseguia se segurar e impulsionar o corpo para um galho que estivesse entre as pernas e os braços.

Mas nem tudo era "divertido". Todo mês, Cezar tinha de trocar o gesso, e os colegas não perdoavam. O consultório do médico era ao lado da escola, e ele tinha que passar carregado na frente da galera, que tirava sarro dele. "Eles diziam que eu não ia mais conseguir acompanhá-los, que ia ficar na cadeira de rodas. Molecada é cruel..."

Fora a humilhação, Cezar morria de medo de perder uma parte do corpo na hora em que o doutor Godoy trocava o gesso usando uma serra própria para gesso — um pavor besta, mas, para um menino, uma cena de absoluto terror.

Mariúcha sempre arranjava alguém para carregar o filho no colo para as consultas médicas. Não porque não soubesse o que Cezar fazia, mas para não irritar o médico. No sexto mês, ela decidiu que bastava: Cezar iria andando até o consultório, que ficava a quatro quarteirões da casa da família. Já na porta do consultório, ao vê-lo andando, o médico berrou: "Você vai ficar paraplégico andando desse jeito! Vou tirar esse gesso para ver a situação. Se você não sair andando, vai apanhar na cara com essa minha mão aqui!"

Morrendo de medo de não conseguir andar sem o gesso e apanhar — os dedos e a mão do médico eram enormes —, Cezar saiu da maca e se apoiou na parede. Mexeu a perna direita, e viu que funcionava perfeitamente. Mexeu a esquerda, nada; não conseguia dobrá-la. Pensando na mão do médico, não teve dúvida: foi para casa arrastando a perna e com a recomendação de passar seis meses sem fazer nada, apenas tentando caminhar.

O pedido funcionou como um código para que Cezar fizesse exatamente o contrário. Dias depois, na praça, assistindo aos amigos andarem de bicicleta e jogarem futebol no terreno baldio em frente, resolveu que do jeito que estava não podia mais; tinha que se mexer. Não teve dúvida: chamou um amigo que estava por ali e, assim que o menino se aproximou, pegou a bicicleta dele e saiu pedalando (usando a perna que funcionava para empurrar o pedal e impulsionar o movimento da que não estava boa). Pedalou pela cidade inteira, até não aguentar mais.

Botucatu é uma cidade com grandes desníveis, recheada de morros, em uma região de clima agradável. Pois Cezar circulou por ela durante cinco horas seguidas. Na volta, porém, havia um risco, já que ele tinha sumido de casa e provavelmente iria apanhar. Entrou de mansinho, viu a mãe fazendo almoço e imaginou que conseguiria escapar do campo de visão dela. Se enganou.

— O que tá acontecendo, Cezar?

— Nada, mãe…

— Você tá andando diferente. Você não movimentava a perna! Agora tá mexendo ela!!!

— É que eu andei de bicicleta…

— Não vou contar pro seu pai, e todo dia você vai andar de bicicleta.

E assim, no dia em que Cezar teve certeza de que iria apanhar da mãe ou do pai, começou a fazer "fisioterapia" para as pernas. Durante meses andou de bicicleta pela cidade. Milagrosamente, ficou apenas com um balanço diferente no andar.

Botucatu tinha um seminário para jovens que quisessem se tornar padres. E Cezar decidiu que queria seguir esse caminho, não sem antes se envolver em mais confusões. Combinar briga depois da aula com outros alunos era um clássico da infância da época (anos 1950) que perdurou durante décadas. Cezar, apesar do tamanho, era bom de briga. E os colegas ficavam ansiosos para vê-lo entrar nos embates. Até que um dia o desafiado foi um menino maior que ele que tinha algum tipo de atraso intelectual. E Cezar apanhou feio.

Orgulhoso, ele não admitia que ninguém tocasse no assunto. Até que, dias depois, um menino que havia assistido à derrota de Cezar tirou sarro enquanto ele passava em frente à loja de ferragens do pai do garoto. Uma pessoa que havia parado para comprar utensílios tinha deixado o cavalo amarrado ali. Sem pensar, Cezar subiu no cavalo e foi para cima do moleque, que ficou muito machucado. Foi a última vez que brigou. Setenta anos depois, ainda sente uma ponta de arrependimento pelo que causou.

Durante esse período, querendo entrar para o seminário, ele se aproximou do bispo dom Frei Henrique Golland Trindade, padre da ordem dos franciscanos e bispo de Botucatu. Quando seus pais resolveram se mudar de volta para São Paulo, Cezar viu a oportunidade de estudar para se tornar padre.

O sonho durou pouco. Cezar fez apenas um ano de seminário — o quarto ano do primário, hoje chamado ensino fundamental. No ano seguinte, acabou expulso pelo padre que comandava a instituição no momento em que dom Henrique foi até a cidade de Avaré, a 76 quilômetros de Botucatu, participar da ordenação de outro padre. Cezar jura que não fez nada de mais para que essa decisão drástica fosse tomada e até hoje guarda mágoa do padre que o impediu de ficar mais tempo no seminário, embora reconheça que "muito talvez" ele possa ter infringido alguma regra da instituição.

O Colégio Santa Marcelina, frequentado apenas por meninas, era vizinho do seminário em que Cezar estudava. O muro que dividia as duas instituições não era exatamente alto, e no lado do Santa Marcelina dava para o pátio. Cezar adorava subir no muro para dar uma espiadinha. Podia encontrar algo interessante. "Elas iam tomar sol, ficavam de calcinha e às vezes até sem sutiã", relembra ele.

Tudo maravilhoso para Cezar, mas houve um problema: ele foi pego e levou uma advertência.

Cezar também se negava a fazer esportes, o que irritava os padres, já que era uma das atividades obrigatórias. Mas ele amava música. No coro do seminário, cantava cânticos gregorianos, o canto litúrgico próprio da Igreja Católica.

O motivo que levou Cezar a levar a segunda advertência e ser convidado a se retirar do seminário é incerto. Ele não lembra — ou perdeu seletivamente a memória. Segundo ele, pura "perseguição" do padre que coordenava o seminário. Frustrado, teve de voltar para São Paulo e ficar com a família. O seminário havia deixado de ser uma opção, e ele nunca mais tentou seguir esse caminho.

A nova casa da família Fernandes ficava no bairro do Socorro, zona sul da capital do estado, um upgrade na vida da família. Na rua, Cezar conheceu Vilma, uma menina que fazia parte de uma turma mais velha e que mudaria radicalmente sua vida. "Até hoje, quase setenta anos depois, sei chegar à casa dela."

2

Não tenha medo de mudanças no meio do caminho

"πάντα χωρεῖ καὶ οὐδὲν μένει."
(Tudo muda e nada permanece.)

HERÁCLITO, filósofo grego

A Vila Prel é um bairro do distrito do Capão Redondo, no extremo sul de São Paulo. Encravado no entorno da Estrada de Itapecerica, é habitado por pessoas de diferentes classes sociais. Um dos seus pontos de referência é a Associação Atlética Banco do Brasil, um terreno enorme que reúne os funcionários desse banco para a prática de atividades esportivas, sociais e culturais e que está na região desde o fim da década de 1950. Ao lado dela, grudada parede com parede, há hoje casas, mas na época ficava a chácara Marambaia, do avô de Cezar, pai de Mariúcha.

A região era recheada dessas propriedades, onde famílias passavam os fins de semana. O mesmo nome batizaria, anos depois, a emblemática Fazenda Marambaia, onde Cezar faria festas lembradas até hoje por todos os convidados e onde celebridades, autoridades e figuras proeminentes da República iam conversar com ele e admirar os jardins criados por Roberto Burle Marx.

Foi justamente uma festa que Cezar organizou na chácara Marambaia que geraria uma reviravolta em sua vida e um trauma relembrado pela família até hoje. Se bem que, apesar de ter aprontado até não poder mais quando era um pré-adolescente, não dá para dizer que as consequências da festa na Marambaia tenham sido totalmente responsabilidade dele.

Um dia, Vilma sugeriu fazer uma festa na chácara. Até aí, nada de mais. Desde que jovens são jovens, fazem festa. Só que Cezar não sabia que tipo de festa Vilma e seus amigos estavam organizando. Eram todos mais velhos, inclusive Vilma, com mais de 16, enquanto Cezar tinha 12 anos. Como adorava andar com a turma mais velha, ele simplesmente cedeu o espaço para os amigos se encontrarem, mesmo porque não conseguira dizer não (em verdade, achou irresistível) ao pedido da "linda morena".

Ao longo da semana, Cezar e Vilma convidaram toda a rua para o evento, e os convidados, por sua vez, convidaram mais gente ainda para a chácara, uma propriedade de 10 alqueires com quatro quartos e sala de jogos/jantar, mas apenas um banheiro. Um local perfeito para a festa da galera.

O ano era 1958. O Brasil e o mundo viviam um momento de grandes transformações políticas, econômicas e sociais. Brasília estava prestes a ser construída, o Plano de Metas do presidente Juscelino Kubitschek acelerava a industrialização com investimentos em setores como energia, transporte, indústria de base e infraestrutura. A Bossa Nova começava com a canção "Chega de saudade", escrita por Tom Jobim e Vinicius de Moraes, combinando elementos do samba tradicional com influências do jazz norte-americano e a Guerra Fria entre Estados Unidos e União Soviética atingia um ponto de tensão máximo com o lançamento do satélite Sputnik pelos russos, que marcou o início da corrida espacial.

Com o país e o mundo fervilhando com novas ideias e avanços em todas as áreas, a festa tinha que ser moderna, então por que não fazer — e aqui começaram os problemas de Cezar — uma "festa do cabide"? Sim, aquele tipo de festa em que os convidados deixam as roupas na entrada, literalmente penduradas no cabide. E assim foi. Quando Cezar chegou, a festa já estava rolando solta e ficou abobalhado com o que viu. Não tinha ideia do que fazer. "Para mim era tudo novidade. Pra ser sincero, não lembro de ter feito nada. Só olhado", recorda.

E as roupas no cabide eram apenas uma parte da história. A droga rolava solta — maconha —, com todo mundo fumando um. O que já tinha saído absolutamente fora do controle ficou só um pouco mais complicado quando Valdemar "Carabina", o motorista do avô de Cezar, pai de Mariúcha, chegou esbaforido avisando que a polícia estava na porta da chácara querendo entrar.

Um deus nos acuda. Não tinha nada certo na festa: um monte de menores de idade, todo mundo pelado, e drogas. Um prato cheio para todos irem parar na delegacia. A primeira atitude foi esconder Cezar e todos os que tinham menos de 18 anos. A casa do caseiro foi o local escolhido para levar Cezar. Os outros menores foram retirados pelo portão lateral da chácara (a polícia estava no da frente).

Depois de um tempo, Carabina voltou dizendo que a polícia havia ido embora. Até hoje Cezar não sabe o que aconteceu nesse meio-tempo, pois estava trancado na casa do caseiro, mas na lembrança dele um dos organizadores da festa era um jovem da família do frigorífico Eder, que tinha os embutidos mais famosos de São Paulo na época. Cezar acredita que ele tenha resolvido a questão.

Só que o enrosco estava apenas começando, e ele sabia disso. Precisava voltar para casa e não sabia o que iria enfrentar se o pai descobrisse o que havia ocorrido na chácara. Imaginava as consequências, mas não tinha a dimensão exata do que poderia acontecer.

Pouco depois das 7 da manhã, o mais silenciosamente possível, Cezar entrou em casa. Pé ante pé, sem sapatos, para não acordar os pais, mas na hora em que olhou para a escada viu o vulto de seu pai com o cinto na mão. Ali, soube que levaria uma surra histórica.

— Você não vai me bater — ele disse, e pensou consigo mesmo: "Ele não consegue mais. Já sou maior e mais forte que ele."

— Na minha casa, eu bato.

— Eu vou embora.

— Então vai.

Sem saber exatamente o que estava fazendo, Cezar foi até seu quarto, pegou uma fronha de travesseiro, encheu-a com algumas roupas e saiu para nunca mais voltar. Do lado de fora da casa, sem ter para onde ir, e com a certeza de que não iria voltar atrás em sua decisão, pensou em Vilma. Talvez ela pudesse ajudar. Ela morava ali do lado, havia organizado a festa e poderia ter alguma ideia.

Ele bateu na casa dos pais da amiga. A festa, como os dois sabiam, havia sido animada. Ele explicou o que tinha acontecido. Havia saído de casa. Não aguentava mais apanhar do pai. Sem pestanejar, ela falou que ia levá-lo para um apartamento que tinha na "cidade" — Vila Prel já fazia parte da zona sul de São Paulo havia dez anos, desde 1947, mas era tão afastada do centro que era tratada como outra cidade.

E Vilma levou Cezar até seu apartamento, na esquina das ruas 24 de Maio e Dom José de Barros, pertinho da praça da República, um dos espaços públicos mais emblemáticos da cidade, ponto de encontro, lazer e manifestações culturais e lar do Colégio Caetano de Campos, tradicional instituição de ensino fundamental e médio do estado de São Paulo — cujo antigo prédio atualmente abriga a Secretaria de Educação do estado.

Devidamente instalado no apartamento de Vilma, em cima de uma boate, Cezar começou a pensar no que iria fazer para sobreviver. Não tinha ideia, mas precisava pensar em algo. A amiga disse que voltaria no dia seguinte, e Cezar sabia que teria de arranjar um trabalho o mais rápido possível.

Toda arrumada, exuberante aos olhos do jovem Cezar, Vilma apareceu novamente na data combinada e o mandou ficar na escada, pois ia trabalhar. Mais dois dias de Cezar indo e voltando para a escada até que Vilma explicou o que fazia. A boate no térreo, batizada de Escondidinho, era um local de encontro de moças que trabalhavam com prostituição. Era ali que Vilma ficava para conhecer clientes, e esse era seu trabalho.

Cezar não se abalou. Continuou no apartamento, foi procurar trabalho e ficou ainda mais amigo de Vilma. Apesar do ambiente insalubre para um jovem da idade dele, Cezar nunca se envolveu com bebidas, drogas ou praticou delitos no tempo em que morou com Vilma. E isso ele sempre coloca na conta da educação dada pelo pai, que não tolerava nenhum tipo de álcool, droga ou meios ilícitos de ganhar dinheiro. O mesmo pai que ele só foi ver novamente no caixão, exceção feita a um encontro que terminou em briga de trabalho.

O local de trabalho de Vilma ficava a menos de dez minutos a pé da agência de atendimento aos menores de 14 anos da Prefeitura de São Paulo que queriam trabalhar. "Ficava em uma portinha escondida debaixo do viaduto 9 de Julho, no centro da cidade", diz Cezar.

E lá Cezar foi procurar trabalho de estafeta, um dos poucos permitidos para garotos como ele, com menos de 14 anos — equivalente a um office-boy interno que entrega documentos, correspondências, materiais e até serve cafezinho. Acabou alocado na área administrativa do Club Athletico Paulistano. Localizado na região dos Jardins, uma das mais nobres da cidade, o clube foi fundado em 1900 por um grupo de jovens entusiastas de esportes e se tornou um símbolo da elite do município, tendo como sócios empresários, artistas e políticos. "Não gostei. As pessoas eram grossas. Fiquei três dias e fui embora, mas tinha que trabalhar para sobreviver..."

Com poucas opções, Cezar voltou ao serviço de estafeta da prefeitura à procura de outro trabalho. O atendente disse que havia uma vaga na Caixa da praça João Mendes, no centro histórico, onde fica o Tribunal de Justiça e o Fórum João Mendes Júnior, um dos principais da cidade. Chegando lá, Cezar descobriu que não teria muito trabalho a fazer. Sua função era receber pessoas, mas nunca ninguém aparecia por lá, então o menino passava as tardes dormindo no sofá de couro do local, que, nas palavras dele, era "muito gostoso". Não podia entrar na agência, não era permitida a entrada de menores de 14 anos em locais com movimentação de dinheiro, como era o caso.

Cansado de não fazer nada, Cezar pediu para ser transferido e acabou indo parar na Caixa da rua Formosa, também no centro. No local era realizado apenas serviço interno, não havia agência. Ali, Cezar começou a aprender com uma colega a fazer empréstimo consignado — na época tinha outro nome —, uma modalidade de crédito em que as parcelas são descontadas diretamente da folha de pagamento de quem o solicita — no caso, os empregados da Caixa e funcionários públicos do estado de São Paulo. Com taxas de juros mais baixas em comparação com outras modalidades de empréstimo pessoal devido ao desconto automático na folha, a modalidade era requisitada e havia muito trabalho a ser feito.

Mas a funcionária, Zuleika, segundo Cezar, vivia faltando, chegava atrasada, não parecia muito feliz com o trabalho e acabou por ensinar todo o processo para ele. Até que um dia ela se demitiu. Vendo uma oportunidade, já que o trabalho não poderia parar, Cezar decidiu falar com o chefe dela. Já havia encontrado com ele logo que foi contratado e não tinha gostado do que viu, mas, como não era necessário interagir diariamente com o homem, tudo bem. Havia, porém, chegado a hora de enfrentar a situação. "Era meu pai. Eu não falava com ele desde que tinha saído de casa. Mas trabalho é trabalho."

O pai de Cezar prontamente aceitou que o filho substituísse a moça, com um pequeno ajuste em relação ao que ela ganhava: ia pagar a Cezar o mesmo salário que ele já recebia, o de estafeta, o equivalente a 50% do salário mínimo. Não era — obviamente — o que o jovem imaginava. Ele enfrentou o chefe-pai e disse que merecia mais, pois sabia que fazia o trabalho melhor do que sua antecessora. A resposta foi dura: "Filho meu tem de trabalhar mais do que todo mundo, senão eu transfiro para outra unidade", disse o pai.

E o que já estava azedo se tornou amargo. Cezar acabou transferido para a matriz, na rua XV de Novembro, também no centro. E lá continuou sem ter nada para fazer. Absolutamente de saco cheio, encontrou com uma prima por acaso na praça da Sé. Conversando sobre a situação, ela disse que o marido trabalhava em um banco e que ia ver o que podia fazer para ajudá-lo.

O banco tinha o apelido pejorativo de "Banco Brasileiro dos Dez Contos", por ser pequeno na época e por muitos acreditarem que não iria durar muito tempo. Naquele momento, já com 14 anos, Cezar podia trabalhar fora dos prédios, na rua, como office-boy. Ele ainda morava no apartamento de Vilma, e havia ficado amigo das moças do

Escondidinho e do Night and Day, mostrando um traço único da sua personalidade: a capacidade de ouvir, ouvir, ouvir e ouvir mais ainda sem nenhum tipo de preconceito.

Pouco tempo depois, a prima conseguiu que Cezar fosse entrevistado pelo chefe do departamento pessoal do "Banco Brasileiro dos Dez Contos", William, mas seria preciso ir até a sede do banco, que acabara de ser transferida para a Cidade de Deus, em Osasco, uma viagem nada simples, que na época percorria estrada de terra. O jovem não se intimidou e foi até lá conversar.

O entrevistador gostou dele e perguntou se havia uma região onde ele preferia trabalhar. Ele perguntou se podia ser perto da avenida Paulista, coração da cidade de São Paulo na época, e razoavelmente perto do apartamento de Vilma. Ouviu que não havia problema, e assim conseguiu o emprego que mudaria sua vida, no Banco Brasileiro de Descontos, mais conhecido como Bradesco, que na época estava longe de ser a potência na qual se transformou ao longo da segunda metade do século XX.

A agência do Bradesco na avenida Paulista, no edifício Nações Unidas, esquina com a avenida Brigadeiro Luís Antônio, tinha apenas sete funcionários, e Cezar foi logo apresentado ao gerente administrativo, que se tornaria também seu mentor. "Devo tudo que sei de banco a um homem chamado Wilson Martinez", relembra.

Martinez rapidamente apresentou Cezar à mesa de trabalho, à moça que se sentava na frente dele e ao serviço que ele deveria fazer: envelopar cartas e entregar no quadrilátero avenida Paulista, avenida Brigadeiro Luís Antônio, rua Estados Unidos e avenida 9 de Julho. Escrito assim parece um simples retângulo, com um perímetro de cerca de 5 quilômetros. Nada de mais para um jovem de 14 anos. Mas quem já esteve na região sabe o tamanho da descida da Paulista até a Estados Unidos e da subida a ser encarada pela 9 de Julho, ou vice-versa. Nos dias de clima ameno já dá um suadouro mesmo para um jovem em plena força da adolescência, mas nos dias de sol a temperatura do asfalto aumenta brutalmente, e a sensação é de que dá para fritar um ovo no chão; e nos dias de chuva é como estar no dilúvio da Arca de

Noé, do lado de fora da arca. Nesse cenário, o trabalho se torna *tricky*. E Cezar não resistiu a achar um atalho para facilitar a própria vida.

Conforme dobrava as cartas que chegavam e as colocava nos envelopes, Cezar percebeu que muitos deles eram extratos bancários mensais — o Bradesco foi um dos primeiros bancos a mandar para a casa dos clientes essas informações. Um detalhe não passou despercebido para o jovem Cezar: em boa parte deles não havia movimentação financeira. Rapidamente, Cezar pensou que, se nada havia mudado na conta bancária do cliente, por que ele precisava entregar o extrato? Não tinha nada de novo ali mesmo...

Havia, no entanto, um problema. Como diferenciar os extratos que tinham movimento daqueles que não tinham quando eles estivessem dentro dos envelopes? A solução seria separá-los antes de envelopar. Por sorte, havia envelopes de duas cores no Banco, e Cezar passou a colocar as cartas que continham movimentação bancária em envelopes azuis e as que não tinham em pardos e passou a sair alegre e contente com todos eles para a rua.

Havia, no entanto, mais um problema (sempre há mais um): o que fazer com os envelopes pardos e com os extratos dentro deles? Não podia voltar para o banco com eles debaixo do braço, não dava para jogar em um lixo qualquer (e se alguém encontrasse?) e queimar também não era uma solução (não tinha onde fazer isso). Aparentemente um problema sem solução. Mas, de tanto fazer o caminho do quadrilátero, Cezar conhecia a região como a palma da mão, e a solução pulou na sua cabeça: picotá-los e fazê-los voar.

A avenida 9 de Julho tem um túnel que passa por baixo da Paulista e que liga o bairro dos Jardins ao centro de São Paulo. Como qualquer túnel, o 9 de Julho tem dutos de ventilação. No caso dele, a saída dos dutos é na praça Alexandre Gusmão, com uma pérgola em cima. E ali Cezar esparramava os fragmentos das cartas endereçadas aos clientes do seu empregador ao longo de todo o tempo em que trabalhou como office-boy no banco. A solução "mágica" funcionou, embora certa vez Cezar tenha ficado bastante assustado com as histórias que começaram a correr entre os colegas de que haviam encontrado uma carta do banco no rio e sabiam quem tinha feito aquilo. "Como eu picotava as cartas, sabia que não era uma das minhas que haviam encontrado. Daí fiquei tranquilo", diz ele.

A traquitana nunca foi descoberta pela chefia, mas faltava pouco para uma situação colocar o jovem office-boy em uma encruzilhada. E dessa vez ele estava apenas fazendo o trabalho que lhe tinham atribuído.

Maria Eli de Queiroz, a moça que sentava na frente de Cezar, não tinha mais que 19 anos. Trabalhava no setor de cobrança do banco, e Cezar ficava bisbilhotando o que ela fazia, tentando aprender. Um dia ela saiu de férias, e Martinez decidiu que ele mesmo faria o trabalho da jovem, mas em poucos dias percebeu que não daria conta de absorver as demandas da função. Cezar imediatamente disse que poderia ajudar, pois sabia fazer o trabalho (não sabia coisa nenhuma). Fez a primeira vez e foi mostrar para o chefe, que olhou, disse que estava tudo errado e mandou refazer. Sem se intimidar, Cezar fez uma segunda vez e voltou a mostrar para Martinez. Mesma resposta: tá errado, faz de novo. O jovem, já irritado, mas não arrependido de ter dito que sabia, refez tudo de novo. Esperançoso, foi mostrar para o chefe. Mais um tiro n'água. Errado. Refaz. "Mandei ele tomar no cu", o xingamento se tornaria um clássico na boca de Cezar ao longo dos anos, "e disse que não ia mais fazer."

Martinez ouviu em silêncio o jovem office-boy. Gostava da iniciativa do menino, mas achava que ele precisava aprender uma lição. No fim do expediente, chamou Cezar e disse que daquele jeito ele não iria a lugar nenhum, que ninguém ia querer ensinar uma pessoa grossa como ele. Irritado, Cezar bateu boca com o chefe e — em uma última cartada — ousou:

— Se você me ensinar, posso aprender tudo que as pessoas fazem na agência.

— Olha, você entra ao meio-dia, e chegando nesse horário não tenho como te ensinar. Você vai ter de trabalhar o dia inteiro.

— Não tenho porra nenhuma para fazer de manhã.

E, no dia seguinte, lá estava Cezar, pontualmente às 9 da manhã (uma tortura para ele, por conta de seus hábitos noturnos) para trabalhar. E Martinez, diligentemente, ensinou durante meses tudo o que sabia sobre banco para Cezar. O jovem não decepcionou.

Às 8 e meia da manhã, a esquina das avenidas Paulista e Brigadeiro Luís Antônio já fervilhava de carros, lambretas, ônibus e pedestres, e o trabalho na agência estava para começar. O grupo de funcionários — recém-saído do cafezinho na lanchonete Pauli-Poli — chegou feliz ao edifício Nações Unidas, sede da agência, e abriu a porta de ferro corrediça lateral para iniciar mais um dia de atendimento aos clientes, mas foi com uma cena bizarra que se depararam: o jovem Cezar de camisa de flanela xadrez com cara de sono, várias fitas de papel de máquina de calcular enroladas no pescoço e um ar de vitória olhando para eles do meio da escada.

Cismado com um erro no fechamento das contas do dia anterior, ele havia passado a noite procurando o motivo. Achou e acabou dormindo em cima da mesa da sala que havia na parte de cima da agência, que tinha também um espaço reservado à caixa-forte e dois banheiros.

O atendimento aos clientes já ia começar, e naquele dia um dos fundadores do Bradesco, Donato Francisco Sassi, havia coincidentemente decidido ir à agência. Assustado com a imagem do jovem Cezar no que ele imaginou ser um pijama, mandou o rapaz se trocar. Sem pestanejar, o menino deu meia-volta na escada, tirou a camisa xadrez e ficou pronto para fazer o que o chefe mandou. A camisa xadrez não era pijama — embora parecesse. E, segundo Cezar, o erro era na conta de uma pessoa chamada Ernani Mori Contipelli (ele nunca esqueceu o nome). Mais uma marca de uma memória que consegue descrever até hoje detalhes de locais e situações, exceção feita àquelas que criaram grandes estresses emocionais, cujos detalhes prefere não lembrar.

Na época, cada agência do banco tinha um CNPJ e era necessário fazer a contabilidade completa de cada uma delas. Periodicamente, a diretoria fazia uma fiscalização interna para verificar se tudo estava sendo conduzido da forma correta. Em uma delas, descobriu-se que o contador que assinava o livro de contabilidade da agência tinha dado um cheque sem fundos. Martinez acabou responsabilizado pela situação e foi demitido, mas não havia substituto. Perguntaram para a equipe quem sabia tocar o negócio. A resposta dada pelas cinco pessoas que trabalhavam na agência: "Quem mais sabe é o Cezar."

Devidamente empossado no cargo, passou a fazer o trabalho de gerente administrativo da agência. Cezar havia aprendido com Martinez e não deixava escapar nada. Fazia tudo conforme havia aprendido com o antigo chefe, até o dia de mais uma fiscalização periódica. Tranquilo, Cezar mostrou todos os livros da agência para o fiscal, Arari Pinheiro Machado. Nenhum problema. Tudo correto. Faltava apenas fiscalizar o departamento pessoal. Cezar, orgulhoso do trabalho realizado, foi buscar o livro, e o entregou para o fiscal. Tudo perfeito. Apenas um detalhe estranho.

— Cezar, acho que o registro da sua data de nascimento está errado. Está escrito que você tem 15 anos.

— Sim, eu tenho.

— Você não pode ser procurador do banco!

Apavorado, Machado mandou chamar na hora uma pessoa para substituir Cezar. E ficou com um problema do tamanho do mundo. Cezar já havia assinado pela agência centenas de vezes. Tecnicamente, os documentos não tinham validade, mas se ninguém soubesse que ele tinha 15 anos tudo ficaria bem. Melhor, então, tirá-lo da agência.

— Agora o que eu faço com você? Você não pode ficar aqui, não pode assinar nenhum documento, mas não vou cassar sua assinatura porque vai dar um trabalho enorme e vou ter de explicar a situação. Vou te enviar para a matriz, a Cidade de Deus, em Osasco. Lá eles vão saber o que fazer com você.

O horário na Cidade de Deus era bem pior que o da agência da Paulista: 7 da manhã, com o agravante da distância. Da casa de Vilma até a agência do Bradesco na avenida Paulista eram cerca de 3 quilômetros. Da casa da vó Nini (Cezar tinha saído do apartamento da amiga Vilma) até a Cidade de Deus, eram 13 quilômetros, mais de quatro vezes mais distante.

Cezar havia se mudado para a casa da vó Nini por conta de uma pneumonia que necessitara de maiores cuidados, e imaginou que, mesmo demorando muito mais tempo para ir ao trabalho, conseguiria encarar a jornada. Já ia de ônibus para o Bradesco na Paulista, então bastava fazer o mesmo para a Cidade de Deus.

Quase isso. Nem todo o caminho era asfaltado. Da Cidade Universitária — que naquela época estava em construção e não havia recebido ainda algumas das instituições que a compõem atualmente, como a Escola Politécnica e a Faculdade de Economia — até a Cidade de Deus eram cerca de 7,5 quilômetros de barro. Um ônibus da Viação Bandeirante fazia a linha — pelo menos era o trajeto dele, mas muitas vezes atolava no meio do caminho ou simplesmente não aparecia. Naquela época, a região do bairro do Butantã — por onde se vai da Cidade Universitária para a Cidade de Deus — era literalmente um grande matagal.

O horário de chegada de Cezar ao trabalho passou a ser aquele em que o ônibus se dignava a passar. Os constantes atrasos estavam tornando a situação insustentável, até que um colega o convidou a ficar no quarto dele, um dos dormitórios fornecidos pelo banco para os funcionários solteiros. E Cezar se mudou para a Cidade de Deus. Problema resolvido e outro criado: o fato de estar sempre no local de trabalho fez Cezar e os colegas trabalharem insanamente, virando noites. Não por gosto, mas por necessidade. A função: checar os dados que iriam "alimentar o cérebro eletrônico" que havia acabado de ser comprado pelo Bradesco.

O "cérebro eletrônico" era uma máquina Hollerith da empresa de mesmo nome, que servia para processar os dados de conta corrente vindos de agências do banco. A compra gerou um avanço significativo na modernização e informatização das operações bancárias no Brasil e mostrou a importância da tecnologia para o jovem Cezar, que ao longo dos anos usaria o "cérebro eletrônico" como inspiração para revolucionar o mercado financeiro do Brasil.

Cezar e mais quatro colegas tinham a ingrata — ou honrosa, dependendo do ponto de vista — missão de relançar as movimentações feitas pelos clientes em paralelo com as agências e verificar se as duas contas batiam para então liberá-los para processamento no cérebro eletrônico. O quinteto chegava a passar oitenta horas por semana trabalhando para conseguir dar conta de tudo.

"No começo, os dados nunca batiam. Ficamos alguns meses azeitando o sistema para que os dados que chegassem das agências não tivessem erros e pudessem ser colocados no cérebro eletrônico", conta ele.

Essa era apenas a parte do trabalho que cabia a Cezar e aos colegas. Havia também todo o procedimento feito por outra equipe, que alimentava o cérebro eletrônico. O coração dele era uma máquina Hollerith que ficava em um prédio de três andares especialmente construído para abrigá-lo e basicamente funcionava em quatro passos. O primeiro era feito pelas chamadas digitadoras, que utilizavam um teclado numérico para perfurar os cartões que depois seriam inseridos na Hollerith. Cada furo representava um número, tudo separado por colunas. Em seguida, os cartões eram carregados na ordem em que haviam sido perfurados para dentro da máquina para que ela colocasse em ordem crescente numérica. Feito isso, juntava-se a esses cartões um outro cartão com o saldo anterior, e, finalmente, a máquina fazia a conta e cuspia um cartão perfurado com o saldo atual. Fim da história. Ou quase isso. Era preciso guardar os cartões sem tirá-los de ordem. E isso era feito para todas as contas bancárias da agência. Uma a uma.

Não por coincidência, a palavra holerite, um aportuguesamento de Hollerith, faz referência, em pleno século XXI, ao documento que mostra o resumo mensal da remuneração de um trabalhador com valores bruto e líquido de remuneração, rendimentos, descontos e valores extras.

Cezar estava inconformado com a carga de trabalho. Não podia ser assim, por isso, no fim da tarde de um sábado, começou a articular uma rebelião. Combinou uma greve com os quatro colegas. Eles não iriam trabalhar enquanto a situação da sobrecarga de trabalho não se resolvesse. Cezar já tinha na cabeça a solução: ou vinha mais gente ajudar ou não poderia ter mais agências para checagem do grupo deles cinco (naquele momento quinze delas enviavam seus dados para processamento). Tudo combinado. Só voltariam na terça-feira.

Mas, segredo de dois — reza o ditado —, só se um estiver morto. Segredo de cinco, então, é impossível — seria preciso ter quatro mortos. No tradicional futebol de domingo no campinho construído para os funcionários que moravam nos alojamentos na Cidade de Deus, o plano de Cezar chegou aos ouvidos de José Carlos Madeira, chefe imediato dele e dos quatro colegas. Sabendo do complô, Madeira passou a articular para virar a mesa. Reuniu os rebeldes no vestiário — exceção de Cezar, que tinha ido para São Paulo ficar com a vó Nini — e tratou de convencê-los a não faltar ao serviço na segunda-feira.

Na terça-feira, acreditando que estava tudo certo com a greve, Cezar chegou para trabalhar e se deparou com os quatro colegas de olhos esbugalhados de tanto labutar. Haviam virado a noite para dar conta da falta do colega. E Cezar já tomou na entrada uma primeira bronca de Madeira:

— Isso é bagunça, não pode fazer greve. Vai falar com o homem!

O "homem", no caso, era Manoel Cabete, o diretor todo-poderoso, responsável pela contabilidade do banco, de quem todos morriam de medo e um dos homens de confiança do fundador do banco, Amador Aguiar. Naquela hora, Cezar teve a certeza de que estava demitido.

Ele conhecia o temperamento de Cabete e o avistou na soleira da porta no fundo do corredor com as mãos na cintura, esperando por ele. Irritado com a situação, Cezar pensou consigo mesmo que ferrado por um, ferrado por mil. Nem se deu ao trabalho de apertar o passo até a sala do "homem". Continuou sua caminhada tranquilamente até tomar a ordem já na frente da porta:

— Entra e senta ali. Cezar, o que você tá aprontando? Fica incitando greve!

— Estamos trabalhando 24 horas. Ninguém aguenta mais. Assim não é possível.

— Você é rebelde mesmo! Não pode ficar incitando greve, não é assim que se faz.

— Ah, vai tomar no cu, seu Cabete [ele imaginava que já estava demitido, então não fazia sentido manter um mínimo de elegância] e saiu da sala rapidamente, assim não dava ao "homem" a chance de demiti-lo.

Voltando para sua mesa, Cezar raciocinou que melhor do que ser demitido seria pedir demissão, e foi de prontidão até Madeira e pediu para sair do banco. Não mais de dez segundos depois, ouviu Cabete — que havia saído da sala furioso atrás dele — berrando:

— Vai falar com o Ildefonso agora!

Mas Cezar estava sentado na quina da mesa de Madeira, de costas para a porta, atitude que Cabete odiava (e, obviamente, Cezar sabia disso).

— Sai daí e vai agora!!!!

Com toda a calma na velocidade ideal para deixar Cabete perto de ter uma síncope, Cezar se virou e saiu da sala a passos de tartaruga em direção à sala de Ildefonso, diretor de departamento pessoal, dois andares abaixo. A ordem de Cabete fez Cezar ter certeza de que seria demitido, e ele decidiu não perder a pose na frente de Ildefonso:

— O Cabete me mandou falar com você. Quero sair do banco.

Pego absolutamente de surpresa, Ildefonso pediu para Cezar se sentar e começou a conversar com ele. Não tinha ideia dos motivos que haviam levado o jovem à sua sala, nem por que estava pedindo demissão. Mas seu trabalho era descobrir. Com muita calma e tranquilidade, ouviu o que o menino tinha a dizer. Depois de escutar, pegou o telefone e ligou para Cabete.

Na época, os telefones eram grandes trambolhos pretos que ficavam em cima da mesa, e o som que saía deles era muito alto. E Cezar escutou o diálogo travado pela chefia.

— Cabete, o que você quer que eu faça com o Cezar? Quer que eu mande ele embora? Ele está dizendo que vai embora do banco de qualquer jeito!

— Não. O Cezar é maluco, mas é bom! Não deixa ele ir embora, não! Manda ele pra casa por três dias.

— Anoto a suspensão na carteira dele?

— Não, só deixa três dias em casa mesmo.

Agora só faltava Ildefonso "convencer" Cezar a "ficar". Não precisou de muito. E Cezar foi para casa.

Após suas "férias forçadas", Cezar foi avisado de que Cabete havia mudado a função dele. Ele iria trabalhar na área de liquidação de bancos.

O Banco Nacional Interamericano (BNI) havia acabado de ser comprado pelo Bradesco e era preciso liquidá-lo — vulgo fechá-lo —, incorporando-o. Isso envolvia muita burocracia. Fundado em 1943 por Orozimbo Roxo Loureiro, o banco havia construído mais de uma dezena de prédios, entre eles o edifício Copan, projetado por Oscar Niemeyer, que havia acabado de criar a arquitetura de Brasília, a nova capital federal.

A fachada ondulada e curvilínea do Copan, uma obra-prima do uso criativo do concreto armado, foi feita com base em um programa de condomínios a preço de custo criado no banco pelo então diretor de carteira imobiliária e acionista Octavio Frias de Oliveira. Em 1961, Frias compraria a *Folha de S.Paulo*, então um pequeno diário, e o transformaria em um dos grandes jornais brasileiros nas décadas seguintes.

No novo trabalho, Cezar achou que sua vida ficaria razoavelmente estabilizada, mas a calmaria durou apenas cinco meses, pois foi chamado para uma nova missão. Estavam precisando de alguém para ir para o Rio de Janeiro botar um banco comprado havia três anos nos padrões do Bradesco, e a chefia queria saber se o jovem não estaria disposto a enfrentar o desafio.

No início de 1963, Cezar pegou seus pertences e se mudou para o Rio. E não voltaria a morar em São Paulo por um longo período. Cidade vibrante e culturalmente rica, com uma vida noturna agitada, Carnaval animado, o Rio de Janeiro estava passando por um grande desenvolvimento econômico e urbano com a construção de locais icônicos como o Aterro do Flamengo, que ficaria pronto em 1965.

Com Cezar foram mais quatro colegas. O Bradesco havia comprado o Banco Mobilizador de Crédito, que havia quebrado alguns anos antes. A principal agência, uma casa antiga de três andares, ficava na rua 1º de Março, na esquina com a Buenos Aires, tendo a Igreja da Candelária, um dos símbolos da cidade, logo à frente.

Já no primeiro dia de trabalho, Cezar se deparou com uma situação inusitada: o funcionário mais novo do banco tinha praticamente o dobro de tempo de carreira dele, que naquela altura ainda não tinha completado 18 anos. Os olhares foram de reprovação para baixo. O que um jovenzinho vindo de São Paulo estava fazendo ali? Quais eram suas competências? Os burburinhos se multiplicavam, e o banco, que já havia assumido a bandeira Bradesco, precisava ser colocado em ordem.

Um dos motivos da quebra tinha sido um loteamento feito pelo banco. As pessoas compravam os lotes, mas não pagavam e ficavam com as terras. E o motivo não era outro senão um político de Duque de Caxias, na Baixada Fluminense, que dizia que "resolvia" as coisas e elas não precisavam pagar. Apelidado pelos cabos eleitorais de "O Rei da Baixada" e pelos rivais de "O Deputado Pistoleiro", o político era adorado pela população da região pelas melhorias que havia feito na Baixada como deputado estadual. Por isso o apelido "Deputado Pistoleiro"— aparentemente não sem razão, pois ao longo da vida foram atribuídos a ele cinquenta crimes.

Conhecido por intimidar os inimigos, Tenório Cavalcanti gostava de caminhar pelas ruas com sua assessora especial, "Lurdinha", uma submetralhadora alemã, escondida sob uma capa preta, um símbolo que valeu a ele o apelido de "O Homem da Capa Preta", retratado no filme de mesmo nome de 1986.

Após alguns dias analisando a situação, Cezar constatou que a cobrança dos lotes — e de tudo mais — era uma bagunça sem fim. Os funcionários estavam respondendo correspondência de um ano antes perguntando se a pessoa tinha pagado sua dívida. Na maioria das vezes, para não dizer todas, o banco não recebia sequer uma resposta. Era trabalho jogado fora.

A incapacidade de cobrar as dívidas era apenas uma das dificuldades de Cezar. No ano de 1963, o Brasil vivia uma intensa agitação social e uma crescente polarização e instabilidade política que culminariam no golpe militar de 1964. O presidente João Goulart tentava implementar uma série de reformas com respaldo em seu plano de governo ("Reformas de Base"), que incluía reformas agrária, urbana, educacional e bancária, além das reformas administrativa e tributária. As propostas, no entanto, encontraram forte oposição de setores da sociedade, incluindo setores do empresariado, a mídia, a Igreja e as Forças Armadas.

A economia também estava capengando com a inflação alta, mas Cezar precisava diariamente retirar dinheiro do cofre da agência na 1º de Março e distribuí-lo pelas agências do Rio de Janeiro. Nada mais adequado — em uma situação dessas — do que transportar dinheiro de um lado para o outro pelas ruas do Rio de Janeiro dentro de um Willys Overland com capota de lona retrátil — um jipe reconhecido por seu papel crucial durante a Segunda Guerra Mundial e por cinco características únicas:

1. Design: simples e funcional, com carroceria de chapa de aço plana e formas angulares, projetada para ser fácil de fabricar e reparar.
2. Tração nas quatro rodas: excelente capacidade off-road para andar em terrenos difíceis.
3. Motor: famoso pela confiabilidade e pelo torque adequado para as condições de baixa velocidade do off-road.
4. Estrutura leve: facilmente transportável.
5. Configuração versátil: podia ser equipado com uma gama de acessórios, entre eles metralhadoras, guinchos e ferramentas agrícolas.

Só que nada disso era exatamente necessário para transportar dinheiro — um carro-forte seria muito melhor. E o mais incrível não é que o transporte fosse feito assim, mas que Cezar não se lembra de o jipe ser assaltado nas andanças pelas ruas mesmo com o país em plena ebulição social e econômica.

E não apenas isso. O Willys também fazia a ronda pelas agências do Bradesco, levando e trazendo cheques dos clientes para a chamada câmara de compensação, na rua da Candelária, no centro do Rio. No caso, a agência 1º de Março, em que Cezar trabalhava, recebia das outras agências os cheques dos clientes, separava por banco, e uma pessoa ia até a câmara para colocá-los nos escaninhos dos respectivos bancos (ao menos era perto, dois minutos a pé). Os outros bancos faziam o mesmo.

Até hoje os bancos que existiam naquela época usam o número do escaninho. Ele é o código da instituição bancária na compensação.

O serviço de compensação começava às 20 horas e tinha de terminar às 22, mas isso nunca acontecia. Sempre dava algum erro e a operação invadia a madrugada, até 2 ou 3 da manhã. No final, os valores milagrosamente batiam, apesar de naquele momento o Brasil ter algo como 153 bancos ativos.

Mas havia ainda uma questão. Nem todos os bancos estavam bem das pernas, e, como a compensação era manual, quem "recebesse" primeiro ficava com o dinheiro (poderia não haver caixa para o próximo da fila). Como todo mundo sabia quais bancos corriam o risco de quebrar, Cezar criou uma regra para o Bradesco. Toda vez que era depositado um cheque de um banco que corria o risco de não sobreviver no curto prazo, ele pedia para alguém da equipe ir no tal banco, apresentar o cheque no caixa, sacar o dinheiro e trazer para o Bradesco. Tudo feito a pé no centro do Rio de Janeiro. Uma forma de evitar um possível problema à noite na câmara de compensação.

O processo todo, porém, só terminava às 16 horas do dia seguinte à compensação, quando os cheques sem fundo voltavam para ela e a transferência do dinheiro era finalmente feita de um banco para o outro, subtraindo-se os valores sem fundo. E só então o ciclo de um dia de movimentação financeira estava completo.

As bizarrices, porém, não paravam por aí. Cada banco tinha uma conta no Banco do Brasil. Nela, ficava o compulsório — valor que os bancos têm de deixar depositado e que não pode ser emprestado — mais o dinheiro que sobrava no caixa. Ficava fora dessa conta apenas o dinheiro que estava nas agências para ser movimentado no dia a dia. Curiosamente, o compulsório que os bancos não podiam emprestar era emprestado pelo Banco do Brasil, que deveria deixá-lo em caixa.

Na época, o sistema financeiro funcionava de forma muito simplificada, com o Banco do Brasil fazendo o papel de "regulador" da liquidez do mercado (o Banco Central seria criado apenas no final do ano seguinte, 1964) e a Casa da Moeda fabricando papel-moeda e enviando para a Superintendência da Moeda e do Crédito (Sumoc), que enviava as notas ao Banco do Brasil para que ele as distribuísse para bancos de todo o país. Até aqui tudo normal. Só que o valor enviado pelo Banco do Brasil ao Bradesco não estava sendo suficiente. Vivia faltando papel-moeda para o banco em São Paulo. A solução era pegar mais papel-moeda e levá-lo para São Paulo. O estranho era o procedimento utilizado.

Cezar ou um de seus colegas ia com um cheque administrativo do Bradesco até a Sumoc. Retirava dinheiro da conta do Bradesco no Banco do Brasil e se encaminhava para São Paulo. Uma pequena jornada que começava com um táxi até o aeroporto Santos Dumont e terminava com a entrega na principal agência do Bradesco na época, na rua Álvares Penteado, no centro da capital paulista.

O embarque de passageiros no aeroporto Santos Dumont na década de 1960 era feito pelo saguão central. Bastava ter um tíquete na mão e pronto. Nada de raio X, nem checagem de bagagem. Simplesmente se mostrava o bilhete aéreo já na porta do avião, logo antes da escada por onde os passageiros embarcavam.

Não era diferente com Cezar ou um de seus colegas, embora as caixas que eles carregassem tivessem um enorme lacre da Casa da Moeda em cima. Sim, caixas. Melhor. Os aviões utilizados na ponte aérea Rio-São Paulo na época eram DC-3 e DC-6, modelos que não tinham bagageiro na parte de cima. O jeito era acomodar as caixas de dinheiro embaixo do banco.

"Em média cabiam duas na cabine, e nós chegávamos a carregar seis", conta Cezar. As outras duas a quatro, dependendo de quem estivesse carregando, eram entregues para a comissária de bordo, que as despachava para o bagageiro do avião com as malas "normais" — e não tinha nada de comprovante de despacho de bagagem; isso não existia. Ao desembarcar em Congonhas, as malas e as caixas que haviam viajado no bagageiro eram deixadas enfileiradas no chão — não, não havia esteira rolante também —, e cada um pegava a sua.

Nunca nenhuma caixa de Cezar sumiu — e ele não se lembra de saber de casos desse tipo —, por mais incrível que possa parecer afirmar isso em pleno século XXI, quando roubos acontecem 24 horas por dia, sete dias por semana, mesmo com os aeroportos recheados de câmeras de monitoramento.

Mas a missão continuava. Não havia terminado ainda. Cezar ou os colegas pegavam um táxi de Congonhas até a rua Líbero Badaró, na esquina com a praça Almeida Prado. Não, não estavam ainda na porta da agência da Álvares Penteado. Tinham de ir a pé, pois a rua é um calçadão de pedestres. Não era possível chegar de carro até ela. Para quem já tinha feito todo o trajeto — táxi do centro do Rio até o Santos Dumont, avião até Congonhas e táxi até a Líbero Badaró —, esse era apenas um pequeno obstáculo a ser vencido, uma curta caminhada de cerca de um quilômetro no meio dos pedestres com as caixas debaixo do braço. Nada de mais, não estivessem os jovens carregando uma montanha de dinheiro. Novamente, Cezar e os colegas nunca foram roubados e sempre voltaram tranquilos para o Rio de Janeiro. Missão cumprida e a vida continuava.

O dia seguinte era geralmente de trabalho, e, com o clima político e social esquentando, havia greves bancárias que muitas vezes impediam o banco de abrir e dificultavam muito o trabalho do jovem Cezar. O cofre do banco só abria entre 8h55 e 9h05, e Cezar precisava entrar nele para fazer o procedimento de pegar o dinheiro para os caixas da 1º de Março e distribuí-lo para as quatro outras agências. Se não fizesse isso, elas não poderiam abrir, deixando os clientes na mão.

Nessa hora, vira e mexe, com os grevistas na porta do banco, o treino de subir em árvores na infância mostrava seu valor, e Cezar passou a entrar pelo teto, que acessava pela casa de secos e molhados, ao lado. E chegou o momento em que ele até topou entrar em uma briga física, apesar de ter jurado nunca mais fazer isso devido às lembranças que tinha do menino que havia machucado na infância.

Em um dia de greve, Cezar viu do lado de fora da agência o representante do sindicato — cada empresa tinha um na época. Ele, Ele e outros grevistas estavam impedindo funcionários de entrarem para trabalhar. Cezar não teve dúvida: foi para cima do representante. Na mesma hora, os outros grevistas fugiram e os funcionários conseguiram entrar. Mas isso não resolvia o maior de todos os problemas: os pagamentos dos terrenos comprados, que continuavam não sendo feitos.

A correspondência se acumulava e não havia uma solução à vista até que Cezar teve uma ideia ousada: "Tinha 42 pessoas fazendo isso. Um dia, cheguei ao banco, olhei tudo aquilo e pensei: com esse povo não dá. E demiti todo mundo."

Cezar não tinha autonomia para tomar essa decisão sem consultar a sede do Bradesco na Cidade de Deus, mas o fez mesmo assim, e ninguém reclamou, apesar de a indenização ter sido cara. Foi a primeira das atitudes que tomaria sem avisar a absolutamente ninguém e que, por fim, o levariam a um embate inusitado com Lázaro de Mello Brandão, que anos depois sucederia Amador Aguiar na presidência do banco.

Com toda a equipe demitida, Cezar mandou chamar um caminhão, colocou todas as cartas dentro e enviou para a Cidade de Deus com um recado: "Favor, arquivar." E aproveitou para despachar uma circular interna para todas as agências, requisitando que lhe reportassem, por meio de cartas, as pendências do banco. Ao mesmo tempo, contratou jovens que nunca haviam trabalhado e deu uma ordem: tudo que entra em um dia tem que sair no mesmo dia (uma forma de mostrar que não estava de brincadeira). E não era uma metáfora. A equipe ficava até tarde da noite terminando o serviço. "A filosofia de contratar pessoas jovens funciona porque elas não têm vícios. Você dá a sua cultura para a pessoa. Nada se cria nessa vida. Tudo se copia. As igrejas são mestras em fazer isso. Não fui eu que inventei..." A mesma filosofia seria parte central da cultura dos dois bancos de investimento que Cezar fundou, o Garantia e o Pactual (atualmente BTG Pactual).

Em poucos meses, a agência da 1º de Março passou a ser uma das mais eficientes do Bradesco, não sem antes Cezar e a equipe de jovens passarem noites e mais noites colocando a casa em ordem. O resultado chamou a atenção da chefia na Cidade de Deus, que passou a convidá-lo periodicamente para conversar sobre reestruturação — era a segunda de que Cezar participava com sucesso, sendo um jovem de pouco mais de 18 anos. Ao longo do tempo, reestruturar empresas se tornaria uma de suas especialidades.

O golpe militar de 31 de março de 1964 trouxe uma nova ordem política e mudou radicalmente o sistema financeiro nacional. Primeiramente com a criação, em 16 de julho, da Obrigação Reajustável do Tesouro Nacional (ORTN), título público emitido pelo Tesouro Nacional do Brasil com o objetivo de fornecer um instrumento de crédito de longo prazo para o financiamento do setor público, ao mesmo tempo que oferecia proteção contra a inflação aos investidores e pagava juros semestrais de 6%. Esse título público mudaria a vida de Cezar.

As ORTNs deram início a um período de intenso desenvolvimento econômico e modernização da infraestrutura brasileira. O governo, buscando promover o crescimento e a industrialização, investiu pesadamente em grandes projetos de infraestrutura, como rodovias, pontes, edifícios públicos e usinas hidrelétricas. Para financiar as obras, em muitos casos pagou as empreiteiras e os fornecedores de serviços com ORTNs. Mas o uso delas para pagamento de dívidas acabou levando a uma descrença em relação ao seu valor. Como venciam em dez anos, poucos acreditavam que seriam realmente pagas.

A desconfiança levou os papéis a serem negociados com desconto de até 50% em relação ao valor de face nos anos seguintes, situação que levou operadores do mercado financeiro, Cezar entre eles, a ganharem muito dinheiro no início da década de 1970. Antes disso, porém, muita água iria rolar, e Cezar passaria por alguns bons perrengues.

Meses depois da criação do Banco Central do Brasil, o Bacen, no fim de 1964, Cezar recebeu um telefonema da sede do Bradesco. "Era por volta das 19 horas e o Lázaro [Brandão] perguntou se eu tinha feito o depósito do compulsório [o ajuste do valor a ser depositado é feito mensalmente]. Fiquei apavorado. Não lembrava de ele ter pedido e na hora fiz a conta do tamanho da multa que iríamos levar. Era o equivalente a uns cem anos do meu salário."

Apavorado, Cezar saiu correndo para a área do Banco Central, que cuidava de compulsório, na praça Pio X. O horário-limite para fazer o depósito, 16 horas, já havia encerrado fazia tempo. O caixa estava fechado, mas, por sorte, o gerente da área, Ernesto Albrecht, ainda estava lá. Uma feliz coincidência. Ou quase isso.

Cezar explicou a situação para Albrecht, que, após lhe dar um pequeno grande esporro, topou que ele depositasse o compulsório. Só havia um porém. Cezar é quem devia convencer o caixa a fazer a reabertura, não Albrecht. Sem opção, o jovem Cezar conversou longamente com o funcionário e conseguiu fazê-lo reabrir o caixa, mas não era suficiente. Eram necessárias duas chaves. Uma estava com o caixa, e a outra, com Albrecht. Cezar voltou à mesa de Albrecht, que, com mais um pequeno grande esporro, juntou sua chave à do caixa. "Acho que ele tinha certeza de que o caixa nunca ia topar reabrir para eu fazer o depósito", relembra.

Mais do que aliviado em ter resolvido o problema, Cezar só conseguia pensar no dinheiro que não teve de gastar por conta do compulsório e no fato de que não teria de contar para a namorada que tinha uma dívida, uma situação que cairia como uma bomba na família dela.

Maria do Carmo é prima de Cezar em segundo grau. Prima-irmã da mãe dele. Cezar disse a ela — quando tinha 10 anos — que um dia os dois iriam se casar. Mas não seria assim tão simples. Três anos depois, o pai dela destratou Cezar, em uma visita ao Rio de Janeiro. A vó Nini, querendo resolver uma pendenga de inventário da família, decidiu enviar uma carta ao irmão, o ministro do Supremo Tribunal Federal Cândido Motta Filho, e precisava de um emissário de confiança para realizar a missão. Cezar foi o escolhido e pernoitou na casa da prima. "Um dia, às 4 da manhã, fui tomar água. Fazia um calor infernal. Fechei a geladeira batendo o fecho e ele acordou com o barulho. Veio à cozinha e me disse: 'Não se fecha a geladeira batendo, senão quebra. Fecha-se assim!' E me ensinou, como se ensina a uma criança à qual se repreende. Eu fiquei danado da vida com aquela atitude dele e pensei comigo mesmo que com esse sogro não vai dar para cumprir a promessa. Ele me chateou muito, me espezinhou muito, mas eu nunca revidei. Ficava calado. A Maria do Carmo foi quem algumas vezes tomou as minhas dores."

A família de Maria do Carmo era de classe média alta. Cezar não havia voltado a estudar desde que saíra de casa. Tinha completado até aquele momento apenas a sexta série do ensino fundamental. O pai da namorada era advogado da elite carioca. Ela tinha amigos na Pontifícia Universidade Católica do Rio de Janeiro (PUC-Rio) que haviam estudado no Santo Inácio, colégio das famílias abastadas cariocas.

Já na chegada ao Rio de Janeiro, Cezar começou a namorar Maria do Carmo, mas o futuro sogro não via o jovem e sua história de vida com bons olhos. O garoto era — para ele — uma figura muito aquém do que a filha merecia: um bancário sem estudo. A situação, porém, iria piorar muito no dia em que Cezar acabou obrigado a se mudar para a casa dele.

Assim que mudou para a capital fluminense, Cezar foi morar na casa do sogro, na rua Voluntários da Pátria, 139, no bairro de Botafogo. Ficou lá durante pelo menos um ano e meio até que o Bradesco alugasse um apartamento para ele e João Steinle na praia do Russel, o que deixou a dupla de jovens mais do que felizes. A alegria, porém, durou pouco. Uma chuva histórica que tomou a cidade por cinco dias, no início de janeiro de 1966, gerou um deslizamento de terra em Santa Teresa que invadiu o apartamento de Fernando Pinheiro Machado — irmão de Arari, que havia fiscalizado a agência em São Paulo quando Cezar tinha 15 anos e descoberto que ele não podia ser procurador do banco.

Encravado no alto de uma serra entre a zona sul e o centro da cidade, o célebre bairro é conhecido pela vista espetacular, pelas construções históricas do século XIX e pelos elegantes casarões erguidos até os anos 1940. Mas não havia o que fazer. Já na segunda-feira, primeiro dia da chuva, Machado estava sem casa, e nada mais prático do que "expropriar" o apartamento dos jovens Cezar e João.

Sem ter para onde ir, Cezar foi pedir, a contragosto, abrigo na casa da namorada. A chuva que havia tirado Machado de casa continuava, e Cezar, já na casa do sogro, tinha de abrir o cofre da agência da rua 1º de Março com a cidade debaixo d'água. A Voluntários da Pátria mais parecia uma piscina, mas o cofre tinha que ser aberto.

Cezar não teve dúvida: colocou a roupa de trabalho dentro de um saco plástico, saiu de calção e nadou por 500 metros com água até o pescoço em direção à praia, onde um caminhão do Corpo de Bombeiros transportava aqueles que não podiam parar de trabalhar. Já na agência, tomou banho — havia banheiro com chuveiro no local —, se trocou e começou o expediente. E assim foi ao longo de toda a semana. Uma logística complicadíssima, que Cezar não via a hora de terminar.

A enchente seria lembrada como a maior da história da cidade, deixando um saldo de 250 mortos e mais de 50 mil desabrigados. Na sexta-feira, com a água baixando — ele já conseguia ir de ônibus para o trabalho — e a perspectiva da chegada de um merecido final de semana de descanso, Cezar estava animado. Até que o telefone tocou na madrugada de sexta para sábado. Era o vigia do prédio da 1º de Março, Tatão, assustado do outro lado da linha.

— Cezar, tá chovendo mais dentro do banco do que fora.

— Tá maluco, Tatão?

— Vem pra cá pra você ver, Cezar.

— A essa hora não consigo resolver nada. Amanhã cedinho vou praí.

Tatão tinha razão. Havia mais água dentro do que fora do banco. O telhado tinha colapsado, e a água escorria por todos os cantos.

No entanto, com telhado ou sem telhado, com chuva ou com sol, o banco tinha de abrir na segunda-feira. Cezar avaliou a situação e saiu atrás de trabalhadores para refazer o telhado e de lonas para cobri-lo. O público seria atendido no térreo — o telhado havia colapsado no terceiro andar —, então daria para os clientes entrarem enquanto os pedreiros faziam o serviço.

Madeira comprada, trabalhadores contratados, Cezar passou o fim de semana orientando o trabalho. E, na segunda-feira, a agência abriu normalmente. Mas Cezar esqueceu, não quis ou simplesmente não achou necessário avisar a sede, na Cidade de Deus, sobre o que estava fazendo. Após três meses recebeu um telefonema de Hiro Kichi, que controlava o orçamento do Bradesco, dizendo que o "seu Lázaro" (Lázaro de Mello Brandão) e o "seu Francisco" (Francisco Sanchez) queriam falar com ele imediatamente. Preocupado, Cezar embarcou no primeiro ônibus do Expresso Brasileiro pensando no que poderia ter acontecido. "Passei as oito horas da viagem tentando imaginar o que eu tinha feito de errado, mas não conseguia me lembrar de nenhum erro significativo."

Na chegada à Cidade de Deus, Cezar foi enviado direto para a sala da diretoria, encontrou Brandão e Sanchez esperando-o e já tomou um esporro de Sanchez na porta, literalmente em pé, que começou com: "Como é que você autoriza uma despesa que só o Aguiar, dono do banco, sozinho, pode autorizar?" E continuou: "Isso é motivo de demissão por justa causa." Cezar concluiu que dessa vez não tinha jeito mesmo. Estava na rua. Conformado, quase perguntando se já podia ir embora, ouviu: "Nunca mais faça isso." Surpreso, agradeceu, pegou a malinha e voltou para o Rio de Janeiro aliviado. Não havia sido demitido.

Já com um novo apartamento alugado pelo Bradesco, Cezar e João estavam novamente felizes. Dessa vez era na rua Dois de Dezembro, no Flamengo. O local, porém, não era tão bom quanto o anterior, expropriado por Pinheiro Machado, e logo ganhou o apelido "carinhoso" de Chiqueirópolis. Era sujo e fedido, mas os dois jovens sobreviviam bem nele, ou quase isso. Às vezes cometiam pequenas gafes: "Um dia cheguei em casa e o João estava passando mal, vomitando, quase morrendo. Disse que tinha comido apenas uma salada com azeite português. Fui na cozinha e tinha um vidro escrito 'Azeite português', e embaixo 'para lamparina'." Cezar assegura aos risos que João sobreviveu à intoxicação.

Em 21 de maio de 1966, Cezar e Maria do Carmo finalmente se casaram, sem precisar da autorização dos pais. A data foi escolhida a dedo. Cezar tinha acabado de completar 21 anos — até a entrada em vigor do novo Código Civil brasileiro, em janeiro de 2003, era preciso ter 21 anos completos para poder casar sem autorização dos pais. O mesmo valia para Maria do Carmo, que havia completado a idade em janeiro. Cezar passou a morar na casa do sogro.

A vida parecia estar se ajeitando. A agência da 1º de Março ia bem até que o telefone tocou novamente na madrugada de sexta para sábado (os problemas parecem ter uma predileção por fins de semana).

— Cezar, tem um cara no segundo andar de metralhadora dando tiro.

— Tatão, você tá alucinado. Vai dormir, tchau!

Dali a pouco, outro telefonema.

— Cezar, vem pra cá. O cara tá atirando de novo. Eu vou embora!

— Tatão, fica aí que eu já tô indo.

Em plena madrugada, Cezar pegou o ônibus número 138 — Estrada de Ferro-Gávea que passava perto da casa do sogro, e encontrou Tatão na porta da agência com a cara mais pálida do que uma folha de sulfite branca.

— Vamos lá ver o que tá acontecendo no segundo andar.

E os dois subiram as escadas. Nada de tiros, e Cezar desconfiando de que Tatão — naquele momento com seu revólver calibre 38 em punho — estivesse realmente alucinando. Cezar olhou para a arma e pensou: *Deve estar enferrujada e ele não deve sequer saber atirar. Estamos lascados.*

— Tatão, fica aqui na escada com o revólver. Eu vou correndo e acendo o interruptor do salão para deixar o atirador na luz e a gente no escuro.

Som de tiros — POW, POW, POW —, e Cezar, apavorado, correndo de volta para a escada, tropeçando e se enroscando em Tatão, que apenas olhava de volta com cara de "eu falei que era tiro...". Mas Cezar, do alto de seus 21 anos, cheio de coragem, estava longe de querer desistir.

— Saí correndo e bati a mão no interruptor. Nada. Tentei mais uma vez. Interruptor pra cima e pra baixo. Nada. A luz não acendeu. Pensei: *Agora fodeu.* Esse bandido cortou os fios!

Apavorado, Cezar desceu até a caixa de luz, no térreo, para ver se o bandido havia realmente cortado os fios. Quando abriu o quadro geral, teve uma surpresa enorme: tudo derretido. A fiação subia para o telhado por conduítes de ferro com os fios encapados em tecido. A hipótese mais provável é que, com o colapso do telhado, meses antes, a água tenha entrado no sistema — toda a fiação passava pelo telhado e por baixo do piso — e acabou esquentando até estourá-lo.

Mistério da falta de luz resolvido. Mas tinha um ponto que não fazia sentido: por que um sujeito ficaria dando tiros no escuro em uma agência de banco fechada na madrugada de sexta para sábado? Era absolutamente fora do razoável fazer isso, e a dupla agora — mais cismada do que com medo — decidiu que ia tirar essa história a limpo. Os dois subiram as escadas novamente, agora com uma lanterna na mão. Mas não estavam preparados para o que iriam encontrar. Ao se depararem com o piso levantado, não souberam o que pensar.

O piso era de cerâmica São Caetano, feita de quadradinhos, e o calor gerado pelo curto-circuito estava estourando as placas. O bandido era a temperatura. E lá foi Cezar contratar as pessoas e o material para refazer o piso, a fiação e os conduítes. Na segunda-feira a agência tinha de abrir. E assim aconteceu.

Tempos depois, Aguiar, o dono do Bradesco, Brandão e Sanchez foram ao Rio de Janeiro ver os negócios do banco, passaram na agência para ver o que tinha acontecido e não comentaram nada, embora o serviço não estivesse finalizado. Havia fios expostos subindo de um andar para o outro da agência. Cada caixa com um fio pendurado vindo de cima para dar carga na máquina Burroughs que fazia o registro de valores recebidos e pagos. E tudo funcionava perfeitamente, apesar do visual um tanto quanto bagunçado.

Com tudo aparentemente resolvido, Cezar continuou o trabalho, mas pouco depois da visita da chefia recebeu um telefonema de Antônio Beltran Martinez — número dois de Lázaro, que anos depois seria um dos fundadores do Banco BBA — dizendo para ele ir imediatamente à Cidade de Deus porque às 7 da manhã do dia seguinte Lázaro queria falar com ele. Preocupado com a situação, Cezar foi, uma vez mais, correndo para São Paulo e se apresentou no horário combinado na sede do banco. E nada de Lázaro aparecer. Às 8 horas, chegam juntos Lázaro, Sanchez e Martinez, e Cezar, que já estava pra lá de agoniado com o "atraso", percebeu que a coisa ia ser feia. Os três juntos não era uma boa notícia. E Sanchez já começou irritado:

— Já dissemos que você não podia ter feito a despesa do telhado sozinho. E essa agora custou cinco vezes mais. Tem que pedir autorização. Você é um irresponsável!

— Olha, eu não tenho o telefone da casa de vocês. A agência não parou um dia. Vocês foram lá e viram os fios pendurados. Ninguém falou nada e eu nem lembrei. Só queria abrir o banco na segunda-feira.

— Cezar, nunca mais me faça isso. Se fizer isso algo assim de novo, vou ter de te mandar embora. Volta pro Rio e estamos conversados.

Mensagem dada, Cezar pegou mais uma vez sua malinha e voltou para o Rio de Janeiro. Continuava empregado. Nada mal, mas ele sabia que não podia fazer mais nada sem autorização. O recado de Sanchez havia sido claro. Não havia mais espaço para ações não expressamente combinadas. Naquele momento, porém, ele tinha outras preocupações. Em breve nasceria seu primeiro filho.

Na época, não havia ultrassom e não era possível saber o sexo antes do nascimento da criança. Cezar imaginou que o bebê nasceria no Hospital dos Bancários, um dos melhores do Brasil na época, onde atualmente fica o Hospital da Lagoa, na Lagoa Rodrigo de Freitas. Por ser bancário, tinha o direito de usá-lo, mas o ginecologista de Maria do Carmo era de Petrópolis.

O casal decidiu que o parto seria lá e que ela ficaria na cidade na casa do tio, Silvio, até ter o bebê. Enquanto isso, Cezar subia e descia de Petrópolis de ônibus nos fins de semana até que um dia recebeu um telefonema de sua mãe, Mariúcha, que estava acompanhando sua esposa. Havia chegado a hora. Maria do Carmo já estava na sala de parto. Feliz e emocionado, Cezar pegou o primeiro ônibus para Petrópolis, e na chegada, foi direto para o hospital. Animado, abriu a porta do quarto pronto para ver o bebê e a mulher, mas deu de cara com a mãe. Sozinha. Sentada.

— Mãe, o que aconteceu?

— Primeiro filho é assim mesmo. Demora um pouco. Não se preocupe.

— Mãe, já se passaram quase duas horas desde que você me ligou e nada ainda?!

— Fica tranquilo. Tive oito filhos. É assim mesmo.

Inconformado, mas sem nada que pudesse fazer, Cezar se sentou e ficou esperando.

— Mãe, agora já se passaram cinco horas, e nada!!!

Apavorado com a perspectiva do que isso poderia significar e com o que a mãe poderia responder, Cezar foi salvo pela entrada do obstetra no quarto. Pulou da cadeira e recebeu duas notícias:

— Se ela não nascesse em mais cinco minutos, quem morria era eu. Ela ficou encaixada e não ia nem para a frente nem para trás. Tivemos de tirá-la a fórceps — anunciou o médico.

Cezar caiu na cadeira. Não sabia o que dizer. Ficou mudo. Acabara de saber que tinha uma menina, batizada pelo casal de Priscila, e que ela estava bem, mas demorou a processar o que havia acontecido. Já recuperado, estava na hora de ir ver a filha, e ele — não sem medo — foi ao encontro dela. Encontrou a bebê toda encolhida.

— Mãe, o bebê é aleijado.

— Filho, não é. É assim mesmo.

— Não é. Olha a perna dela. Olha a cabeça dela. Parece de marciano.

— Não é. É assim, mesmo.

Desesperado, Cezar voltou para o quarto a fim de esperar a mulher voltar da sala de parto. Já não sabia mais o que fazer consigo mesmo. Havia se tornado pai.

Com a pequena Priscila em casa, a vida pessoal parecia estar se encaixando, com o casal se adaptando à vida com uma bebê. Não que fosse confortável morar com sogro, mas era o possível naquele momento.

Um dia, Machado, o mesmo que havia expropriado a moradia de Cezar e João devido ao deslizamento de terra, chamou Cezar para uma conversa, disse que o gerente operacional da agência estava fazendo coisa errada e que precisava dele para ajudar a descobrir o que era. Cezar se negou. "Não sei o que aconteceu depois disso, mas o fato é que depois de alguns meses ele conseguiu pegar a falha do gerente: o homem tinha engravidado a secretária. Mandaram esse gerente para Santos e eu fui mandado para a agência de Madureira. Nunca entendi o motivo."

Na agência da 1º de Março Cezar tinha uma equipe de quinhentos funcionários e na de Madureira eram sete, mas esse era apenas um detalhe.

Localizado na zona norte do Rio de Janeiro, o bairro de Madureira tem uma longa ligação com o samba, em especial com a Portela, escola que é a maior ganhadora da história do Carnaval carioca, e com a Império Serrano, as duas nascidas ali no seu entorno. O bairro também é conhecido pelas temperaturas acima da média carioca, que já é extremamente quente. "No inverno, dentro da agência fazia quarenta graus. Não tinha ar-condicionado. Eu tinha de estar sempre de terno e gravata. Trabalhava com uma toalha no pescoço de tanto calor. E com a mudança do local de trabalho eu passei a demorar mais de uma hora em vez de vinte minutos para chegar e o mesmo para voltar. Todo dia. Um inferno em todos os sentidos."

E, mesmo assim, trabalhando no dito inferno, Cezar não perdeu o estilo "vou fazer do meu jeito". Um dia, o Bradesco soltou uma circular proibindo os funcionários de buscarem dinheiro com os clientes para depositar na agência — uma atitude impensável hoje, mas comum na época. Cezar não teve dúvida: continuou a passar nos clientes, entre eles empresas de ônibus, para recolher o dinheiro e levar para depositar no banco. "Se eu não fizesse, outro banco ia fazer e íamos perder o cliente. Nunca ninguém descobriu. Pelo menos até agora...", confessa ele entre risos.

Em vez de reclamar para a chefia da situação em Madureira, Cezar decidiu trabalhar. Em poucos meses havia arrumado a agência da mesma forma que havia feito com a da 1º de Março. Obviamente muito mais rápido e facilmente, pois o maior trabalho já havia sido feito na chegada dele ao Rio.

Mas, novamente o telefone tocou. Era Beltran pedindo para ele ir a São Paulo. Cezar, sem saber o que pensar, ficou matutando mais uma vez qual seria a cagada que tinha feito. Não conseguiu imaginar nenhuma. Como já havia sido rebaixado para o pior posto possível, só havia uma opção: iam lhe oferecer a porta da rua. Demissão mesmo. Mas quem morre de véspera é peru, e Cezar foi para a Cidade de Deus.

Pelo menos a viagem foi mais aprazível. Uma nova companhia estava operando a linha Rio-São Paulo com ônibus enormes e modernos, não o aperto desconfortável a que estava acostumado.

A conversa com Beltran não poderia ter sido mais diferente do que Cezar imaginara. Não falaram de nada importante, apenas amenidades, até a chegada de Lázaro, que lhe fez uma proposta "indecente". O banco estava com um problema sério em Belo Horizonte. Funcionários estavam roubando. Nem o dinheiro da tesouraria tinha sido poupado. Um problema atrás do outro, e Lázaro havia chegado à conclusão de que a melhor pessoa para ir para Belo Horizonte era Cezar. O banco já havia mandado alguém para assumir o posto dele em Madureira. Era só passar no Rio, organizar a mudança e assumir o novo posto com alguns benefícios: o dobro do salário e moradia paga pelo banco.

— Poderia me emprestar sua máquina de escrever?

Estranhando o pedido, Brandão simplesmente anuiu, e Cezar sentou-se na cadeira do chefe do chefe do chefe do chefe e começou a digitar na Remington — a Ferrari das máquinas de escrever da época. Digitou algumas poucas linhas e entregou o texto para Brandão.

— Cezar, você tá maluco.

— Não tô, não.

— Você tá pedindo demissão. Estamos dobrando seu salário, te dando casa.

— Exatamente. Se eu pedisse demissão quando estava indo para Madureira vocês iam dizer que era porque tinham me rebaixado. Agora que reconhecem que eu sou bom e estão me dando tudo isso, está na hora de eu sair.

— Você tem oito anos de banco e agora já tem estabilidade por lei. Não vai sair agora.

— Sim, senhor. Eu vou.

A situação ficou pra lá de estranha. Brandão e Beltran tentando convencer o jovem de 23 anos a ficar e ele dizendo que ia embora. Vendo que nada iria mudar, Beltran levou Cezar para almoçar e perguntou se ele tinha outro emprego em vista. Cezar disse a verdade: "Não e não vou ficar."

3

Seja teimoso no crescimento pessoal

"βουλεύου μέν βραδέως, ἐπιτέλει δὲ ταχέως τὰ δόξαντα".
(Delibere devagar, mas leve rapidamente a cabo o que resolver fazer.)

ISÓCRATES, orador e retórico grego

Na volta ao Rio, dentro do ônibus, Cezar ficou pensando no que fazer. E não tinha a menor ideia. Na terça-feira ele simplesmente foi até a agência em Madureira, pegou suas coisas e partiu. Era um jovem desempregado com uma mulher e uma bebê em casa.

Na rua do Carmo, no centro, a caminho de casa, encontrou o advogado Nelson Motta, pai do jornalista, compositor, letrista e produtor musical de mesmo nome. Os dois se conheciam havia tempos por conta das famílias, que eram parentes (Nelson era primo-irmão de Mariúcha, mãe de Cezar).

— Fala, meu banqueiro.

— Nem bancário mais eu sou. Me demiti.

— Peraí, tem um grande amigo meu para quem eu intermediei a venda de um banco. Vamos falar com ele.

A sede do Banco Industrial de Campina Grande ficava na rua 7 de setembro, e Cezar, levado por Motta, foi direto falar com Newton Rique, presidente e um dos donos do banco. Dez minutos de conversa e Rique perguntou se Cezar poderia começar a trabalhar imediatamente. E Cezar, sem pestanejar, aceitou na hora. Estava novamente empregado.

Um alívio, mas faltava um detalhe: o salário. Ele estava preocupado. Talvez não fosse dar certo. Precisava de um mínimo para sustentar a família. Mas o valor, no final, era mais do que o dobro do que ganhava no Bradesco. Um ótimo negócio financeiro. E Cezar foi direto para a agência da Tijuca do seu novo empregador com a mesma missão que havia recebido quando chegou ao Rio: arrumar a agência.

O Banco Industrial de Campina Grande foi um dos bancos de maior crescimento da década de 1960, com agências em 13 estados brasileiros — Alagoas, Bahia, Ceará, Minas Gerais, Pará, Paraíba, Paraná, Pernambuco, Rio de Janeiro, Rio Grande do Norte, Rio Grande do Sul, São Paulo e Sergipe —, e teve como diretor de relações institucionais o Rei Pelé, no auge de sua carreira. Cezar parecia estar no lugar certo, na hora certa. E, de quebra, poderia realizar um sonho antigo: se livrar do sogro. Agora que estava ganhando melhor, conseguiu alugar um apartamento na rua Conde de Bonfim, perto da agência em que trabalhava.

O casamento, no entanto, não ia bem. A relação de Cezar e Maria do Carmo já não funcionava, e o que já era complicado se tornaria ainda mais complexo quando, em um dia qualquer, Cezar ouviu a campainha de casa. Sem saber exatamente o que estava acontecendo — não estava esperando ninguém —, foi abri-la e se deparou com a mãe e as quatro irmãs mais novas a tiracolo. "Seu pai me deixou. Não tenho para onde ir. Vim para cá", anunciou ela.

O pai de Cezar havia se apaixonado por uma enfermeira e largado tudo para viver com ela.

A vida de Cezar, que estava se arrumando, virou uma bagunça. O apartamento tinha dois quartos. Com três adultos (Cezar, Maria do Carmo e Mariúcha), quatro crianças (as irmãs) e uma bebê (Priscila), nada funcionava e o salário não era suficiente para alimentar todo mundo. A situação levou Cezar a se endividar comprando fiado no Armazém Loureiro, famoso na época. Um paliativo que não resolvia o problema, mas dava um pouco de fôlego enquanto ele tentava decidir o que fazer. A situação, porém, não melhorava, e Maria do Carmo decidiu voltar para a casa dos pais levando Priscila. Alguns dias depois, Cezar tomou uma decisão drástica: "Mãe, não tem mais como. Você tem de voltar para São Paulo. Estou quebrado."

E Cezar foi para a casa do sogro tentar salvar o casamento. Lá, o casal passou uma noite junto e uma nova gravidez não tardou a chegar. E mais um pouco Cezar teria não uma, mas duas filhas pequenas. Ter um carro não era uma má ideia. E a oportunidade surgiu.

Um dia, um cliente perguntou se Cezar estaria interessado em comprar seu carro. No fim da década de 1960 o mercado automotivo brasileiro estava a todo vapor. A produção havia saído de 133 mil veículos automotores em 1960 para 416 mil em 1970, triplicando a frota.[1] Concessionárias de marcas como Volkswagen, Ford, Chevrolet e Fiat começavam a se estabelecer mais fortemente no país — além de marcas como Willys Overland e Vemag (que fabricava o DKW) —, e boa parte delas estava na Tijuca.

Esse cliente perguntou a Cezar se ele não gostaria de financiar um carro. Sincero, ele rebateu: "Não tenho carteira." A resposta: "Não tem problema." E Cezar comprou seu primeiro carro, um Fusca azul que ficou com ele até a ida para a corretora Garantia, que se tornaria, anos depois, o banco de investimentos de mesmo nome.

Cezar não tinha carta, embora tivesse começado a aprender a dirigir aos 10 anos chantageando Valdemar Carabina para ensiná-lo.

No ano em que fez seminário, ele passara as férias na chácara em que ocorreria tempos depois a famosa festa do cabide que o levaria a sair de casa. Na época, Carabina estava namorando uma menina, Débora, mas ela era adventista e ele, não. Era uma questão para Carabina, que não estava disposto a se converter, e uma oportunidade para Cezar, que, ao descobrir a situação, não teve dúvidas: "Ou você me ensina a dirigir ou eu conto que você tá namorando a Débora escondido."

Pressionado, Carabina cedeu e lá foi Cezar, na ponta dos pés, com o motorista ao lado, aprender a dirigir. Na época, a região do Capão

---

1 VARGAS, Priscila Gonçalves; BUNDE, Altacir. Indústria automobilística brasileira: uma análise das principais transformações tecnológicas no sistema produtivo e seu impacto sobre o emprego. *Revista Pegada*, v. 22, n. 2, maio/ago. 2021. Disponível em: https://revista.fct.unesp.br/index.php/pegada/article/download/8555/pdf/33093.

Redondo tinha muita neblina, e naquele dia não era diferente. Muitas vezes não dava para enxergar um palmo à frente do nariz, mas Cezar, teimoso, continuava a dirigir mesmo contra os apelos de Carabina. Quando viu uma reta, não teve dúvida: acelerou, animado com a certeza de que estava arrasando. A próxima coisa que viu — melhor, ouviu — foi um baque duro: havia atropelado algo.

Assustado, pensando que podia ser uma pessoa, saiu do carro para descobrir que havia sido um burro — infinitamente menos ruim do que atropelar um ser humano, mas, ainda assim, muito ruim, em especial porque o corpo do burro havia ficado enganchado no aviãozinho de metal do capô, símbolo do Chevrolet Impala Mercury. E agora Carabina tinha que se livrar do burro entalado.

Por sorte, havia um barranco ao lado e ele conseguiu jogar o burro ali. Tudo certinho, nada resolvido. Faltava encarar os pais de Cezar. Capô todo amassado, maior prejuízo, Carabina assumiu a culpa — contou a história da neblina e que havia atropelado o burro por falta de visibilidade — e os pais de Cezar deixaram para lá. Acharam que não havia sido culpa do motorista.

A lição não foi suficiente. Em certa ocasião, ainda moleque, almoçando na casa da vó Nini na rua Suzano, em São Paulo, ele ouviu o tio Rubens dizer que sua picape Chevrolet havia ficado pronta da lavagem, mas que não iria poder buscá-la naquele dia. Cezar teve a ideia de fazer uma surpresa para o tio e buscar o carro. Na época, ele trabalhava no Bradesco da avenida Paulista, menor de idade ainda.

A aventura não durou muitos metros. Cezar quase entrou com tudo em um botequim no cruzamento das ruas Renato Paes de Barros e Joaquim Floriano, no bairro do Itaim Bibi. Preocupado, logo avisou ao tio que iria pagar todo o prejuízo. E assim ficou meses sem o suado salário do Bradesco, destinado para pagar o conserto da picape.

Cezar, porém, nunca foi de desistir, e, ao fazer 18 anos, foi tirar a carteira de habilitação. Acabou sumariamente reprovado no teste. Tentou nos anos seguintes mais quatro vezes, com o mesmo resultado. Nada que o impedisse de aprender sozinho a dirigir após comprar o carro, enquanto estava no Banco Industrial de Campina Grande. Mas havia um problema muito maior do que tirar a carteira de habilitação: Cezar é daltônico (foi por isso que não conseguiu pintar corretamente a árvore que a professora tinha pedido quando pequeno).

O daltonismo — condição genética que afeta a capacidade de ver e distinguir cores — pode afetar a maneira como uma pessoa vê diversas cores. No caso de Cezar, ele enxerga apenas cores primárias (branco, preto, vermelho e azul). Se o semáforo está vermelho ou verde, ele só distingue quando chega perto, pois sabe que a bola mais de cima é a vermelha e a mais de baixo, a verde.

Cezar continuou a dirigir sem habilitação até a década de 1970, quando "conseguiu" uma carteira. Apenas anos depois tirou carteira legalmente, com a Resolução nº 425/12 do Contran, que passou a afirmar que "Candidatos à direção de veículos devem ser capazes do reconhecimento das luzes semafóricas em posição padronizada, prevista no CTB [Código de Trânsito Brasileiro]." Detalhe, o "12" no número da resolução se refere ao ano, 2012, mas Cezar nunca deixou de dirigir e ainda fala — rindo — dos semáforos atuais, que são iluminados com lâmpadas LED e tornam mais fácil para ele identificar a posição das luzes. Um detalhe irrelevante para não daltônicos, mas que fez toda a diferença para a saúde emocional daqueles que andam de carro com ele, embora Cezar tenha certeza de que está tudo absolutamente tranquilo e sob controle quando dirige.

O que estava zero calmo era o clima político no Brasil. No final de 1968, a ditadura militar instaurada emitiu o Ato Institucional nº 5 (AI-5), o quinto e mais severo de uma série de decretos promulgados pelo governo militar, que conferia poderes extraordinários ao presidente da República, dando-lhe autoridade para fechar o Congresso Nacional, intervir nos estados e municípios, suspender direitos políticos de cidadãos, cassar mandatos eletivos e até mesmo suspender o *habeas corpus* em casos de crimes políticos contra a segurança nacional.

O casamento de Cezar também vivia em tensão máxima, apesar da gravidez de Maria do Carmo. Para evitar as brigas e não ter de olhar para a cara do sogro, Cezar chegava tarde em casa. Um dia, foi ao cinema na praia de Botafogo assistir a *Doutor Jivago*, um épico do cinema que narra a vida e os amores do poeta e médico russo Yuri Jivago durante e após a Revolução Russa, em especial o romance proibido dele com Lara, uma enfermeira. O filme termina com ela entrando em um carro e sendo levada presumivelmente para um campo de trabalhos forçados.

Emocionado, na saída do cinema, Cezar pegou o carro e dirigiu para casa pensando na vida. Já na entrada do prédio, o garagista que lavava os carros ficou surpreso com o que viu e cumprimentou-o pelo novo veículo: um Fusca vermelho. Por causa do daltonismo, Cezar havia trocado o carro — na época as chaves não eram únicas. Havia alguns segredos de chave para todos os automóveis, e por coincidência ele havia entrado em um Fusca com o mesmo segredo de chave da dele. Decidido a resolver o problema, ele voltou para o cinema na tentativa de encontrar o dono do carro vermelho e recuperar o seu azul. Na frente do local, uma confusão, um monte de gente e a polícia. E Cezar estacionou o Fusca vermelho.

— Esse é meu carro. Ele roubou.

— Foi, não. Peguei o carro errado.

Até explicar que focinho de porco não era tomada, Cezar precisou de um tempo, e no meio de toda a história o policial esqueceu do óbvio: pedir a carteira de habilitação de Cezar. "Se ele tivesse pedido, já era. Eu não tinha, né?"

Com um novo bebê a caminho, o casal havia decidido ficar junto e morar em um apartamento na esquina da Senador Vergueiro com a Marquês de Abrantes, no Flamengo, propriedade de um amigo de Cezar do Campina Grande e que era proprietário de novecentos imóveis. No entanto, quando tudo parecia perfeito, a campainha tocou novamente. "Era a Sonia, minha irmã, dizendo que havia brigado com todo mundo e que ia ficar comigo. Fazer o quê?... Ficou lá."

O trabalho ia bem. Cezar havia cumprido com louvor a missão dada pelo dono do banco, Newton Rique, de reestruturar a agência da Tijuca, tornando-a mais eficiente. Em seis meses a missão estava cumprida, e ele foi chamado pelo chefe para fazer o mesmo em outras agências do banco. Partiu, animado com o novo trabalho.

Nos três meses seguintes, reestruturou sete agências e trouxe com ele o ódio mortal dos funcionários delas. Na primeira, reduziu o quadro de pessoal de quatrocentos para cem, noutra, de duzentos para cinquenta, e por aí foi. Mas faltava ainda uma agência, em que Cezar não conseguia intervir. O gerente, sabendo da fama do jovem, ficava achando formas de não o deixar entrar. Até que Cezar foi chamado por Newton para uma conversa.

— Tá vendo aquela sala ali ao lado da minha? Você vai ficar ali sem fazer nada. Operações especiais. Você não pode mais mexer nas agências. Estão querendo me matar.

— Falta ainda a agência da 7 de Setembro.

— Por isso que você vai ficar nessa sala. Na 7 de Setembro você não entra de jeito nenhum. Todos te odeiam por conta da reestruturação e estão me pressionando para te demitir.

O curioso é que a agência da 7 de Setembro ficava no térreo, e Cezar trabalhava no andar de cima. Todos os dias, para chegar à sua sala, passava literalmente por dentro da agência. A 7 de Setembro era a principal agência do banco. Os clientes eram amigos dos outros sócios do banco e os funcionários viam Cezar com péssimos olhos. Um dia, Cezar finalmente foi chamado por Newton para fazer uma operação. "Era final de 1969, e ele me disse que tinha uma operação a pedido do presidente Costa e Silva e que teríamos de fazê-la. Era um empréstimo para uma empresa de fiação e tecelagem, mas tinha de ser feito via nossa conta no Banco do Brasil. O dinheiro sairia direto da conta do banco para a do cliente. O problema era que, se o cliente desse calote, o prejuízo era do banco, pois não havia nenhuma garantia." E Cezar tinha certeza de que isso ia acontecer. "Falei para o Newton que ele ia perder o dinheiro e ele me disse que não podia dizer não para o presidente."

Inconformado, Cezar fez que fez e conseguiu pegar como garantia dois apartamentos de dois prédios, um ao lado do outro, que estavam em construção na avenida Rui Barbosa — com vistas deslumbrantes do Pão de Açúcar e do Morro da Urca. "O que é que deu? Merda... O cara não pagou, ficamos com a dívida e com os apartamentos."

O que já está ruim, no entanto, sempre pode piorar. Cezar voltou para a salinha. Passou um dia, passaram-se dois, passou uma semana e nada para fazer. Literalmente coçando o saco, Cezar decidiu começar a levantar o passivo trabalhista do banco para passar o tempo e descobriu o inesperado: o banco estava quebrado. O passivo trabalhista era maior do que o patrimônio. Pronto, havia conseguido. Um problema para resolver e uma briga que não era mais apenas com os gerentes das agências, mas com o andar de cima — a chefia — também. Ele precisava agora "apenas" da autorização de Newton para resolver o problema, pois a solução já havia arquitetado. Sem muita opção, Newton concordou. Afinal, melhor uma briga do que um banco quebrado.

O passivo vinha de uma situação inusitada. Pela CLT, toda vez que uma pessoa tem dois períodos de férias não cumpridos, ela tem direito a mais um período de férias ou à venda das férias pelo dobro do salário. Como ninguém no banco tirava férias e havia uns trezentos funcionários, o problema se tornou enorme. Pagar a indenização referente a essas férias quebraria o banco e estava fora de questão. A solução simples era colocar as pessoas de férias por três ou quatro meses. "O pessoal ficou muito puto, mas depois de alguns meses estava tudo resolvido", recorda.

Na verdade, quase tudo. Na agência da 7 de Setembro, Cezar continuava não conseguindo fazer nada, apesar de insistir, e acabou sendo chamado novamente por Newton.

— Fica nessa sala e não inventa mais nada!

— Falta ainda a agência 7 de Setembro.

— Não!

E Cezar, diligentemente — contra seu temperamento —, voltou a fazer nada na salinha.

"Um dia, o Edvar, diretor regional, chamou a equipe da administração e disse que estavam com um problema sério na 7 de Setembro." A questão era administrativa. Edvar já havia trocado quatro vezes o responsável pela área, mas não tinha melhorado. Todos os clientes reclamavam que nada funcionava direito. Sem ter o que fazer na salinha, Cezar prontamente se candidatou ao cargo. Todos ficaram surpresos.

Ele estava na linha para se tornar diretor e ia se rebaixar a gerente administrativo de uma agência? "A agência tinha 150 funcionários. Eu já tinha reestruturado todas as outras da cidade. Era apenas mais uma."

Só faltava Newton aprovar. Afinal, Cezar não era exatamente benquisto. Novamente, sem grandes opções, o chefe acabou cedendo e Cezar foi trabalhar na nova função.

Em seis meses, a agência da 7 de Setembro estava redonda. Tudo funcionava perfeitamente e ela havia se tornado a mais eficiente da cidade. Mas, para Cezar, não era suficiente. Curioso, ele passou a ficar ao lado de Rochinha, gerente da agência e responsável por cuidar do caixa geral do banco. Um dia, Edvar passou a caminho de sua sala no andar de cima, estranhou a situação e já foi perguntando se Cezar não tinha nada para fazer. A resposta voltou no mesmo tom da pergunta:

— Alguma reclamação sobre a agência?

— Não.

— Então está bem. Estou aqui vendo o que o Rochinha faz para eu aprender.

No dia seguinte, Edvar chamou Cezar. Queria lhe dar uma nova tarefa. Substituir Rochinha no caixa geral do banco. Este vivia dizendo que não tinha tempo para ir atrás de clientes, pois fazer o caixa geral demandava muito tempo. Havia muitas agências espalhadas pelo Brasil, e Edvar queria livrá-lo dessa função para que pudesse captar novos clientes.

Cezar aceitou na hora, e nos dias seguintes Rochinha lhe ensinou a fazer o caixa do banco. Um mês depois, Edvar chamou novamente Cezar e avisou que o escritório iria mudar para a agência da Rio Branco e que ele, Cezar, passaria a ser o gerente financeiro geral do banco. E ele teve de aprender sobre ORTNs. Na época era possível ter uma parte do depósito compulsório em ORTN, que era uma forma de remunerá-lo. "Não lembro quem comentou sobre isso comigo, mas no banco ninguém sabia fazer essa operação, então me falaram que tinha um sujeito que sabia tudo de ORTN. Ele trabalhava na corretora Fator. Fui atrás dele."

O "sujeito" era Ivan Sant'Anna, figura já conhecida no mercado de ORTNs que se tornaria uma lenda trabalhando como corretor nas bolsas do Rio, de Nova York e de Chicago e depois como roteirista de programas de televisão (*Carga pesada* e *Linha direta*) e autor de best-sellers como *Os mercadores da noite* e *1929: Quebra da Bolsa de Nova York*. Sant'Anna explicou a Cezar que ele não precisava comprar as ORTNs do Banco do Brasil, responsável oficial por comercializá-las. Era muito caro. O desconto sobre o valor de face era de apenas uns 15%. Era possível fazer isso diretamente das construtoras que haviam sido pagas pelo governo com ORTNs e queriam se livrar delas. O desconto era muito melhor: 50%.

"O Campina Grande tinha, digamos, 18 milhões de dinheiros da época. Cinquenta por cento do compulsório podia ser em ORTNs. Comprei 9 milhões em ORTNs do Sant'Anna, mas, como tinha 50% de desconto do valor de face, gastei 4,5 milhões. Fui no Bacen e entreguei as ORTNs com valor de face de 9 milhões que haviam custado apenas 4,5 milhões."

Ao mesmo tempo, Cezar encontrou uma dívida enorme no caixa do banco. O Campina Grande havia tomado dinheiro emprestado do Banco do Brasil, que fazia o papel de Banco Central oferecendo empréstimos para os bancos financiarem suas operações, o chamado redesconto. E o rombo não era por falta de dinheiro. Havia muito nos cofres das agências no Rio de Janeiro e naquelas espalhadas por outras cidades do Brasil, muito mais do que deveria. E Cezar começou a pressionar para que as agências devolvessem o dinheiro na conta do Campina Grande no Banco do Brasil.

Uma a uma, todas as agências do Campina Grande foram devolvendo o dinheiro em excesso para as agências do Banco do Brasil de suas respectivas cidades. Menos uma cidade: Porto Alegre. "Tinha, digamos, 1 milhão de dinheiros da época no cofre. Era para ficar 5% disso. Mandei uma ordem para sacar o dinheiro e colocá-lo no Banco do Brasil em Porto Alegre. E começou uma confusão."

O diretor da regional São Paulo — que mandava de São Paulo para baixo, incluindo os estados do Sul — foi para o Rio de Janeiro, se reuniu com Newton e os dois irmãos (os três eram os maiores acionistas do banco) e criticou duramente o trabalho realizado por Cezar, dizendo que era um absurdo o que ele estava fazendo. Estranhando a situação,

Cezar não teve dúvida e retrucou direto e reto para o diretor regional de São Paulo: "Tem roubo na agência de Porto Alegre, senão não ia ter tanto barulho." Só piorou a situação. Tomou um esporro do diretor, que afirmava em alto e bom som que o diretor da agência em Porto Alegre era de confiança, mas ficou combinado que haveria uma fiscalização na agência da cidade. "Encontraram um monte de vales no cofre. O diretor da agência de Porto Alegre tirava dinheiro do cofre do banco e escrevia em um papel: tirei mil dinheiros da época. No dia seguinte, mais mil. E não devolvia. Os vales se acumulavam no cofre. Roubo mesmo. A gente achava que tinha 1 milhão de dinheiros no banco, mas era muito menos. E eu ganhei mais uma medalhinha de 'eu odeio Cezar'."

Mas Cezar não estava sozinho. Havia chamado para trabalhar com ele um jovem com quem havia tido um primeiro encontro inusitado. Na segunda agência do Campina Grande que Cezar reestruturou, um jovem se aproximou dele logo no primeiro dia e disse: "Já que você vai me demitir mesmo, faz isso agora, não precisa nem esperar." A fama de Cezar já havia se espalhado, mas ele decidiu manter o jovem. Não tinha motivos para mandá-lo embora.

Quando virou gerente-geral financeiro, ele decidiu, para surpresa de todos, chamar o jovem para ajudá-lo e servir de ouvido. Naquela altura, o medo era tanto que ninguém falava nada para Cezar pela frente. Já pelas costas os insultos eram os mais variados. Cerca de dois anos depois, Cezar chamaria o jovem Célio para trabalhar com ele na corretora Levy e depois na corretora Garantia. Mais alguns anos, como forma de agradecimento pela parceria, Cezar daria de presente a ele uma casa no bairro de Santa Teresa.

Com o caixa normalizado apesar da fraude, Cezar entendeu que era hora de devolver o dinheiro para o Banco Central, e foi conversar com Edvar. O banco tinha 4,5 milhões em caixa e uma dívida de 4 milhões. Cezar queria zerá-la, Edvar, não.

— Hoje é sexta-feira. Se precisarmos de dinheiro na segunda, o Banco Central vai querer nos matar. Melhor pagar 3 milhões e ficar com 1,5 milhão.

— Vou zerar o empréstimo. Pagar os 4 milhões.

— Se faltar dinheiro na segunda-feira, eu não vou lá no Banco Central pedir para emprestarem novamente. Você é que vai, Cezar.

— Ok.

— Mas saiba que você não é diretor do banco, e lá no Banco Central só vão os diretores.

Obviamente, o Campina Grande precisou de dinheiro na segunda--feira. Cezar teve de colocar o rabo entre as pernas e pedir ajuda ao Banco Central. Pegou todos os títulos que tinha para dar como garantia do empréstimo, colocou embaixo do braço e foi para a praça Pio X às 9 da manhã. Chegou cedo e explicou a situação para a secretária que o mandou esperar. Uma, duas, três horas, se passaram. Entra diretor de um banco, sai diretor de outro banco, depois entra diretor de mais um banco, sai diretor de mais outro banco, e assim sucessivamente até as 18 horas. E nada de Cezar ser atendido.

Já desesperado (precisava cobrir a conta do banco) ele falou novamente com a secretária e perguntou se o diretor não o iria atender. A secretária, na obrigação de perguntar para o chefe, entrou na sala dele e, para surpresa dela e de Cezar, voltou com uma resposta positiva: sim, ele seria atendido. E Cezar deu de cara com Ernesto Albrecht, o mesmo do depósito compulsório do Bradesco.

— Já te conheço. O que você quer?

— É que o banco tá precisando de um dinheirinho para cobrir a conta do Banco do Brasil, coisa pouca, um milhãozinho.

— Me dá essas duplicatas. Essa aqui não serve, nem essa, nem essa outra aqui.

— Mas elas já estiveram aqui. Vocês aceitaram antes.

— Agora não aceitamos mais.

Após escolher a dedo as duplicatas que achava válidas, Albrecht entregou o cheque para Cezar, que saiu correndo para depositá-lo. Eram 20 horas. A conta devia ter sido coberta às 16, mas tudo era feito manualmente. Cezar conhecia as pessoas que trabalhavam na área e acabou conseguindo fazer o depósito.

Com o passar dos meses, o caixa do banco foi melhorando e Cezar começou a pensar no que fazer com o dinheiro que estava sobrando.

Não queria aumentar os empréstimos para os clientes, pois o prazo de devolução era de 180 dias (sim, era um prazo fixo) e podia ocorrer de precisar de dinheiro para o caixa do banco antes. Toda a diretoria e os gerentes pressionavam Cezar para aumentar os empréstimos, pois o dinheiro em caixa rendia zero.

Apertado, Cezar foi falar com Edvar, que coincidentemente tinha visto uma notícia no jornal dizendo que o Banco Central implementara um sistema em que qualquer um podia entregar dinheiro para eles em um dia e resgatar no dia seguinte. Cezar decidiu ir lá ver o que era e foi atendido por João Ary de Lima Barros, economista e gerente da área da dívida pública do Banco Central. Na conversa, João Ary mostrou a Cezar um novo instrumento financeiro, um título da dívida do governo que pagava juro diário. "Se eu precisasse do dinheiro, eles me devolviam; caso contrário, ficava gerando juros. Pensei: 'Ótimo! Resolvi meus problemas. Vou deixar o dinheiro do banco rendendo.'"

Animado, Cezar fez um cheque de 2 milhões de dinheiros da época e entregou a João Ary, que agradeceu, mandou-o esperar um pouco, pegou os títulos ao portador referentes ao investimento e entregou-os todo feliz, dizendo que Cezar havia sido um dos primeiros a fazer esse tipo de investimento. Sem saber exatamente o que fazer com os títulos, Cezar voltou para o banco e guardou-os na gaveta de sua escrivaninha. Eram letras do Tesouro Nacional (LTNS), que haviam acabado de ser lançadas.

Ele continuava sem saber exatamente como trabalhar com ORTNS e LTNS, mas foi salvo por Rivadavia Couto, que trabalhava na corretora Marcelo Leite Barbosa e lhe ensinou a fazer os cálculos dos dois títulos.

Na mesma época, o patriarca da família do banco, João Rique, pai de Newton, ficou muito doente e os irmãos começaram a brigar. Cezar se viu preocupado com o futuro do banco e, consequentemente, com seu próprio emprego.

Um dia, recebeu um telefonema de um colega com quem sempre falava sobre operações com ORTN: Argemiro Baudson Sienra, que trabalhava no Escritório Levy, uma corretora de valores da época. O convite para almoçar se transformou em uma proposta para montar a mesa de LTN no Levy. O que Argemiro não sabia era que Cezar conhecia muito pouco de LTN. Todo mundo achava o contrário por conta das operações que ele fazia com o papel e porque ele sempre ligava para as outras corretoras a fim de saber o valor pelo qual elas estavam comprando e vendendo LTNs, mas na verdade ele não entendia como calcular o valor delas.

O convite era bom; Cezar iria ganhar o dobro do que recebia no Campina Grande e teria participação nos lucros. Em dúvida se aceitava o convite ou não, Cezar disse a Argemiro que ia pensar. Sair de banco para corretora era considerado um *downgrade*, e a fama dessas últimas não era boa. "O pessoal chamava as corretoras de 'Ali Babá e os quarenta ladrões'. Tinham esse apelido porque apenas quarenta corretoras do Rio de Janeiro podiam operar para pessoa física, e eles faziam sacanagem. Quando um cliente pedia para comprar um papel, em vez de executar a ordem imediatamente, eles esperavam e compravam o papel para eles mesmos, o que fazia o papel subir. Somente mais tarde eles compravam para o cliente, ganhando a diferença."

Mas a situação no Campina Grande estava se agravando, e Cezar tinha agora mais um bebê em casa. Renata havia nascido em 1º de janeiro de 1969, também em Petrópolis. Observando o movimento dos empréstimos, Cezar viu que eles estavam subindo muito e a diretoria do banco não se entendia sobre como agir. Preocupado, ele conversou com seu irmão mais velho, Lica, que o chamou de imbecil e o mandou aceitar imediatamente o convite de Argemiro. "O Lica era um cara supercentrado que teve apenas 18 filhos, sendo que os sete primeiros minha mãe criou e eu sustentei..."

No dia seguinte, o caixa do banco caiu morro abaixo devido à liberação de mais empréstimos, e Cezar imediatamente seguiu a sugestão (quase intimação) do irmão: ligou para Argemiro querendo saber se a proposta estava firme. Com a confirmação, ele pediu demissão em 31 de dezembro de 1970 e começou no novo trabalho, muito animado, em 2 de janeiro de 1971.

Só que o local não era exatamente o que ele esperava. No banco, Cezar tinha um escritório, uma assistente e uma secretária. Ao chegar ao Levy, a única coisa que Argemiro lhe disse foi para se sentar na mesma mesa que ele (Argemiro), só que do outro lado. O problema era que Cezar não conseguia sequer colocar as pernas embaixo da mesa, pois havia uma tábua bloqueando a entrada delas. A sorte dele é que não é exatamente uma pessoa alta.

Ao montar a mesa de operações de LTN, Cezar recebeu uma oferta de João Ary. Ele queria saber se o Levy não gostaria de ser um dos *dealers* do Banco Central — instituições que intermedeiam para o regulador a compra e venda de títulos públicos. Dito e feito. Cezar começou a operar como *dealer*, mas logo em seguida o Banco Central decidiu que um *dealer* só podia comprar 25% do valor total de um leilão. "Não tive dúvida. Contratei um monte de operador e fazia com que eles comprassem dos que tinham ganhado o leilão. Passamos a deter mais de 55% do mercado de LTN."

A LTN também tinha a vantagem de doer menos se algo saísse do *script* por conta do prazo curto, 42 dias, em relação à ORTN, que tinha, naquele momento, um prazo de oito anos (já haviam se passado dois desde a emissão).

Observando o movimento do mercado e o crescimento do mercado de títulos, Ary chegou à conclusão de que era preciso organizá-lo e chamou Cezar para uma conversa. Falou que estava na hora de eles criarem uma associação dos operadores de mercado e perguntou se ele não queria encabeçar a história. Com o pedido de Ary em mãos, Cezar ligou para as corretoras e marcou uma reunião, já que o Banco Central queria uma Associação. "Representantes de todas as corretoras foram à Levy, mas lá não tinha sala de reunião e acabou todo mundo sentado no chão", lembra ele.

Ao final da conversa, ficou decidido que seria criada a associação. Faltava agora redigir um estatuto e escolher os primeiros dirigentes. Novamente, Cezar entrou no circuito para colocar o processo em andamento. Primeiro, conversou com um amigo, o empresário José Luiz Moreira de Souza, que tinha uma financeira, o Grupo Ducal, e era também da Associação dos Diretores de Empresas de Crédito, Investimento e Financiamento (Adecif). Cezar pediu o estatuto deles, adaptou-o e reuniu novamente os representantes das corretoras — mais uma vez no chão do Levy.

Todo mundo de acordo, nascia a Associação Nacional de Dirigentes de Mercado Aberto (Andima), que reunia bancos comerciais e corretoras de valores. E na presidência da recém-fundada instituição estava Fernando Pinheiro Machado, do Bradesco (sim, o mesmo que havia tirado Cezar do apartamento da praia do Russel durante o temporal histórico de 1966). E o nome só foi Andima porque Pinheiro Machado disse que o Bradesco não aceitaria um nome estrangeiro como o que Cezar havia sugerido, *open market*.

Anos depois, Alfredo Setubal, do Banco Itaú, juntaria a Andima à Associação dos Bancos de Investimento e Distribuidoras (Anbid) e formaria a Associação Brasileira das Entidades dos Mercados Financeiro e de Capitais (Anbima).

A vida de Cezar e a da Andima continuariam entrelaçadas pelas décadas seguintes. A Andima foi responsável por iniciativas notáveis, como a criação do Sistema Especial de Liquidação e Custódia (Selic), sistema eletrônico de negociação de títulos públicos, um dos mais modernos do mundo, em 1979; e da Central de Custódia e Liquidação Financeira de Títulos (Cetip), em 1986, entidade focada na negociação de títulos privados. E as duas, Selic e Cetip, tiveram um artífice em comum: Cezar.

O trabalho com LTNS no Levy ia de vento em popa. Cezar estava ganhando rios de dinheiro e recebeu mais um convite, desta vez para trabalhar em um grande banco que estava sendo criado no Brasil, o Banco União Comercial (BUC), que tinha como presidente o lendário economista Roberto Campos. O convite era tentador, operar LTN no BUC, mas Cezar não gostou da forma como estava sendo montado o novo banco — ele vinha de um e sabia como funcionava. Ficou com medo, recusou o convite e o passou para outra pessoa que trabalhava no Unibanco e acabou aceitando. Em 1974, o BUC quebrou e acabou sendo incorporado pelo Itaú.

Meados de junho de 1971, mais um telefonema, dessa vez de Jorge Paulo Lemann, na época na corretora Libra. A princípio, era um simples convite para um almoço. Conversa vai, conversa vem, e Lemann pergunta para Cezar por que ele não havia aceitado o convite do BUC. Lemann era quem havia feito a indicação. Cezar contou a Lemann do medo que havia sentido. Mais conversa vai, conversa vem, Lemann comentou que estava tentando levar [Salvatore] Alberto Cacciola para a Libra e expôs as condições que estava oferecendo para ele — anos depois, Cacciola se envolveria no escândalo do Banco Marka, resgatado pelo Banco Central no início de 1999, quando o Brasil adotou o câmbio flutuante. E a conversa ficou por aí.

Com a Andima recém-fundada, Cezar foi olhar o lucro da corretora Levy. Havia sido espetacular. Era início de julho de 1971. Animado, ele foi a São Paulo ver qual seria seu bônus, pois tinha 1% de participação nos lucros. Pelas contas dele, deveria ganhar 10 mil dinheiros da época. Na época, ganhava 2.250 por mês, cerca de quatro vezes seu salário mensal. Mas tomou um banho de água fria. "Me disseram que, após descontar o prejuízo que a sede deu mais outros descontos que não tinham nada a ver comigo, o meu bônus era de 500 dinheiros da época. Fiquei muito puto."

E não teve dúvida: ligou para Lemann.

— Cacciola topou?

— Não.

— Você paga a mesma coisa para mim?

— Pago.

— Então tô chegando aí em dez minutos.

E Cezar nunca mais voltou para o Escritório Levy. Nem para pedir demissão.

Animado com o novo trabalho (o segundo em menos de seis meses), ele arregaçou as mangas e colocou a mão na massa. Mas a empolgação durou poucos dias e se transformou em um baita susto.

O início da década de 1970 via o Brasil florescendo com um crescimento econômico acelerado, impulsionado por um aumento significativo da produção industrial e do PIB, mas ao mesmo tempo a inflação e o endividamento externo cresciam. A Bolsa de Valores vivia uma euforia na compra de ativos, com algumas ações subindo vertiginosamente.

O número de empresas com ações cotadas em Bolsa passou de 26 em 1967 para 92 em abril de 1971. Parecia que a Bolsa estava cumprindo bem o seu mecanismo de capitalização de empresas.

A euforia era tanta que corria uma brincadeira entre os operadores do mercado; eles diziam que o próximo IPO seria da "Merposa" e que venderia horrores, porque qualquer coisa vendia, até ações da Merda em Pó S.A.

Em 14 de junho de 1971, a Bolsa de Valores do Rio de Janeiro — havia também uma Bolsa em São Paulo, mas de pouca relevância na época — bateu seu recorde histórico, com o Índice da Bolsa de Valores (IBV) do Rio de Janeiro atingindo 5.236 pontos, uma alta de 286% em relação ao mês de janeiro.

No entanto, em uma sexta-feira de julho, o então ministro da Fazenda, Delfim Netto, soltou a notícia: o Banco do Brasil não iria mais fazer a bonificação e subscrição esperada de 100%, e sim de apenas 50% de suas ações. Na segunda-feira, o pânico tomou conta do mercado, com todo mundo tentando vender o que tinha o mais rápido possível. Um pandemônio que levou o IBV a cair 50% ao longo de seis meses e as ações do Banco do Brasil saírem de 52 para 26 cruzeiros em um ano. Terra arrasada para boa parte dos investidores brasileiros e um corre-corre maluco na corretora Libra. Lemann foi ajudar o responsável por operar a Bolsa na Libra, José Carlos Ramos da Silva, a segurar o rojão e deixou Cezar para lidar com as ORTNS. "O Jorge já tinha uma clientela boa para os papéis: Banco Nacional, Banco Boavista, Chase, Bozano e Holandês Unido (depois ABN Amro Bank), que naquela época não tinham mesa de operação. Quem operava para eles era a Libra."

Com a queda da Bolsa e o mercado balançando, as construtoras queriam se livrar das ORTNS que tinham recebido como pagamento das obras. Cezar adorou. Pegava tudo com um deságio "amigo" de 50%, 60% do valor de face e ia ao mercado perguntar quem tinha dinheiro para emprestar por trinta dias. Ele então pegava o dinheiro dos compradores, entregava a ORTN e recomprava depois de trinta dias. A Libra fez um lucro enorme com esse tipo de operação por conta da diferença de juros que Cezar havia aprendido com Ivan Sant'Anna. "No mês seguinte, agosto, operando ORTN, tive mais lucro do que o ano todo de receita da Libra, e o Jorge veio conversar comigo. Ele queria fazer uma proposta para comprar a corretora dos sócios."

A estratégia de Lemann era simples. Com um envelope na mão e um valor escrito dentro, foi à reunião de diretoria e disse: "Aqui tem um número. Ou vocês me compram ou vocês vendem para mim."

"Os sócios decidiram comprar a parte dele e do José Carlos [Ramos da Silva], mas eu só descobri no fim do dia, quando perguntei onde o Jorge estava e me disseram que ele tinha ido para casa. Fui à casa dele para uma conversa e disse 'Vamos em frente. A gente dá um jeito. Pensa aí. Amanhã eu volto aqui.'"

Os sócios da Libra sabiam que havia a possibilidade de Cezar ir trabalhar com Lemann — ou ao menos imaginavam que isso podia acontecer —, e, passados alguns dias da saída dele e de Ramos da Silva, ofereceram um jantar para Cezar e Maria do Carmo no melhor restaurante do Rio de Janeiro. Com um "senso de responsabilidade único", Cezar, avisou que tinha de levar a irmã, Sonia. Afinal, ela continuava morando com o irmão e ele não queria ouvir uma proposta para ficar na Libra.

Ela era o disfarce perfeito, pois provavelmente a conversa não enveredaria para o lado de uma proposta com Sonia presente. Cezar errou totalmente. Na entrada do restaurante, deparou com a diretoria da Libra, e um dos sócios começou um discurso que culminou em um: "Queremos ficar com você. E pensamos o seguinte: você está ganhando dez. Vamos te dar vinte. Você está ganhando 5% do lucro, vamos te dar 10%. E se você continuar com esse desempenho, te damos ações da empresa."

Uma proposta irrecusável, mas Cezar não tinha a real intenção de ficar, embora tenha dito que topava. Ele continuou indo à casa de Lemann após o trabalho.

Lemann havia comprado uma distribuidora de valores, a Vesper. Na época, era o equivalente a ser um corretor de imóveis que apenas intermedeia a operação e fica com uma porcentagem do valor. Para quem já tinha sido sócio de uma corretora, ter uma distribuidora seria dar um passo atrás. E havia outro problema: "O Jorge ficou preocupado porque a Libra tinha me prometido mundos e fundos. Eu disse para ele que iria para a Vesper pelo valor que havíamos acertado quando fui para a Libra."

Uma noite, na casa de Lemann, o empresário Adolfo Gentil, cliente de Lemann e conhecido pelo vozeirão e pela boca suja, além do talento para fazer negócios, chegou perguntando em voz alta o que eles estavam fazendo. A resposta: uma distribuidora. "Na hora em que o Adolfo ouviu isso, saiu xingando a gente de cagão e todos os outros palavrões conhecidos porque iríamos sair de corretora para distribuidora. Virou as costas e foi embora. Dois dias depois, voltou dizendo que tinha comprado uma corretora, a Garantia. O problema era que o Jorge e o José Carlos não tinham os US$ 4 milhões necessários para comprar uma corretora..."

A solução encontrada por Gentil foi financiar a dupla — Lemann e Ramos da Silva. Cada um ficou com 25,5% da Garantia, e Gentil com o restante. Assim nascia a corretora Garantia, em outubro de 1971, que se transformaria, anos depois, no primeiro banco de investimento brasileiro nos moldes norte-americanos e se tornaria uma lenda do mercado financeiro. "O Jorge havia me oferecido sociedade na Garantia e, assim, em janeiro de 1972, me tornou oficialmente sócio, com 3%, financiado pelo Adolfo [Gentil]. Junto comigo entrou o Guilherme [Arinos], que havia sido chefe de gabinete de Getúlio Vargas e é pai do Gustavo [Franco, ex-presidente do Banco Central e um dos artífices do Plano Real]."

Na Garantia aparecia pela primeira vez o modelo de *partnership* que anos depois Cezar aperfeiçoaria para criar o segundo grande banco de investimento brasileiro, o Pactual, e que se tornaria uma referência no mercado. Em plena década de 2020, André Esteves, atual controlador do BTG Pactual, segue usando esse modelo, com pequenos ajustes.

4

Defenda aquilo em que acredita

> "Haec sit propositi nostri summa: quod sentimus, loquamur; quod loquimur, sentiamus; concordet sermo cum vita."
> (Seja esta a essência da nossa ideia: falemos o que sentimos e sintamos o que falamos; consone a nossa fala com a nossa vida.)
>
> SÊNECA, filósofo romano

Tudo pronto com a Garantia. Lemann havia alugado a parte de trás de um andar na avenida Rio Branco. Ali ficava a Construtora Metropolitana, que tinha vendido a Vesper, distribuidora, para eles. Para chegar a ela, era preciso passar pela equipe da construtora. As condições de trabalho eram, para dizer o mínimo, pouco confortáveis, e a operação, literalmente precária. As pessoas estavam perdidas, fazendo tudo à mão. Compravam uma ação hoje e a recebiam meses depois, e o contrário também — quando vendiam uma ação, demoravam para entregar.

Vendo a bagunça, Cezar falou para Lemann que conhecia de administrativo, já havia feito esse tipo de trabalho no Bradesco e no Campina Grande e podia assumir a área junto com a pessoa que estava lá. Os dois foram falar com Hercias Lutterbach e contaram o plano. Ele ficaria na empresa e seria sócio. Lutterbach adorou a ideia. Só precisava resolver um problema: tinha acabado de comprar um apartamento com o que tinha recebido com a venda da corretora Garantia e não tinha liquidez para comprar uma parte da nova corretora. Novamente, Adolpho cedeu uma parte sua para acomodar Lutterbach.

O Brasil continuava crescendo, e o Banco do Brasil estava emitindo novas ORTNs a torto e a direito. Tinham mandato do Tesouro Nacional para fazer isso, e não havia limite definido. Podiam emitir quanto quisessem com o vencimento, o que julgassem razoável. O Banco Central, vendo a situação, proibiu a emissão de novas ORTNs até segunda ordem. A notícia não poderia vir mais a calhar para a Garantia. Seguindo a lei de oferta e demanda, o valor das ORTNs subiu. E Cezar, operando na mesa, tinha muitas delas nas mãos. Havia comprado com 50% de desconto antes da decisão do Banco Central e agora estava vendendo com um desconto "amigo" de 30%. Módicos vinte pontos percentuais de ganho de um dia para o outro. Uma ORTN que tivesse comprado a 500 dinheiros da época Cezar estava vendendo agora a 700.

Ao proibir a emissão de ORTNs pelo Banco do Brasil, o Banco Central também limitou o número de ORTNs que cada pessoa física podia comprar. E a demanda na Garantia não parava de subir. Havia, inclusive, se tornado maior do que a oferta. Inconformado em perder dinheiro (ou deixar de ganhá-lo), Cezar montou uma operação.

"Combinei com o dono de uma grande empreiteira brasileira para ele colocar seus operários para comprar ORTNs. Eles ficavam na fila do banco para comprar aquelas a que tinham direito. Como podiam escolher o prazo, embora houvesse um tempo mínimo de um ano, eu escolhia o que era mais conveniente para nós na corretora. O detalhe é que eram quinhentos operários..."

Os resultados da Garantia estavam ótimos, mas nada parecido com o que viria em valor e em "amor" dos concorrentes por Cezar e pelo Garantia logo em seguida. Na época, a Garantia era um dos *dealers* do Banco Central em LTNs, sendo obrigada a abrir compra e venda todo dia de manhã. Oferecia um valor para comprar e outro para vender os papéis. Para surpresa de Cezar, em dezembro, dois meses após a corretora começar a operar, ele abriu compra e venda de LTNs e o Banco Central comprou tudo, de A a Z. Uma surpresa.

A posição da Garantia era enorme. As LTNS vendidas por Cezar pertenciam ao Banco Nacional, Bozano, Boavista e Holandês Unido (depois ABN Amro Bank). A Garantia precisava repor as LTNS que tinha vendido, e Cezar foi falar com Lemann. "Eu disse pro Jorge: estamos fodidos. Vendi todas as nossas LTNS."

Lemann, calado, como é de seu feitio, apenas olhou para Cezar. Sem muito o que fazer, Cezar saiu da sala e começou uma operação de guerra. Chamou todo mundo — até o contínuo — e mandou começarem a ligar para os concorrentes. Como tinha duas linhas de telefone para cada operador na mesa — um luxo naquela época em que a telefonia era precária —, a Garantia conseguiu chegar às outras corretoras, muitas vezes, antes do Banco Central, e comprou as LTNS a um preço menor do que tinha vendido. Já fez um bom lucro. "Aí, o mercado me 'adorou'. Os caras me odiaram. Queriam ver o diabo, mas não queriam me ver", diverte-se Cezar.

Mas havia algo estranho para a concorrência. Por que Cezar iria comprar deles e não do Banco Central? A dedução foi que a Garantia havia feito uma venda sem ter as LTNS e estava comprando das outras corretoras para cobrir a posição que estava descoberta, o que gerava uma oportunidade única para todos: ferrar a Garantia. Bastaria não entregar as LTNS — os papéis eram todos ao portador — e a Garantia não teria como finalizar a operação com o Banco Central.

Mas a dedução estava errada. A Garantia tinha o mandato para vender os papéis dos bancos, e Cezar saiu pegando uma por uma as LTNS para entregar ao Banco Central. E, sim, era começo da noite e pelo centro do Rio de Janeiro Cezar passou de banco em banco, pegou os papéis, enrolou em um papel pardo, amarrou com barbante de ráfia, colocou embaixo do braço e foi até o Banco Central, na rua da Candelária, como se estivesse carregando uma pilha qualquer de papéis. Só que eram US$ 150 milhões em LTNS. Enquanto isso, a concorrência segurava as LTNS que havia vendido para a Garantia na esperança de que ela literalmente quebrasse por não honrar o compromisso. O prazo terminava às 21 horas. Pouco antes Cezar começou a receber ligações:

— Cezar, como você vai entregar os títulos?

— Já entreguei para o Banco Central.

A operação da concorrência havia fracassado. E pouco depois da meia-noite a Garantia já havia recebido os US$ 150 milhões em LTNs que havia comprado da concorrência. Tudo bem guardado em um cofre de 30 por 30 por 30 centímetros na sede da corretora. Resultado: o mercado ficou desaplicado em LTN. Todo mundo tomando esporro porque tinha vendido para a Garantia. E Cezar parou de frequentar o restaurante American Bar na rua da Quitanda, onde o pessoal do mercado se reunia. Não por gosto, mas porque foi avisado de que, se aparecesse por lá, ia acabar apanhando. Nem ficou chateado. "Eu não bebo mesmo...", brinca ele.

Mas a operação das LTNs não seria nada comparada com a que Cezar faria no início do ano seguinte, 1972, gerando um "amor incondicional" por ele na concorrência. Se bem que dessa vez ele estava mais para vítima do que algoz. A concorrência resolveu jogar duro com a Garantia e combinou que, na hora em que a Garantia abrisse posição de compra de LTN, todos iriam vender para ele. Dito e feito: ao meio-dia, Cezar já tinha comprado 1 bilhão de dinheiros da época em LTNs, e o capital da Garantia era de 100 mil dinheiros. Um rombo de mil vezes. Sem saber o que fazer, Cezar foi falar com Gustavo Duriez de Souza, que trabalhava com ele. Souza lhe deu a sugestão óbvia: ir ao Banco Central explicar a situação. E lá foi Cezar conversar com João Ary e sugerir que o Banco Central recomprasse uma "parte" da posição para equilibrar a situação da Garantia.

— Não vou comprar. O mercado está em equilíbrio.

— Mas eu tenho um bilhão aqui.

— Você que comprou. O problema é seu.

Cezar tinha até o fim do dia para honrar a posição, e, sem muita saída, resolveu ir com Souza ao bar Amarelinho, na Cinelândia, pensar em como dizer para os outros sócios que tinha quebrado a corretora. Para relaxar, pediu um chope, embora nunca tivesse bebido na vida. E teve uma ideia.

— Peraí, Gustavo. O BC diz que o mercado está em equilíbrio. Esses caras ficaram desaplicados. Estão sem papel. Com o dinheiro na mão.

Se a gente quebra, a operação não acontece. A gente comprou com uma taxa de desconto de 24%. Vou vender com um desconto de 10%.

E Cezar abriu posição para compra de LTN com essa taxa. Ouviu todo tipo de impropério, de tomar no meio do olho do c* para baixo. Todo mundo tirava um sarro, afinal haviam acabado de vender para a Garantia com um desconto de 24% e não iam comprar de volta com 10%, dando um lucro brutal para a corretora. E assim foi até que, às 18 horas, os concorrentes começaram a ligar. Ninguém queria explicar para o chefe que tinha sobrado dinheiro em caixa, sem LTNS, e o trauma da última operação em que haviam ficado desaplicados ainda estava muito fresco na memória. Eles perguntavam para Cezar: qual a taxa? Ele, com um meio sorriso ao telefone, respondia: "O de sempre: 10%."

Pronto, agora o amor pela Garantia era incondicional, e a fama de ótimos operadores do mercado também. Com o dinheiro que ganharam no primeiro ano de vida da corretora, os sócios já haviam quitado 50% do empréstimo feito com Gentil.

Anos depois, em uma roda de conversa, com Cezar já no Pactual, um grupo de sócios do banco falou mal dele no cafezinho do agora banco Garantia. Lemann estava passando, ouviu, deu meia-volta e disse: "Aqui ninguém fala mal do Cezar. Ele foi muito importante para a Garantia." Uma atitude absolutamente incomum para ele, segundo uma pessoa que testemunhou a cena.

O dinheiro que entrou nos primeiros meses da Garantia levou Lemann a fazer algo que queria havia muito tempo. Em uma reunião de diretoria, disse que iria tirar umas pequenas férias durante o Carnaval. Cezar não teve dúvida:

— Jorge, quero fazer uma aposta contigo.

— Qual?

— Se eu dobrar o lucro em um mês, você compra uma passagem de volta ao mundo para mim?

— Fechado.

Cezar nunca tinha viajado para fora do Brasil. Pouco depois, Lemann recebeu um telefonema. Era Cezar. Já havia dobrado o lucro.

Com a Garantia ganhando muito dinheiro, Lemann chamou Cezar: "O Jorge falou que eu não podia mais morar no apartamento em que estava. Precisava de um local mais adequado a uma pessoa da minha posição. E ele disse que tinha a solução: o tio da esposa dele, San Tiago Dantas, havia morrido e tinha um apartamento na rua Maria Angélica, no Jardim Botânico." Cezar foi ver o apartamento. Era uma cobertura deslumbrante, mas ele não tinha como pagar o preço pedido.

— Jorge, tô morando em um apartamento de setenta metros quadrados e você quer me colocar em um de 450?

— Vamos lá, vamos comprar. A gente consegue um preço bom.

E Cezar fechou o negócio. Comprou financiado e enquanto continuava pagando as ações que havia recebido da corretora. Se os negócios iam bem, o casamento nem tanto, e ficou ainda mais complicado quando Maria do Carmo, segundo Cezar, começou a participar de movimentos de esquerda, e saía muito para reuniões do grupo. A situação piorava quando elas aconteciam no apartamento da Maria Angélica. "Eu ficava muito apreensivo, achando que o Exército chegaria lá, e isso nos traria complicações."

O papo em casa, segundo ele, rolava até de madrugada. Assustado com a escalada na repressão política e com a violação dos direitos civis no Brasil, ele via com péssimos olhos as atitudes da mulher. Mas as reuniões — para ele — acabavam servindo a outro propósito nada nobre: flertar com as amigas da mulher. Cezar adorava uma farra.

A vida política de Maria do Carmo, porém, não era, segundo ela, aquela em que Cezar acreditava. Naquele momento, ela não participava de reuniões políticas na casa em que morou com ele e em nenhum outro local.[1] Mas dos flertes ela sabia. Nada disso era novidade para ela. "Ele chegava de madrugada dizendo que estava fazendo hora extra. E eu fingia que acreditava",[2] conta ela.

Na mesma época, apareceu na corretora um jovem para ser entrevistado. Chegou às 8 da manhã e saiu às 19 horas sem conseguir passar

1 Depoimento a Maria Eli de Queiroz para o texto *O homem de mil contos*.
2 Idem.

pela entrevista. Na correria, Cezar esqueceu dele. No dia seguinte, finalmente Cezar conversou com o jovem, que acabou contratado. Falava bem inglês; o pai, que era piloto da Varig internacional, havia levado o filho para todos os cantos do mundo.

"Gostei dele. Achei-o persistente. Esperou muitas horas. O Jorge entrevistou, gostou também. Ele tinha 22 anos e estava terminando o curso de economia." Seis meses depois, o tio de Lemann conseguiu um estágio para uma pessoa do Garantia fazer no Goldman Sachs e no J.P. Morgan. Na hora, Cezar disse que iria. Só que não tinha como, já que não falava uma palavra de inglês. Lembrou do jovem Marcel Telles, que havia sido contratado pouco tempo antes e era fluente. Cezar poderia levá-lo como intérprete. E assim fez.

Uma semana depois, Maria do Carmo disse que queria se separar. Já era a segunda vez que ela pedia o divórcio, e Cezar teve certeza de que ela havia descoberto o caso dele com uma amiga das amigas dela. Foi lá e contou a história. Não era verdade, ela não sabia. Não desse caso; conhecia outros, mas não o específico a que Cezar se referia. Para tentar salvar o relacionamento, resolveram, aconselhados pela família, fazer uma viagem de casal. "Todos queriam que a gente se entendesse, aquela coisa de achar que uma viagem resolve tudo. Mas foi a pior viagem dele, e também a minha",[3] conta ela.

O casal foi para a cidade-luz antes de Cezar ir para o estágio em Nova York. E deu tudo errado em Paris. Resolveram ir jantar na Champs-Élysées. Cezar olhou no cardápio e, com todo o seu conhecimento de francês (absolutamente nenhum), viu o nome de um prato. Gostou e pediu *piedi a milanese*. Bingo. Pé de porco à milanesa com as unhas do porco intactas servidas na mesa. Maria do Carmo só faltou matar o marido.

Mas sempre pode piorar. No dia seguinte, lendo o livrinho do hotel em que apareciam as atrações da cidade, Cezar viu um show muito bem cotado, segundo o que ele "leu" no guia (sabe-se lá como concluiu isso). E chamou Maria do Carmo. Entraram na boate, jantaram

---

3 Depoimento a Maria Eli de Queiroz para o texto *O homem de mil contos*.

e depois rolou uma encenação de sexo ao vivo. "A Maria do Carmo queria me matar. Não tinha o que fazer. Eu tava tentando recuperar o casamento e acabamos em um local de suruba..."

Nos dias seguintes, evitando correr riscos desnecessários para não tornar horroroso o que já estava ruim, o casal limitou-se a visitar locais "seguros" — Museu do Louvre, Vale do Loire, enfim, nada fora do padrão. Mas Cezar havia ficado fascinado pelo livrinho do hotel e foi nele novamente. Dessa vez, um show de mulheres dançando. No final, todas só de calcinha. Um desastre. E assim o casal voou para Nova York em meio a uma crise sem precedentes.

O frio e o vento do inverno nova-iorquinos irritavam Maria do Carmo, que achava, a cada dia que passava, tudo muito chato e entediante. Ficava sozinha no hotel ou andando pelas ruas enquanto Cezar resolvia questões de negócios. Ela achou tudo muito sem graça até que um dia, cansada da situação, tomou uma decisão: "Cezar, eu vou embora!" Já estava com a passagem na mão e as malas prontas. E Cezar chorou.

"Mas depois eu o ouvi falar ao telefone, no quarto ao lado, do nosso amigo [Marcel], combinando com alguma mulher um encontro! Então ele estava era me traindo também lá! As lágrimas secaram muito rapidamente!"[4]

O J.P. Morgan (atualmente JPMorganChase) e o Goldman Sachs são o *crème de la crème* dos bancos de investimento. São os dois bancos mais admirados do mundo, e suas raízes remontam ao início do século XX. O J.P. Morgan, fundado por J. Pierpont Morgan em 1871, teve um papel importantíssimo no desenvolvimento da infraestrutura dos Estados Unidos e na formação do moderno sistema financeiro global. O Goldman Sachs, fundado dois anos antes (1869) por Marcus Goldman — anos mais tarde seu genro, Samuel Sachs, se juntaria ao banco, compondo o nome que perdura até hoje —, teve também um papel significativo no desenvolvimento dos mercados financeiros e na inovação de instrumentos da área.

---

4 Depoimento a Maria Eli de Queiroz para o texto *O homem de mil contos*.

Lemann estava preocupado, pois conhecia o sócio. Cezar era o rei de chegar atrasado a reuniões, e isso não poderia acontecer. O encontro era às 9 horas, e Cezar combinou com Marcel de chegarem às 8h45. No caso de Cezar, um notívago, era o pior dos horários, e os dois seguiram até a sede do banco, que na época era conhecido como "The Corner", na 23 Wall Street com a Broad Street, no distrito financeiro de Manhattan — o edifício histórico serviu como a sede do J.P. Morgan & Co. por muitos anos e é um marco arquitetônico, representando o poder e a influência do banco.

E lá foi a dupla. Cezar, com 27 anos, Marcel, com 22. Na recepção se apresentaram, e um senhor prontamente foi avisar o responsável, John G. Ogilvie, de que a dupla havia chegado. Voltou dizendo para eles esperarem que ele estava muito ocupado. "Que horas ele marcou? Nove em ponto. Pra que eu cheguei antes? Pra nada..."

Ogilvie já havia organizado tudo. Cezar e Marcel ficariam em uma sala e executivos do banco iriam conversar com eles. Veio o primeiro, o segundo, o terceiro, e Cezar, calado. Todos do segundo e terceiro escalões do banco. Na hora em que o último saiu da sala, Cezar virou para Marcel e começou a desabafar: "Marcel, esses caras são todos filhos da puta, escrotos. Vão deixar a gente aqui falando com essas pessoas nessa sala. Vão à merda."

E foi essa a parte educada do que Cezar comentou com o jovem Marcel, que apenas olhava para ele com cara de susto enquanto o chefe falava todos os palavrões que sabia. Atrás da dupla, quieto, estava Thomas Nuno, que havia sido encarregado de acompanhá-los em um almoço com o presidente do banco. No caminho até o restaurante, Nuno se virou para os dois e educadamente disse em português: "Você é o Cezar e você é o Marcel." Cezar e Marcel se entreolharam preocupados. Até então sabiam que Thomas falava português e havia ouvido todos os impropérios que Cezar desfilara contra os executivos do banco. "Eu falei pro Marcel: foda-se. Não vai dar nada. Já falei mesmo."

O almoço no J.P. Morgan era no *rooftop*, uma mesa enorme. Cezar nunca tinha visto tanto talher na vida. Não sabia nem como usá-los. Estava absolutamente deslocado. As pessoas conversavam até a chegada do presidente do banco, que se sentou na cabeceira e disse: "Estão fazendo estágio aqui, espero que estejam gostando." Nuno não teve dúvida e descreveu *ipsis litteris* as palavras carinhosas desfiladas por Cezar na conversa com Marcel.

Provavelmente foi a primeira vez que o presidente do J.P. Morgan ouviu falar do banco que ele comandava naquele tom, para dizer o mínimo, altamente desabonador. Irritado, bradou para Ogilvie que ele deveria refazer imediatamente o programa, que não queria mais daquele jeito. O que ninguém podia prever é que a visita, a partir daquele ponto, se tornaria fundamental para o futuro do mercado financeiro brasileiro. Terminado o almoço, Ogilvie mandou os dois para o hotel com uma frase: "Amanhã às duas da tarde vocês voltam aqui."

No dia seguinte, no horário marcado, Cezar e Marcel ouviram de Ogilvie que agora falariam com o número 1 de cada área, mas, quase constrangido, avisou que na tesouraria e na custódia eles não poderiam entrar, porque era necessário passar a digital — apontando para uma porta.

No final do século XIX, Edward Henry, um oficial da polícia britânica, criou um sistema de classificação de impressões digitais que se tornou a base para os métodos modernos de identificação por esse registro. O Sistema Henry foi adotado pela polícia metropolitana de Londres já em 1901 e logo se espalhou para outras partes do mundo. Uma revolução que estabeleceu pela primeira vez um método sistemático para a classificação e comparação de impressões digitais que viria a ser adotado mundialmente pela polícia e por outras agências de aplicação da lei e que, ao longo dos séculos XX e XXI, se tornou parte do dia a dia.

Cezar e Marcel passaram o dia ouvindo os chefes das áreas falarem sobre o que faziam. Após o desfile de números 1, chegou a vez do chefe da tesouraria, que explicou como fazia o seu trabalho. Conversa *finita*, Cezar disparou (com tradução do Marcel):

— O presidente disse que depois da sua apresentação podíamos conhecer a Tesouraria.

O chefe da área nem titubeou. Se o presidente falou, tá falado, ainda mais depois do esporro público que todos tinham tomado no almoço.

E, com a digital dele na porta, Cezar e Marcel entraram na Tesouraria do J.P. Morgan. Ali puderam ver o funcionamento do sistema de liquidação e custódia do banco, que funcionava à base de pastas físicas, de forma bem simples. Quando Joaquim vendia um título para José, uma pessoa ia lá e tirava o título da pasta de Joaquim e colocava na de José. E vice-versa. Como todo mundo era cliente do J.P. Morgan, eles podiam fazer isso, e valia tanto para títulos públicos quanto para privados. Enquanto isso, no Brasil, os milhões e mais milhões de títulos em papel iam de um lado para o outro, fisicamente.

Agora era a vez do Goldman Sachs. A visita já funcionou de saída, ao contrário do que havia ocorrido no J.P. Morgan, e lá Cezar ouviu uma conversa que serviria de inspiração para anos depois ele sugerir a criação do CDI, o Certificado de Depósito Interbancário, a taxa de juros que serve como referência para várias operações financeiras, usada como indexador para diversos investimentos, como CDBS (certificados de depósito bancário), fundos DI e outras aplicações que seguem o movimento das taxas de juros interbancárias. "Uma hora um deles disse que era o chefe do *overnight*. Eu e o Marcel não tínhamos a mais mínima ideia do que era o tal *overnight*, mas fingimos que tínhamos entendido e seguimos em frente ouvindo o americano falar sobre o trabalho dele."

Pouco depois, descobriram que o tal *overnight* se referia a operações de curto prazo de títulos públicos, geralmente com duração de um dia, em que os investimentos são feitos em um dia e resgatados no próximo dia útil. Uma operação a princípio de baixo risco, utilizada para gestão de liquidez por bancos, instituições financeiras e investidores, mas que na época era desconhecida no Brasil. Daí para Cezar e Marcel entenderem que o termo *overnight* vinha dos juros dessas operações que são determinados pelo período de uma noite foi um pulo.

Na volta para o Brasil, Cezar comentou com Marcel: "Vamos fazer, é digital, no computador, o nosso Sistema Especial de Liquidação e Custódia, o Selic."

Só que a era dos computadores estava apenas começando, e não era tão simples nem tão barato ter um computador capaz de processar todas as operações de título público e privado do Brasil eletronicamente. Pelo contrário, era bem complicado e muito caro.

Um IBM System/370 — computador que revolucionou o mercado quando lançado, em 1970 — ocupava uma sala inteira. Ninguém, a não ser grandes empresas, universidades e governos, podia pagar por um deles, e a complexidade de operá-los também tornava seu uso restrito a essas instituições.

Cezar, porém, já vira o "cérebro eletrônico" do Bradesco funcionando e tinha certeza de que era possível criar o Selic no Brasil, mas antes disso passaria por um evento inusitado que quase o mataria.

As aeronaves Nihon YS-11, adquiridas pela extinta companhia aérea brasileira Vasp no fim da década de 1970, foram um marco para a aviação japonesa. Único avião comercial de grande porte projetado e construído no Japão pós-Segunda Guerra Mundial, era um turboélice bimotor com velocidade máxima de 452 quilômetros por hora e ganhou no Brasil o apelido carinhoso de "Samurai" (até hoje muita gente acha que o nome do avião era esse).

Com capacidade para sessenta passageiros e cinco tripulantes, o Samurai de prefixo PP-SMJ se preparava para decolar do aeroporto Santos Dumont, no Rio de Janeiro, no dia 24 de outubro de 1973. Um dos últimos passageiros a embarcar — atrasado como sempre — foi Cezar, carregando um cheque para comprar ORTNs do finado Comind — um dos grandes bancos da época, comprado pelo Santander na década de 1990.

Com o avião lotado, a comissária mostrou a ele o único lugar disponível (não havia lugares marcados na época): em frente à porta do piloto, um lugar apertado de que ninguém gostava. Sem outra opção e precisando comprar as ORTNs, Cezar topou. Só não imaginava o que viria a seguir. Na corrida para a decolagem na pista sempre curta do Santos Dumont — quem já decolou ou pousou nela sabe a pequena aventura que sempre é —, o Samurai perdeu um dos motores, que simplesmente parou de funcionar. Ao perceber a falha, o comandante acionou o freio hidráulico, mas o Samurai ultrapassou o limite da pista, mergulhou na baía de Guanabara e começou a afundar.

Nos Samurai, a entrada e a saída do avião ficavam no fundo da aeronave. Não havia outra perto de Cezar. Na frente dele, apenas os pilotos. Como não viu nenhum deles passar, deduziu que deveria haver algum tipo de saída pela cabine. E arriscou. Respirou fundo de terno, gravata, sapato e abriu a porta da cabine, tomando uma enxurrada, mas viu que havia uma pequena janela. E foi. Conseguiu sair por ali e ficou esperando o socorro chegar, o que aconteceu rapidamente, pois o avião afundava a poucas centenas de metros da pista. Foi um dos últimos a serem resgatados, pela rabeta, quando a asa já estava submersa. Por pouco não foi uma das cinco vítimas fatais do acidente. Passado o susto, resolveu tomar uma atitude. "Fui para casa, tomei banho, troquei de roupa, passei na Garantia, fiz outro cheque, peguei outro avião e fui comprar as ORTNS."

Na volta, já à noite, decidiu ir direto para casa. Colocou as ORTNS recém-compradas em cima de um móvel qualquer e no dia seguinte as levou para a corretora embaixo do braço. Estava carregando alguns milhões de dólares.

Tornar o sistema de compra e venda de títulos e papéis eletrônico não era apenas uma vontade, mas a cada dia se tornava uma necessidade maior. O mercado estava crescendo e as tentativas de falsificações também.

Em pleno 2020, o Tesouro Nacional ainda recebia consultas frequentes a respeito da validade de títulos públicos emitidos nos anos 1970, como a possibilidade de resgate, troca ou conversão daquelas LTNS em NTN-A ou em outros títulos, pagamento de dívidas tributárias ou outras operações envolvendo apólices antigas supostamente emitidas pelo Tesouro. A criatividade era grande, com LTNS "roxas", "verdes", "azuis", "diamante", de séries H, I, J, K... Z. As tentativas de fraude, porém, tinham um erro crasso. Todas as LTNS, emitidas em papel nos anos 1970 tinham prazo máximo de 365 dias e foram resgatadas em seus respectivos vencimentos.

Decidido a criar o Selic, Cezar foi falar com o presidente da Andima, Adolfo de Oliveira, que o mandou conversar com a única pessoa que podia autorizar uma operação desse tipo: o presidente do Banco Central,

Paulo Hortêncio Pereira Lira. "Ele disse que eu era maluco. O Banco Central não tinha dinheiro para comprar o computador necessário para fazer um décimo das contas de processamento de ORTNS, LTNS, debêntures e ações. Imagina processar as compras e vendas de todas elas."

Inconformado, Cezar não teve dúvida e fez aquilo que mais sabe: foi ao mercado conversar. Queria saber o que eles achavam da ideia. Todos gostaram. E lá foi ele novamente ao Banco Central, agora conversar com Carlos Brandão, então diretor de Dívida Pública, que depois se tornaria presidente da instituição. Negócio fechado, mas tinha uma condição: o programa seria desenvolvido com um técnico do BC.

O projeto demorou anos e acabou entrando em funcionamento em 1979, em um computador Burroughs D3700 — a mesma marca das máquinas de somar que os caixas do Bradesco usavam quando ocorreu a enchente de 1966 no Rio de Janeiro — e provavelmente todos os outros bancos a utilizavam também. Era o padrão da época, as *adding machines* (máquinas de somar), que acabaram batizando a empresa com seu primeiro nome oficial, Burroughs Adding Machines Companies, no início do século XX. Foi apenas na década de 1950 que a empresa mergulhou no emergente setor de computadores e ficou conhecida por seus sistemas de médio a grande porte, competindo diretamente com gigantes como a IBM e tendo uma fatia grande do mercado de bancos, governos e grandes empresas até que, em 1986, se fundiu com a Sperry Corporation, criando-se a Unisys.

Com um Burroughs modelo D3700 e recursos da Andima, o Banco Central, colocou em operação o Selic em 22 de outubro de 1979. Primeiro apenas guardando os papéis, fazendo o registro da custódia deles, e semanas depois, em 14 de novembro, realizando a liquidação também. Com o Selic, não era mais preciso emitir títulos em papel. Tudo era feito eletronicamente. Os títulos públicos eram registrados e liquidados sem a necessidade de trocar papéis de mão, eliminando falsificação e fraudes. De quebra, garantia-se a solvência do sistema financeiro, protegendo principalmente as pequenas corretoras, que, no tempo dos papéis físicos, ficavam em sérios apuros quando levavam calote.

Cezar nunca mais precisaria pegar um avião com um cheque na mão para comprar títulos públicos, um avanço e tanto para os títulos públicos, mas originalmente a ideia era fazer também para títulos privados (debêntures). Estava tudo pronto. Todas as corretoras cadastradas foram colocar o sistema no ar. Cezar foi ao Banco Central em Brasília falar com Brandão, que na época era presidente. "Ele me disse que debêntures, ali, não. Apenas título público. Tentei argumentar, dizendo que seria feito pelo computador e que não tinha risco, mas, nada. Ele não quis."

O Selic demorou mais alguns meses para ser adaptado e ficar pronto por conta desse detalhe. Com os títulos públicos indo para o computador, o Banco Central passou a conseguir determinar a taxa média das transações daquele dia. E o mercado começou a informar o Selic a cada dia. O BC então pegou o nome para criar a taxa de referência e deu o nome de Selic. E assim "o" Selic virou "a" Selic, a taxa básica de juros que serve de referência para outras taxas de juros no Brasil, influenciando empréstimos, financiamentos e investimentos. Essa taxa é usada pelo Banco Central como instrumento de política monetária para alcançar a meta de inflação estabelecida pelo governo.

Com 470 participantes (como são chamados os bancos, cooperativas de crédito, corretoras e distribuidoras de valores que utilizam o sistema) e 157 mil clientes que têm títulos no Selic, o sistema realiza, na década de 2020, cerca de 99% dos negócios com títulos públicos federais (o 1% restante está na B3).

Mas a questão das debêntures continuava. Era preciso tornar o processo de registro e custódia delas eletrônico também. E Cezar foi embora de Brasília imaginando como resolver o problema. Não demorou mais do que dez minutos pensando e concluiu o óbvio (depois que alguém fala, sempre fica óbvio): fez manualmente o que hoje se faz no computador. Copiou e colou o projeto do Selic, trocando o nome e batizando-o de Central de Custódia e Liquidação Financeira de Títulos Privados (Cetip).

Faltava, porém, resolver uma questão aparentemente menor. O Selic tinha um xerife, o Banco Central, que fazia tudo funcionar perfeitamente.

Era preciso um chefe nos mesmos moldes para a Cetip. Tinha de ser uma pessoa acima de qualquer suspeita, que tivesse o respeito do mercado e que não fosse — nem se sentisse — intimidada por ele. Cezar foi falar com o novo presidente da Andima, Eduardo Bicalho, e propôs o nome de um velho conhecido dos anos 1960. Um ex-servidor do Banco Central, aposentado, duro na queda: Ernesto Albrecht.

Em 1984, a Cetip foi criada. Dois anos depois, entrou em operação e se tornou a principal plataforma para o registro, custódia e liquidação de títulos de renda fixa, além de outros instrumentos financeiros. Com ela, foi possível fazer a negociação segura e eficiente desses ativos, facilitando as operações entre diversas instituições financeiras, como bancos, corretoras e fundos de investimento. Com o Selic e a Cetip, as operações se tornaram majoritariamente digitais, colocando o mercado financeiro brasileiro na vanguarda mundial. E em 2017, com a união da Cetip e da BM&FBovespa, o Brasil passou a ter a B3 — Brasil, Bolsa, Balcão, uma das maiores infraestruturas de mercado financeiro do mundo.

A vida pessoal de Cezar, porém, nem de longe evoluiu de forma tão organizada como o mercado. Em 1973 ainda, após voltar da viagem a Nova York — e antes de quase morrer na queda do avião Samurai na baía de Guanabara —, Maria do Carmo e ele resolveram se separar. O apartamento era muito grande e os dois decidiram vendê-lo, pois a dívida para quitá-lo era proporcional ao tamanho.

Com a venda do apartamento, Priscila e Renata se mudaram com a mãe para a rua Lopes Quintas, no mesmo Jardim Botânico, e Cezar foi morar em um apartamento que ficava no primeiro andar na Rainha Guilhermina esquina com a Ataulfo de Paiva, no Leblon, e que tinha uma característica que ele nunca esqueceu. "Um barulho filho da puta. Os ônibus trocavam a marcha embaixo da minha janela, e obviamente eu não sabia disso quando aluguei."

Sem dinheiro em caixa — não havia ainda vendido o apartamento e tudo o que ganhava usava para pagar suas ações da Garantia —, Cezar comprou um estrado e um colchão. Em uma banca de frutas ao lado do imóvel, pegou dois caixotes de maçã e botou um de cada lado da cama para servir de mesa de cabeceira. Comprou uma colcha de chenile — um tecido aveludado popular usado em cobertores, roupas de cama, roupas e estofados — e cobriu os caixotes. Pronto, tinha uma casa. Agora era trabalhar e viver.

A década de 1970, mesmo com a repressão imposta pela ditadura militar, teve grandes mudanças nos costumes, com o aumento da liberdade sexual.

Cezar não ficou para trás. Passou a namorar mais de uma moça ao mesmo tempo, quando não eram três, enquanto cuidava das meninas pequenas e tomava alguns sustos com elas, em especial com Priscila. Em tese, nada de mais para alguém que havia aprontado como Cezar. Mas na prática não era bem assim. "Se um dos meus filhos tivesse aprontado tanto quanto eu, eu não estaria aqui. Teria morrido de susto."

O Clube de Regatas Piraquê, mais conhecido como Piraquê, é ponto tradicional de encontro da elite carioca que se reúne à margem da Lagoa Rodrigo de Freitas para bater papo e desfrutar de comes e bebes enquanto as crianças brincam. Priscila, sentadinha na borda da piscina, com seus 7 anos, observava as outras meninas pulando na água sem saber se fazia o mesmo ou se ficava. Daí a instantes, cheia de coragem, arriscou um mergulho.

Cezar a observava todo feliz vendo a primogênita ousar, mas de repente ela veio à tona e foi com o queixo de encontro à borda da piscina, espalhando sangue pelo rosto e pela água. Assustado, para não dizer apavorado, Cezar correu, agarrou a filha pelos braços e a colocou desajeitadamente sobre os ombros, de cabeça para baixo, como um porquinho que se carrega para o abatedouro. E o sangue — obviamente — só fazia escorrer mais rapidamente ainda, pelas costas do pai desesperado.

No posto médico do clube, em uma caminhada que pareceu ter durado uma eternidade, o veredito: nada sério. Priscila não precisaria tomar pontos no queixo. Aliviado e com o coração voltando a bater dentro do peito, Cezar pegou a filha e a levou para a casa da mãe, ainda tentando se recuperar do susto.

Com o passar dos meses, a vida financeira de Cezar melhorou, ele ganhou um dinheirinho e resolveu decorar a casa com móveis da feira hippie da praça General Osório. Adorou um sofá, rústico, de couro, e o levou para casa. Comprou também um beliche para as meninas, que vinham nos fins de semana ficar com o pai — segundo Priscila, a regularidade era mais irregular do que qualquer coisa.

"Ninguém queria namorar comigo. Eu tinha 27 anos e uma empregada, a Isabel. Falava para ela ficar com as meninas quando eu ia sair. Era eu fazer finta de pôr o pé fora de casa e elas acordavam: 'Pai.' Imagina, não conseguia sair nunca", conta Cezar.

Isso, obviamente, não o impedia de ter seus casos aqui e acolá. Nem de continuar a praticar uma de suas atividades preferidas: organizar pegadinhas para os colegas.

Argemiro, que havia saído da corretora Levy, foi uma das primeiras "vítimas" de Cezar. Ele havia ido para o Banco Safra ser gerente de *open market*, montando a mesa de operações de títulos públicos. Um dia qualquer da semana, indo para o trabalho de manhã, olhou para a esquina da rua da Alfândega com a avenida Rio Branco e não entendeu: havia um fila dando a volta na esquina, e ela começava em frente à porta do banco. Muito, muito estranho. Sem muito o que fazer, ele abriu caminho, entrou no prédio e viu que "alguém" havia posto um anúncio no jornal dizendo que o Safra estava contratando pessoas, homens e mulheres, de qualquer idade e que só precisava ter o segundo ano primário. De repente, o telefone toca. Era Cezar.

— Arge, como está a fila aí no banco?

— Cezoca, seu filho da mãe!

E tinha outras que Cezar organizava com a cumplicidade de sua secretária, Regina, que ligava para os colegas dele de outras corretoras fazendo se passar por uma moça que trabalhava em um grande banco e era muito bonita. Ela dizia que havia gostado muito do moço e queria encontrá-lo para um jantar. E lá ficava o desavisado sentado por horas esperando a moça, que nunca chegaria. Pura molecagem que não dava trégua nem nos fins de semana.

Mesas de operações são locais tensos em que o dinheiro troca de mãos muito rapidamente. Um erro ou acerto pode significar um rombo ou uma grande tacada para as corretoras e bancos. Na Garantia não era diferente. Um dia, o operador, Paulo Cesar Barbosa, o Paulinho, estava todo feliz: tinha comprado uma moto nova, maior do que a que tinha, e jogou no ar que estava vendendo a antiga. Tomou um "comprado" de Cezar e não entendeu nada.

— Cezar, você não sabe dirigir moto.

— Não tem importância, eu aprendo. Esse fim de semana vamos de moto para Búzios, na casa do Jorge Paulo.

O trajeto Rio-Búzios no início da década de 1970 estava longe da facilidade encontrada no século XXI, em que a viagem dura cerca de três horas em dias sem trânsito. Na época, apenas uma parte da estrada era asfaltada. O trecho que liga São Pedro da Aldeia a Búzios, com cerca de 50 quilômetros, era um areião, e Cezar mandou a então namorada de carro com Renata e Priscila e partiu com os "meninos" Marcel, Paulinho e Leopoldo, que todos chamavam pelo apelido, Jacaré.

A trupe estava pronta para dar risada vendo Cezar cair de moto, mas segundo ele quem caiu foram eles. Ele teria se mantido intacto em cima da moto apesar da completa falta de treino em veículos sobre duas rodas.

À noite, já em Búzios, após a pequena aventura, todos confraternizavam com as namoradas na varanda da casa na praia do Forno. Tudo à luz de lampião — a casa não tinha energia elétrica —, com os jovens conversando sobre lobisomens e fantasmas. Com vista panorâmica para o mar — a casa ficava em cima de um penhasco —, todos curtiam o momento.

Ao olhar para fora, bem distante, o grupo começou a ver um "ser" que se arrastava pelo chão a passos *desritmados* com uma linda lua iluminando o cenário. A princípio ninguém entendeu nada, mas a cada momento o "ser" se movia em direção à varanda. Apavoradas, as moças começaram a jogar o que tinham na mão em direção a ele, que continuava a se aproximar. Sem saber mais o que fazer, subiram nas tesouras do telhado da casa, que não tinha forro.

Cezar, sentado, morria de rir. Tinha pegado seu capacete, colocado uma camiseta branca por dentro da viseira, e estava puxando o dito cujo em direção à casa por um fio de náilon que havia amarrado nele. Recebeu xingamentos dos mais diversos relembrados mais de cinquenta anos depois por quem estava lá. Mas não estava satisfeito, tinha mais ideias.

No mesmo fim de semana, o grupo decidiu ir à pizzaria do Maia, na famosa praia dos Ossos, uma das mais conhecidas de Búzios, onde fica a rua das Pedras. Mas eles estavam na praia do Forno, e o caminho de lá até a praia dos Ossos era uma estrada estreita, quase uma picada no mato, com quase um quilômetro. Em certo momento, Cezar disse que tinha de ir embora, pegou a moto e se afastou dos amigos. Quando o restante do grupo estava voltando para casa, os galhos da picada começaram a se mexer, concatenados com barulhos estranhos. Novamente uma correria. E mais um xingamento para Cezar.

Mas um dia os jovens começaram a se casar. Pronto, as brincadeiras teriam de parar. Ou quase isso.

Paulinho foi o primeiro. Os noivos — Paulinho e Lúcia — decidiram fazer a cerimônia na charmosa Capela Santa Ignez, na Gávea, um local intimista com capacidade para cerca de cem pessoas. Ao final iriam sair com seu conversível, um Puma, para a lua de mel. Muito apreciado por seu design elegante, o carro era um símbolo de status e estilo, atraindo um público jovem, muitos deles entusiastas de automobilismo.

Cezar, padrinho do casamento, e a turma dos operadores da Garantia, que trabalhavam juntos na mesa, resolveram fazer uma pequena adaptação nos planos dos noivos. Pegaram o bolo da sala de cumprimentos e colocaram na capota do carro, que estava arriada. Convenceram os pombinhos a ir lá cortar o bolo. Surpresos, porém não alarmados, eles toparam. Na hora de tirar uma foto com os noivos e o bolo em cima da capota do carro, Cezar e os amigos enfiaram a cara de Paulinho no bolo. Sacanagem feita, Cezar se sentou ao volante do Puma e saiu com outros carros em carreata pelo Rio de Janeiro com os noivos sentados na capota cheia de bolo — tudo sendo registrado pelo fotógrafo — e andaram por toda a orla de Ipanema até pararem em um bar.

Não um bar qualquer, mas o Castelinho, ícone da época, na avenida Veira Souto, frequentado por lindas mulheres. Havia uma placa afixada num poste em frente ao bar com os dizeres: "Cuidado, bêbados."

Cezar e os colegas não tiveram dúvidas do que fazer. Interromperam o trânsito em uma das mãos da Vieira Souto e fizeram o casal pedir dinheiro para cada carro e ônibus que passava, com uma "brincadeira" extra: eles tinham de pedir o dinheiro dentro dos ônibus. Não bastava falar com o motorista.

Às 7 da manhã — o casamento havia começado no fim da tarde do dia anterior —, a trupe foi tomar café no Méridien, famoso hotel de luxo na orla de Copacabana que anos depois se tornaria mais famoso ainda pela cascata de fogos de artifício que saía do terraço e descia pela fachada do edifício durante o Réveillon. O casal, sabendo com quem estava lidando, tinha feito de tudo para esconder onde iria passar a noite de núpcias. Deram a entender que seria no Méridien — atualmente um hotel com a bandeira Hilton. Mas foram para um famoso motel no alto da avenida Niemeyer, o VIP's. Com sua vista deslumbrante, o motel atrai locais e turistas para noites românticas. Um *must* tipicamente carioca para recém-casados, com vista para o oceano Atlântico.

Feliz e finalmente a sós, o casal abriu a cortina do quarto, que dava para a piscina com vista para o mar, e foi agraciado com a vista de Cezar e os "meninos". Eles haviam alugado o quarto ao lado, pulado o muro que os separava do quarto dos recém-casados e simplesmente ficaram esperando.

O próximo da turma a casar foi Telles, com sua então namorada Claudia (a mesma que havia passado pelo susto em Búzios). Ele comprou um terno de camurça azul-piscina.

Telles, torcedor do Fluminense, não imaginava o que estava por vir. Na época, as torcidas rivais do tricolor carioca jogavam pó de arroz nas arquibancadas para provocar os torcedores do time do bairro das Laranjeiras. Inspirados pela ideia, Cezar e os "meninos" mandaram alguém ir à rua da Alfândega comprar um saco de pó de arroz de vinte quilos, colocaram em cima da porta da sala de cumprimentos para onde os recém-casados iriam após o "sim" e ficaram esperando. Na hora em que Marcel passou pela porta com a agora esposa, os amigos puxaram a corda e o saco desabou em cima dele, da noiva e da mãe da noiva.

Com o passar dos casamentos, os noivos começaram a ficar mais atentos para desviar das brincadeiras. O próximo da fila era Alex Abeid, que havia jogado as Olimpíadas de 1972 e 1976 pela seleção brasileira de vôlei. Cezar e os "meninos" resolveram virar sua artilharia para a igreja onde seria realizado o casamento e entraram todos vestidos de árabe. O padre, furioso, mandou todos saírem, mas, fingindo não entender português, Cezar e os meninos continuaram conversando entre si, até levarem um ultimato: se a brincadeira continuasse, não haveria casamento.

Só assim os "árabes" abandonaram o local e foram para o lado de fora da pequena Igreja Santa Ignez (a mesma onde Paulinho havia se casado). Lá havia uma banda que tocava músicas carnavalescas e uma Kombi aberta estava pronta para sequestrar os noivos durante os cumprimentos do lado de fora e levá-los para o Aterro do Flamengo, onde acontecia a parada militar do 7 de Setembro — mais uma traquitana criada pelos colegas de trabalho. Conhecendo bem os "árabes", Alex combinou com sua noiva, Christiane, um desmaio na sacristia. Dito e feito. Christiane "desmaiou" e foi direto para o "hospital", livrando o casal do desfile e dos árabes. Fim de "festa" para a brincadeira de Cezar e dos "meninos".

Mais um pouco, Jacaré também decidiu se casar. E aqui as pegadinhas subiram para o escatológico. Os "meninos" combinaram de comprar uma caixa com baratas para soltar no casamento. Na hora em que o padre foi dar a bênção, abriram-na. Cezar disse ter achado essa brincadeira muito "pesada", e desde então não participou e nunca mais foi ao casamento de nenhum colega.

O trabalho ia bem — e a vida pessoal estava uma festa —, mas Cezar estava preocupado. Seus conhecimentos sobre economia eram parcos — para não dizer escassos —, e ele sabia que precisava aprender mais sobre o tema. Conversando com João Ary, do Banco Central, descobriu que ele demorava horas para chegar em casa. O Banco Central ficava no centro, e ele morava no Grajaú.

Sem titubear, Cezar disse para João Ary que tinha de fazer um tratamento dentário no Méier e perguntou se ele não queria carona para casa. Afinal, passaria ali do lado e não custava nada deixá-lo lá. Feliz da vida, João Ary aceitou e passou a pegar carona com Cezar no já icônico Fusca azul. No trajeto, Cezar perguntava (e aprendia) sobre economia — Ary nunca descobriu que estava andando com um sujeito daltônico e sem carteira de motorista e muito menos que Cezar não tinha dentista nenhum no Méier. Ele havia contado a história apenas para aprender sobre economia. Até hoje tudo o que sabe sobre o assunto Cezar credita às aulas que teve com João Ary e Rivadavia.

Cezar não tinha, porém, concluído sequer o fundamental. Preocupada, sua secretária — e também namorada —, Regina, começou a pressioná-lo para que terminasse os estudos. Uma lei de 1961 (Lei nº 4.024) permitia que alunos que não tivessem completado o ginásio, antigo nome do ensino fundamental, prestassem um exame e ganhassem o certificado sem ter de frequentar a escola (os maiores de 16 anos podiam obter esses certificados de conclusão do curso ginasial mediante a prestação de exames chamados de madureza). E uma modificação na lei em 1968 tornou a regra válida para alunos do ensino colegial, nome do ensino médio na época.

E lá foi Cezar — que, naquela altura, falava com presidente de banco, com ministro da Fazenda e companhia limitada — estudar.

— Tá bom, você me ajuda?

— Ajudo.

— Então tá.

E Regina inscreveu Cezar para fazer o teste no Colégio Pedro II, uma das instituições educacionais mais antigas e prestigiadas do Brasil, também conhecida por sua arquitetura histórica, com prédios que são patrimônios culturais da cidade.

O tempo para estudar era mais do que suficiente. Seis meses. Apenas conteúdo do ginásio, atual ensino fundamental II, mas Cezar estava mesmo empenhado na época era em se divertir. Até que recebeu um telefonema de Regina quando estava em uma viagem a Nova York.

— Cezar, você tem de vir para o Rio. O exame vai ser neste fim de semana.

— Mas eu não estudei nada.

— Você só gosta de fazer bagunça...

E lá foi Cezar fazer o exame. Múltipla escolha. Cheio de dúvidas, literalmente preenchendo os quadradinhos. Na saída, teve a certeza de que não tinha passado de jeito nenhum. Dias depois, o resultado. Aprovado. E Regina não teve dúvidas: pressionou para que Cezar fizesse agora o próximo exame, o do colegial. Zero animado, e sabendo que não iriam realmente estudar juntos — tinham coisas mais interessantes para fazer juntos naquele momento —, ele desconversou, disse que não dava, mas no final topou.

Pouco tempo depois, Regina ligou novamente:

— Cezar, você tem de vir para o Rio. O exame vai ser neste final de semana.

— Não estudei...

— Assim fica difícil. Vai ser complicado você passar.

Múltipla escolha novamente. Mesmas dúvidas na cabeça, mas fazer o quê? Preencher os quadradinhos. Mais alguns dias, e o resultado. Aprovado novamente, contra as expectativas de Regina, do próprio Cezar e de qualquer pessoa com um mínimo de bom senso. Mas Regina era persistente e tinha planos ainda maiores para o chefe/namorado.

A Faculdade Candido Mendes, na praça Nossa Senhora da Paz, em Ipanema, é uma das mais antigas e tradicionais do Rio de Janeiro. Conhecida pela localização privilegiada, oferece diversos cursos de graduação e pós-graduação.

— Não vou fazer faculdade. Não tenho nenhuma chance de entrar.

— Vai, sim!

E Regina inscreveu Cezar para fazer o vestibular de Economia na Candido Mendes.

A mesma ladainha de sempre. Nada de estudo e muito de farra. E Cezar foi fazer o vestibular. Chegando lá, ele se deu conta de que era o mais velho na sala, com 28 anos. Começam os três dias de prova. No último dia, a faculdade já anunciava os classificados, com Cezar esperando para saber se falavam seu nome no meio da garotada. E nada de ouvir. Até que a lista chegou ao fim. Cezar não entrou.

Ele avisou Regina, que decidiu ver em que posição da lista o namorado tinha ficado. Muito amiga do diretor, ela conseguiu rapidamente ver que Cezar tinha ficado a apenas duas posições de entrar (quatrocentos eram aprovados, e Cezar havia ficado na posição 402). Sua chance de conseguir uma vaga era enorme, pois, na hora em que as faculdades públicas anunciassem suas listas, provavelmente diversos alunos iriam para elas, abrindo espaço para pessoas que tinham ficado em posições como a de Cezar na Candido Mendes.

E Cezar, sem nunca ter estudado nada — mesmo porque tem dislexia, uma condição que torna muito difícil ler e escrever —, entrou na faculdade. Lá, Regina apresentou Cezar ao seu amigo, o então diretor da faculdade. Os dois ficaram amigos e Cezar continuou sendo Cezar, deixando Regina para lá de irritada com suas puladas de cerca. A farra continuou ao longo do semestre e cobrou seu preço. Cezar tirou zero em todas as provas de todas as matérias, de cabo a rabo, mas não deixou de se divertir.

Já nos primeiros dias de aula se enroscou com uma moça, Vera, que se sentava ao lado dele. "Ela morava com a mãe e a irmã, Silvia. Tinha uma filha."

Cezar logo ficou amigo da família, em especial do irmão dela, que estava prestes a se casar; acabou se tornando padrinho de casamento dele, juntamente com a namorada. O noivo era Roberto Castello Branco, que terminaria por apresentar Cezar a Paulo Guedes, um jovem economista que tempos depois seria convidado por Cezar para ser a letra "P" da distribuidora — e, depois, banco — Pactual, atualmente BTG Pactual.

Cezar, sempre pronto para uma festa, combinou com a irmã de Castello Branco de fazer uma viagem para a Argentina. Ela adorou a ideia e levou a família (irmã, mãe e Castello Branco). Uma viagem que quase acabou mal quando Cezar, segundo ele, se deparou com Regina dentro do quarto. "Sorte que a Vera estava no outro quarto com a irmã e a mãe."

Regina sabia qual era o hotel, pois tinha feito as reservas. Então, ela simplesmente havia colocado o próprio nome na reserva e pegado um voo para a Argentina. Cezar acabou terminando com Vera, mesmo assim foi padrinho de casamento de Castello Branco, que faria carreira como professor e executivo e, em 2019, se tornaria presidente da Petrobras, indicado pelo então ministro Guedes.

A vida pessoal de Cezar continuava uma festa. Nas férias, ele resolveu ir com seu novo amigo, o diretor da faculdade que ele nunca frequentava, à Bahia. Não para qualquer lugar e numa época qualquer, mas no Carnaval baiano. Hotéis lotados, a dupla resolveu alugar um trailer. Engataram no Opala do amigo de Cezar e partiram livres, leves e soltos, *easy riders*. Só os dois. Vinte dias passeando e aprontando.

Primeira parada, Cabo Frio, ainda no Rio de Janeiro, com suas praias que fazem mais que jus ao nome de "Frio" — um eufemismo para descrever a temperatura da água devido ao encontro da Corrente das Malvinas, vinda do Sul, e da Corrente do Brasil, vinda do Norte do Brasil. Ao se encontrarem, na região de Cabo Frio, a Corrente do Brasil é deslocada por ventos costeiros e a água fria da Corrente das Malvinas literalmente sobe à superfície, tornando as águas da região pra lá de geladas.

O clima, porém, estava quente. A dupla conheceu umas moças, teve uns casinhos de verão e partiu para Guarapari, já no Espírito Santo, conhecida pelas lindas praias, que atraem turistas do Brasil e do mundo todo. Mais uns namoricos aqui e acolá. E assim foram passeando, namorando e parando pelas praias da BR-101. Segundo Cezar, só ele dirigia, pois o amigo era ruim de volante. Um dia, cansado, já na altura de Porto Seguro, na Bahia, Cezar passou o volante para o amigo. Já estavam perto da próxima parada, e foi feito o estrago.

"A estrada tinha uma ponte que fazia uma curva muito fechada, quase um cotovelo. Ele estava distraído e, na hora em que viu a ponte, virou com tudo, o trailer perdeu o engate e foi parar na beira do rio." No meio da noite — e do nada —, com o trailer desengatado, Cezar foi tentar ligar os fios coloridos da sua parte elétrica, que aciona as luzes de freio, e não conseguia de jeito nenhum. Daltônico, não tinha a menor chance de distingui-las. E o amigo, segundo Cezar, não ajudava.

Em Porto Seguro, encontraram novamente as meninas de Cabo Frio e foram para Trancoso (não havia nada na região na época, apenas um hotel para hippies no Quadrado) e passearam em Santa Cruz Cabrália. "Combinamos de ir com as meninas para a fazenda de cacau do Jorge [Paulo], e chegando lá descobrimos que o tanque de água do trailer tinha esvaziado."

Sem problemas. Bastava enchê-lo novamente. Mas não era só isso. O tanque havia furado. Fazer o quê? Não havia como consertá-lo ali, e resolveram seguir viagem até Salvador, onde achariam uma oficina mecânica para fazer o reparo. Escolheram um local, mas na hora de fazer a solda foi um tiro n'água, porque o soldador errou. Em vez de fechar o furo, abriu um maior ainda.

Envergonhado com a situação, convidou Cezar e o amigo para irem à casa dele, colocar o trailer na frente e conectar uma mangueira. Assim, eles teriam água por aquele dia e depois veriam o que fazer. O que a dupla não perguntou foi em que local ficava a casa. Só descobriram ao chegar lá. Era Nordeste de Amaralina, um bairro bem simples de Salvador, mas aproveitaram para ter a roupa lavada — a mãe do mecânico fez essa gentileza para eles —, tomar banho e se arrumar para o Carnaval. Afinal, naquela noite o bloco em que o mecânico saía ia desfilar.

E lá foi a dupla sair no bloco Bem Amado. Na época, os blocos saíam no circuito Campo Grande e iam em direção à Catedral. No meio do caminho encontravam com os blocos que estavam voltando para o Campo Grande, na frente do Teatro Castro Alves. Estavam só na farra até que, em um encontro com o bloco Tororó, a dupla quase tomou uns tabefes. "Naquela época havia uma rivalidade entre os blocos. Sempre saía briga no encontro deles. O Tororó partiu pra cima da gente, mas acabamos sendo protegidos pelos outros integrantes do nosso bloco enquanto os do Tororó gritavam: 'Vocês vão morrer.'"

Fim da festa, já andando pela rua, a dupla conversava e beijava as meninas — a competição na época era ver quem beijava mais. Até que convidaram duas moças para conhecer o trailer. Sem sucesso. Elas decidiram não se arriscar quando souberam o local em que ele estava estacionado. Frustrados, os dois resolveram deslocar o trailer para um posto de gasolina no bairro da Pituba. Sem sucesso também. As moças não queriam visitar o trailer. Cezar então teve uma ideia: ele havia visto um colégio de padres para meninos ali perto e imaginou que seria possível falar com alguém e pedir para colocar o trailer dentro do colégio. Além de ser um local seguro, havia a vantagem de o colégio ter chuveiro, e os dois poderiam tomar banho ali. Até que o padre viu uma cena que o desagradou profundamente e terminou com a festa.

"Aí entra menina, sai menina, aquela coisa toda. Um dia, Regina apareceu. Eu nunca soube como ela encontrou a gente, mas acabou se juntando à trupe e à *trip*. Lá pelas cinco horas da manhã ela foi tomar banho, e o banheiro masculino não tinha divisória entre os chuveiros. O padre deu de cara com ela se ensaboando. Acabamos expulsos do colégio..." O padre nunca descobriu que havia acabado de expulsar o dono de uma corretora que se tornaria o primeiro grande banco de investimento brasileiro, o Garantia.

Fim do Carnaval, a dupla tinha de voltar para o Rio, e, por milagre, a viagem aconteceu sem nenhuma grande intercorrência. Foi absolutamente tranquila. Já a carreira de Cezar continuava animada, e ele mostrava cada vez mais suas habilidades de negociador.

As relações da corretora Garantia com instituições do governo sempre foram feitas por Cezar. Os outros sócios não queriam esse papel, e Cezar acabou criando laços duradouros na área. Tempos depois das caronas para o Grajaú, João Ary ligou para ele dizendo que a Garantia precisava fazer uma carta econômica.

— Que é isso, Ary? Carta econômica? Você tá falando grego para mim. Não entendo nada disso. Vou aí para você me explicar.

E Cezar foi até o BC falar com o João Ary.

— Você vai precisar de uma pessoa que entenda de economia.

— Não sei nada disso.

— Contrata alguém que entenda.

E lá voltou Cezar para a Garantia com a missão de encontrar uma pessoa para escrever a tal carta. Conversando na corretora, ouviu que havia um cara bom na FGV-RJ que podia fazer isso. Um economista que havia acabado de chegar da Universidade de Chicago. O jovem acabou chamado para fazer a carta e também para fazer a análise de para onde ia a inflação, ajudando na decisão de investimentos da corretora.

Anos depois, o economista, Claudio Haddad, se tornaria diretor-superintendente e sócio do banco Garantia e depois fundador do Insper, uma instituição de ensino superior focada nas áreas de negócios, economia, direito, engenharia mecânica, engenharia mecatrônica, engenharia da computação e ciência da computação.

Naquele momento, o eixo do mercado de trabalho estava começando a mudar, e Cezar foi conversar com Lemann. Ele queria abrir um escritório em São Paulo. Lemann concordou, mas quem deveria fazer tudo era Cezar. Achar uma corretora para comprar na cidade, encontrar pessoas para trabalhar, escritório, tudo. Rapidamente, Cezar conseguiu comprar a corretora Brasil, que pertencia ao BUC, com o diretor Lywal Salles Filho, e só pagou três anos depois. O BUC estava tão desorganizado que não conseguia sequer receber a venda da corretora para a Garantia — tempos depois, o banco quebrou. Cezar então chamou uma pessoa para tocar o negócio. "Só avisei o pessoal no Rio de que tinha feito a compra, e eles não ficaram exatamente felizes."

Cezar já conhecia a pessoa que tinha escolhido para tocar a Garantia em São Pulo. Gostava dele e o havia ajudado uma vez, quando ele precisara de uma abotoadura para ir a uma festa no Rio. Em pleno 2025, a abotoadura continua com Eduardo Rocha Azevedo, o Coxa, a pessoa que Cezar havia contratado para chefiar a corretora em São Paulo. Mas, no dia e hora combinados, Rocha Azevedo não apareceu para trabalhar no novo emprego. "Liguei para o Rocha Azevedo e ele me disse que havia resolvido fazer a própria corretora, a Convenção", relembra Cezar.

Anos depois, em 1985, Rocha Azevedo criaria a Bolsa de Mercadorias & Futuros (BM&F) em literalmente uma semana, apesar do ceticismo do mercado. Uma das poucas pessoas que o apoiaram foi Cezar. Em pouco tempo ela se tornaria uma das mais importantes bolsas de commodities do mundo, e em 2008 se fundiria com a Bovespa, dando origem à BM&FBovespa.

Sem uma pessoa para tocar a operação em São Paulo, Cezar acabou obrigado a se mudar para a cidade — e aproveitou para se divertir ainda mais na solteirice. Ele acreditava, na verdade, que no futuro a cidade seria o centro financeiro do Brasil e que por isso seria importante desbravar a área.

A chefia da mesa de operações ficou com Telles. Cezar até tentou levar algum dos operadores do Rio de Janeiro para São Paulo, mas não conseguiu. Era preciso contratar rápido uma equipe nova, e Cezar colocou um anúncio no jornal — ao longo dos anos a Garantia se tornaria famosa por não contratar operadores de mesa com experiência; eram todos jovens que tinham ali seu primeiro contato com esse tipo de trabalho. A filosofia se manteria no Pactual, e, em pleno ano 2025, mais de cinquenta anos depois, o BTG Pactual utiliza o mesmo procedimento.

O primeiro escolhido foi Levy Lopes, que lembra até hoje da entrevista *sui generis* feita por Cezar. As perguntas eram famosas, mas ele não as conhecia, pois era de São Paulo e não do Rio. Fossem feitas nos dias atuais, Cezar estaria no olho da rua — ou, no caso de algumas delas, na cadeia por assédio, assim como seus colegas da Garantia que seguiam a mesma linha.

Recém-formado em economia, Lopes chegou para a conversa e Cezar já disparou: "Você se casaria com uma moça que não fosse virgem?" E por aí foi até que, satisfeito com as respostas, chamou Fred Packard — outro sócio da corretora — que estava de passagem por São Paulo, para checar se Lopes falava realmente inglês, como havia afirmado. Packard, que era inglês, aprovou o jovem, que começou a trabalhar no dia seguinte.

A operação em São Paulo estava começando a funcionar, mas era preciso ter muito mais clientes para que se tornasse relevante. Naquele momento os negócios moravam no Rio de Janeiro, mas o dinheiro estava começando a ir para São Paulo. Um dia, em 1975, Cezar foi visitar um de seus potenciais clientes, o diretor financeiro da Caixa Econômica Estadual, Aderval Demenato. Na conversa, Demenato comentou que tinha uma filha que estava procurando emprego e perguntou se não haveria um trabalho para ela. Cezar não teve dúvida.

— Claro que temos. O que ela estudou?

— Pedagogia.

— Tá bom. Precisamos de uma pessoa para falar com os clientes.

Cezar pediu que a moça fosse ao escritório da corretora. Naquele lugar cheio de espelhos, com todos os móveis brancos, na rua São Bento, 365, quase no largo do Café, a moça se apresentou para trabalhar. "Com outra frequência de pessoas, o escritório seria um puteiro, mas aluguei o andar e comprei os móveis porque o preço estava bom e a localização era adequada, ao lado de diversos bancos que, na época, tinham suas sedes na Líbero Badaró e na XV de Novembro."

A moça, Heloisa Machado Demenato, despertou em Cezar uma paixão fulminante — e vice-versa —, e em pouco tempo os dois estariam casados depois de ela terminar um namoro para ficar com Cezar. Através dela, Cezar conheceria também um de seus futuros grandes amigos, Fernando Mello, que era então casado com uma das melhores amigas de Heloisa, Ana.

Mello não sabia nada do negócio da corretora, mas acabou contratado por Cezar. Teve de aprender enquanto fazia, e foi se desenvolvendo enquanto trabalhava. Na hora de tirar férias, depois de um ano, Mello decidiu que queria conhecer a Europa. Com pouco dinheiro, fazia conta para saber como ia pagar a passagem, o hotel e ainda tinha de separar uma graninha para passear.

Na época, a casa de Mello era ponto de encontro dos amigos. Todo mundo se encontrava lá. Em uma dessas, pouco antes da viagem, Cezar apareceu, colocou a mão no bolso e entregou um maço de dólares para Mello, que não entendeu nada: "Tá louco, Cezar?" Recebeu como resposta um gesto clássico de Cezar, um movimento com o pulso direito de dentro para fora com os dedos entreabertos como quem diz: isso não é importante, vamos em frente.

O dinheiro era suficiente para Mello pagar a viagem duas vezes. Mas essa não seria nem de longe a atitude mais inusitada de Cezar para com ele. Pouco depois, Cezar o chamou para saírem e, no meio do caminho, entrou em um cartório. Lá, redigiu um documento que dava a Mello o poder de comprar e vender seus bens. Uma procuração de amplos poderes. Preocupado, Mello falou para Cezar que não tinha como dormir de noite com aquela história. E Cezar simplesmente balançou a mão do jeito de sempre.

O estilo primeiro fazer e depois comunicar colocaria Cezar em situações delicadas ao longo da vida, em especial com seus sócios. No grupo de terapia que frequentava, Cezar falava do casamento com Maria do Carmo que tinha terminado. Nele estava Miriam Ângela Lavecchia, conhecida como Miriam Batucada, cantora, compositora e apresentadora de TV. Ela também havia terminado um *affair* com uma moça, e os dois batiam papo sobre as agruras da vida.

Um dia, Miriam foi visitar Cezar e ficou se lamentando pela situação. Ele não teve dúvida: "Vamos para a Europa." Ela topou na hora, os dois arrumaram as malas, foram para o aeroporto, compraram as passagens e embarcaram, não sem antes ele avisar os colegas da corretora que estava indo.

Primeira parada da dupla, Portugal. Miriam não gostou. Certo de que ela deveria conhecer a Espanha, Cezar fez de tudo para convencê-la. Sem sucesso. Voaram direto para Paris, que ela também não aprovou. Mas havia um local aonde ela queria ir de qualquer jeito, a Itália, terra de origem da sua família. Pronto. Voaram Paris-Milão. Ela também não ficou feliz. Alugaram um carro, e nada de novo. Ela me dizia:

— As cantinas são todas ruins, não têm música, não têm não sei o quê. A comida é ruim.

Sem grandes opções, a dupla decidiu voltar ao Brasil e foi marcar as passagens na agência da Varig em Milão, e então tudo mudou. Na troca dos bilhetes, Miriam se encantou com a gerente que estava atendendo os dois e começou a conversar com ela. O flerte acabou interrompido por uma jornalista brasileira que, percebendo a situação, entrou no meio da conversa e perguntou para Miriam se ela não era cantora e se não queria dar uma palhinha em uma festa que ela daria à noite em casa. E, em vez de voltar ao Brasil, os dois foram para a festa. Cezar não podia estar mais deslocado. A festa rolando e ele sentado num canto em um sofá, observando o movimento.

Perto dele, outra pessoa na mesma situação. Cezar puxou conversa na única língua em que é fluente, o português. E a pessoa do outro lado falou na dela, italiano.

— De onde você é?

— Do Brasil.

— É um dos poucos países aonde eu nunca fui.

— Meu nome é Cezar.

— Eu sou Elio, Elio Fiorucci.

A família Fiorucci tinha uma longa tradição na indústria de sapatos italiana. O pai de Elio queria que ele assumisse os negócios, mas o jovem tinha outros planos: fazer moda. Depois de brigar com o pai, Elio criou, no fim da década de 1970, galochas coloridas que se tornaram mundialmente famosas, tornando a marca Fiorucci um ícone da moda. A loja da marca em Nova York ficou famosa por introduzir moda estrangeira nos Estados Unidos e pelo apelido "Studio 54 diurno" — uma menção à famosa casa noturna inaugurada em 1977 em Nova York, símbolo da era disco e da extravagância, frequentada por celebridades —, atraindo personalidades como Andy Warhol e Madonna.

— Faço moda jovem.

— Vai para o Brasil, que lá todo mundo é jovem, sua moda é jovem, não tem lugar melhor que o Brasil.

— Está bom, um dia eu vou.

Oito meses depois, o telefone de Cezar toca. Era Fiorucci. Animadíssimo, ele falou: "Estou no Rio de Janeiro." Mas Cezar estava em São Paulo tocando a Garantia. Não tinha como ir naquela hora para a Cidade Maravilhosa. Então ele aproveitou e convidou Fiorucci para conhecer São Paulo. Só tinha um problema: ele sabia zero de moda, mas Heloisa conhecia um diretor da Scala D'Oro, uma fábrica de tecido para alta moda da família Kalil. Um dos proprietários, José Kalil, era casado com Gloria Meyer, que havia se tornado por casamento Kalil e já era conhecida como Gloria Kalil.

— Helô, estou fodido. Vem um costureiro aí, não sei o que eu faço com ele.

— Se você quiser, te apresento à Gloria e ao Zé.

Contato feito, encontro combinado. Cezar colocou Fiorucci no Hotel Othon Palace, um dos mais famosos do centro de São Paulo, na esquina da Líbero Badaró com o viaduto do Chá e a praça do Patriarca, ao lado do edifício Matarazzo, sede da Prefeitura. Tudo bonito e maravilhoso. Na conversa, Elio explicou o que era o negócio dele para Cezar e Gloria. "A Gloria não tinha a mesma visão do Elio. Ela achava que naquele momento o tipo de moda feita por ele não prosperaria no Brasil."

Pouco tempo depois, segundo Cezar, ela mudou de ideia e decidiu falar com ele sobre a possibilidade de fazer negócio com Fiorucci. Cezar, sem saber direito o que responder e tentando segurar a língua, combinou com Gloria de ligar para ele. Ao contrário do que Cezar imaginava, Fiorucci topou na hora. Disse que adorava o Brasil e achava que faria um ótimo negócio.

Ao mesmo tempo, a filial da Garantia em São Paulo começaria a dar frutos e aumentaria ainda mais o amor da concorrência por Cezar e pela corretora. Em junho de 1975, o então ministro da Fazenda, Mario Henrique Simonsen, chamou Cezar para uma conversa em Brasília.

— Identificamos que está faltando dinheiro no mercado. Vamos dar liquidez. Vou colocar um bilhão e meio de refinanciamento compensatório para refinanciar a carteira dos bancos.

— Ministro, acho que não precisa e a inflação vai explodir.

— Vou fazer.

Na conversa, além de Cezar, os principais banqueiros do país. Mas ninguém acreditou muito que Simonsen iria mesmo fazer o refinanciamento compensatório, também conhecido como redesconto, uma ferramenta que permitia aos bancos recorrer ao Banco Central e receber os recursos dele em vez de ter que emitir um CDB para financiar novas operações de empréstimo para empresas em geral.

Animado, Cezar chegou correndo à Garantia e mandou comprar tudo o que pudessem em ORTN. Ele acreditava que os preços iriam subir devido ao aumento da liquidez no mercado dado pelo Banco Central. Naquele momento a ORTN era negociada a 90% do valor de face. Após o anúncio, virou 125%. "Tínhamos 10 mil ORTNs e passamos a ter 30 milhões. Compramos um caminhão. E a inflação subiu..."

Passados alguns meses, em dezembro, um novo telefonema. Simonsen novamente. E Cezar foi para Brasília.

— Cezar, você acha que dá para a gente enxugar o mercado?

— Acho que dá, ministro.

— Estou pensando em fazer isso. Ninguém vai quebrar?

— Não, ministro. O mercado está tranquilo.

Novamente, os colegas de Cezar na reunião não acreditaram nas palavras do ministro. Dias depois, o Banco Central simplesmente requereu aos bancos que pagassem parte do refinanciamento compensatório imediatamente.

"Entre bancos e corretores quebraram de trinta a quarenta. A Garantia, não. Saiu intacta..." Não foi por acaso. Cezar havia saído correndo da conversa, chamado três operadores do Rio de Janeiro comandados por Telles, que levou para São Paulo a fim de vender todas as ORTNS que podia. A estratégia veio do entendimento de que as corretoras em São Paulo eram menos técnicas que as do Rio e não perceberiam o que estava acontecendo. "Ficamos com 3 milhões de ORTNS, o que nos levou a perder 30% do patrimônio no dia em que o BC ordenou o pagamento do refinanciamento compensatório."

Com a confusão criada, o Banco Central teve de entrar no mercado no apagar das luzes de 1975 para colocar ordem no sistema. A solução era comprar ORTNS. Cezar havia apostado que isso iria acontecer, e dias antes havia comprado tudo quanto podia.

Dito e feito: o Banco Central entrou comprando ORTNS para acalmar o mercado. Cezar, que tinha comprado o papel a 90%, vendeu a 96%, diminuiu um pouco o prejuízo que vinha carregando e aproveitou para realizá-lo naquele momento. Com a posição zerada, tinha liquidez e decidiu entrar novamente, comprando ORTNS em janeiro de 1976. Conseguiu comprar com um ótimo desconto sobre o valor de face enquanto os concorrentes continuavam amargando prejuízo do ano anterior, carregando as ORTNS que haviam comprado naquela época. Com essa operação, a Garantia recuperou até fevereiro de 1976 tudo o que tinha perdido no final de 1975 e ganhou outro tanto.

Os negócios da Garantia não podiam ir melhor, e Cezar continuava buscando originar mais negócios. De todos os tipos.

Em meados dos anos 1970, Vitória, a capital do Espírito Santo, vivia um dilema. De um lado, uma beleza natural e um potencial econômico pedindo para ser explorado. Do outro, uma infraestrutura que não acompanhava esse ritmo. A ligação entre Vitória e Vila Velha, cidades irmãs separadas pela baía de Vitória, dependia da chamada Segunda Ponte, que já não dava mais conta do recado. O trânsito caótico perturbava os moradores e atrapalhava o progresso da região.

Foi nesse cenário que nasceu a ideia de construir a chamada Terceira Ponte, que já tinha sido chamada de ponte do Gato (não entrava na água), ponte do Pato (não saía da água) e finalmente ponte do Camelo (dado o seu formato). Acabou batizada de ponte Deputado Darcy Castelo de Mendonça, mas havia um empecilho enorme para sua construção: falta de dinheiro.

O governo não tinha recursos para financiar a obra. Ao mesmo tempo, era necessário fazer uma nova rodoviária. A da praça Misael Penha era desconfortável, de difícil acesso, suja e não dava mais conta do fluxo de passageiros. O intuito era construir uma nova na ilha do Príncipe, antiga área portuária e industrial em torno da qual Vitória cresceu. A instalação da rodoviária ali foi uma jogada estratégica para revitalizar a região. Mas sua construção só aumentava o problema da falta de dinheiro. Agora faltava financiamento não para uma, mas para duas grandes obras de infraestrutura a um custo total de US$ 250 milhões. O ano era 1976.

O pepino estava no colo de Déo Rozindo Silva, diretor de câmbio e operações especiais (aquelas feitas com o governo, como exportação de café) do Banco do Estado do Espírito Santo (Banestes). E ele teve uma ideia: conversar com Cezar. Haviam se conhecido em 1972, na época da fundação da Garantia, e Rozindo foi ver se ele teria alguma solução para o imbróglio. Claro que tinha, levantar um financiamento com um pool de bancos.

Com alguns telefonemas, Cezar conseguiu US$ 150 milhões com Chase Manhattan, Swiss Bank e Bozano Simonsen. A garantia era o ICMS do Estado do Espírito Santo. O *funding* foi essencial para a performance obtida pela carteira de câmbio do Banestes, reconhecida como uma das que tinham a melhor rentabilidade do país na época. Obviamente, uma carteira operada pela Garantia, que gerava ótimos resultados para o Banestes e uma boa taxa de performance para a Garantia.

A abertura da Terceira Ponte, anos depois, mudou Vitória de patamar. O tempo para ir e voltar de Vila Velha despencou, empresas começaram a brotar na região e o turismo embalou. A ponte virou cartão-postal e motivo de orgulho. A relação entre Cezar e Rozindo continuaria durante os anos seguintes, e eles se tornariam próximos a ponto de Cezar convidá-lo para trabalhar para o próximo banco de investimentos que fundaria em 1983, o Pactual. Mas não foi apenas isso.

Cezar acreditava que as exportações brasileiras iriam explodir em breve e convidou Rozindo para criar uma trading — empresa especializada em conectar produtores e compradores de diferentes países, facilitando importações e exportações.

No início dos anos 1980, não fazia muito sentido pensar assim. As exportações brasileiras giravam em torno de US$ 20 bilhões anuais em 1980. O café liderava a lista, seguido por açúcar, cacau, algodão e alguns minerais. A indústria nacional engatinhava. Em 1990, o valor chegou a US$ 31 bilhões, um aumento de 50%.

Com o início da abertura econômica promovida pelo governo do presidente Fernando Collor de Mello, o Brasil começou a respirar novos ares. A redução de barreiras tarifárias e a estabilização econômica — após o Plano Real, em 1994 — criaram um ambiente propício para o comércio exterior, e as exportações saltaram para cerca de US$ 55 bilhões em 2000, um aumento de 77% em relação a 1990. Números significativos, mas nada parecido com o que aconteceria nas próximas décadas.

Em 2010, o Brasil exportou US$ 202 bilhões, mais que triplicando de tamanho em comparação a 2000. E avançou para US$ 209 bilhões em 2020 e para US$ 335 bilhões entre janeiro e outubro de 2023.

As tradings são essenciais nesse processo de exportação. Elas identificam oportunidades de mercado, aproximam empresas, negociam contratos e cuidam de toda a burocracia. Imagine um produtor brasileiro de soja que quer vender na Europa, mas não sabe por onde começar. A trading entra em cena, encontra compradores, negocia preços, cuida do transporte, da documentação e garante que o produto chegue ao destino em perfeitas condições. Lidando com diferentes países e legislações, elas reduzem custos, aumentam a eficiência e minimizam riscos como variações cambiais e entraves alfandegários.

Rozindo e Cezar acabaram não criando a trading, e Cezar virou sua atenção para outros assuntos. Caso o negócio tivesse ido pra frente, teriam entrado em um mercado de US$ 20 bilhões em 1980 e estariam trabalhando em um negócio de mais de US$ 335 bilhões em 2023.

Apaixonados, Cezar e Heloisa decidiram se casar. Casório pronto, todos convidados, e os "meninos" não poderiam deixar passar o momento. Afinal, Cezar havia aprontado poucas e boas no casamento deles; era a hora de dar o troco. Colocaram laxante na bebida do noivo, mas Cezar garante que não teve nada. Tudo correu perfeitamente na festa. A única questão é que ele e Heloisa iriam no dia seguinte para Paris e não podiam atrasar para não perder o avião. E não era um voo qualquer.

Em janeiro de 1976, o novo avião Concorde estava fazendo seu voo inaugural Paris-Rio. A icônica aeronave de bico fino e velocidade de cruzeiro supersônica de 2.170 quilômetros por hora (um avião comercial em plenos anos 2020 voa a 900 por hora). O voo inaugural decolou de Paris às 12h40, fez escala em Dacar, no Senegal, para reabastecimento e pousou no Galeão no fim da tarde.

O aeroporto operava naquele momento com instalações que, mesmo funcionais, estavam ficando obsoletas diante do rápido crescimento do tráfego aéreo internacional e doméstico. O aeroporto de Guarulhos não existia e pouquíssima gente vinha diretamente a São Paulo fazer negócios. O centro financeiro brasileiro era o Rio de Janeiro, mas as limitações de espaço e os recursos disponíveis no Galeão não eram mais adequados para o número crescente de passageiros e aeronaves. O resultado eram congestionamentos no aeroporto, especialmente em horários de pico, o que dificultava a manutenção dos serviços aos passageiros, para não dizer que tudo funcionava mal.

As passagens do Concorde eram caríssimas. O avião gastava mais que o dobro de combustível de seus concorrentes, requeria uma equipe de manutenção especializada, carregava menos passageiros que seus concorrentes que voavam abaixo da velocidade do som e tinha um serviço de bordo de altíssimo luxo. Chegar atrasado para o embarque não era uma opção — inclusive, todos os passageiros eram avisados veementemente para estar no horário designado para embarque.

E obviamente o casal atrasou. Ou melhor, Cezar não chegou no horário. Nenhuma novidade no caso dele. O casal não perdeu o voo por um triz e, ao contrário da viagem a Paris com Maria do Carmo, na lua de mel de Cezar e Heloisa tudo correu otimamente bem, com um *plus* a mais: Heloisa deu um trato no modo de vestir do marido, que na época usava — no máximo — calça jeans, uma camiseta Hering que não passava do umbigo, *dockside* da marca Rainha e cabelo no ombro, além, obviamente, da barba.

Após o episódio do refinanciamento compensatório, Adolfo Gentil — que conhecia banco e já havia tido um, o Operador — chegou à conclusão de que estava na hora de a corretora Garantia virar o banco. A maneira de fazer isso era comprando um banco de investimento que já existisse no mercado — a chamada carta-patente.

A corretora Garantia já estava grande. Havia ganhado uma tonelada de dinheiro. Lemann, que liderava as decisões estratégicas, dizia que fazia sentido, e Cezar foi ver como realizar a "operação". Ele sabia que um banco tinha quebrado recentemente e propôs para o diretor do Banco Central, Sérgio Ribeiro, comprar a carta-patente desse banco.

— Desculpa, mas esse daí eu já prometi para o Banco Boavista. A próxima é sua.

Toda segunda-feira às 8 da manhã a Garantia fazia uma reunião de diretoria, e lá foi Cezar com a notícia de que não seria daquela vez que a corretora se tornaria banco. Mas uma intervenção de Jorge Paulo mudou seus planos. "Ele e o José Carlos Ramos da Silva falaram que era melhor não comprar banco de investimento, que não ia dar certo; e eu resolvi ficar quietinho e não falar nada sobre a história do Boavista."

Nas semanas seguintes, a Garantia fez operações que apenas banco de investimento podia fazer, como debêntures e notas promissórias, e teve que pagar um *fee* para o Banerj fazer a operação para ela. Estava ficando claro que não era bom negócio continuar como corretora, e já na reunião de diretoria seguinte o tema voltou à baila, com Lemann levantando a questão. "O Jorge disse 'olha aqui quanto a gente pagou para o Banerj'. Se a gente tivesse um banco de investimento…"

O que ele não sabia é que, pouco antes, Ribeiro havia ligado para Cezar e dito que havia um potencial banco de investimento para comprar. Cezar viu ali a oportunidade perfeita.

— Mas vocês não vão dar pra trás, né?

— Não, pode fazer.

Junto com Gentil, Cezar foi até o dono do tal banco. Era o Ipiranga, de Júlio César Lutterbach (nada a ver com o sócio da corretora, Hercias; apenas o sobrenome era o mesmo). Em um guardanapo, o trio escreveu umas linhas, assinou e pronto. Negócio fechado, Gentil e Cezar foram direto para o Banco Central conversar com o Ribeiro. Tudo resolvido: o banco de investimento deveria sair em poucos meses, mas começou a demorar e Jorge Paulo ficou preocupado. Até que achou uma solução, não exatamente a que Cezar imaginava. "Um dia o Jorge vai para os Estados Unidos e volta com um sorriso de orelha a orelha: 'Vendi metade do banco para o J.P. Morgan.'"

Irritado até o último fio de barba, que naquela época já estava ficando branca, Cezar tomou uma decisão drástica. "Juntei com o Marcel, o Paulinho e o Jacaré na casa de Gustavo e tive uma conversa com eles. Queria saber se eles topavam sair junto para fazer uma nova instituição financeira por conta da venda de metade da corretora para o J.P. Morgan. Eles toparam." Com a decisão em mãos, Cezar conversou com Lemann. "Cheguei no Jorge e disse que ia sair com os meninos. O Jorge disse para não fazermos, que não tinha como cancelar o negócio com o J.P. Morgan e que esperássemos sair a autorização do Banco Central para a venda e apenas então tomarmos a nossa decisão."

Inconformado, Cezar foi conversar com Simonsen. E contou uma história triste. "'Olha, o J.P. Morgan está dizendo que, se ele não for sócio da gente na corretora, você não vai dar a autorização para sermos banco de investimento.' Ele só ficou me olhando."

O jantar do J.P. Morgan durante a reunião do Fundo Monetário Internacional (FMI) era famoso. Havia uma fila de cumprimentos. Segundo Cezar, Simonsen, ao cumprimentar o presidente do J.P. Morgan, disparou:

— Você está dizendo por aí que eu não vou dar a licença para a Garantia ser banco de investimento. Deixa eu dizer: eu vou, e vocês só vão entrar depois de eles estarem operando e se eles quiserem.

"Na verdade, o presidente do J.P. não sabia de nada. Quem tinha negociado era o responsável pelo banco na América Latina, o Antonio Gebauer", relembra Cezar.

Meses depois, a corretora Garantia receberia sua carta-patente e se tornaria o banco de investimento Garantia.

5

Sonhe muito, não deixe de sonhar

"Possunt quia posse videntur."
(Eles podem porque pensam que podem.)

VIRGÍLIO, poeta romano

Bem estabelecido em São Paulo, Cezar comprou uma cobertura na rua Angelina Maffei Vitta, no Jardim Europa, em frente ao Esporte Clube Pinheiros, famoso por revelar atletas que representaram o Brasil em competições internacionais, entre eles o nadador Cesar Cielo e a especialista no salto com vara Fabiana Murer.

Na época, o único sócio do agora banco Garantia alocado em São Paulo era Cezar. Não fazia sentido ter mais de um. O mercado estava longe de ter o tamanho que alcançaria no final do século XX. Até que Cezar recebeu uma ligação. Era Lemann, e ele queria que o sócio voltasse para o Rio de Janeiro. Cezar não ficou exatamente feliz. Havia acabado de comprar um apartamento e de se casar, estava com a vida arrumada. Mas não houve jeito, e Cezar teve de voltar para a Cidade Maravilhosa. E não foi apenas essa notícia.

"O Jorge me diz que o Beto Sicupira estava em um banco chamado Midland Bank, que quebrou, e que o havia convidado para tocar o banco de investimento." Surpreso, questionou Lemann dizendo que não fazia sentido. Cezar já tinha experiência na área e poderia fazer isso. O debate foi parar na reunião de sócios de segunda-feira de manhã. "Fui voto vencido. O argumento foi que o Beto conhecia banco", relembra ele.

E a relação de Sicupira com Cezar, que nunca fora boa, terminou por azedar ao longo dos anos. Ironicamente, quem apresentara Sicupira a Lemann foi Cezar.

Na viagem a Nova York, em 1973, Cezar e Telles encontraram corretores brasileiros. Eles estavam fazendo visitas a vários lugares, iam fazer uma viagem para Washington e perguntaram se a dupla não queria ir junto. Foram e voltaram todos no mesmo avião para a capital americana. Na volta, na poltrona ao lado de Cezar se sentou um jovem.

— Oi, eu me chamo Cezar.

— Muito prazer, eu sou o Beto. Trabalho na Cabral de Menezes. Você trabalha com o Lemann, não?

— Sim.

— Quero muito conhecê-lo.

— Claro, te apresento para ele.

Cezar e Beto não poderiam ser mais opostos na forma de negociar. O primeiro ficou conhecido pela flexibilidade. O segundo, pela agressividade. Uma relação cheia de faíscas que azedou de vez em meados de 1983. Um dos principais motivos seria a Lojas Americanas, a mesma em que, mais de quarenta anos depois, em 2023, seria descoberta uma fraude monumental.

Em meados de 1976, o desajuste causado pelo refinanciamento compensatório em 1975 ainda gerava consequências no mercado, e o Banco Central teve de continuar agindo para estabilizá-lo. A nova solução encontrada foi uma medida para restringir o limite de empréstimo dos bancos para empresas e pessoas físicas. Um balde de água fria na cabeça do Garantia, que havia acabado de ganhar a sua carta-patente e estava pronto para operar fortemente no mercado.

Mas havia uma saída. O Banco Central poderia autorizar uma exceção, e, em uma conversa com Ribeiro, Cezar conseguiu convencê-lo a dar como limite para o Garantia aquilo que a alavancagem permitia — na época, vinte vezes o patrimônio líquido do banco. Com o aceite do Banco Central em mãos, Cezar foi ao Bradesco e comprou deles créditos de pessoas físicas e jurídicas do tamanho dessa alavancagem. O Bradesco nadou de braçada com o dinheiro, tinha caixa para emprestar como ninguém mais no mercado. E o Garantia ganhava um bom *fee* do Bradesco por ter comprado a carteira de crédito dele. Nessa operação, Cezar conheceu Mario Teixeira, que anos depois teria um papel importante no início da DTVM Pactual.

Mas, em uma repetição do que havia acontecido no Campina Grande, Cezar, de volta ao Rio de Janeiro, já não tinha uma função específica no Garantia e, procurando o que fazer, começou a visitar potenciais clientes. Um dia, conversando com o tesoureiro da IBM, ouviu dele uma reclamação. Precisava de um empréstimo, mas não adiantava um de US$ 5 milhões. Eram necessários US$ 50 milhões. "Não tive dúvida. Disse que o Garantia faria e que em quinze dias estaria pronto."

Feliz da vida com o negócio fechado, Cezar voltou para o banco comemorando e contou aos sócios o que tinha feito. Tomou um esporro homérico dos sócios: "Tá maluco? Como você vai fazer esse negócio?"

O Garantia não tinha nem de perto o volume de dinheiro necessário para financiar a operação, mas Cezar havia tido uma ideia. Nos Estados Unidos havia um tipo de empréstimo sindicalizado em que os bancos entravam juntos em operações de crédito, mas não havia nada parecido no Brasil. E lá foi ele falar com outros bancos, sob o descrédito mortal dos sócios. Um a um, perguntou quem queria comprar uma fatia da operação de US$ 50 milhões. No prazo dado para o tesoureiro da IBM o empréstimo estava montado, mas na hora de fechar a operação Ari Waddington, então presidente da Anbid, alertou Cezar de que era proibida a venda de crédito de um banco para outro. Desesperado, Cezar saiu correndo para o Banco Central para falar com seu velho conhecido Ernesto Albrecht e conseguiu uma autorização especial para realizar a operação. Tudo resolvido. E o Garantia mais uma vez montou uma operação — para dizer o mínimo — ótima para ele. "No final, tivemos que entrar com uns US$ 200 mil na operação e nossa comissão foi de US$ 500 mil...", lembra ele bem-humorado.

A operação, apesar do sucesso, era muito ineficiente. Era preciso fazer os jurídicos dos bancos conversarem para que a transação fosse feita, o que acabava resultando em um contrato de centenas de páginas. Tudo porque era muito complicado naquele momento fixar uma taxa de depósito interbancário. Cezar já havia visto na visita ao Goldman Sachs anos antes como eles faziam esse tipo de operação. "O Goldman e o J.P. Morgan combinavam quanto ia ser a taxa interbancária, mas isso só servia para os bancos cobrirem suas contas. Eles trocavam as reservas entre eles e davam o preço para cobrir os valores de corretoras, por exemplo, o *overnight*, mas era conceitual. Como o Claudio [Haddad] já tinha participado comigo dos estudos para a criação de um sistema interbancário para acertar a posição dos caixas dos bancos, sugeri a criação de um certificado que fosse a média das transações entre bancos."

O conceito deu origem ao certificado de depósito interbancário (CDI), um título emitido entre instituições financeiras no Brasil com o objetivo de ajustar os caixas entre os bancos. Antes desse mecanismo, se um banco tinha caixa positivo e outro negativo, o banco com saldo positivo tinha de depositar no Banco Central o seu excedente, e o banco com saldo negativo pegava do mesmo Banco Central o redesconto (o dinheiro do banco credor). Com o CDI isso deixou de ser necessário, porque o ajuste passou a ser feito diretamente entre os bancos.

Como o CDI é a taxa média real das transações feitas entre os bancos, o mercado aproveitou para usá-la como indexador dessas transações, já que a correção monetária havia perdido credibilidade por conta da intervenção do governo.

Animado com o resultado da operação da IBM, Cezar resolveu que iria agora criar oficialmente o tal sindicato e foi conversar com um executivo do Banco Francês e Brasileiro (BFB), que sabia como montar esse tipo de veículo. "Minha ideia era que todo mundo colocasse dinheiro no sindicato, daí eu operava essa grana e ficava longe do Beto [Sicupira]."

A ideia fazia sentido também para as empresas, permitindo que acessassem um volume de recursos financeiros maior do que aquele que poderiam obter de uma única instituição. Os bancos participantes compartilhavam o risco, diminuindo a chance de um deles ficar numa situação difícil caso a empresa não pagasse o empréstimo.

Semana sim, semana também, Cezar ia à Telebras, a holding que em 1972 havia sido criada para coordenar as operações de telefonia no Brasil. Queria que eles fossem clientes do Garantia. Conversava sobre política, economia, de tudo um pouco, com o então diretor financeiro, Paulo Eduardo Sigaud.

Um dia, no meio da conversa, segundo Cezar, Sigaud recebeu um telefonema de uma moça de sua família e durante a ligação comentou que já tinha conseguido todos os lápis de propaganda possíveis e imagináveis — aqueles que empresas fazem com o nome delas e deixam nas salas de reuniões para serem usados pelos visitantes. Do outro lado da linha, a moça estava chateada. Sua amiga havia conseguido lápis de muito mais empresas do que ela. Cezar esperou o telefonema acabar, se levantou e disse que tinha de ir embora. Preocupado, Sigaud quis saber o que estava acontecendo. Geralmente conversavam por uma hora, e naquele dia haviam passado apenas dez minutos. Ficou sem resposta.

Cezar apenas combinou de fazer o novo encontro na semana seguinte e foi pegar um avião para São Paulo. De lá, entrou em um carro e foi até São Carlos, cidade a 230 quilômetros da capital paulista. O local é conhecido por sua forte vocação acadêmica e tecnológica e por abrigar campi de duas das mais importantes universidades públicas do Brasil: a Universidade de São Paulo (USP) em seu campus São Carlos, focado principalmente nas áreas de exatas e tecnologia, e a Universidade Federal de São Carlos (UFSCar), com cursos em diversas áreas do conhecimento. Mas Cezar não tinha ido visitar nenhuma delas.

Fundada em 1761 na Alemanha, a Faber-Castell se estabeleceu no Brasil em 1930 e em 1971 construiu sua fábrica em São Carlos. Ao longo do século XX, se tornou uma das grandes produtoras mundiais de lápis grafite, lápis de cor, giz de cera, canetas esferográficas, entre outros materiais escolares e de escritório. E, em sua sede, Cezar encontrou o diretor financeiro da empresa.

"Ele me disse de cara que não tinha nenhum negócio para fazer com o Garantia. Eu repliquei falando que só queria ver se ele podia me arrumar lápis de propaganda...", diz Cezar. Sem pestanejar, o diretor saiu. Pouco tempo depois voltou com uma caixa de sapato tamanho 42 cheia de lápis. Missão cumprida. Cezar agradeceu muito a gentileza, pegou o carro, voltou para São Paulo e depois pegou um avião para o Rio de Janeiro. Na semana seguinte, de volta à Telebras em Brasília para sua conversa semanal com Sigaud, Cezar levou a caixa de sapato e entregou a ele. "Fiquei com medo de ele achar que era propina e nem embrulhei. Só entreguei. Ele amou, pegou o telefone e disse que estava com uma caixa cheia de lápis de propaganda e que era incrível."

Fim da história. Ao menos a pessoal.

Meses depois, em mais um encontro semanal, Sigaud comentou com Cezar que a Telebras precisava levantar dinheiro, mas estava complicado. O valor era muito alto — US$ 150 milhões. Cezar não teve dúvida: "Me dá o mandato que eu levanto o dinheiro para você." Documento em mãos, Cezar voou todo feliz de volta para o Rio de Janeiro a fim de contar a novidade para os sócios. "O Beto [Sicupira] espumava de raiva. O Jorge [Paulo Lemann] e o Marcel [Telles] ficaram putos também. Naquela época, o Garantia devia ter uns US$ 7 milhões de patrimônio. Não tinha como fazer essa operação de jeito nenhum sozinho. Era preciso fazer o sindicato, e eu disse para eles que ia criá-lo. Não melhorou muito a cara deles…"

E Cezar saiu em busca do dinheiro. Foi falar com os bancos, explicando a situação. Não era a primeira vez que fazia isso. Tinha feito o mesmo com a IBM, mas a operação agora era dez vezes maior. A ideia acabou sendo bem-aceita e a adesão foi maciça.

Hora de falar do contrato. Acabaram tendo de usar a sede do Banerj, único local que tinha uma mesa que comportava todas as equipes jurídicas e operacionais envolvidas no sindicato. E já na leitura da primeira cláusula do contrato o primeiro banco não concordou. O segundo também não. Após duas horas de trabalho estavam ainda na primeira cláusula, e Cezar, percebendo que não iria a lugar nenhum, bateu na mesa e declarou (absolutamente apavorado com as próprias palavras): "Quem acredita no Garantia fica na mesa. Vai ser esse contrato aqui. Quem não quiser, pode levantar e ir embora." Um blefe do tamanho do universo. Se um dos sindicalizados saísse da mesa, o negócio com a Telebras não existiria. "O representante do Itaú levantou e foi embora. Fiquei com US$ 140 milhões — o Itaú havia colocado US$ 10 milhões — e com um problemão."

Havia ainda outra questão a ser resolvida: o empréstimo estava acima do permitido pelo Banco Central, e seria preciso uma autorização especial. E lá foi Cezar para Brasília — pela enésima quadragésima vez — conversar com seu velho conhecido, Ernesto Albrecht:

— É do jeito que eu gosto essa operação, Cezar? Você me conhece...

— Sim, não tem sacanagem. Nada de corrupção nem nada desse tipo.

E Cezar entregou os documentos para Albrecht, que leu um a um e deu o de acordo. Novamente, tudo certinho, nada resolvido. Albrecht cuidava dos bancos comerciais. Na lista de Cezar havia também dinheiro de bancos de investimento, e quem cuidava da área era Ribeiro — o mesmo que havia guardado a carta-patente para o Garantia. Mas ele já tinha voltado para o Rio de Janeiro. Era uma quinta-feira. Cezar pegou o avião de Brasília para o Rio e foi conversar com ele na sexta. Mesma história. Ribeiro foi aprovando um a um. De repente, olhou para o papel do banco americano Chase Manhattan e não gostou do que viu. "Ele negou. Disse que era banco estrangeiro e podia dar problema. Fiquei apavorado. A assinatura estava marcada para terça-feira às 16 horas (não era blefe). Ele não se comoveu, e eu fiquei absolutamente desesperado."

Cabisbaixo, sem saber o que fazer, com o contrato para assinar na terça, Cezar decidiu dar uma paradinha no Chase. Foi contar para o diretor operacional a história triste de que o Banco Central não havia autorizado o aporte via banco de investimento deles. Irritado com a situação, o diretor disse a Cezar que colocaria US$ 10 milhões por intermédio do banco comercial do Chase, que na época era 50% da SulAmérica Seguradora. Mas US$ 10 milhões não resolviam o problema. Cezar precisava de mais. Tinha naquele momento US$ 130 milhões.

— Só aceito se forem US$ 20 milhões. Daí já ligo para o Albrecht e fechamos esse negócio.

Negócio feito. Cezar pegou o telefone e ligou para Albrecht dizendo que tinha conseguido mais US$ 20 milhões do banco comercial do Chase. Um minuto de silêncio do outro lado da linha — que para Cezar pareceu uma eternidade — e veio a resposta.

— Está bem.

Todo feliz, Cezar voltou para o banco. Contou para todo mundo que tinha conseguido os US$ 150 milhões e que todos iriam assinar o contrato na terça-feira às 16 horas. Alívio geral.

Grande dia. Terça-feira de manhã, Cezar com a caneta na mão, pronto para fazer o maior negócio da sua vida, o telefone da sua mesa tocou. Do outro lado da linha, sua secretária, Marinete, dizendo que Albrecht queria falar com ele urgente.

— Fiquei apavorado pensando se tinha contado alguma mentira para ele e se por isso ele queria cancelar alguma autorização. — Enquanto isso, a festa estava sendo preparada.

Cezar correu para o prédio do Banco Central na 1º de Março esquina com a Igreja da Candelária já pensando em como resolver o irresolvível. E ficou esperando Albrecht atendê-lo. Três da tarde, a secretária avisou que era a vez de Cezar, que entrou em disparada na sala de Albrecht, sentou-se e fez cara de *peloamordedeus o que está acontecendo aqui*.

Com toda a calma do mundo, falando pausadamente, o diretor do Banco Central começou a discursar. Gastou os cinco primeiros minutos (que para Cezar pareceram cem anos) falando sobre o Garantia:

— O Banco Central confiou no Garantia. Demos a carta para vocês virarem banco... — Cezar tremia, suava, pensando que merda tinha feito. Albrecht completou: — ... e vocês não pagaram. Já se passaram quatro anos e vocês não pagaram a porra da carta-patente do banco até hoje! QUATRO ANOS, CEZAR!!!

O valor da carta era de US$ 3 milhões, mas, com a maxidesvalorização do câmbio, naquele momento estava em US$ 700 mil.

Gaguejando, Cezar respondeu:

— Pa-pa-pa-go agora! Quanto é??!!

— Pode ser depois. Só resolve essa porra!

E Cezar saiu novamente em disparada — agora radiante — rumo ao Garantia, na avenida Rio Branco, 143, para assinar a papelada. Ao chegar lá, encontrou todos literalmente sentados, prontos para assinar o contrato. E, mais uma vez, o Garantia fez dinheiro. E não foi pouco. A comissão na operação da Telebras foi de US$ 3,5 milhões.

A economia do Brasil, no entanto, navegava em mares turbulentos. A inflação estava alta, o governo dizia que ela seria de 15% ao ano e Claudio Haddad previu que poderia ser muito mais do que isso em breve, fazendo os clientes e o banco perderem dinheiro. Para proteger o patrimônio do banco e dos clientes, o Garantia começou a procurar ativos para comprar, entre eles terras. Gentil sugeriu um terreno, mais especificamente 20 quilômetros de praia no meio de lugar nenhum na Bahia. E lá foi Cezar sobrevoar o local. Quase não voltou.

O voo entre Rio de Janeiro e Vitória foi tranquilo. Nada de mais, mas, para chegar até a praia que precisava visitar, Cezar teria de alugar um avião. Sem problemas. Pegou um Piper Navajo, um avião de pequeno porte conhecido pela confiabilidade, conforto e bom desempenho, e foi.

No meio do caminho, um imprevisto. O piloto avisou que teria de desligar o motor da direita porque senão ele podia explodir. Até aí tudo bem, dava para voar com um motor só, mas sem motor não dava. Eis que o piloto avisa que o motor esquerdo estava superaquecendo. Iam ter de pousar. Não havia mais jeito.

E saíram da beira da praia para dentro do continente em busca de um local de pouso. As estradas da região eram muito estreitas e ladeadas por cercas. Pousar ali não era uma possibilidade, muito menos nos pastos da região, que eram novos e tinham muito pau seco em pé devido ao corte da mata.

E nada de local para pouso. O piloto buscando ganhar tempo, avisou a Cezar que subiria o máximo possível, desligaria o motor e daí tentariam planar até que, com sorte, achassem um local para pouso. E assim fez. Motor desligado, o Piper Navajo começou a planar. Nada, nada, nada, até que o piloto avistou uma praia em que achou que seria possível descer. E foi. Só que era areia fofa. O Piper bateu primeiro a frente e capotou. Por sorte, os motores estavam desligados e o avião não pegou fogo. Mas a dupla estava no meio do nada em uma praia perto de Prado.

Faltava arranjar um jeito de chegar até Prado. Após caminhar um pouco, a dupla conseguiu carona em uma carroça puxada a burro. Faltava ainda fazer a visita às terras. Cezar não se deu por vencido. Conseguiu um carro e foi até lá. O local era Cumuruxatiba, que décadas depois se tornaria um ponto de encontro dos amantes da natureza, com suas praias de águas claras e brancas com piscinas naturais.

— Eram vinte quilômetros de praia. Não achei nada de mais...

Era preciso, no entanto, comprar muito mais propriedades para proteger o patrimônio da inflação. E o Garantia saiu às compras.

A Lagoa Rodrigo de Freitas é um dos mais belos cartões-postais do Rio de Janeiro. Encravada na zona sul, é circundada pelos célebres bairros de Ipanema, Leblon, Jardim Botânico, Gávea e Lagoa. Entre Copacabana e Ipanema está o Parque Natural Municipal da Catacumba, com suas trilhas que levam a mirantes com vistas espetaculares da Lagoa e de seus arredores, além de atividades de aventura, como arvorismo e tirolesa, que atrai adultos e crianças. Quase grudado nele há uma dupla de prédios, o Sonata da Lagoa. Nem sempre foi assim. Durante anos o local foi ocupado por uma empresa de venda de automóveis, a AutoModelo, administrada por Roberto Osório. O Garantia viu no terreno uma oportunidade e decidiu fazer negócio com Osório.

"Compramos 100% da AutoModelo na Bolsa e devolvemos para ele com a condição de que ele nos vendesse o terreno." Com o terreno em mãos, foram falar com Moacir Gomes de Almeida, dono da construtora Gomes de Almeida Fernandes, chamada anos depois de Gafisa, de quem eram próximos, para perguntar o que poderiam construir no terreno. A resposta: dois prédios.

Animados com a possibilidade de fazer negócios na área da construção civil, compraram um terreno que havia sido do ex-prefeito do Rio de Janeiro, Negrão de Lima. Na esquina da mesma Lagoa Rodrigo de Freitas com a rua Lopes Quintas, rua em que morava a ex-mulher de Cezar, Maria do Carmo, com as meninas, Priscila e Renata. Fizeram o negócio em sociedade com Hélio Ferraz, dono do Estaleiro Mauá, e construíram mais um prédio.

Não satisfeito, o Garantia resolveu também investir na compra de terras fora do Rio de Janeiro. Mais precisamente em Angra dos Reis, onde arrebataram uma praia chamada Sororoca (na verdade as terras grudadas nela, pois praias no Brasil não podem ser propriedades particulares).

Os valores gastos, porém, não fizeram nem cócegas no patrimônio do banco. "Com essas compras usamos 1% do nosso patrimônio. Ou seja, não adiantou porra nenhuma. Era irrisório, na verdade."

Cezar, porém, estava pensando em investir seu patrimônio em outros negócios. Mais um tempo e seria lançada a primeira loja da Fiorucci no Brasil, na frente da praça Nossa Senhora da Paz. Eram 600 metros quadrados no térreo e mais 600 na sobreloja. Para desenhar a loja, Fiorucci mandou sua equipe para o Brasil. Tinha de ficar no padrão dele.

"Entrei como investidor. A Heloisa era quem comandava a operação. A loja custou caro pra caramba. E ficou linda." Com a proximidade da inauguração, Fiorucci veio ao Brasil para abrir a loja e adorou o que viu. Só não gostou da quantidade de produtos, então decidiu adiar a abertura por quinze dias para dobrar a produção. Caso contrário, tinha certeza de que os produtos não durariam um dia sequer.

Ele estava certo. No primeiro dia, as pessoas ficavam uma hora, uma hora e meia na fila para entrar. Um sucesso absoluto, e dentro da loja — além dos itens da marca Fiorucci — havia um designer de joias que teria ali seu primeiro espaço próprio e se tornaria um dos grandes ícones da ourivesaria brasileira, Antônio Bernardo. Em pouco tempo, a Fiorucci no Brasil se tornaria um sucesso e somaria seis lojas entre Rio, Salvador e Brasília. Em São Paulo haveria lojas também, mas apenas após a saída de Heloisa e Cezar da sociedade.

A busca por ativos em terras continuava. Em uma delas, Cezar foi de avião até Cuiabá, capital do então estado do Mato Grosso, que anos depois seria dividido em dois — Mato Grosso e Mato Grosso do Sul —, mas esse não era o destino. O local era Sinop, porque um amigo havia comprado terras lá. Novamente era preciso alugar um avião.

"Fui com a Heloisa, o Jorge [Paulo Lemann] e a mulher dele, Tote. Era uma merda de um avião. Tinha um buraco no piso que dava para enxergar a mata lá embaixo (risos)", lembra Cezar. Na época, Sinop era menos que um vilarejo. Tinha um hotel de madeira com alguns poucos quartos e um banheiro compartilhado por todos, um posto de gasolina com bomba que precisava ser girada a mão e um secos e molhados, um local para fazer pequenas compras com não mais do que 40 metros quadrados. E só. Ninguém se animou muito com a ideia de comprar na área.

O problema da inflação continuava, e não havia uma solução fácil à vista. O Garantia ainda tinha muito dinheiro em caixa. Até que um dos sócios, Ramos da Silva, segundo Cezar, colocou que seria uma boa estratégia comprar ações, pois as empresas iriam reajustar os preços no futuro. E o Garantia fez seu primeiro investimento em empresas: Lojas Brasileiras, a LoBras, uma das primeiras lojas de departamentos e variedades do Brasil, que teve grande presença no mercado até fechar, em 1999. O Garantia já tinha uma posição grande na LoBras quando um investidor chegou e fez uma proposta: "O Bernardo Goldfarb falou para o Jorge: vocês têm 25% da empresa, eu tenho algo parecido. Se você não me comprar, nunca vai ter o controle e vice-versa. O Jorge [Paulo Lemann] falou para ele botar o preço que compraríamos ou venderíamos conforme o valor. Ele botou o preço. Era tipo dez vezes mais do que a gente tinha pagado. Vendemos e ganhamos um monte de dinheiro."

Com dinheiro em caixa novamente, o Garantia tinha de decidir em que empresa reaplicá-lo e a Lojas Americanas parecia uma ótima escolha. Com o dinheiro recebido, o banco poderia ter o controle da operação. "O Beto [Sicupira] gostou da ideia, disse 'vamos comprar' e se propôs a arrumar a gestão, que na época era uma porcaria."

Mas o Garantia queria investir em mais empresas. Havia ainda dinheiro disponível, e o resultado dos prédios construídos não havia sido o esperado. Deu lucro, mas muito menos do que o imaginado e do que pagava uma LTN na época. Frustrante, mas não tão ruim quanto um negócio que parecia maravilhoso e se mostrou um grande tiro n'água.

O terreno em São Conrado era ideal. Com vista para o mar, uma beleza para construir um prédio de cinquenta andares, como era o projeto. Só havia um detalhe: na época, não existia a autoestrada Lagoa-Barra.

A Lagoa-Barra é uma importante via expressa que liga a região da Lagoa Rodrigo de Freitas, na zona sul, à Barra da Tijuca, na zona oeste da cidade. Sua construção foi um grande desafio de engenharia e um péssimo negócio para os planos do Garantia de construir um prédio. Com túneis, viadutos e pistas escavados na rocha, sua construção precisou desapropriar áreas, e uma delas foi parte do terreno que o Garantia havia comprado para construir o tal prédio. A autoestrada, inaugurada em 1981, melhorou muito a conectividade entre as diferentes regiões da cidade e facilitou o desenvolvimento da Barra da Tijuca, que na época começava a se tornar um novo polo residencial e comercial do Rio de Janeiro.

O prédio foi construído, mas nunca deu certo para o Garantia como negócio, apesar de todos os esforços para fazê-lo mais atrativo, o que incluiu comprar do poder público outra área junto ao futuro prédio que dava de frente para o mar. "Quando finalmente aprovamos a planta, não podia fazer cinquenta, só trinta andares. Se os outros prédios a gente vendia mal, esse nós não conseguimos vender. Então distribuímos, como dividendo para os acionistas do Garantia, andares do prédio. Eu fiquei com dois, outros ficaram com um. Ninguém queria comprar aquela merda."

O espaço físico para o Garantia no Rio de Janeiro estava ficando pequeno. O banco já havia crescido bastante, expulsado a Metropolitana do andar, tinha pegado mais dois andares e a equipe tinha de se apertar para caber ali. Na época, um novo prédio estava sendo construído na esquina da Almirante Barroso com a rua México, e Jorge Paulo decidiu que seria interessante comprar os três últimos andares dele. "Na mudança, a gente descobriu que o prédio tinha cedido de um lado. Tiveram de concretar parte do subsolo para estabilizar a construção, e ficamos sem garagens no edifício", conta Cezar.

O banco continuava crescendo e contratando. As mulheres, no entanto, não passavam do cargo de analista. Ao menos até a chegada de Maria Cecilia del Castillo. Formada em Economia, ela já havia estagiado no BNDES e agora queria trabalhar em um banco. E lá foi ser entrevistada por um dos sócios, que de bate-pronto mandou uma daquelas perguntas que hoje dariam, no mínimo, um processo por assédio, mas na época não despertavam a devida e necessária atenção da sociedade e das autoridades: "Você é virgem?"

Cecilia, sem se abalar, deu a ele — no mesmo tom — uma resposta impagável: "Não é da sua conta." Foi contratada e começou a trabalhar. Um dia, ao entrar no elevador, deu de cara com Lemann e Cezar, que disparou do nada: "Você engordou." Irritadíssima com aquele sujeito de barba que ela mal conhecia falando grosseiramente, respirou fundo e não respondeu, mas pensou: "Sujeito abusado, nem o conheço." Anos depois, Cecilia passaria a ter um papel fundamental na vida de Cezar.

A busca por empresas para comprar continuava ativa. Em 1981, Lemann propôs aos sócios a compra da Brahma. De imediato eles não entenderam o que Lemann tinha em mente. O dinheiro que tinham não dava para comprar a companhia.

"O Jorge [Paulo Lemann] tinha outra ideia, comprar a mercado. E fizemos isso até chegar a cerca de 12% de participação."

Nessa hora, segundo Cezar, o então diretor financeiro da SulAmérica foi conversar com o Garantia dizendo que havia recebido ordem do chefe para comprar a Brahma, pois um investidor ativista chamado Mario Slerca estava tentando fazer a aquisição hostil da companhia. O superior, presidente da SulAmérica, havia recebido um pedido de Amador Aguiar, fundador do Bradesco, para fazer a compra, e repassado ao diretor financeiro. O pedido original havia sido feito por Hubert Gregg, amigo de Aguiar e presidente da Brahma.

"A gente não teve dúvida: disse que o Slerca tinha cerca de 25% da Brahma e vendeu para a SulAmérica. Na verdade, eram 11%, mas vendemos nossos próprios 14% também."

No mesmo período, o Garantia foi convidado a comprar participação na Alpargatas Brasil. A operação, segundo Cezar, envolvia a compra de ações da Alpargatas Uruguai, que possuía uma parte da Alpargatas Brasil. Parecia um bom negócio, mas a venda tinha de ser feita de forma pulverizada. Assim foi, mas havia apenas um comprador, o Garantia, que acabou ficando com pouco mais de 30% da operação.

A então dona das sandálias Havaianas — que na época era um calçado popular usado pela população de baixa renda, e que ainda não havia se tornado o ícone atual — havia sido um bom negócio, mas estava na hora de vender.

Só havia um problema: os sócios achavam que ninguém iria querer comprar. Cezar, não. Ele acreditava que talvez houvesse uma solução, e ela tinha nome e endereço.

Fundada em 1939 por Sebastião Camargo e Sylvio Côrrea, a Camargo Côrrea se tornou uma potência ao longo das décadas, com negócios espalhados por diferentes ramos de atividade, mas tudo começou com a construção de rodovias, usinas hidrelétricas e metrôs.

Cezar decidiu falar com Camargo, e ninguém acreditou muito. A Camargo Côrrea na época trabalhava apenas em obras civis. E lá foi Cezar, com barba no peito, cabelo nas costas, o próprio Matusalém, de calça jeans, *dockside* e camiseta Hering, falar com Sebastião Camargo "O pessoal no Garantia ficava me dizendo: 'Ele não vai comprar porra nenhuma. Só sabe fazer estrada.'" Só não sabiam que Cezar conhecia a família de Camargo de outros tempos. "A minha tataravó tinha uma fazenda em Jaú, e o pai do Sebastião Camargo foi para a cidade para a mulher ter mais um filho. A carroça virou e os dois morreram. Minha tataravó cuidou do Sebastião e dos irmãos."

Camargo ouviu, ouviu, ouviu e disse a Cezar que iria pensar no assunto. "Passados uns três dias, o genro dele, o Luiz [Roberto Ortiz Nascimento], me ligou e pediu para dar um pulo lá", recorda Cezar.

Camargo não havia entendido exatamente a proposta feita por Cezar. Com os detalhes esclarecidos — havia uma vantagem fiscal envolvida na negociação —, Nascimento concordou em estudar a situação e retornar dali a alguns dias. Cezar não estava muito crente de que a operação seguiria em frente, mas Nascimento ligou novamente e pediu para Cezar encontrá-lo na então sede da empresa, na esquina da avenida Juscelino Kubitschek com a rua Funchal — anos depois o local seria palco de outro encontro fundamental para a vida de Cezar.

"O Luiz [Roberto Ortiz Nascimento] foi muito direto comigo. Ele me disse: 'O Sebastião [Camargo] mandou dizer para você que enquanto você não cortar o cabelo e a barba não tem negócio.' E que, inclusive, isso já havia acontecido com um grande produtor de saco de cimento que havia perdido um negócio porque o presidente da empresa era barbudo. E eu fui direto com ele: 'Diga ao Sebastião [Camargo] que não vou cortar o cabelo e que ele vai, sim, comprar a Alpargatas.'"

Semanas depois, no dia 30 de dezembro, o telefone de Cezar tocou. Era Nascimento perguntando se a proposta de venda da Alpargatas estava em pé. Cezar, com a mesma tranquilidade com que havia falado sobre Camargo, respondeu que sim, pelo mesmo valor e nas mesmas condições. E as partes começaram a negociar. As conversas atravessaram o Réveillon, até que, no início de janeiro de 1982, a Alpargatas foi comprada pela Camargo Côrrea, com Cezar de barba e com as longas madeixas intactas.

Um ano depois, em fevereiro de 1983, o cruzeiro, moeda brasileira da época, sofreria uma maxidesvalorização, e Cezar passaria a defender que não fazia sentido continuar a ter empresas. Já haviam ganhado todo o dinheiro possível naquele momento. Era hora de se livrar da última delas, a Lojas Americanas, mas, antes disso, a Brahma apareceria novamente na vida do Garantia.

Aguiar e Gregg estavam felizes com o resultado da operação feita pelo Garantia. Só haviam esquecido de combinar, segundo Cezar, com o tesoureiro do SulAmérica, que, sem saber do acordo, começou a comprar a mercado papéis da Brahma, aumentando a posição e levando o diretor financeiro da empresa a ter de visitar o Garantia mais uma vez em menos de um ano para pedir um novo favor: desfazer a posição do SulAmérica na Brahma, que já estava em 35% e havia levado Aguiar a pegar um avião de São Paulo para o Rio e dar um ultimato ao presidente da empresa, Leonídio Ribeiro Filho. Cezar relembra: "O Aguiar mandou ele vender as ações de forma pulverizada imediatamente e ainda falou que estava desfeita a sociedade que eles tinham na época, formada pelo SulAmérica, pelo Atlântico Boavista e pelo Bradesco."

Ao mesmo tempo, o debate sobre a Lojas Americanas continuava. De um lado, Cezar pressionava pela venda. Do outro, Sicupira e os outros sócios defendiam que o melhor era tomar o controle da empresa — naquele momento o Garantia tinha uma participação relevante, mas ainda não era majoritário na companhia. "O Beto fez um ótimo trabalho nos primeiros dois anos, arrumou muito a empresa."

Durante esses primeiros anos com Beto gerenciando a empresa, o Garantia havia recuperado o valor investido na Lojas Americanas e recebido dividendos no valor de US$ 27 milhões. O custo de aquisição ficou zero, e Cezar não queria de jeito nenhum manter a empresa no portfólio. Nunca gostara de varejo, e continua não gostando. Para ele, o modelo não funcionava. Sempre achara que varejo era muito sensível à taxa de juros da economia e que se ela ficasse alta por muito tempo o risco de a empresa entrar em dificuldades ou quebrar era alto demais. Não valia a pena. "Aí, o Beto falou para nós: 'Vou correr atrás do Walmart, que é um grande varejista americano, e a gente talvez aprenda com ele.'"

No fim da década de 1940, Bentonville não era mais do que uma pequena cidade no noroeste do Arkansas, nos Estados Unidos, como tantas outras de sua época. População de poucos mil habitantes, economia local predominantemente agrícola, e no caso específico dela com terras férteis e produzindo maçãs para exportação. Até que um jovem instalou ali a Walton's 5&10, uma loja de variedades que mais tarde mudaria seu nome para Walmart e se tornaria a base de um império do varejo comandado pelo jovem Sam Walton, transformando a cidade na sede de uma empresa global.

Foi lá que Sicupira desembarcou a convite do próprio Walton. Tempos antes, Sicupira havia escrito para dez grandes varejistas do mundo se apresentando e pedindo para conhecer de perto a operação. Walton não respondeu por escrito, mas por telefone mesmo, e fez o convite da visita.[1]

"O Beto, após essa visita, devolveu o convite e Walton veio ao Brasil conhecer a operação da Lojas Americanas. Ele fez uma oferta para comprar a empresa por US$ 180 milhões." Na reunião de sócios, o clima, que já não estava bom, ficou péssimo. Cezar foi totalmente a favor da venda. Beto, totalmente contra. Mas quem daria a palavra final era Lemann, que acabou por entender que o melhor era ficar com a Americanas. Os outros sócios seguiram a visão dele. Anos depois,

---

1 CORREA, Cristiane. *Sonho grande*: como Jorge Paulo Lemann, Marcel Telles e Beto Sicupira revolucionaram o capitalismo brasileiro e conquistaram o mundo. Rio de Janeiro: Primeira Pessoa, 2013.

com Cezar já no banco Pactual, outra empresa fez uma oferta pela Lojas Americanas.

"O Bernard Arnault, da LVMH, conversou pessoalmente comigo e ofereceu US$ 400 milhões pelo negócio. Eu levei até o Beto, que não quis vender." Com a situação da Americanas, Cezar decidiu que estava na hora de tirar um período sabático do Garantia. Já havia passado nos últimos tempos por um estresse com um de seus outros negócios, a Fiorucci, que não andava bem no Brasil. Fernando Mello havia sido incumbido de fazer as contas e verificar o estado real da empreitada, que dava muito prestígio, porém parecia não ser nada lucrativa. Mello descobriu que era exatamente isso, e o melhor a fazer era vender o negócio.

Naquele momento, uma marca italiana, com suas roupas coloridas e propagandas pra lá de ousadas para a época — em uma delas, uma pessoa com aids visivelmente enferma em uma cama de hospital está cercada de seus familiares, abraçada ao pai, que chora —, estava começando sua expansão internacional, que a tornaria um ícone da moda. Em poucos anos, a Benetton, comandada por Luciano Benetton, se tornou uma potência mundial, fincando uma grande loja na Madison Avenue em Nova York, em 1980, outra em Tóquio em 1982 e se expandindo a ponto de abrir seiscentas lojas em todo o mundo em 1986. Em 1981, a Benetton compraria a Fiorucci mundialmente e Cezar se tornaria sócio dessa empresa no Brasil.

O trio Cezar, Elio e Luciano ficaria amigo e passaria por uma situação hilária na casa de Cezar em Angra dos Reis, famoso local de descanso de endinheirados. Cezar, Benetton e Fiorucci conversavam tranquilamente em um fim de semana. Conversa vai, conversa vem, Benetton e Cezar entretidos falando de economia e, de repente, eles percebem que Fiorucci havia simplesmente desaparecido de vista. Preocupada, a dupla saiu em busca do amigo italiano, conhecido pela genialidade e pelos excessos em todos os sentidos. Primeiro acharam que ele podia ter caído do deque (já tinham bebido algumas doses), depois, foram para dentro da casa ver se ele tinha ido dormir, mas nada. Nem sinal. Só restava uma opção: ele ter saído do condomínio. E lá foram Cezar e Luciano na portaria perguntar se alguém havia visto uma figura careca e de barba que mal falava português passando por ali. "Perguntei para o porteiro do condomínio e ele me respondeu com a maior tranquilidade do mundo: 'Sim, seu Cezar, ele passou por aqui e perguntou onde era o puteiro.'"

Era toda a informação de que Cezar precisava. Havia apenas um na região, de apelo popular, que atendia os operários da usina nuclear de Angra I que, após dez anos de construção, estava sendo finalizada. Cezar relembra: "Eu e o Luciano encontramos o Elio lá e levamos ele de volta para casa após fazermos o pagamento pelo trabalho das moças."

Ao mesmo tempo, Cezar enfrentava na vida pessoal uma situação angustiante: a saúde de sua filha Renata, então com 14 anos, começava a dar sinais de que não estava bem. Ela havia começado a tropeçar sem motivo aparente e a ter déficit de aprendizado na escola fazia algum tempo, mas não havia um motivo claro. Ao longo dos anos, Renata teria não um, nem dois, nem três, nem quatro diagnósticos diferentes, mas sim 12. Até um diagnóstico de falta de oxigênio no cérebro ao nascer a menina já tinha recebido como justificativa para a doença que havia enfraquecido seus membros inferiores e gerado dificuldade para ela acompanhar a evolução da classe na escola.

Mas foi em uma conversa com o então vice-presidente do banco Comind, Peter de Svastich, que o mistério começou a ser solucionado anos depois, em 1989. Ele sugeriu colocar Renata em uma instituição americana — a Rehab Facilities no estado da Pensilvânia, nos Estados Unidos — que prepara indivíduos com alterações motoras ou mentais para viverem independentes, ou pelo menos não tão dependentes, como no caso de veteranos de guerra que perderam a mobilidade dos membros ou sofreram amputação.

A via-crúcis, porém, estava apenas começando. Ao chegarem lá, foi solicitado o diagnóstico de um médico americano para aceitar Renata na instituição. Cezar, sem saber o que fazer, foi falar com Svastich, que falou com um amigo, que por sua vez recomendou a ele o neurologista David Levine. E Cezar levou Renata a uma consulta com Levine.

Com cinco minutos de conversa, Levine já disse que não poderia atender Renata. Cuidava de jovens até 15 anos apenas, e Renata na época tinha 19, mas ele perguntou qual era a doença da menina. Cezar sacou o diagnóstico que achava ser o mais provável e entregou para Levine. Na hora, o neurologista o descartou; aquela não poderia ser a doença e decidiu examinar Renata. Avaliação terminada, entregou a Cezar uma lista de exames a serem feitos e disse que indicaria uma pessoa para cuidar dela assim que tivesse os exames em mãos. Mas Renata não tinha Social Security Number — o equivalente ao nosso CPF. Sem ele, Cezar teria de fazer um périplo por Nova York para conseguir realizar os exames, mas tinha de voltar ao Brasil para trabalhar.

Cecilia (a mesma que Cezar tinha dito deselegantemente que havia engordado) é daquelas pessoas únicas que vale a pena conhecer. Em todo o processo de descoberta da doença de Renata, foi Cecilia que, mesmo não sendo a mãe, acompanhou a jovem junto com Cezar e conseguiu resolver os perrengues inerentes a esse tipo de situação. Educada, acolhedora, amorosa e muito atenta, também foi ela que ficou em Nova York enquanto Renata realizava os exames e fez o que foi necessário para que tudo andasse a contento.

Quinze dias depois, com todos os exames feitos, Cecilia avisou a Cezar que estava na hora de ele voltar, e juntos levaram Renata novamente a Levine.

— Já sabemos o que a Renata tem.

— Tenho 12 diagnósticos diferentes. O seu será o 13º.

— Vou chamar o Dr. Kolodny.

Edwin Kolodny, especialista em doenças genéticas, fez dele as palavras de Levine. Já sabia o que Renata tinha, mas precisava fazer mais alguns exames para ter 99% de certeza, e o 1% restante demoraria seis meses para ter. Mais quinze dias, todo o périplo novamente, e Cezar, Cecilia e Renata voltaram para conversar com Levine. Ouviram dele um comentário pra lá de estranho. "Disseram que estávamos um dia atrasados e que Kolodny havia convocado mais de uma centena de médicos para ver o caso da menina. Achei muito estranho, mas pensei que era melhor assim. Eu não queria um monte de gente olhando para a minha filha."

Kolodny então tirou de Cezar uma angústia sem fim (o nome da doença da filha) e acabou criando uma angústia maior ainda (o prognóstico dela). Renata tinha Niemann Pick tipo C (NP-C), uma doença genética rara, progressiva e incurável.

A certeza do diagnóstico vinha da batelada de exames laboratoriais e bioquímicos que mostraram que ela tinha uma alteração na capacidade de metabolizar colesterol, fazendo com que ele se acumulasse nos neurônios e nos outros órgãos do corpo. Com o acúmulo de gordura, os neurônios não conseguiam mais mandar os impulsos elétricos que são a base do seu funcionamento, fazendo-os perder sua função. A doença acabou se manifestando em Renata por ela ter os dois genes que fazem o processamento do colesterol — o vindo de Cezar e o vindo de Maria do Carmo — defeituosos. A chance de isso acontecer é geralmente pequena, mas Cezar e Maria do Carmo são primos, o que aumentou — e muito — o risco.

No caso de Renata, a mutação que ela tem produz a enzima, mas defeituosa. Ou seja, ainda há uma atividade residual, mas muito pequena. A luta de Cezar e Cecilia dali em diante seria para diminuir a progressão da doença de Renata, e ele financiaria durante anos pesquisas na área para descobrir uma forma de fazer isso. Cecilia continua a cuidar de Renata como se fosse sua filha, fazendo as vezes, além de mãe, de coordenadora das enfermeiras e amiga.

A situação era complicada. Renata já havia sobrevivido muito mais do que a média das pessoas com Niemann-Pick C. Em 99% dos casos, os portadores da doença morrem até os 25 anos. Não havia protocolo de tratamento para a idade dela, e Kolodny sugeriu que Cezar procurasse um geneticista brasileiro com quem havia se encontrado em um congresso de genética humana anos antes, Danilo Moretti-Ferreira, da Universidade Estadual Paulista (Unesp) em Botucatu.

Nos anos seguintes, Moretti-Ferreira criaria e coordenaria uma equipe multidisciplinar para cuidar de Renata composta por neurologista, fisioterapeuta, fonoaudióloga e geneticista.

Décadas depois, em 2011, Renata já com 42 anos, Cezar receberia um e-mail de um americano de quem nunca tinha ouvido falar. Jonathan Jacoby tinha um filho com a mesma doença de Renata e entrou em contato após ouvir sobre o caso dela. Queria vir ao Brasil conhecê-la.

Na visita, Jacoby comentou que havia criado um grupo de pesquisa, e um dos médicos que havia estado no grupo financiado por Cezar mencionara o caso de Renata, por isso ele havia decidido vir ao Brasil. Não acreditava que aquilo era possível, e, ao narrar o que havia encontrado no Brasil, o grupo financiado por Jacoby concluíra que o diagnóstico de Renata estava errado. Ninguém com Niemann-Pick C havia passado dos 25 anos. Tinha de haver um erro.

Então, resolveram ir ao hospital Johns Hopkins, em Baltimore, nos Estados Unidos, pegar a amostra genética de Renata para refazer os exames. E foram surpreendidos pelo inusitado. Havia faltado luz em um determinado período anos antes, e a amostra havia se perdido. Não restava outra opção a não ser falar novamente com Cezar e pedir para colher novas amostras de sangue. Dessa vez Jacoby não veio sozinho. Trouxe os cientistas do grupo com ele, e a equipe confirmou a percepção de que Renata não tinha Newmann-Pick C, mas outra doença. Com novas amostras de sangue da jovem, de Cezar e de Maria do Carmo em mãos, a equipe refez os exames. Seis meses depois, Cezar recebeu um e-mail, e — para surpresa dos médicos — Renata tinha, sim, Newmann-Pick C. Era inexplicável ela estar viva, mas a doença era essa mesma.

Em outubro de 2025, Renata continua viva, e Cecilia continua sendo seu porto seguro. Cuida dela há mais de trinta anos com amor incondicional de mãe, embora ela não seja tecnicamente sua filha. Ninguém — possivelmente nem Cezar — conhece melhor Renata do que ela.

Seu caso até hoje surpreende familiares e médicos de outros pacientes com Niemann-Pick C. Ninguém que tem essa doença chegou nem perto de 55 anos de vida. Quando perguntam a Cezar e Cecilia qual o motivo de Renata ainda estar viva, a resposta vem em uma palavra: amor.

6

Trabalhe com pessoas mais capacitadas do que você

> "Non quia difficilia sunt non audemus, sed quia non audemus difficilia sunt."
> (Não é porque as coisas são difíceis que não ousamos fazê-las, mas porque não ousamos que elas são difíceis.)
>
> SÊNECA, filósofo romano

Cansado da sua situação no Garantia, Cezar já não sabia mais exatamente o que fazer. Havia perdido mais uma batalha para Beto e os sócios. Lemann havia tomado a decisão, e ela era final: a Lojas Americanas continuaria na carteira de investimentos do Garantia. Profundamente irritado, ele decidiu realizar um sonho antigo: participar de uma reunião do Fundo Monetário Internacional (FMI).

O momento não podia ser mais interessante, pois o Brasil tinha dado o calote na dívida externa e aquela seria a primeira reunião pós-default. Ele só não sabia que o encontro o levaria a sair do Garantia e criar seu segundo banco de investimento de sucesso — feito até hoje não igualado por nenhum outro banqueiro de investimentos brasileiro.

Fundado para dar estabilidade ao sistema financeiro global no pós-Segunda Guerra Mundial, o FMI realiza reuniões anuais em que debate o estado do sistema financeiro e atitudes a serem tomadas para melhorá-lo. Na década de 1980, o Brasil passou por uma série de desafios econômicos — inflação alta, dívida externa crescente e crises econômicas frequentes —, e as negociações com o FMI eram constantes e complexas. Delas saíam acordos de financiamento e ajustes econômicos constantes.

Já em Washington, Cezar acabou encontrando Renato Bronfman, colega do mercado financeiro e casado com uma moça da família acionista do banco Credibanco. Chateado, Cezar comentava que queria tirar um ano sabático, precisava respirar outros ares, refletir sobre a vida. Pareceu a senha para Bronfman comentar que a família da mulher estava infeliz com os sócios franceses, do Crédit Lyonnais. E daí surgiu uma ideia: por que não comprar o Credibanco?

Cezar até gostou, mas sabia por experiência própria que precisaria de uma equipe. Não uma qualquer, mas uma fora de série, se quisesse fazer um banco relevante. Não sabia exatamente como fazer isso, mas tinha uma certeza: não tiraria ninguém do Garantia. E junto com Renato começou a pensar em nomes a chamar para o novo negócio. Na hora, Jakurski — que também estava na reunião do FMI — passou na frente deles e a dupla teve um estalo. Era dele que precisavam. No futuro Pactual, Jakurski seria sempre chamado pelo primeiro nome, André. O outro André, que ao longo dos anos se tornaria muito conhecido, seria chamado sempre pelo sobrenome por uma ordem de Jakurski que, ao ver o jovem chegar à mesa de operações, no início da década de 1990, perguntou o nome dele. Ouviu a verdade, "André", e levou uma resposta direta e reta: "Aqui, o André sou eu. Você é o Esteves."

Na hora, Cezar e Renato fizeram o convite para André. Cezar não estava muito otimista, pois Jakurski já era diretor no Unibanco Leasing. Largar a posição para criar um banco era um movimento ousado. Mas, de imediato, ele topou o negócio. E o trio ficou de conversar com mais detalhes quando voltasse ao Brasil.

Mas André era apenas uma das peças do quebra-cabeça que Cezar tinha em mente. Um grande trader — como ele mesmo sabia — não era suficiente para que um banco atingisse o patamar de excelência que Cezar imaginava. Era preciso um economista. Não um qualquer, mas um top de linha. E ele foi cachimbar quem poderia ocupar a posição. A escolha foi óbvia: Castello Branco. Cezar decidiu fazer a oferta crente de que teria dificuldade zero para conseguir a adesão dele. Conhecia-o de longa data, se davam bem, e sua competência era conhecida e reconhecida. Um encaixe perfeito. Só faltou combinar com a concorrência... "Ele havia acabado de aceitar a oferta para trabalhar no Banco Boavista. Segunda vez que essa porra de Boavista atravessou um negócio meu, quer dizer, chegou antes, né... Fiquei puto. E ele, o Castello Branco, ainda me fez um pedido nada a ver com o banco que eu estava querendo criar."

Castello Branco queria fazer seu sucessor no Ibmec, instituição onde era presidente, e pediu a ajuda de Cezar. Na época, o Ibmec era apenas um instituto de pesquisa de mercado de capitais financiado por instituições bancárias e empresas de capital aberto que havia saído de uma situação de quase inadimplência para um instituto sustentável em dois anos. O segredo havia sido a mudança de foco implementada por Castello Branco. Ele percebeu que havia uma deficiência enorme em cursos de educação financeira e passou a realizá-los, o que levou ao Ibmec.

Paulo tinha a mesma visão e fez o Ibmec se transformar, anos depois, em uma instituição de ensino superior privada com ênfase em negócios, economia, finanças e direito. Mas Castello Branco achou que era hora de alçar outros voos e tinha em mente um nome para substituí-lo: Paulo Guedes. E então pediu a Cezar que introduzisse Guedes no mercado financeiro. Cezar na hora se lembrou dele. Era o economista que Castello Branco havia indicado meses antes para dar palestra na Anbid em seu lugar. E Cezar havia gostado dele.

Criada em 1967, a Associação Nacional dos Bancos de Investimento e Desenvolvimento (Anbid) tinha o objetivo de representar e defender os interesses de bancos de investimento e desenvolvimento no mercado de capitais brasileiro, promovendo práticas saudáveis de mercado, regulamentação e padronização para os profissionais e as empresas atuantes no setor.

No início dos anos 1980, Cezar havia sido convidado para ser diretor da área internacional da Anbid — não se sabe quem foi mais insano:

a pessoa que fez o convite ou Cezar, que aceitou a missão com o incrível inglês que falava na época e continua falando até hoje: nenhum. Mas tinha um motivo. Cezar já havia organizado anteriormente sindicatos de bancos em operações, caso de Telebras e Banestes. E, como tinha aceitado a missão, resolveu arregaçar as mangas e começar a trabalhar.

A Anbid passou, então, a oferecer aos representantes dos bancos estrangeiros uma análise do Brasil feita por economistas brasileiros. Nesse período, o Brasil era uma incógnita para os mercados internacionais. Anos à frente, alguns deles se tornariam figuras importantes no cenário nacional. Castello Branco e José Júlio Sena se tornariam diretores do BC e Antônio Carlos Lemgruber presidente da instituição. Um belo dia, Castello Branco, escalado para uma palestra, não pôde ir e indicou para Cezar um colega economista.

Era o final de 1982, e ali Cezar assistiria a um embate único entre dois de seus futuros sócios — para dizer o mínimo —, quando o economista indicado por Castello Branco, Paulo Guedes, disse que estava na hora de acabar com a carta-patente — o documento que permitia a uma empresa operar como instituição financeira (anos depois, Cezar o ajudaria a realizar essa visão). O valor das cartas-patente era alto e dificultava muito a entrada de novos players no mercado. Revoltado com a exposição de Guedes, um diretor do Unibanco levantou e disse que a ideia ia acabar com o banco dele, que era um absurdo, que não podia ser. Os dois bateram boca fortemente. "Foi uma cena e tanto. Só faltou o Paulo ir às vias de fato com essa outra pessoa, que era o André [Jakurski]."

Mas Cezar tinha uma missão para Castello Branco: convencer as empresas que votavam no Ibmec a terem Guedes como novo presidente. Um trabalho aparentemente simples. Bastaria convidar as instituições votantes a um encontro com Guedes no próprio evento do FMI. Cezar conhecia todos, e a maioria do mercado estava lá, entre eles empresas de capital aberto e bancos. O cenário ideal. Eram bancos com quem Cezar fazia negócio, e ele acreditava que, ouvindo Guedes falar, eles se convenceriam a tê-lo como nova liderança do Ibmec.

A forma mais fácil era fazer um jantar e colocar Guedes para realizar uma apresentação. Nada de mais. Quase *pro forma*. E Cezar organizou a noite. Tudo feito. Todos à mesa. E começa o jantar. Entrada, deliciosa. Prato principal, supimpa. Sobremesa, maravilhosa. Cafezinho, idem. Só o convidado da noite não ia nada bem. Quer dizer, ninguém conseguia avaliar o trabalho dele. Não porque não estivesse falando bem, mas porque não havia chegado ainda. Aos 47 do segundo tempo, todo mundo se preparando para ir embora, Guedes aparece. Faz a apresentação. Um sucesso estrondoso. Todos amam. "É impressionante, o Paulo sempre chega atrasado. Nunca está na hora." Não que Cezar tenha chegado alguma vez na hora em qualquer que fosse o compromisso. O mais perto que conseguiu foi chegar quase no horário no próprio casamento com Maria do Carmo e depois com Heloisa.

Mas Cezar não perdeu tempo. Convidou Guedes ali mesmo para ser o economista e sócio do novo banco que estava criando com André e Renato. "O Paulo me disse que havia estudado a vida toda para trabalhar no governo e que não entendia nada de mercado, mas que, se a gente achava que ele podia ajudar, estava feito."

A resposta não veio, porém, sem Paulo antes conversar com Simonsen, com quem mantinha uma relação próxima. Recebeu uma resposta direta e reta: "Deixa de ser burro. Vai no mercado, ganha dinheiro e depois trabalha para o governo." Recebeu sugestão semelhante do economista Luiz Carlos Mendonça de Barros, que na época estava fundando o banco Planibanc e anos depois fundaria o Banco Matrix e a Corretora Quest.

E assim Paulo se tornou a letra **P** do Pactual e as outras duas letras seriam A de André e C de Cezar.

Com o quarteto formado (Cezar, Renato, André e Paulo), havia chegado a hora de dar início ao banco. Só faltava um detalhe. Cezar não havia falado para André que o economista do banco seria Paulo. Nenhuma novidade em se tratando da forma de agir de Cezar, mas um potencial enrosco por conta do desentendimento no encontro da Anbid.

"O André ficou puto. Disse que não queria ver o Paulo na frente dele por conta da história da Anbid. Eu simplesmente o deixei terminar de falar e perguntei: 'Quem vai ser o nosso economista, então? Vamos aproveitar o Paulo. Não temos dinheiro...'" Já no Brasil, com Cezar pronto para negociar a compra do Credibanco, uma mudança de rota absolutamente inesperada. "O Renato me disse que, na hora que ele levou a ideia de compra para a família da mulher, eles disseram para ele desistir e que lhe dariam a posição de presidente do banco e também ações."

Um balde de água fria na cabeça de Cezar, André e Paulo. Mas nada a fazer, e — com o pensamento de que o que não tem solução solucionado está — o agora trio decidiu comprar uma Distribuidora de Valores e Títulos Mobiliários (DTVM), a Aplicap. Mesmo porque, sem Renato, Cezar tinha dinheiro para comprar apenas uma DTVM — se Gentil estivesse na mesa teria mandado Cezar e os sócios para aquele lugar, como já fizera com Lemann, mas ele não estava, e aquilo era o possível naquele momento.

Antes de comprar a DTVM, porém, Cezar achou importante fazer reuniões todo fim de tarde em sua casa em São Conrado com os futuros sócios para planejar a DTVM. Na primeira delas distribuiu um papel com três quadradinhos e pediu para André e Paulo os colocarem em ordem de importância.

Ganhar dinheiro
Excelência
Me divertir

À primeira vista, uma bobagem. Apenas três itens, mas eles resumem logicamente a forma de Cezar enxergar o mundo. Na ordem escolhida por ele, "Me divertir" vem primeiro, seguido pela "Excelência" e em terceiro o "Ganhar dinheiro". "Se está se divertindo e tem excelência, vai ganhar dinheiro. É o óbvio...", diz ele.

E dentro dessa filosofia mora uma característica única de Cezar: a visão do banco de investimento como forma de arte, uma empreitada criativa em cujo cerne mora a incerteza. "O banqueiro de investimento age a partir de uma visão. Pouca gente sabe fazer isso, então um bom banqueiro nessa área tem crescimento exponencial. Uma *asset*, que faz a gestão de patrimônio de terceiros, vive cheia de análise das empresas, EBITDA etc. Vive errando. Não porque seja ruim, mas porque ninguém tem como controlar todas as variáveis. E o banqueiro comercial olha para a rede de distribuição e os produtos de prateleira. Só consegue ver isso."

Na década de 1980, as DTVMs tinham um papel diferente. Atuavam como intermediárias na compra e venda de títulos públicos e privados. Não podiam ter assento na Bolsa de Valores, ou seja, não podiam executar ordem de compra e venda de ações. Para realizar esse tipo de operação, as distribuidoras tinham de solicitar às corretoras.

E o trio começou a estruturar a operação enquanto Cezar ajudava Heloisa a cuidar do filho mais novo, recém-nascido.

Pedro nasceu quando Heloisa e Cezar já estavam juntos havia sete anos. O sexo do bebê foi surpresa — a posição no ultrassom não permitiu sabê-lo antes do nascimento. Mas o casal e todos no entorno estavam absolutamente seguros de que seria menina. Na família de Cezar, as mulheres predominavam.

Pouco antes de Pedro nascer, em uma viagem de negócios à Europa, Cezar não teve dúvida. Comprou uma roupinha cor-de-rosa em Amsterdã para "a" futura bebê, que logo se descobriria ser "o" bebê. E a decoração do quarto era toda cor-de-rosa.

Pedro, além de ser menino, mostrou um atributo incrível para recém-nascidos: dormia a noite inteira, ao que Cezar dizia que Pedro sabia que era filho de pai velho e respeitava o fato de que ele teria de acordar cedo no dia seguinte. Cezar tinha 38 anos. Pedro, anos depois, diria: "Eu tenho um irmão gêmeo, a Pactual"— e o artigo "a" antes de Pactual não é erro de digitação, mas simplesmente porque era "a" distribuidora Pactual, e depois "o" (banco) Pactual, atual BTG Pactual. Assim como era "a" corretora Garantia e virou "o" (banco) Garantia. Até hoje Cezar e as pessoas que são do tempo da distribuidora Pactual e da corretora Garantia se referem ao Pactual e ao Garantia no feminino, o que às vezes pode soar estranho para os ouvidos, mas corresponde ao fato histórico.

O nome, porém, nem era para ser Pactual. Fascinado pelo céu, André fez uma lista de possíveis nomes com estrelas e galáxias, tudo que era do céu, para a distribuidora. Paulo e Cezar não se animaram com a ideia. Conversa vai, conversa vem, e o trio chegou no nome Mutual, uma sugestão de Renato. Naquele momento, Cezar já havia comprado a distribuidora Aplicap de Eduardo Pessoa de Queiroz, conhecido pelo apelido de Caramuru, que tinha também uma corretora e estava precisando fazer caixa. O negócio foi fechado por US$ 200 mil. Cezar tinha certeza de que conseguiria liquidez imediata devido à sua saída do Garantia. "Avisei ao Jorge que não voltaria para o Garantia, que iria criar uma distribuidora e que estava vendendo minhas ações. Eu tinha dito a ele anteriormente que iria tirar um ano sabático. Ele ficou bravo e respondeu que iria comprar apenas no final do período sabático. Ele vai dizer que não foi assim, mas eu acabei tendo de fazer um empréstimo com o Banco Francês e Brasileiro (BFB), com o qual já tinha falado sobre a compra do Credibanco."

Segundo Lemann, Cezar recebeu o valor referente à venda das suas ações do Garantia de acordo com as regras estabelecidas para todos os sócios.

Com o novo banco sendo criado, Cezar colocou em prática o modelo de *partnership* que até hoje é aplicado no BTG Pactual com pequenas diferenças. A regra inicial para os fundadores Paulo e André dizia que Cezar financiaria em 5% de ações Paulo e André, e que eles deveriam pagá-las com o lucro obtido pelo trabalho. Naquele momento, Paulo, que não aportou capital, ficou com 5% financiado. André ficou com 5% financiado, porém, como havia colocado em dinheiro o equivalente a 2,5% das ações, levou mais 2,5% financiado, ficando com um total de 7,5% financiado e 2,5% quitado. Com as porcentagens definidas, o trio estava pronto para começar a operar até que o telefone de Cezar tocou, no dia 30 de dezembro. Era um amigo, Destefani, que trabalhava no Banco Central.

— Cezar, eu não posso publicar a sua carta-patente. Já tem uma empresa com esse nome. Só que é o seguinte: se eu não publicar agora, se fizer isso em janeiro, você vai ter que fazer com o valor atualizado do capital de janeiro. Como teve inflação de 200%, o capital necessário vai triplicar. A única solução é você me arrumar um nome que caiba nesse espaço aqui de MUTUAL, aí eu toco em frente [era uma forma de substituir um nome pelo outro no mesmo processo].

Pronto, o mico estava colocado no meio do salão. Penúltimo dia do ano. Menos de 48 horas para criar um novo nome. Para um trio que havia ficado dias discutindo um, a situação era pra lá de desesperadora. Mas a solução veio. Não deles, mas de Jack, o gerente financeiro que haviam acabado de contratar. Vendo o imbróglio, ele sugeriu o que hoje, em retrospectiva, parece trivial: "Pega o P do Paulo, o A do André e o C do Cezar."

Perfeito. Problema resolvido. Na verdade, não. PACTUAL tem sete letras e MUTUAL, seis. Sete letras não cabem no espaço de seis. Não no mundo digital, mas no mundo analógico do papel, quase tudo se ajeita. Nele, sete letras cabem no espaço de seis se elas forem levemente "esticadas" na vertical, tornando-se mais altas, consequentemente mais estreitas, e diminuindo o espaço horizontal ocupado por elas.

E assim, se alguém for olhar com detalhe o nome Pactual no logo original, verá que ele parece estranho. E é. Um nome todo esticado, tipo Olívia Palito do desenho animado *Popeye*. Um alívio. Faltava "apenas" Paulo, André e Cezar concordarem com o novo nome. "Todo mundo achou uma merda, inclusive eu. O André queria me matar, dizia que não podíamos botar esse nome, que era uma porcaria, eu falando que em janeiro a gente mudava, e finalmente concordamos."

Em 2 de janeiro de 1984, a Pactual recebeu oficialmente sua carta-patente para operar como DTVM, emitida em 30 de dezembro de 1983. E, nesse mesmo janeiro, que já estava mais do que animado, Cezar recebeu uma visita para lá de inusitada. E, assim, o escritório — cujo apelido é o mesmo da casa do jovem Cezar quando chegou ao Rio — começou a operar na rua 7 de Setembro.

Alex Haegler é primo de Lemann e foi durante décadas representante do banco suíço Credit Suisse no Brasil. Fundado em 1856, em Zurique, o Credit Suisse chegou em 1959 ao Brasil com um escritório de representações, em 1998 comprou o banco Garantia e em 2006 a Hedging-Griffo, se estabelecendo também neste país como um grande player de mercado. Em 2023, o Credit Suisse foi adquirido por seu concorrente suíço, o UBS.

Para surpresa de Cezar, Haegler um dia apareceu na sede do Pactual no Rio de Janeiro, um local com não mais do que algumas cadeiras e mesas e o apelido carinhoso de "Chiqueirópolis", dado por Cecilia, que havia saído do Garantia para trabalhar nos outros negócios de Cezar fora do banco. Uma situação no mínimo inusitada: o representante de uma instituição centenária visitando um bando de jovens em um local, digamos, "sujinho", liderados por um cara cabeludo e que se vestia muito aquém do que se esperava de um ex-sócio de banco de investimento de sucesso. "O Alex foi lá e simplesmente colocou o equivalente a 1 milhão de moedas da época para a Pactual administrar. Foi nosso primeiro cliente, e sempre fui muito grato a ele por isso", relembra Cezar.

Mas essa foi apenas a primeira boa surpresa que Cezar teria com Haegler. Logo em seguida, ele levaria uma operação do Credit Suisse para a Pactual que daria um resultado fabuloso. Antes, porém, Cezar, Paulo e André teriam um encontro com um desfecho que foi na direção oposta do imaginado por Cezar, André e Paulo. "O Jorge me ligou e nos chamou para almoçar. Estávamos crentes de que tinha a ver com o Pactual, mas no final conversamos apenas amenidades. Nunca entendi o significado do nosso encontro."

Dias depois, Haegler procurou a Pactual com a proposta de dar à DTVM o mandato para vender todos os ativos do Credit Suisse no Brasil. Não foi exatamente uma surpresa, devido à montanha-russa que o país vivia naquele momento. De um lado, uma sociedade cada vez mais mobilizada pela redemocratização, que levaria ao Movimento das Diretas Já e culminaria com a população nas ruas exigindo eleições diretas para presidente. Do outro, o governo militar tentando manter o controle. No meio, uma grave crise econômica.

O país havia acumulado grandes empréstimos na década anterior e, com a alta dos juros internacionais provocada pela política monetária implementada por Paul Volcker, presidente do Banco Central americano, o FED, o pagamento desses débitos se tornou insustentável, levando o Brasil a realizar uma moratória da dívida externa em 1982 — a mesma que levou Cezar a querer muito participar da reunião do FMI.

Tudo isso recheado com uma inflação anual de mais de três dígitos que corroía o poder de compra da população, desemprego alto, medidas de austeridade econômica adotadas pelo governo em parceria com o FMI que incluíam cortes de gastos públicos e uma recessão causada pela falta de confiança no governo, que brecava os investimentos. Sem falar nas greves, principalmente no ABC Paulista, em que figuras como Luiz Inácio Lula da Silva começavam a ganhar destaque. Enfim, o pior momento para criar uma DTVM. Ou não...

"O Credit Suisse tinha decidido sair do Brasil devido à moratória da dívida. Eles tinham cerca de US$ 100 milhões. Na hora fechei o negócio por 15% do valor de face. Não tinha a menor ideia de como faria para pagá-los, já que nosso patrimônio eram parcos US$ 200 mil." A Pactual começou, então, a pensar em como fazer a operação. Veio a ideia de chamar alguns devedores do Credit Suisse. A ideia era que quem precisasse quitar a dívida o fizesse em espécie e não depositando no Banco Central, que naquele momento estava retendo esse tipo de quitação — o devedor simplesmente comunicava ao Credit Suisse que tinha recebido e que pagaria quando pudesse. Mas, para fazer esse tipo de operação, a Pactual precisava de uma mãozinha, um especialista nesse tipo de trabalho, o chamado *blackista*, que trabalhava com o *dólar cabo*.

A figura do *blackista*, lembrada — algumas vezes com saudade — pela elite brasileira nas décadas de 1980 e 1990, nada mais era do que uma pessoa que realizava transações com "dólar cabo"— uma operação usada para realizar transferências de dinheiro envolvendo a moeda brasileira e o dólar americano. O jogo era simples: uma pessoa física ou uma empresa no Brasil, no caso a Pactual, levava dinheiro em papel-moeda para o *blackista*, que tinha uma conta bancária no exterior e entregava o equivalente em dólar ao que tinha recebido em dinheiro no Brasil. No caso, quem recebia em dólar era o Credit Suisse.

"O fato é que conseguíamos receber o valor cheio 100% e eu havia negociado pagar 15% para o Credit Suisse. O *blackista* ficava com cerca de 30% do valor e nós com os 45% restantes. O Credit Suisse ficou feliz, pois estava querendo se livrar da posição no Brasil, o *blackista* fez um bom negócio e nós também."

A Pactual, com poucos meses de vida, ia incrivelmente bem. Cezar, Paulo e André não imaginavam nem em seus melhores sonhos que em tão pouco tempo já começariam a fazer dinheiro. Uma decolagem aceleradamente suave, mas não sem surpresas.

"A mulher do Renato me ligou, disse que a família não honrara o que havia combinado e perguntou se ainda tinha lugar para ele na Pactual. Eu disse que sim, mas que era no Rio de Janeiro, e eles moravam em São Paulo." Sem pestanejar, Bronfman se mudou para a Cidade Maravilhosa e começou a trabalhar. O comercial da turma passou a prospectar clientes. Enquanto Bronfman buscava clientes, Cezar continuava na sua função de fazer conexões e apresentar a DTVM para as pessoas que conhecia do mercado. Ele marcou uma reunião com Teixeira, que conhecia do tempo da operação no Garantia e que era naquele momento vice-presidente do Bradesco. E lá se foram os quatro (Cezar, André, Paulo e Renato) até a Cidade de Deus falar com Teixeira para contar a novidade: haviam montando uma DTVM e estavam procurando negócios para fazer. Teixeira não viu nenhuma oportunidade ali dentro do Bradesco, mas coincidentemente havia acabado de ler uma resolução publicada pelo BNH que talvez interessasse à Pactual.

Vinte anos antes, em agosto de 1964, o regime militar havia criado o Banco Nacional da Habitação (BNH), o principal órgão de gestão e financiamento das suas políticas de desenvolvimento habitacional e urbano. O BNH geria o Fundo de Garantia por Tempo de Serviço (FGTS), do Sistema Financeiro da Habitação (SFH), e do Sistema Financeiro do Saneamento (SFS).

Agora, em 1984, o mesmo BNH havia publicado uma resolução dizendo que os bancos tinham uma linha de crédito com ele que precisava ser aplicada em sessenta dias para construção de moradias. O problema do Bradesco era: ele não tinha como fazer isso. Não emprestava dinheiro diretamente para construtoras, mas seria um ótimo negócio poder participar da operação e ganhar um dinheiro com ela. Com o pepino em mãos, Teixeira mostrou a questão para Cezar. "Peguei a resolução das mãos do Mario sem ter a menor ideia do que fazer com aquilo. Eu não imaginava naquele momento nenhuma forma de usar o dinheiro do crédito do BNH."

Reunião terminada, nada mais a fazer, Cezar e Bronfman pegaram um táxi para o aeroporto de Congonhas para voltar ao Rio de Janeiro (Paulo e André acabaram ficando em São Paulo).

O trajeto entre a sede do Bradesco e o aeroporto de Congonhas era e continua sendo longo. Em dias com trânsito bom, com sorte, chegava-se ao aeroporto em uma hora. Chacoalhando no táxi e esperando o tempo passar, a dupla começou a ler junto o documento. Mais um texto escrito pelo governo, como tantos que Cezar já havia lido e ajudado a escrever em suas idas e vindas ao Banco Central.

De repente, um estalo, e Cezar percebeu o óbvio: se a resolução era válida para a construção civil, deveria valer também para empresas que fornecem material para ela, como tijolo, pedra, vidro e todos os outros insumos usados em obras! Afinal, é tudo construção civil. Animadíssima, a dupla decidiu começar a ligar imediatamente para empresas a fim de oferecer o dinheiro do Bradesco, cobrando obviamente uma taxa para a Pactual pela operação. Só que não era possível. Não havia celular no Brasil.

Tiveram de esperar chegar ao aeroporto e ligar de um orelhão — um telefone público em que se punham fichas e se faziam então ligações. Uma cena inimaginável para os dias de hoje. Dois jovens pendurados em uma cabine em formato de orelha (daí o nome) ligando para potenciais clientes oferecendo milhões, mas era o que dava para fazer.

E assim a Pactual ganhou seu primeiro dinheiro com o "aval" do Bradesco. Houve apenas uma empresa que não quis pagar a taxa, e Cezar nunca a esqueceu: a alemã Bayer. Mas havia um bom motivo. Ela operava com um único banco, o próprio Bradesco. Não tinha como justificar pagar uma taxa para intermediar a operação. Uma tristeza para Cezar. Afinal, era mais um dinheirinho que entraria em um momento complexo para o Brasil.

O Credit Suisse não estava sozinho em sua visão pessimista do país. A moratória da dívida externa brasileira havia jogado na lona o valor das ações. Os preços haviam caído. E aí, as habilidades matemáticas de André — engenheiro de formação pela Universidade Federal do Rio de Janeiro (UFRJ) — fizeram a diferença.

Ele percebeu que o valor das empresas brasileiras estava muito depreciado em relação ao seu valor real. E isso já não fazia mais sentido no cenário de então. O ano era 1984. O Brasil já havia reestruturado sua dívida com o FMI, mas o preço das ações continuava baixo. A resposta óbvia era comprar. Não poucas, mas muitas ações de empresas brasileiras para a Pactual, colocá-las na carteira e esperar. Era questão de tempo até que o mercado percebesse a discrepância entre o valor das ações e o valor real e elas voltarem a subir.

André executou a ordem, e a Pactual passou a encarteirar papéis da Vale e de uma série de companhias privadas. Resultado: entre 1984 e 1986, os valores se multiplicaram por trinta.[1] Quem tivesse investido **mil moedas da época** em um fundo de ações da Pactual em 1984 teria, em 1986, dois anos depois, **30 mil moedas da época** — um tipo de resultado encontrado apenas em operações, digamos, não exatamente lícitas.

Uma bolada que começou a construir a fama da Pactual de ser uma grande fazedora de dinheiro. Uma estratégia que se valeu não apenas do talento de André, mas da falta de qualificação de muitos investidores da época. Um tipo de operação muito mais difícil de fazer atualmente, quando há muito mais investidores capazes de reconhecer esse tipo de oportunidade. Na época, dava — e deu — muito certo.

O dinheiro ganhado com as operações com Bolsa, Plano Cruzado e Credit Suisse colocaram a DTVM Pactual em outro patamar financeiro

---

1 BARTUNEK, Florian; NAPOLITANO, Giuliana; MOREAU, Pierre Moreau (org.). *Fora da curva:* os segredos dos grandes investidores do Brasil — e o que você pode aprender com eles. São Paulo: Portfolio-Penguin, 2016.

e deram a ela a possibilidade de dar um salto também como instituição, tornando-se um banco de investimento. O caixa agora era suficiente para comprar uma carta-patente — aquela mesma que havia gerado a discordância entre André e Paulo anos antes.

Apesar de nunca ter realmente estudado, Cezar sempre valorizou o conhecimento. Essa regra foi aplicada na Pactual, sempre buscando contratar pessoas tecnicamente mais qualificadas do que ele, e acreditava que as filhas deveriam também ser melhores do que ele.

Com esse intuito, acabou mandando as meninas estudarem na Suíça. E lá foram Priscila e Renata, respectivamente aos 16 e 14 anos, estudar no Collège du Léman na cidade de Versoix, pertinho de Genebra, sem saber muito por que tinham ido parar ali. Aquele era um sonho do pai e não exatamente delas.

O colégio era rigoroso. Internato, nada de visitas. As meninas sentiam falta do Brasil e das amizades que haviam deixado aqui — no caso de Priscila, um namorado também. Renata não se adaptou e acabou ficando apenas dois meses. Sua alteração genética já dava os primeiros sinais, mas ela ainda era independente e acompanhava as aulas.

Priscila ficou. Persistente, falava ao telefone com Cezar e dizia com todas as letras do que não gostava em conversas tensas. Preocupado com a filha, acabou autorizando a visita do namorado dela, que havia ficado no Brasil. Não exatamente o tipo de visita que Priscila imaginava, mas parcos quinze minutos sentados em um banco em frente à sala da diretoria. Tempo mais do que insuficiente para dois jovens no auge dos seus hormônios.

E tome ligações Brasil-Suíça/Cezar-Priscila cada vez mais nervosas. Até que veio a gota d'água. Em um dos telefonemas, a garota caiu no choro. De preocupado, Cezar entrou no mais puro estado de pânico — nenhuma novidade no caso dele em se tratando dos filhos. Agora tinha certeza de que algo grave havia acontecido com sua mais velha. Tinha uma intuição e agora, mais do que nunca, um medo enorme, e pegou o primeiro avião para Genebra para falar com ela. Tinha certeza de que sua suspeita era real, e passou as mais de dez horas do voo Rio-Genebra pensando no que fazer para resolver a situação.

Mas ele também conhecia a filha e sabia que precisava abordar o tema suavemente. Primeiro, conseguiu que a menina se hospedasse com ele no hotel, o que não era permitido pelas regras do colégio, mas, acostumado a negociar, deu um jeito e fez acontecer. Em seguida, convidou-a para jantar em um restaurante elegante e começou a perguntar detalhes da vida dela na escola. A cada resposta, Priscila entendia cada vez menos por que o pai havia se abalado do Rio para Genebra com uma velocidade supersônica, mas começou a dar corda para ele até que *eureca*! Descobriu...

— Pai, você está ficando doido? Não, você está brincando... Ou isso é loucura sua, só pode ser.. Grávida, eu? Como? Eu sou vigiada 24 horas por dia. Nem que eu quisesse, meu Deus!

E Cezar respirou aliviado. Havia errado brutalmente a avaliação. Não estava acontecendo nada com Priscila. E, para sua alegria, em breve ela estaria de volta ao Brasil e se juntaria a Renata na casa da mãe. Quase isso.

Pouco depois de aterrissar no Brasil, Priscila e Renata acabaram indo morar na casa de Cezar. A família havia se mudado para a avenida Vieira Souto, em Ipanema, para que ele ficasse mais perto da Pactual — a casa em São Conrado era muito fora de mão.

Havia, porém, outra questão. Heloisa, mãe de primeira viagem, estava lidando com Pedro, que, apesar de ser uma criança tranquila, dava o trabalho inerente a um ser de 2 anos. Precisava ser alimentado, trocado, entretido e colocado para dormir. Uma rotina trabalhosa que agora tinha a companhia de duas adolescentes. Só que Cezar não havia combinado com a mulher que as duas meninas morariam com eles — não exatamente uma novidade na forma de ele agir.

Naquele momento, Priscila estudava muito para entrar na faculdade. Não em uma, mas em duas: Ciências Biológicas na Universidade Santa Úrsula e Administração de Empresas na PUC-Rio. E conseguiu. Nas duas. Passou a estudar durante o dia Ciências Biológicas e à noite Administração, mas logo descobriu que não tinha habilidade em contabilidade e outras matérias correlatas.

Com a faculdade de Administração devidamente trancada, Priscila passou a se dedicar a Ciências Biológicas e se tornou pioneira no uso de sistemas totalmente automatizados para análises clínicas em animais em 1996, muito antes do surgimento da onda de pets que criou um mercado de bilhões. E também foi uma das primeiras no Rio de Janeiro a fazer teste rápido de covid-19, uma sugestão de Cezar logo no começo da pandemia que fechou o mundo em 2020 e matou milhões. Priscila, teimosa como o pai, demorou a acatar a ideia, mas o resultado foi o faturamento da empresa multiplicado por dez.

Enquanto isso, Renata estudava perto de casa, no Colégio Brasileiro de Almeida, que depois se transformaria no Colégio da Cidade. Tudo parecia calmo e tranquilo na vida familiar de Cezar, mas não demorou para Heloisa e Priscila começarem a se desentender, e a convivência ficar complicada — depois as duas se tornariam muito amigas, mas Priscila é conhecida por falar o que pensa mesmo em situações em que a diplomacia seria um caminho melhor. Nada surpreendente sendo filha de quem é ou, no dito popular, a fruta não cai longe do pé.

Cezar tomou então uma decisão. Comprou uma pequena cobertura na rua Barão da Torre, no mesmo bairro, e colocou as meninas para morar nela. Ali, Priscila conseguiria uma façanha no ano seguinte: sobreviver a um acidente inusitado em uma situação esdrúxula comparável às "obras de arte" aprontadas pelo pai durante a infância e adolescência e que ele repetiria ao longo da vida mais algumas vezes.

O Chevrolet Monza foi um ícone dos anos 1980 e 1990. Lançado em 1982, logo se tornou um sucesso de vendas e ao longo dos anos recebeu diferentes versões. Cezar comprou um deles. Não o mais comum, mas um Monza quatro portas — na época a maioria dos carros era de duas portas. Um *must*. Absolutamente confortável, espaçoso e fácil de dirigir. Só que o Monza de Cezar estava com problema no alternador — responsável por recarregar a bateria —, e, para fazê-lo pegar, Priscila tinha de empurrá-lo e fazê-lo ligar "no tranco".

A "técnica" envolvia três etapas básicas:

1ª) colocar o carro em movimento, empurrando-o;

2ª) engatar uma marcha (geralmente a segunda);

3ª) ir soltando a embreagem com o veículo andando e a marcha engatada.

Sim, o Monza era chique mas tinha câmbio manual, como a maioria dos carros da época. Carros com câmbio automático se popularizaram no Brasil depois dos anos 2000.

Com isso, o motor girava e, se houvesse um mínimo de carga de bateria para os sistemas essenciais como a injeção de combustível e a ignição funcionarem, o carro ligava. (Sim, seria muito mais fácil levar no mecânico, mas já que estava funcionando dava para esperar mais um pouco, né?).

E lá foi Priscila aplicar a técnica — algo que, não, não é aconselhável com os carros atuais por conta da eletrônica embarcada, e com câmbio automático faria um estrago. Mas no caso de Priscila o Monza tinha câmbio manual, e a "técnica" funcionava bem. Parecia simples. A garagem era em dois níveis, e o carro estava na parte de cima. Bastava empurrá-lo para a rampa que ligava os dois andares da garagem e aproveitar o desnível para fazê-lo pegar no "tranco".

Realizar essa operação sozinha, porém, não era exatamente fácil. Exigia certa destreza do motorista. Primeiro, era preciso colocar o carro em ponto morto para poder empurrá-lo. Até aí era simples, mas o que vinha a seguir exigia coordenação e habilidade. Com a porta aberta, o motorista, com uma das mãos na porta, empurrava o carro e, com a outra, segurava o volante reto. Assim que o carro pegava uma pequena velocidade, o motorista pulava dentro dele, fechava a porta (para não causar um desastre), pisava na embreagem, engatava a segunda marcha e ia aos poucos soltando para ver se o carro ligava (e não, ninguém usava o cinto de segurança enquanto fazia isso). A maioria dos motoristas sobrevivia sem problemas ao procedimento.

Priscila sabia da trabalheira e da dificuldade de coordenar todos esses atos sozinha e foi pedir ajuda ao porteiro. Não conseguiu. Fazer o quê? Teria de aplicar a "técnica" sozinha. Estava indo para Teresópolis com um amigo e não podia esperar. A sorte (ou azar) quis que uma vizinha aparecesse na garagem. Pronto. Ela não precisaria mais empurrar o carro. Bastava pedir para a mulher empurrar o Monza com a frente do carro dela. A ideia "quase" boa se mostrou perigosamente desastrada na hora em que Priscila — ao girar a direção para colocar as rodas dianteiras retas na direção do desnível — passou do ponto e elas pegaram o início da descida. O Monza, com as rodas da frente embicadas na ladeira e o câmbio em ponto morto, desceu a ladeira sem lenço nem documento, com Priscila com um pé dentro e outro fora do veículo e o corpo sendo esmagado contra a parede da ladeira.

Mas tudo que é ruim pode piorar, e a parede que ficava do lado do passageiro uma hora simplesmente acabou, e o carro começou a emborcar para aquele lado, jogando Priscila para dentro do carro, que por sorte não capotou. Resultado: eixo dianteiro quebrado, uma roda para cada lado e perda total sem sair da garagem. O melhor foi explicar para o pai o que tinha acontecido e fazê-lo acreditar na história absolutamente sem pé nem cabeça que tinha acabado de acontecer. A resposta de Cezar: "Ok, tem seguro." Um comentário típico de quem conhecia não apenas Priscila, mas a si mesmo.

Pouco antes de ter seu carro destruído pela filha mais velha, Cezar viveria no final do ano de 1985 uma aventura única também envolvendo carros, que, embora não fossem uma paixão pessoal, sempre o colocaram em situações, digamos, únicas. Nesse caso, uma sucessão de fatos tão inusitados que lembram o clássico desenho animado do final da década de 1960 chamado *Corrida maluca*, em que competidores utilizam estratégias mirabolantes para ganhar vantagem sobre seus colegas.

A empresa italiana Benetton havia acabado de comprar a escuderia Toleman da Fórmula 1 após patrocinar, nos anos anteriores, as escuderias Tyrrell (1983), Alfa Romeo (1984) e a própria Toleman antes de adquiri-la. Esta última se tornaria famosa por ser a primeira em que correria Ayrton Senna, um dos maiores ícones da história do esporte, morto tragicamente em 1º de maio de 1994 no GP de San Marino, em Ímola.

Sócio de Benetton no Brasil e aficionado por Fórmula 1, Cezar tinha livre acesso aos boxes por conta da *scuderia italiana*. Gostava de seguir as corridas mundo afora e havia criado um roteiro para acompanhar duas corridas naquele fim de ano: o Grande Prêmio da Itália, em Monza, e depois o Grande Prêmio da Bélgica, em Spa-Francorchamps. Havia chegado a Milão com Heloisa para o primeiro *pit-stop*. Um casal de amigos, Ana e Fernando (o mesmo que havia trabalhado com Cezar na Fiorucci), completava a *squadra* da viagem.

Cezar, certo de que conseguiria um hotel em Milão, nem se preocupou em fazer reserva antecipada. Raciocínio mais equivocado impossível. Tudo lotado por conta da corrida do fim de semana. Mas, como não havia obviamente a possibilidade de dormir no carro que haviam alugado, o quarteto decidiu pousar na cidade de Como, a 50 quilômetros de Milão. Logo na saída, porém, a *macchina* deu problema e tiveram de voltar à locadora para trocá-la. Chato, mas tranquilo; e os quatro zarparam felizes para Como, conhecida por suas paisagens deslumbrantes, arquitetura histórica e vilas elegantes que atraem turistas do mundo todo.

Uma viagem curta em uma estrada ótima. Só não foi "lindo" sentir o ar gelado do famoso Lago di Como e descobrir que os casacos não estavam dentro do carro. Procura daqui e dali e nada, até que concluíram que havia apenas uma possibilidade. Haviam esquecido os casacos no carro que dera problema em Milão. Sem roupa de inverno, porém, não ia dar para ficar. Alguém teria de ir buscá-los em Milão.

Cezar e Ana se voluntariaram para a missão e foram juntos buscá-los. Com os casacos em mãos, no dia seguinte, devidamente agasalhado, o quarteto voltou para Milão a fim de tentar achar outro hotel e acabou, contra todas as expectativas, conseguindo um no centro da cidade. Uma sorte enorme, que seria brindada com uma maior ainda ao assistirem à corrida e presenciarem um momento histórico para o automobilismo brasileiro: pela primeira vez, Nelson Piquet — naquele momento já bicampeão mundial de Fórmula 1 — e Senna subiram ao pódio juntos (em segundo e terceiro lugares, respectivamente).

Fim da corrida, hora de pegar o carro e voltar para o hotel. Com a lotação da cidade e a histórica falta crônica de vagas de estacionamento de Milão, o quarteto não conseguia achar um local para estacionar. Mas o dia era de comemoração, e, já cansados de procurar, simplesmente deixaram o carro na porta do hotel. Na frente deles, uma placa com "Proibido estacionar" em letras garrafais foi solenemente ignorada. Era dia de festa mesmo — Senna e Piquet haviam feito uma grande corrida —, e os quatro decidiram ir dormir e resolver o tal "Proibido estacionar" na manhã seguinte, segunda-feira.

Obviamente conseguiram um problema. Não apenas uma multa, mas um baita de um susto ao ir para a frente do hotel e não verem a mais puta sombra do carro, que havia sido devidamente rebocado. Eles só não sabiam para onde. Acabaram descobrindo que estava na prefeitura, e lá foram Cezar e Fernando retirá-lo, não sem antes pagar uma multa para liberá-lo e tomar um sermão do *carabiniere* por deixar o carro na frente de uma placa escrita CLARAMENTE "Proibido estacionar". Perrengue resolvido, era hora de seguir viagem para o próximo destino, uma cidade de sonho.

Saint Moritz, na Suíça — três horas ao norte de Milão, já no caminho para Spa-Francorchamps —, é um dos destinos turísticos mais badalados do mundo, famoso por suas pistas de esqui e atmosfera de luxo. Um local frequentado por ricos e famosos onde o quarteto aproveitou para almoçar e passear antes de seguir viagem e ir dormir em Zurique, a duas horas e meia de distância.

Maior cidade da Suíça, seu centro financeiro e cultural à beira do lago de mesmo nome, Zurique é também cercada pelos Alpes. Um visual belíssimo. Só que (adivinha?) Cezar continuava não se preocupando em fazer reserva antecipada. Era, do ponto de vista dele e de Fernando, muito mais divertido chegar ao local e encontrar um hotel (o que na época significa ir até o hotel fisicamente, descer do carro e ir até a recepção para perguntar se eles tinham vaga). E adivinhe? Não havia nenhum hotel com quarto disponível.

A cidade grande mais próxima — sempre em direção a Spa-Francorchamps — era Basileia, muito lembrada por ser a sede de multinacionais farmacêuticas como Novartis e Roche e também da Fifa, entidade máxima do futebol mundial. Ali, certamente encontrariam um local para passar a noite, que já se aproximava. Errado. Nada de vaga. Todos os hotéis lotados.

Naquele momento a situação de Cezar e Fernando com as respectivas mulheres começou a ficar complicada. Os olhares já estavam se tornando de, digamos, impaciência com o estilo *free ride* dos maridos. Não havia, porém, o que fazer, e partiram para a próxima parada, Estrasburgo, mais uma hora e meia de carro, agora já em território francês, sede do Parlamento Europeu, em que são aprovadas as leis e o orçamento da União Europeia.

Não é preciso dizer que os hotéis estavam novamente lotados. Menos um, mas ele tinha uma característica peculiar. Era um quarto com duas camas tamanho *queen*. O quarteto não teve dúvida. Estavam havia mais de oito horas na estrada pulando de cidade em cidade procurando hotel, e sabiam que ou dormiam no mesmo quarto ou podiam acabar em uma situação muito pior, dentro do carro. Ficar no mesmo quarto era, sem dúvida, a melhor opção.

No dia seguinte, revigorados, decidiram passear pela cidade velha de Estrasburgo, uma ilha que receberia, três anos depois, em 1988, o título de Patrimônio Mundial da Unesco. Nela, uma das mais impressionantes catedrais góticas da Europa, a Catedral de Estrasburgo (Cathédrale Notre-Dame de Strasbourg) — construída entre os séculos XII e XV e conhecida pela torre de mais de 140 metros de altura com vista panorâmica e também pelos vitrais. Um passeio belíssimo após um dia extremamente cansativo.

Só não tinham ideia do que viria a seguir, na hora em que decidiram voltar para o carro e Fernando começou a procurar as chaves. Nada. Não conseguia achá-las. Ele começou a revirar a bolsa das mulheres e nada também. Conclusão: Fernando havia perdido a chave. Dentro do carro, toda a bagagem e todo o dinheiro do quarteto. O pior: todos os casacos também. E toca rebocar o carro até uma concessionária da marca, a Mercedes-Benz, com a certeza de que lá conseguiriam resolver o problema.

Nada disso. O máximo que ouviram foi que a chave reserva estava na Alemanha Oriental — ninguém soube explicar o motivo, mas era essa a realidade, e demoraria uns cinco dias para fazê-la chegar a Estrasburgo. Pronto, agora estavam enroscados. Iam perder a corrida

Chácara Marambaia, local da festa que levou Cezar a sair de casa.

Cezar na Chácara Marambaia com seu tio Clóvis (à esquerda) e o irmão mais velho, Lica (à direita). Ao fundo, a bisavó Nhanhã.

Na Chácara Marambaia, Cezar (na frente, à esquerda) acompanhado da mãe, Mariúcha (ao lado), e da avó Nini (ao fundo), com May no colo. Ao lado direito de Cezar estão, respectivamente, Zau e Lica.

Único registro conservado por Cezar de seu pai, Luiz, uma foto 3x4 da década de 1950.

Cezar conversa ao telefone na corretora Libra em 1971.

Cezar em Búzios na Honda 250 comprada de Paulinho na mesa de operações da corretora Garantia, no início dos anos 1970.

Cezar, já sócio da Garantia, de pijama no início dos anos 1970.

Cezar no trailer em que fez a viagem do Rio para a Bahia pela BR-101, na época em construção.

A viagem para a Bahia com o Opala seis cilindros puxando o trailer.

Vista aérea de parte da Fazenda Marambaia.

A Fazenda Marambaia vista de uma estrada interna.

Burle Marx em visita à Marambaia com Pedro, filho de Cezar, no fim dos anos 1980.

Cezar com os filhos Pedro e Priscila (à esquerda), a mulher, Cecília (ao centro), e a filha Renata (à direita) no fim da década de 1990.

Tenda montada ao lado do hangar dos helicópteros da Fazenda Marambaia para a festa de réveillon.

Decoração da festa de réveillon da Marambaia na virada de 1995 para 1996.

Cezar com os sócios no traço de Chico Caruso em anúncio publicado em jornal na virada de 1994 para 1995. À frente, da esquerda para a direita: José Elias Abeid, Carlos Eduardo Gomes, Renato Bronfman, André Jakurski, Cezar, Paulo Guedes, Eduardo Plass e Marcos Pinheiro. Ao fundo: Woody, José Vita, Florian Bartunek, Ricardo Liberato, Paulo Bilyk, Luiz Claudio Garcia, André Esteves, Ted Poor e Marcelo Serfaty.

Capa e página do livro de Debret distribuído como brinde nos 10 anos do Pactual.

Cezar estampa a capa da revista *Exame* em setembro de 1992.

O Sikorsky que Cezar trouxe dos Estados Unidos para o Brasil, passeando no caminho pelas ilhas de Saint Barth e Granadinas, em meados da década de 1990.

Cezar e Cecília na festa de 50 anos dele, em 1995.

© Acervo pessoal de Luiz Cezar Fernandes

Família reunida em 2001: ao fundo, as irmãs de Cezar, May, Sonia, Margarida, Ana e Cecília. À frente, Lica, Mariúcha, Cezar e Zau.

© Divulgação BTG Pactual

Cezar com André Esteves e Roberto Sallouti, respectivamente *chairman* e sócio sênior do BTG Pactual e presidente do BTG Pactual, na festa de 40 anos do banco.

Cezar com a família na comemoração de seus 80 anos, em 2025. Na camiseta, a frase: "Causando desde 1945".

Efeito Multiplicador de Luiz Cezar Fernandes

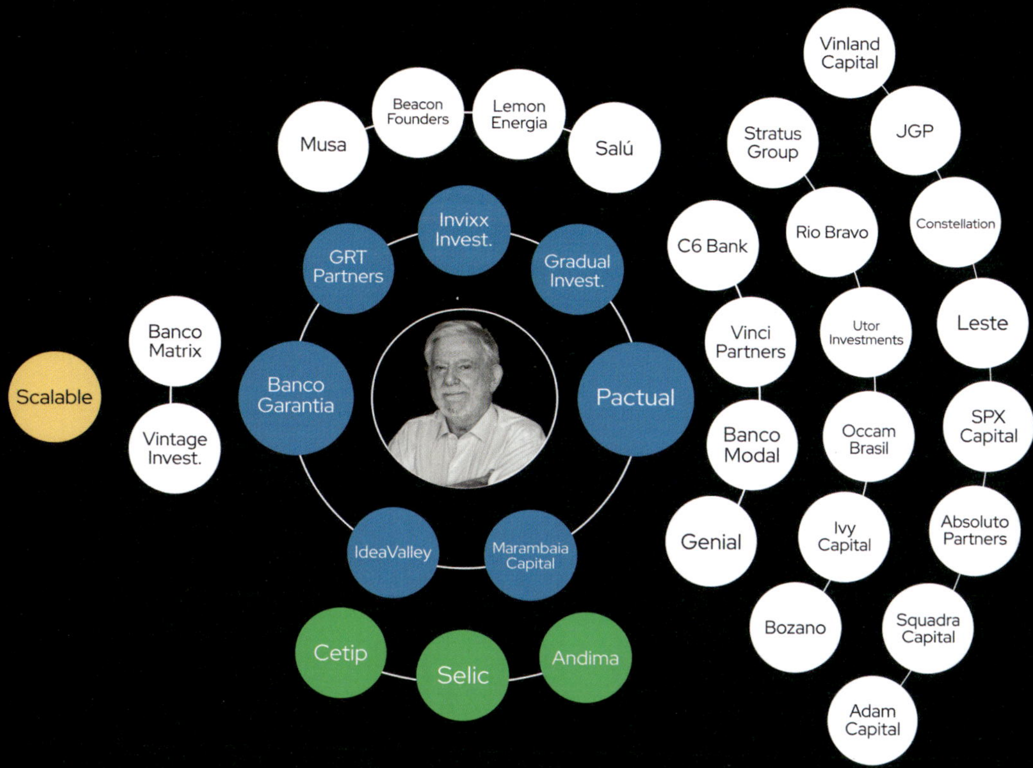

CONSTRÓI
Negócios e organizações criados por Luiz Cezar

INSPIRA
Negócios formados por pessoas que já trabalharam em empresas de Luiz Cezar

ARTICULA
Projetos e estruturas do mercado financeiro em que teve papel de liderança e influência

ORIENTA
Negócios em que atuou como conselheiro ou advisor estratégico

Empresas criadas, inspiradas, articuladas e orientadas por Cezar ao longo de sua carreira de mais de 65 anos no mercado financeiro.

Cezar com as netas, Lelê e Ciça, e as bisnetas, Júlia e Liv, passeando no Pão de Açúcar em janeiro de 2025.

em Spa-Francorchamps. Desarvorados, sentaram no meio-fio na frente da concessionária mesmo e começaram a tentar achar uma solução enquanto a concessionária fechava para almoço. Vendo a situação dos brasileiros, um mecânico português que trabalhava no local resolveu ajudar. "Ele nos deu uma furadeira e disse para furarmos a fechadura do porta-malas, pois isso abriria todo o carro. Mas disse para esperarmos todo mundo sair para o almoço!", recorda Cezar.

Com os pertences em mãos, os quatro precisavam agora achar um local para comer. Estava tudo fechado, mas conseguiram um restaurante típico da região ainda aberto, apesar da hora, ajudados por um francês que haviam conhecido enquanto alugavam o novo carro que os levou até lá. Faltava, porém, resolver o maior de todos os problemas (ao menos daquele momento): arranjar lugar para dormir — o anterior não tinha mais vaga nem para repetir a dose das duas camas no mesmo quarto. Só faltou (mais uma vez) combinar com os hotéis para eles terem vaga disponível. Nada feito. Zero local para dormir. Enfim conseguiram uma pensão. Do outro lado da fronteira, na Alemanha, em um local que não era mais do que um vilarejo e do qual ninguém realmente se lembra o nome.

Dia seguinte, Düsseldorf, um dos centros financeiros e de negócios mais importantes da Alemanha, às margens do rio Reno.

Dessa vez, contra todas as expectativas, conseguiram dois quartos em um bom hotel recém-inaugurado de uma rede japonesa. Ufa. Todos felizes, em especial Ana e Heloisa, que já estavam achando a viagem mais do que micada — o mesmo não se poderia dizer de Cezar e Fernando, que estavam achando a situação pra lá de interessante. Afinal, a cada minuto tinham de criar uma solução para um problema absolutamente inesperado e imprevisível. O próximo seria inacreditável.

Ávidos por passear, os quatro nem subiram no quarto. Deixaram o carro com as malas na mão do porteiro e saíram felizes e contentes pelo centro histórico da cidade, que remonta ao século XII e foi reconstruído após os bombardeios que o destruíram durante a Segunda Guerra Mundial. Uma maravilha de *passeggiata*.

Na volta, olharam para a entrada do hotel de longe e surpreendentemente o carro continuava lá. No mínimo estranho. Deveria ter sido levado para o estacionamento. Ao se aproximarem, descobriram. O manobrista havia perdido o controle do carro e arrancado a porta ao ir de um andar para outro da garagem. Ana e Heloisa, ao se depararem com a cena, jogaram a toalha. Já não aguentavam mais tanta confusão.

Ao chegar ao aeroporto para conseguir um novo carro, pegaram as malas, se despediram dos maridos e embarcaram para Paris. O quarteto fora reduzido a uma dupla — Cezar e Fernando —, e quem conhece de perto os dois sabe que o potencial de coisas mais estranhas ainda acontecerem havia sido elevado à enésima potência. Afinal, eles já não tinham mais as *adult supervisors* — no caso Heloisa e Ana — para impedi-los de ter todo tipo de ideia, digamos, fora da curva.

E a dupla partiu com o novo carro para Spa-Francorchamps, ou melhor, para uma das cidades do entorno — o autódromo belga fica localizado nos arredores das cidades de Spa, Stavelot e Malmedy —, e lá tinham de achar um lugar para dormir.

Nenhum dos dois lembra em qual das cidades foram buscar o tal quarto, mas, depois da via sacra de tentar achar um hotel com vaga, a dupla deu de cara com Ayrton Senna na recepção de um hotel e foi pedir ajuda para ele. Estava obviamente tudo lotado. Senna convenceu o concierge a deixá-los ficar em um quarto. O hóspede não havia chegado, e pela hora parecia que não viria mesmo. Porém, se aparecesse, Fernando e Cezar teriam de sair imediatamente.

Como de cavalo dado não se olham os dentes, a dupla aceitou sem pestanejar. Malas no quarto e aquela felicidade de quem acabou de conseguir um local para dormir. No mesmo hotel encontraram Luigi Pilota, braço direito de Luciano Benetton, que Cezar conhecia bem e que acabou por convidá-los para sair. O destino: um cassino.

Cezar nunca havia jogado na vida e não tinha a menor intenção de colocar dinheiro na empreitada, mas acabou concordando ao ganhar uma ficha de 500 francos belgas de Pilota. Decidiu colocá-la na roleta. Aposta seca. Número 36. Na mosca. O resultado: um monte de dinheiro. Não sabendo exatamente o que fazer, Cezar separou o que havia ganhado e apostou novamente a moeda de 500 francos belgas. O dinheiro não era dele mesmo, tinha ganhado. Desta vez no 17. Na mosca de novo. Pronto. Só na brincadeira, havia ganhado dinheiro suficiente para pagar duas vezes o que tinham — os dois casais — gastado com a viagem. Mal sabia ele que não voltaria com o dinheiro para o Brasil...

Felizes da vida, os dois voltaram para o hotel com os bolsos cheios, comemorando a conquista. Melhor do que isso não poderia ficar, mas sempre é possível piorar. No hall de entrada, viram de longe algo que se assemelhava às próprias malas. Cezar, daltônico, não conseguia ter certeza, mas Fernando foi contundente. Eram elas mesmo, as malas. Eles haviam sido despejados. Os hóspedes haviam chegado.

No olho da rua novamente e sem grandes perspectivas a não ser pegar o carro e sair procurando outro hotel para dormir, acabaram encontrando Nigel Mansell na recepção enquanto tentavam com o concierge uma ajuda para arranjar um novo local de pouso. O piloto britânico — que teria com Piquet uma das mais longevas rivalidades da Fórmula 1, comparável à de Senna com o francês Alain Prost —, vendo a situação da dupla, convidou-os para ir até o hotel dele. Havia vaga lá.

Tudo resolvido, quarto garantido. Para comemorar a façanha, nada melhor do que uma garrafa de vinho. Cezar não bebe, nunca bebeu, mas vá lá, o dia merecia uma exceção, e ele acabou tomando duas tacinhas. Para quê? Na volta para o hotel (sim, naquela época era comum cometer a infração de beber e dirigir...), avistou uma vaga bem na frente do hotel, uma raridade. Entrou, surpreendentemente, de primeira, considerando o nível de álcool no sangue, apenas para ser avisado por Fernando de que aquela era a entrada e saída de carros. Não era uma vaga.

De rabo de olho, Fernando avisou que tinha uma vaga ali ao lado. Sem perder um minuto, Cezar engatou a ré e foi. Só esqueceu de manter a direção firme e deixou que ela esterçasse, acertando um Fiat Cinquecento, que, por sua vez, subiu em um Alfa Romeo Giulia — o Cinquecento é um carro leve e minúsculo, e levantá-lo não é das tarefas mais difíceis.

Pronto. O que era para ser uma noite de comemoração havia culminado em uma cena de pantomima. Sem perder o estilo, a dupla resolveu ir dormir. Afinal, raciocinaram, já era tarde da noite e não tinham como resolver o BO naquele momento. O raciocínio fazia o mais perfeito sentido. Só esqueceram uma parte dele: a lógica. Haviam feito um barulho dos diabos em um local em que se podia ouvir uma folha caindo. Obviamente os sons já haviam chamado a atenção de Deus e o mundo.

Toc, toc, toc. Batidas na porta. Era a polícia querendo entender o que havia acontecido. Afinal, na frente do hotel havia um Cinquecento em cima de um Giulia, uma cena histórica para uma cidadezinha de menos de 10 mil habitantes. Fernando, com uma tranquilidade única, embora não estivesse exatamente calmo, explicou o ocorrido para os policiais e os convenceu de que podiam resolver tudo no dia seguinte. Já Cezar não se abalou. Nem tinha como, já estava dormindo.

De manhã, a dupla precisava resolver o problema o mais rápido possível. Era dia da corrida de Spa-Francorchamps, e não podiam se atrasar. A solução era óbvia: ficar plantado na porta do hotel esperando os donos do Cinquecento e do Giulia aparecerem para ver o estrago que havia sido feito no carro deles.

Logo apareceu o proprietário do Giulia, que obviamente não gostou nada do que viu, mas rapidamente chegou a um acordo com Cezar e Fernando sobre o valor. O pagamento ficou em cerca de 30% do que haviam ganhado no cassino. Faltava apenas resolver o problema do Cinquecento. Mas nada de o dono aparecer. E o tempo passando.

Em dado momento, quase todos os hóspedes do hotel já haviam saído; apenas dois estavam no quarto. Cezar e Fernando convenceram a recepção a deixá-los bater na porta deles. Um seria o dono do Cinquecento. Acertaram de primeira e deram de cara com uma italiana de camisola que, ao ouvir o que havia acontecido, saiu berrando (em italiano) impropérios contra a dupla — nenhum dos dois realmente entendeu nada do que ela falou, mas pelo tom dava para saber que não era nada bom. E lá se foi mais 40% do valor arrecadado no cassino...

Tudo resolvido, hora de ir voando para o autódromo. Faltava pouco para a corrida começar. Mas o que está ruim sempre pode piorar.

A dupla, na noite anterior, animada com Senna e Piquet, havia prendido no teto solar do carro uma bandeira grande, do Brasil. Só que naquela noite choveu. Pois bem. Ao abrir a porta, apressados, para sair, não repararam, mas uma poça d'água havia se formado nos bancos ao longo da noite. *Ploft*. Ficaram com as respectivas bundas literalmente encharcadas.

Fazer o quê? Ir para a corrida com o incômodo que todo mundo que já ficou com o traseiro molhado conhece ou trocar de roupa? Já estavam atrasados, e água seca rápido... A decisão foi a mais óbvia. E lá foi a dupla para o autódromo. Senna venceu, foi uma festa, mas havia mais uma missão ainda a ser cumprida: pegar o avião a tempo no aeroporto de Bruxelas para voltar ao Rio de Janeiro.

No dia anterior, como a região é montanhosa, Cezar e Fernando sabiam que precisavam sair rápido se quisessem embarcar. O tempo era curto. Ao contrário do modus operandi do restante da viagem, resolveram fazer um planejamento. Com um mapa, conversaram com as pessoas da região. Queriam entender como navegar por aquelas estradas estreitas, que estariam lotadíssimas no dia seguinte, de modo a sair o mais rápido possível do autódromo. Tudo tinha de ser cronometrado, pois em dias de corrida o trânsito no entorno ficava impraticável. E saíram correndo em direção ao carro, comemorando a vitória de Senna. No meio do caminho, porém, foram bruscamente parados. "Demos de cara com o dono do Alfa Giulia. Ele disse que havia passado em uma oficina e que o valor do conserto ficaria bem maior. Acabamos dando o restante do dinheiro que havíamos ganhado no cassino. Não vou dizer que não fiquei chateado. Achei que ia levar um dinheirinho de volta para o Brasil (risos)."

Após se livrar do dono do Giulia, a dupla saiu voando do autódromo, com Cezar na direção. O ponteiro do velocímetro batendo no limite máximo e Fernando segurando no "puta merda" do carro — aquela alça que fica acima da porta. Mas havia um problema ainda: o carro estava batido e não ia dar tempo de explicar o que havia ocorrido na locadora. Era pegar o avião ou dar satisfação sobre o carro. Obviamente a dupla escolheu a primeira opção. Deixaram o carro direto no pátio da locadora, jogaram a chave em uma caixa de devolução e saíram correndo em direção ao embarque. E, na última chamada, conseguiram embarcar.

Pouco mais de um ano depois da aventura rocambolesca na Europa, a Pactual entrou com um pedido para ser banco de investimento junto ao Banco Central. Novamente uma aventura. A Pactual estava pronta para virar banco de investimento. No final de 1986 já havia feito o pedido, mas isso não fora o suficiente. Era preciso que o Banco Central aprovasse a requisição.

Havia, porém, um problema: um grande orador, o **P** da Pactual havia irritado o economista João Manuel Cardoso de Mello, um dos idealizadores de um plano econômico recém-lançado, e o diretor do Banco Central, Luiz Carlos Mendonça de Barros, que achavam que o posicionamento da Pactual em relação ao plano lançado dez meses antes, em fevereiro de 1986, havia passado do ponto. Mendonça de Barros era diretor de Mercado de Capitais do Banco Central e responsável por assinar a autorização para transformar a DTVM Pactual no banco de investimentos Pactual.

O Plano Cruzado prometia tirar o Brasil da pindaíba que já durava anos. Promulgado em 28 de fevereiro, o Plano congelou os preços de alimentos, combustíveis, produtos de limpeza, serviços e da taxa de juros, uma forma de debelar a inflação, que saíra de 12,49% em fevereiro para 1,40% em outubro do mesmo ano. O resultado levou o governo do então presidente Sarney a ser considerado bom ou ótimo por mais de 70% da população, segundo dados do Ibope, o maior instituto de pesquisas da época, e ajudou o PMDB e o PFL, os partidos do governo, a elegerem mais de 75% dos deputados federais e mais de 80% dos senadores. Uma vitória histórica, e uma derrocada econômica do mesmo tamanho nos meses subsequentes. Parcos seis dias após as eleições que colocaram Sarney novamente na presidência, no dia 15 de novembro veio o Plano Cruzado II para tentar sustentar o insustentável.

Com o controle dos preços dos produtos e serviços, as mercadorias passaram a sumir das lojas, e o mercado paralelo floresceu. Produtos começaram a faltar nas prateleiras dos supermercados, e só pagando ágio para conseguir fazer compras. Tudo veio abaixo. Exportações caíram, importações subiram e as reservas cambiais — que já não eram grandes — tiveram de ser usadas para estabilizar minimamente a moeda que havia acabado de ser criada, o cruzado. Em pouco tempo, estavam zeradas.

A inflação disparou, os preços de combustíveis, bebidas e automóveis aumentaram espetacularmente e a economia basicamente colapsou, apesar de toda a euforia popular no início do plano, que havia criado figuras como os "fiscais do Sarney"[2] — pessoas que, com tabelas de preços do governo nas mãos, denunciavam os estabelecimentos que remarcavam seus produtos.

Com o caos instalado, Paulo, o **P** de Pactual, batia cada vez mais forte no Plano Cruzado. Acabou ganhando no governo o apelido de Beato Salu, figura icônica de uma das mais famosas telenovelas brasileiras, *Roque Santeiro*, que saía pelas ruas anunciando o fim do mundo. Para resolver a questão, Mendonça de Barros chamou Cezar e Paulo para uma conversa. Os dois apareceram mais que correndo e tomaram um sabão histórico. "A discussão foi muito brava. O Mendonção não estava feliz com o Paulo e, mesmo a gente indo lá, a carta-patente para a Pactual virar banco de investimento acabou saindo nos últimos dias de 1986, quando ele teve primeiramente de se afastar por alguns dias e depois por mais de um mês. No primeiro período o processo andou um pouco e depois andou definitivamente, e no dia 30 de dezembro a Pactual recebeu a carta para virar banco de investimento."

Um feito histórico. Em três anos a DTVM Pactual havia se tornado banco de investimento. Um resultado e tanto para quem havia começado e ainda habitava o "Chiqueirópolis". O que não mudou foram os hábitos de Cezar. Zero esporte, muito cigarro e uma alimentação

---

2 "Fiscal do Sarney" é um título popular que se refere ao controle de preços no comércio varejista pelo consumidor no lançamento do Plano Cruzado, em 1º de março de 1986. Segundo o então presidente José Sarney, cada brasileiro e brasileira deveria ser um fiscal dos preços, um fiscal do presidente para a execução fiel desse programa em todos os cantos do país.

não exatamente saudável continuavam na pauta do dia. Mas um deles terminaria em breve. Ou quase isso.

Fumante inveterado, Cezar havia começado a dar suas tragadas em cigarro com 12 anos, quando saiu de casa. Em 1987, em uma conversa com a filha Renata, então com 18 anos, fizeram um acordo. Ela parava de tomar Coca-Cola e ele parava de fumar cigarro. Os dois cumpriram o combinado, mas pai e filha não haviam falado de outros tipos de fumo... "Fui pedir permissão para a Renata. Disse que estava muito difícil não fumar e perguntei se poderia fumar cachimbo. Ela concordou e nunca mais fumei cigarro. Até hoje fumo apenas cachimbo. Em São Paulo, durante a semana. No Rio, onde passo os fins de semana, não fumo mais."

O cenário parecia ótimo para o agora banco de investimentos Pactual, já famoso pelas operações como DTVM. Mas a realidade não foi bem assim. Nos anos seguintes, o mercado entrou em águas turbulentas e o Pactual navegou nelas mais na direção de preservar o patrimônio dos investidores do que de fazê-los crescer exponencialmente. E não foi por falta de confiança. Os investidores, um deles uma figura de destaque que colocou um dinheiro não pequeno para ser administrado pela empresa de Paulo, André e Cezar — não mais uma promessa, mas uma estrela em ascensão.

No início dos anos 1950, um jovem judeu húngaro sobrevivente da ocupação nazista em seu país começava a carreira no setor financeiro em Londres e, logo depois, mudou-se para os Estados Unidos a fim de se tornar uma lenda ao criar um dos mais bem-sucedidos *hedge funds* da história na década de 1970. Mas o mundo conheceu o tamanho das garras do fundo e de seu fundador apenas anos depois, em 1992, quando ele apostou contra a libra esterlina, quebrou o Banco da Inglaterra e lucrou US$ 1 bilhão em um único dia. Quando George Soros resolveu investir no Brasil e colocou dinheiro no Pactual, ele ainda não tinha dado a tacada que o tornaria mundialmente famoso, mas o Soros Fund Management já era uma lenda e seu criador, um mito.

André havia conhecido Soros por acaso em 1984, quando ele visitou o Ibmec e disse que não entendia por que o trio (Paulo, André e Cezar) estava criando um banco se o Brasil iria quebrar. A resposta foi que sempre era possível ganhar dinheiro, independentemente da situação. E, em 1987, Soros colocou dinheiro no Pactual, mas André, dois meses depois, concluiu que o mercado estava muito ruim e não conseguiria dar o retorno esperado.[3] Anos depois, em 1992, Soros colocaria novamente dinheiro no Pactual, e aí, sim, os resultados seriam fabulosos.

Ao mesmo tempo, em 1987, a vida pessoal de Cezar passaria por uma revolução. Ele estava determinado a comprar uma fazenda. Por quê? Simplesmente porque sim. Tinha cismado. Havia apenas três regras:

1ª) Tinha de ser uma fazenda, não simplesmente uma casa.

2ª) Tinha de ser antiga para ser restaurada.

3ª) Tinha de estar a no máximo duas horas de carro do Rio de Janeiro.

E lá foi ele buscar o local com o corretor Arthur Vianna. Já de saída, Vianna comentou que havia uma casa maravilhosa em Petrópolis. Cezar não quis nem saber. Havia pedido fazenda, não casa. Combinou com Vianna que a cada quinze dias visitariam locais. E assim viram dezenas de fazendas. Um sábado, voltando de Nova York, Cezar recorda que, querendo acelerar o processo de busca, pediu emprestado o helicóptero de Lemann, um Bell 206 Jet Ranger pilotado pelo comandante Santos. E lá foram Cezar e Vianna.

Não encontraram nada, mas Vianna, insistente como apenas um corretor consegue ser, queria porque queria mostrar a primeira casa para Cezar, que, para lá de desesperançado, topou. Já tinha dito que uma casa não era seu objetivo, mas, como haviam tentado de tudo e não conseguiram nada, por que não olhar? Cezar bateu o olho na cada e disse para Arthur:

— É minha. Quanto custa?

— Um milhão de dólares — respondeu o corretor.

— Fechado.

---

3 BARTUNEK, Florian; NAPOLITANO, Giuliana; MOREAU, Pierre Moreau (org.). *Fora da curva:* os segredos dos grandes investidores do Brasil — e o que você pode aprender com eles. São Paulo: Portfolio-Penguin, 2016.

A fazenda é uma joia em Correias, um bairro da cidade de Petrópolis, na região serrana do Rio. O local, conhecido pelo clima ameno e pelas paisagens montanhosas, cercado de vegetação exuberante, é o ambiente perfeito para quem procura paz e tranquilidade. Um clima tão bom que pessoas com tuberculose eram enviadas para lá a fim de respirar o ar puro do local antes da invenção da penicilina, em 1928 — o primeiro antibiótico e uma revolução que tornou possível combater de forma eficaz várias infecções bacterianas, como a própria tuberculose.

A fazenda havia sido herdada do pai de Julio Monteiro e de seu irmão. Na divisão das terras, Monteiro ficara com o terreno onde não havia casa, e o irmão com a área em que estavam as construções. Mas Monteiro queria construir também uma residência. E uma coincidência daria ao local um status único: Odete, mulher de Monteiro, era amiga de um jovem que havia se mudado de São Paulo e que se tornaria um dos maiores paisagistas do mundo, Roberto Burle Marx.

Monteiro perguntou a Burle Marx se ele não teria uma pessoa para indicar para projetar a casa. Sim, ele tinha. Indicou um colega e Monteiro, ao ver o projeto, detestou o resultado e pediu uma segunda indicação. Já preocupado com a situação, Burle Marx indicou um amigo de quem era vizinho no Leme. O arquiteto fez o projeto e mostrou-o para Monteiro, que começou a debater as escolhas e sugerir modificações. Irritado, o arquiteto simplesmente rasgou seus desenhos e se negou a continuar a conversa.

Anos depois, em 1957, esse arquiteto, Lucio Costa, projetaria o Plano Piloto de Brasília após vencer um concurso nacional. Com formas que lembram um avião, o Plano Piloto organizou a capital federal em setores funcionais, com áreas residenciais, comerciais e governamentais específicas, tornou-se um marco do urbanismo modernista mundial e foi declarado Patrimônio Mundial da Unesco em 1987.

Monteiro, porém, continuava precisando de uma casa, e Burle Marx sugeriu outro nome, seu ex-professor na Escola Nacional de Belas Artes, Wladimir Alves de Sousa. Um dos primeiros arquitetos modernistas brasileiros, Alves de Sousa topou o desafio e projetou uma casa que refletia seu compromisso com os princípios desse movimento, com ênfase na integração entre a área construída e a natureza. Fruto de uma arquitetura que não se sobrepunha ao ambiente, mas que dialogava com ele, a casa se fundia de forma harmoniosa com a paisagem natural da região serrana de Petrópolis, permitindo que o cenário montanhoso fosse parte da experiência de quem ocupasse o espaço.

Enquanto a casa era construída, Burle Marx propôs um acordo para Monteiro: fazer os jardins da Fazenda em troca de realizar um curso na Alemanha. No entanto, com o início da Segunda Guerra Mundial, teve de voltar ao Brasil e começou a fazer os hoje famosos jardins da casa.

Com uma abordagem que incorpora plantas nativas, formas geométricas e a integração fluida entre vegetação e arquitetura, os jardins projetados por Burle Marx para a casa são um exemplo do paisagismo modernista brasileiro, com espaços planejados para o convívio, como pátios e áreas de sombra, onde é possível interagir com a natureza e ter a dimensão dos 740 hectares da fazenda.

Cezar só não sabia que pouco antes outra pessoa já havia "fechado" para comprar a fazenda. Ele havia teoricamente perdido o negócio. Ou quase isso. O outro empresário queria pagar em imóveis.

"Eu disse que pagava à vista. O Roberto Marinho, das Organizações Globo, ficou chateado e até tentou recomprar de mim logo depois de eu fazer a proposta, mas eu simplesmente tinha me apaixonado pelo local." A fazenda, porém, precisava de cuidados. Os proprietários anteriores não haviam se preocupado em mantê-la em perfeito estado, e Cezar decidiu atualizá-la, melhorando sua usabilidade. Ele criou, por exemplo, mais banheiros, restaurou a casa e os jardins. Ninguém melhor do que o arquiteto original para fazer a reforma, então Cezar convidou o próprio Alves de Sousa. Já os jardins ficaram nas mãos de Burle Marx, seu projetista original.

O refúgio deveria servir como casa de campo de Cezar, um local de descanso, mas acabou se tornando sua residência por acaso. O casamento com Heloisa já não ia bem, e Cezar foi passar alguns meses na casa de Priscila na Barão da Torre enquanto a restauração da fazenda caminhava. Com o término da obra, em outubro de 1989, se mudou para a nova residência. Afinal, podia procurar uma casa no Rio de Janeiro estando na fazenda. Quis o destino que Cezar precisasse de mais quarenta anos para ter sua própria casa na Cidade Maravilhosa.

Com a separação, Cezar começou a namorar Cecilia, que já conhecia dos tempos da Garantia e que, após a saída de Cezar do banco e a fundação da Pactual, em 1983, havia ido trabalhar com ele. Não na DTVM especificamente, mas nos negócios paralelos de Cezar. E o casal passou a viver na fazenda, batizada de Marambaia em homenagem ao sítio do avô de Cezar (sim, aquele mesmo da festa do cabide).

Mas a relação de Cezar com o nome Marambaia é mais antiga. Os antepassados de sua família haviam imigrado na virada do século XIX para o XX e haviam ficado de quarentena na restinga da Marambaia, uma área no litoral do estado do Rio de Janeiro, entre a baía de Sepetiba e o oceano Atlântico, conhecida pela beleza natural e pela biodiversidade riquíssima, que abriga ecossistemas de manguezais, restinga e dunas. Na época, com a imigração em massa, principalmente de europeus, o governo imperial brasileiro, preocupado com a saúde pública e o risco de epidemias, adotou a prática de isolar os imigrantes recém-chegados em áreas afastadas, onde passavam por um período de observação antes de serem liberados para entrar no país. Por estar próxima — não mais que 100 quilômetros do centro do Rio de Janeiro — e ao mesmo tempo ser um local isolado, a restinga da Marambaia se tornou ideal para esse fim.

O isolamento voluntário de Cezar na fazenda, porém, quase acabou em tragédia logo no início da nova vida no campo, mas seu anjo da guarda quis que ele, mais uma vez, sobrevivesse.

A subida e descida da serra que leva a Petrópolis é repleta de curvas fechadas, um longo zigue-zague morro acima. Com a duplicação de parte da rodovia nos anos 2000, a viagem ficou melhor, mas no fim da década de 1980, início de 1990, era muito cansativa. Subir e descer todos os dias não era exatamente uma atitude razoável, em especial se o horário de voltar para casa fosse imprevisível e raramente antes de dez da noite. Viver de forma previsível, porém, nunca foi o estilo de Cezar.

O Pactual havia se transformado cerca de três anos antes em banco de investimento, e as horas de trabalho eram longas. A subida e descida diária da serra não era exatamente um bom uso do tempo. Cezar jura que não, que até estava tranquilo, mas um pequeno "incidente" levou-o repensar a estratégia de ir e vir de carro todo dia. Afinal, não era bom continuar abusando da sorte mais do que ele já tinha feito.

Cezar nunca gostou do carro de Cecilia, um Chevrolet Kadett, que comprara havia menos de seis meses em 1989. Havia convencido a mulher a vendê-lo e estava feliz da vida porque ia levá-lo ao Rio para seu destino final: ser vendido.

Recém-lançado no Brasil, o Kadett havia se tornado um ícone entre os entusiastas de automóveis. Com design moderno e linhas aerodinâmicas, trouxe inovações para o mercado, como a versão esportiva GSi, equipada com um motor 2.0 de 121 cv, que encantava muitos pela performance e dirigibilidade. Tinha um bom espaço interno e era confortável, transformando-se também em uma escolha popular para famílias. Mas Cezar nunca havia gostado do carro e tinha dado a ele o apelido de "troço ruim". Achava-o instável e pouco firme, apesar de todos os elogios que vinha recebendo de outros usuários.

Na hora de partir da fazenda rumo ao Rio, Hélio Garcia, administrador da Marambaia, viu que os pneus estavam um pouco baixos. Nenhum problema para Cezar. Ele havia esquecido de calibrá-los, mas, confiante de que nada aconteceria, acelerou fazenda afora, bem ao seu estilo direto e decidido (também chamado por outros nomes pelas pessoas que andam de carro com ele).

Já nos primeiros minutos, um "pequeno" imprevisto quase pôs fim aos dias do banqueiro: o pneu dianteiro esquerdo estourou. O carro, desgovernado, capotou pela primeira vez. Depois, encontrou o sistema projetado para escoar água da chuva de um afluente do rio Piabanha, que corta Petrópolis. E capotou novamente. A cada capotagem, o mundo de Cezar literalmente girava. Até o cachimbo voou. E, já no terceiro 360 graus, o Kadett mergulhou no rio. Para sorte de Cezar, com as quatro rodas no chão.

Ileso, apesar de atordoado, Cezar saiu pela janela do carro e escalou a margem até a estrada. Quando finalmente chegou ao nível dela, percebeu que havia esquecido um item importante no malfadado Kadett: sua pasta, incluindo papéis que não eram feitos para outros olhos que não os dele mesmo. Sem pensar duas vezes, desceu novamente até o carro, recuperou a pasta e voltou para a estrada. Inteiro, ligou para a fazenda e pediu para o administrador ir buscá-lo. Tomou um banho, pegou outro carro e foi para o Rio trabalhar como se nada tivesse acontecido. O Kadett nem precisou ser vendido, deu perda total. Cezar apenas recebeu o valor do seguro.

Pouco antes do incidente, Cezar havia começado uma de suas novas paixões: a criação de ovelhas. No fim dos anos 1980, pouco tempo após comprar a Marambaia, ele havia deparado com uma questão complexa na fazenda e ela acabou sendo a solução. O crescimento urbano desordenado estava chegando ao entorno das terras da Marambaia, e ele temia que um dia elas pudessem ser invadidas.

Pensando em como ter uma atividade comercial e ao mesmo tempo ocupar o espaço, passou a imaginar o que poderia criar lá: vacas? Cavalos? Cabritos? Burros? Ovelhas? Ele queria uma forma de povoar os pastos e manter a propriedade resguardada de possíveis invasões, além de criar um negócio. Decidiu pelas ovelhas, que pareciam ser as mais adaptáveis à topografia de morro da Marambaia.

Escolheu a ovelha dos seus sonhos — daquelas branquinhas, cheias de lã — e decidiu comprar cinquenta delas. Nesse meio-tempo, convidou um amigo, Joaquim Goulart Junior, criador de Santa Catarina para ir à Marambaia. E recebeu uma péssima notícia. "Ele olhou a topografia e falou com todas as letras que não ia sobrar nenhuma. Iam morrer todas de fome: se chovesse, o peso da lã tornaria impossível para elas subirem o morro. E me explicou que no Sul do Brasil, quando chovia, os peões levantavam as ovelhas que caíam pois elas não conseguiam fazer isso sozinhas por conta da lã encharcada."

Goulart Junior, porém, sugeriu uma solução para Cezar. Comprar ovelhas da raça Santa Inês, que não tinham lã e eram usadas para corte. E assim o banqueiro passou a criar os animais na Marambaia.

Nos primeiros anos, o rebanho progrediu bem até que, no início dos anos 2000, as ovelhas começaram a morrer em uma frequência preocupante, de verminose causada por parasitas gastrointestinais. E a situação só piorava. A cada atitude que Cezar tomava, o número de animais diminuía.

Até que ele resolveu voltar às origens e reestruturou completamente a gestão da fazenda. Em agosto de 2004, tomou uma decisão aparentemente controversa, mas zero surpreendente para quem o acompanhava e sabia minimamente da sua história: demitiu os veterinários experientes — uma delas sua própria filha, Priscila — e o administrador que gerenciava a Marambaia havia anos. No lugar deles, contratou apenas um peão e três estagiários recém-formados. Como havia feito no Bradesco quarenta anos antes, trocou a segurança de profissionais veteranos pela energia e entusiasmo dos jovens. E o que parecia loucura mais uma vez deu certo. Em pouco tempo, a Marambaia passou a figurar novamente entre as maiores criadoras de ovelhas de seleção de raça do Brasil (mais conhecido como melhoramento genético tradicional).

A reestruturação, baseada em treinamento intensivo, adaptação e inovação, havia surtido efeito, e a Marambaia atingiu o tamanho ideal de rebanho para a fazenda: cerca de mil ovelhas. A receita foi a mesma que havia norteado o Garantia e o Pactual: cada um era responsável pelo seu trabalho. Nada de ficar dizendo que a culpa era do outro.

Um estagiário, quando perguntado sobre o que achava de uma situação específica, não teve dúvida. Mandou *à la* Cezar que o computador usado era tão antigo que não servia para nada. E Cezar ouviu. Modernizou a máquina e passou a ter no estagiário um aliado com quem tinha debates verbais enormes — para quem olhava de fora, parecia uma situação absolutamente *nonsense*. Um senhor de 60 anos debatendo com um jovem que poderia ser seu neto. Mas para Cezar não fazia a menor diferença. O debate é sobre ideias. Sempre.

O controle de verminose não foi simples, mas, perto do que viria a seguir, se tornou quase irrelevante. Os cachorros da região começaram a atacar as ovelhas. Um comportamento instintivo: ao verem o rebanho, começam a persegui-las. Em pânico, elas correm desesperadamente e, por instinto, os cães as caçam e só param após pegá-las, matando-as e indo embora em seguida.

Essa dinâmica levou Cezar a perder, em uma única noite, mais de 350 ovelhas, criando uma situação insustentável. Era preciso uma medida inovadora. Ele já tinha ouvido falar da raça Maremmano-Abruzzese, um tipo de cão pastor originário da Itália, conhecida por proteger rebanhos há milênios e que já havia procurado sem sucesso em Portugal no ano anterior, no episódio da perseguição na Serra da Estrela. Melhor ainda, os Maremmanos não precisavam ser treinados, pois seu instinto natural era de proteção.

Cezar precisava de um casal de cães dessa raça para poder começar uma criação que desse conta do tamanho do rebanho da Marambaia. A tarefa foi, a princípio, simples. Ele fez um mapa dos maiores criadores da raça Maremmano-Abruzzese na Itália — após o fracasso na Serra da Estrela — e foi visitá-los com Cecilia. Acharam um criador ótimo, compraram o casal de pastores, Greta e Tango, e começaram o trajeto de volta para o Brasil via Milão. Só tinha um problema: o voo fazia escala em Paris, e o casal não tinha visto para entrar na França — na época os brasileiros precisavam de um para entrar no país. Não que tenha sido uma novidade para os dois, que já tinham passado por situação semelhante anos antes em Saint Barth.

"Eu tava morrendo de medo. Achei que iam nos parar e que ia dar a maior confusão. Nada disso. Na hora em que pegamos a Greta e o Tango, as pessoas ficaram encantadas com eles e nem olharam se tínhamos visto na imigração. Simplesmente embarcamos para o Brasil." Com o passar dos meses, Greta e Tango se tornaram essenciais para a segurança do rebanho de ovelhas da Marambaia. Greta acabou parindo no meio das ovelhas, e os filhotes se tornaram parte do rebanho, crescendo ao lado dele. Daquele momento em diante, os ataques de cães externos cessaram, e a Marambaia não perdeu mais nenhum animal por essa causa.

Com isso, em 2006, a Marambaia passou a abrigar uma das melhores criações da raça Santa Inês. Ao nascer, um cordeiro Santa Inês pesa cerca de 3,5 quilos, mas rapidamente ganha peso, chegando aos trinta quilos ideais para o abate. Os melhores exemplares, aqueles com maior potencial genético, são reservados para serem reprodutores. E aqui surgiu uma nova paixão de Cezar: Talismã.

Cezar conheceu Talismã ainda filhote, e imediatamente se encantou com a imponência e a genética do animal. Talismã, porém, não estava à venda. Pertencia a outro criador, que só aceitava vendê-lo em um leilão, apesar das investidas de Cezar. Paciente, ele esperou o leilão acontecer. Tinha certeza de que levaria o animal inteiro para casa. Não conseguiu; teve de dividi-lo 50% com outro criador, que não desistia da disputa de jeito nenhum.

Mas quis o destino que o outro criador decidisse vender sua parte de Talismã tempos depois, em um novo leilão. Cezar imediatamente o arrebatou por R$ 1,4 milhão, e Talismã se tornou a estrela da Marambaia. Na época, o reprodutor acabou reconhecido como um dos carneiros mais valiosos do Brasil e chegou a inseminar em um único mês trezentas ovelhas, resultando em uma verdadeira explosão de nascimentos na Marambaia.

A fazenda, na época, não era apenas um local de criação de ovelhas, mas um laboratório de engenhosidades diárias de seu proprietário que de tão fantásticas pareciam mentira. Isso levou a equipe a deixar na Land Rover uma pequena câmera — batizada de "câmera da roubada" — para registrar esses momentos. A cada dia acontecia uma história diferente.

Quando um trator tombou dentro de uma vala em um dia de chuva intensa, Cezar emprestou sua Land Rover — e ele não emprestava o carro para ninguém — para um de seus funcionários, Amauri, mais conhecido como Nem, que tentou de tudo para desatolar o trator. Sem sucesso. Foi aí que o chefe entrou em cena. Prendeu um cabo de aço da Land Rover até o trator, ancorando o veículo em uma árvore para fazer contrapeso. Tudo errado também. A cada tentativa, o trator afundava ainda mais no barro, e todos que estavam lá, incluindo Cezar, afundavam na lama até os joelhos, em uma luta tragicômica com a natureza.

Vendo que daquele jeito não ia funcionar, Cezar mudou de estratégia e passou o cabo de aço entre duas árvores para criar um efeito de alavanca. Agora, sim, a Land Rover tracionou lentamente, e o trator, antes com o nariz embicado para baixo, começou a se mover. Sete longas horas depois, o trator saiu da ribanceira. Um esforço que se tornou uma lenda entre a equipe da Marambaia.

Outra noite qualquer, os funcionários avisaram que um homem havia caído em uma vala criada para conter água, tipo um piscinão. Para piorar, o homem estava montado a cavalo! Resgatá-lo seria complicado. Era noite, um breu total. Cezar acabou tendo a ideia de criar uma rampa improvisada para tirar o homem e o cavalo de uma profundidade de 3 metros. Trabalhando com a equipe da fazenda, conseguiu salvar os dois, mostrando um de seus talentos pouco conhecidos, a bricolagem.

Não havia bricolagem, porém, que desse conta de resolver a questão do deslocamento diário de carro da Fazenda até a sede do Pactual, no centro do Rio de Janeiro. Cezar já havia quase morrido no episódio do Kadett, e a situação não parecia razoável para qualquer um que olhasse de fora e tivesse um mínimo de sensatez. Até que, após seis anos fazendo a ponte terrestre Petrópolis-Rio de Janeiro, Cezar ouviu uma sugestão que facilitaria enormemente sua vida: por que não fazer o trajeto, que demorava em média uma hora por terra, em 12 minutos pelo ar?

A Gulfstream Aerospace Corporation é uma empresa americana reconhecida mundialmente por seus jatos executivos de alto desempenho. Ela comercializa alguns dos mais sofisticados e luxuosos aviões disponíveis no mercado, com capacidade de voo intercontinental sem escalas. Cezar tinha um amigo que era também amigo do presidente da empresa, e ele, coincidentemente, queria vender um dos helicópteros que tinha. A solução ideal para Cezar.

Na fazenda não havia como criar uma pista para pouso e decolagem de avião, mesmo que de pequeno porte, porém um local de pouso e decolagem para helicóptero seria mais do que factível. Acostumado a obras, Cezar adorou a ideia. Já havia modernizado a casa principal e construído 22 casas para os quarenta funcionários que moravam no local. Não eram casas quaisquer, mas pequenas construções à imagem e semelhança da casa onde morava. Uma ação que ninguém realmente entendeu na época, mas que na visão de Cezar era óbvia: ele morava em uma casa reconhecidamente incrível; o mínimo que deveria fazer era oferecer aos seus funcionários o mesmo. E assim o fez.

A única diferença — além do tamanho — era que a casa principal era cercada pelo belíssimo jardim projetado e visitado periodicamente por Burle Marx, o que renderia, anos depois, uma briga única entre Cezar e o famoso paisagista, quando o primeiro decidiu que era hora de ter uma piscina em casa. Queria que ela fosse perto dos jardins e foi conversar com Burle Marx.

— Aqui, não. Vai fazer isso lá longe.

Mas Cezar queria fazer perto, ao redor da piscina, e estava com zero disposição de seguir a ordem de Burle Marx. Resolveu esperar uma oportunidade, e ela surgiu. O paisagista avisou que ia passar quatro meses na Alemanha. Era o momento ideal que Cezar estava esperando. Rapidamente comprou todo o material necessário para a construção da piscina, guardou na fazenda e ficou esperando o dia da viagem de Burle Marx. "Ele embarcou um dia e no dia seguinte eu toquei pau na obra. Só que ele voltou antes do previsto e resolveu ir lá em casa..."

Ao dar de cara com a estrutura da piscina em construção — a ideia era que visse a obra pronta —, o paisagista quase teve uma síncope e por muito pouco não chegou às vias de fato com Cecilia, que estava sozinha em casa. Resultado: Burle Marx nunca mais olhou para a área onde estava a piscina, além de se negar terminantemente a fazer um jardim para ela. Cezar, mais uma vez sem se abalar, escolheu umas plantas e colocou as que achava que ficariam bonitas ao redor da piscina e que poderiam compor com o jardim de Marx.

Obviamente, não deu certo. Um daltônico plantando um jardim não é exatamente simples, ainda mais tendo ao lado uma área projetada e criada por Burle Marx. Um dia, sem nenhum aviso, Cezar deu de cara com a piscina sem suas plantas. Marx havia retirado tudo e colocado novas espécies no local. E, assim, a piscina de Cezar ganhou um paisagismo de Burle Marx mesmo contra a vontade desse.

A relação entre os dois, porém, nunca mais foi a mesma. Convidado para uma festa no famoso sítio do paisagista em Barra de Guaratiba, o Sítio Burle Marx, Cezar compareceu acompanhado por Cecilia. Ele achava que as mágoas haviam ficado no passado. "Até falei para a Cecilia: acho que o Burle Marx se arrependeu do que falou para você e vai se desculpar." Não foi exatamente a cena imaginada por Cezar. Muito pelo contrário. Na chegada do casal, o paisagista mandou parar a música e começou a falar. "Foi todo tipo de palavrão que você pode imaginar. Daí não teve jeito, viramos as costas e fomos embora."

Ao mesmo tempo que fazia a piscina, Cezar construía a pista de pouso e decolagem para helicópteros. Decidiu, porém, não fazer apenas um helipoNto — um local de pouso e decolagem —, mas sim um helipoRto, preparado para fazer manutenção e reabastecimento de helicópteros, o que exigia uma equipe especializada para a primeira (manutenção) e tanques para a segunda (abastecimento). A construção acabou sendo feita por uma equipe da Aeronáutica equipada com um sistema chamado DGPS que corrigia a distorção do Sistema de Posicionamento Global, o GPS. Com isso, os pilotos podiam voar apenas com instrumentos, independentemente da visibilidade, o chamado CATO. "Desenhamos uma aerovia do Santos Dumont até a fazenda, com uma rota aérea precisa. Se o helicóptero saísse 5 metros do ponto central da rota em qualquer direção, o alarme soava."

A aeronave, porém, precisava também ter os equipamentos necessários para esse tipo de pouso. Não era suficiente ter o sistema.

Lançado nos anos 1970, o Agusta 109A é um helicóptero conhecido pela elegância e eficiência. Fabricado pela empresa italiana de mesmo nome, logo se tornou sinônimo de luxo e alta performance. Seus dois motores o empurram a uma velocidade de cruzeiro superior a 250 quilômetros por hora, tornando-o a escolha favorita de executivos e empresários que necessitam percorrer grandes distâncias em pouco tempo.

Era um desses que o presidente da Gulfstream estava vendendo. Com a capacidade de pousar em locais remotos, mesmo em condições climáticas adversas, e equipado com avançados sistemas de navegação por instrumentos, capaz de fazê-lo operar com visibilidade basicamente zero, o Agusta era o veículo ideal para Cezar. Podia levá-lo e trazê-lo do banco rapidamente.

E Cezar passou a fazer o trajeto da Marambaia até o banco em 22 minutos. Subia no heliporto em casa, descia no Santos Dumont 12 minutos depois, onde um carro o pegava e levava em mais dez minutos até o novo endereço do Pactual, o antigo prédio do BNH na avenida República do Chile, 100. Uma praticidade enorme comparada ao tempo que Cezar levava de carro. Só não mudou o horário de chegada ao banco — nunca antes das 10 — e o de saída — sempre depois das 22 horas.

O banco havia se mudado para o novo endereço em 1988, mesmo ano em que Cezar se mudou para a fazenda, contra a vontade dos outros sócios. "Eles diziam que era muito grande, que a gente ia jogar futebol em um andar. Comprei dois andares para mim e um para o Pactual. Em menos de um ano, vendi os meus andares para o banco, porque ele precisava de espaço para se expandir."

O banco havia mudado de patamar, e Cezar resolveu comemorar. Não apenas o sucesso nos negócios, mas uma vitória muito maior. E passou a dar festas de Réveillon na fazenda. "O aniversário da Renata é no dia 1º de janeiro. Os médicos diziam que ela não passaria de forma nenhuma dos 25 anos; nunca ninguém [com a doença que ela tem] havia passado. Era uma forma de comemorar com ela cada ano a mais de vida."

Nos dois primeiros anos, as festas foram na casa, mas chegou uma hora em que havia mais convidados do que espaço, e Cezar passou a montar no hangar dos helicópteros uma tenda de 400 metros quadrados que, junto com o próprio hangar, criava uma área de 800 metros quadrados para a festa. Cada ano um tema: cinema anos 1950 e baile de máscaras foram duas até hoje lembradas por todos.

Até hoje os eventos são lembrados pela beleza estética, pelo tamanho e pela complexidade da operação, que demandava seis meses de preparação e uma equipe de 31 pessoas para construir o cenário. Trinta delas eram contratadas para o serviço; o funcionário número 31 trabalhava de graça mesmo, por prazer. Achava divertido sair do banco, chegar em casa e colocar um macacão para participar da montagem do cenário. E, nos fins de semana, quando não estava resolvendo algo para o banco, continuava na labuta junto com a equipe de montagem. "Teve um ano em que fiquei com o macacão usado na montagem durante a festa. Muito divertido", conta ele.

As festas se tornaram históricas também por um fator específico: muitas pessoas que trabalhavam no Pactual eram jovens e ficavam surpresos pelo fato de serem convidados para uma festa daquele porte pelo controlador do banco. Cezar nunca entendeu o porquê da surpresa. Afinal, eles eram parte da equipe, e era perfeitamente natural que fossem convidados — assim como clientes e parceiros do banco. Hoje, parte deles compõe a elite não apenas do mercado financeiro brasileiro, mas também das bancas de advocacia nacionais.

De lá para cá, Cezar mudou pouco. Quando chega em casa no Rio de Janeiro, nos fins de semana, se diverte utilizando todos os tipos imagináveis de ferramentas, que ficam perfeitamente organizadas em um armário (ele sabe o local exato de cada uma). E continua tratando a todos igualmente, independentemente da idade, condição financeira ou de qualquer outro parâmetro social.

Rapidamente, Cezar descobriu que o trajeto de casa até o banco com helicóptero tinha um porém que ele não havia previsto. O CAT0 necessita de dois pilotos; não é possível voar com apenas um. E helicóptero precisa de revisões periódicas, obrigatórias, que não podem ser ignoradas. A cada certo número de horas de voo, ou mesmo que o helicóptero fique parado, é necessário fazer a revisão. Para poder voar sempre, Cezar precisava de um segundo helicóptero. Não estava disposto a voltar a descer e subir a serra de carro para trabalhar.

O Sikorsky S-76 é um helicóptero utilitário médio desenvolvido e fabricado pela empresa de mesmo nome. Lançado na década de 1970, o S-76 foi projetado inicialmente para o mercado civil, incluindo transporte executivo e offshore (particularmente para plataformas de petróleo), mas também tem sido utilizado em operações de busca e salvamento, transporte aeromédico e em missões militares.

Com capacidade para até 13 passageiros e capaz de voar cerca de 760 quilômetros sem reabastecer, é adequado para, por exemplo, operações em regiões remotas, como plataformas de petróleo no mar. Respeitado pela confiabilidade, flexibilidade e performance, o Sikorsky S-76 é um dos helicópteros mais populares e bem-sucedidos da história da aviação civil.

E Cezar resolveu buscar pessoalmente o seu em Miami e trazê-lo para o Brasil. Havia comprado do mesmo presidente da Gulfstream, que queria trocar o seu por um mais novo. O helicóptero, porém, estava na Califórnia, e Cezar pediu para os pilotos buscarem e levá-lo até Miami, onde embarcou com Cecilia para trazê-lo para o Brasil em uma viagem com paradas pelo Caribe. E lá foi o casal com os dois pilotos sobrevoando algumas das mais belas ilhas do mundo.

Ao avistar a ilha de Saint-Barthélemy, mais conhecida como Saint Barth ou St. Barts, pediu aos pilotos para descer. Nunca havia estado lá, queria ver de perto o local, famoso pelas praias de areia branca, águas cristalinas e ambientes luxuosos. Havia apenas um empecilho: a ilha é território francês e, na época, início da década de 1990, os brasileiros ainda precisavam de visto para entrar na França e em territórios pertencentes a ela. E obviamente ninguém ali tinha visto.

Avisado pelos pilotos de que não seria possível pousar ali, Cezar pediu que Cecilia e os pilotos entregassem o passaporte para ele e ficassem na sua frente. Na imigração, acenou com os quatro documentos na mão, mostrando que estavam com ele e Cecilia, e os pilotos passaram. Na vez de Cezar, o oficial viu que ninguém tinha visto. "Eu disse para o agente da imigração que iríamos ficar só um pouquinho, que seria uma visita breve. Apenas um almoço. Deu certo..."

O quarteto aproveitou para reabastecer o Sikorsky 76 e seguiu viagem. Mas um local ainda mais bonito — e menos conhecido — encantaria Cezar no caminho. As Granadinas são um grupo de pequenas ilhas localizadas no Caribe. Parte de dois países (São Vicente e Granadinas, ao norte, e Granada, ao sul) são conhecidas pelas paisagens paradisíacas, praias de areia branca, águas cristalinas e vida marinha diversificada, fazendo delas um destino popular para vela, mergulho e outras atividades aquáticas. Ilhas como a Mustique são refúgios exclusivos para os ricos e famosos que veem no luxo, na privacidade e no isolamento o local ideal para descansar.

Na vida de Cezar, porém, o helicóptero não era apenas um meio de transporte, mas parte de um estilo de vida acelerado que acabou trazendo momentos de emoção únicos. Nunca se abalou. Adepto da doutrina filosófica fatalista, ele sempre acreditou que todos os eventos são inevitáveis e predeterminados e que nós, seres humanos, somos incapazes de alterar o curso dos acontecimentos.

Nessa visão de mundo, se algo tiver de acontecer, vai acontecer. Para alguém como Cezar, que quebrou praticamente todos os ossos do corpo antes dos 12 anos e que antes dos 40 anos havia caído duas vezes de avião — e sobrevivido —, restava apenas acreditar no destino e, por que não, no trabalho árduo do anjo da guarda.

Há situações, porém, em que até mesmo um sujeito de sorte extrema como ele parece estar abusando. Em 1993, o Agusta Power estava prestes a pousar no aeroporto de Campo de Marte, em São Paulo, quando o comandante da aeronave recebeu uma mensagem inesperada: o aeroporto estava fechado devido ao mau tempo. Pior, os aeroportos de Congonhas e Guarulhos estavam na mesma situação. A torre de controle, então, mandou o Agusta para Viracopos. Minutos depois, uma nova chamada de rádio:

— Agusta, aeroporto fechado. Pousem em São José dos Campos.

E o Agusta, com cada vez menos combustível, foi direto para aquela cidade. Na aproximação, acabou que as antenas de comunicação do helicóptero quase rasparam em uma rede de alta-tensão. Cezar, fatalisticamente calmo, apenas disse ao piloto:

— Vamos embora, você não conhece a pista. Vamos voltar para São Paulo.

A situação, porém, estava longe de ser simples. Com o combustível quase no fim, as opções eram limitadas. Era pousar no Campo de Marte ou ter pane seca e literalmente desabar dos céus, o que não era uma opção. A visibilidade naquele momento estava muito baixa, e era preciso descer às cegas. O Agusta conseguiria pousar com visibilidade zero, mas o Campo de Marte não tinha equipamento para tanto.

Em um voo com neblina matinal como aquele, a situação ficava pra lá de arriscada. A torre de controle não queria liberar de jeito nenhum o pouso do Agusta, mas o argumento do comandante na comunicação com a torre foi irrefutável:

— Não tenho combustível.

— Então desça sob sua responsabilidade.

E os pilotos manobraram o Agusta. Conseguiram pousar. Não no centro da pista, mas ainda dentro do quadrado, com um único detalhe que só viram ao sair da aeronave: mais um pouco para o lado, cairiam na mata ao lado da pista. Cezar apenas olhou e acendeu calmamente o cachimbo. Mais um dia qualquer na vida de um fatalista. Só não esperava viver uma situação mais assustadora ainda — ao menos para as pessoas normais.

Cezar retornava de São Paulo para a fazenda durante a madrugada após uma reunião de trabalho. Tudo extremamente calmo. Ele dormia profundamente, como faz em qualquer lugar onde possa dar um cochilo, outra característica de Cezar — simplesmente encosta e dorme, sejam quinze minutos ou dez horas. De repente, acordou com um sobressalto, olhou para fora e não reconheceu o terreno que sobrevoava.

A Pedra Maria Comprida é um marco natural e histórico de Petrópolis. Famosa por sua forma alongada e imponente, ela se destaca na paisagem montanhosa da região. A lenda local conta que a pedra recebeu esse nome por conta de uma mulher chamada Maria, de altura incomum, que teria vivido nas proximidades. Outra versão da história diz que o nome se deve à própria forma da pedra, que se assemelha a uma figura feminina alongada. Destino popular para trilhas e escaladas, o local atrai aventureiros e amantes da natureza que desejam explorar sua vista.

No caso de Cezar, a pedra era muito mais do que um marco. Ele sabia exatamente a localização dela, e estava acontecendo algo muito, muito errado.

— Freitas, vamos bater! Joga tudo pra direita, rápido!

E o comandante obedeceu. Em questão de segundos, as luzes do campo de pouso da Marambaia, na direção oposta à indicada pelos instrumentos, apareceram e o helicóptero desceu suavemente na pista. Cezar, para variar, fatalisticamente calmo, desembarcou e acendeu o cachimbo. Os pilotos, absolutamente assustados, com aquela cara de *meu deus, escapamos por um triz.*

7

Tenha muitos projetos a realizar, não fique somente com um ou dois

"A vida encolhe ou se expande em proporção à sua coragem."

Anaïs Nin, escritora francesa

Entre 1990 e 1992, o Pactual vivenciou o que talvez tenha sido seu maior sucesso. Um ministro da Economia e um presidente da República foram fundamentais nesse resultado, com atitudes que abriram espaço para operadores talentosos fazerem negócios espetaculares.

Eleito em 1989 com a bandeira de "caçador de marajás"— funcionários públicos com altos salários —, Fernando Collor de Mello encontrou o país em uma grave crise econômica que se arrastava desde o início da década de 1980 e incluía o default da dívida externa e uma inflação na casa dos dois dígitos mensais. Político jovem de Alagoas, Collor havia feito carreira em seu estado de origem com a fama de combate à corrupção, e se tornou, aos 40 anos, o primeiro presidente eleito democraticamente do Brasil após 21 anos de regime militar. A retórica de combate aos "marajás" e de modernização atraiu muitos eleitores, que viam nele a esperança de um novo Brasil. E, para combater a hiperinflação, chamou para o cargo de ministra da Economia a economista Zélia Cardoso de Mello, que tornou o dia 16 de março de 1990 uma data que os brasileiros jamais esqueceriam.

Em rede nacional, numa das mais impactantes decisões econômicas da história do Brasil, o presidente anunciou o Plano Collor, um conjunto de medidas que prometia trazer ordem ao caos econômico. Mas o que começou como uma promessa de salvação logo se transformou em pesadelo para milhões de brasileiros. A principal medida do plano era o confisco de parte dos depósitos bancários, poupanças e investimentos. Da noite para o dia, cada cidadão só poderia sacar 50 mil cruzeiros, o equivalente a cerca de 13 vezes o valor do salário mínimo da época. O restante ficaria bloqueado por 18 meses. A decisão servia para "secar" o dinheiro em circulação e, em tese, controlar a inflação. Para o governo, essa seria a única forma de combater os mais de 80% de inflação ao mês, que corroía salários, economias e sonhos da população. E, assim, todos os brasileiros ficaram sem acesso a basicamente qualquer dinheiro.

O impacto foi devastador. Empresas pararam de funcionar, incapazes de honrar suas dívidas e compromissos. Comerciantes não tinham mais como pagar fornecedores. O confisco atingiu não apenas os ricos, mas também milhões de trabalhadores que viram seus suados rendimentos desaparecerem da noite para o dia. A promessa de uma nova era de prosperidade para o Brasil acabou esbarrando na estagnação da economia, e o desespero tomou conta de todos, menos dos clientes do Pactual.

"Pouco depois de o Collor ser eleito presidente, o Paulo chegou a uma reunião comigo e com o André e disse que conhecia a Zélia e que ela era do tipo que faria um confisco de dinheiro", lembra Cezar. Nessa hora, o trio decidiu que tinha de tomar uma atitude e concretizou uma das decisões mais audaciosas da história do mercado financeiro. Antecipando o caos que poderia vir com o confisco das poupanças, o Pactual zerou toda a posição que tinha em ações de empresas e em títulos públicos tanto dos clientes quanto dos sócios. Faltava saber como fazer para preservar o capital.

Pioneira em técnicas de reflorestamento e manejo sustentável, a Aracruz Celulose foi uma das maiores e mais importantes empresas do Brasil, com uma trajetória marcante no setor de celulose. Fundada em 1967, com sede no Espírito Santo, a empresa se destacou pela produção de celulose branqueada de fibra curta, usada principalmente para a fabricação de papel de alta qualidade.

Em 1990, a Aracruz exportava toda a sua produção de celulose. O recebimento não era imediato; havia um tempo entre a entrega do produto e o pagamento por parte dos clientes. E foram exatamente esses valores a receber de vendas de celulose da Aracruz para o exterior que o Pactual comprou. Uma operação no valor de US$ 7 bilhões com prazo de 120 dias para a liquidação.

Terminado o prazo, Zélia havia confiscado o dinheiro da população, e o Brasil estava um caos. Ninguém mais tinha liquidez — bancos incluídos —, exceto o Pactual. "Nossa carteira de US$ 7 bilhões acabou reduzida a US$ 4 bilhões. Nossos clientes pessoa físicas, parentes e amigos deles, e empresas começaram a sacar seus fundos para enfrentar o aperto", relembra Cezar. A notícia, porém, de que um banco havia conseguido preservar o dinheiro de seus sócios e clientes correu o mercado que nem rastilho de pólvora. Assim que o Brasil começou a se estabilizar novamente, o Pactual saiu da crise em posição de liderança, alcançando US$ 18 bilhões em capital próprio e sob gestão em apenas dois anos. Mas a operação da Aracruz não foi a única tacada histórica do Pactual durante o Plano Collor.

O Brasil vinha de um histórico complicado na telefonia. Apesar de o telefone ter sido introduzido no país ainda no Brasil Império, em 1876, e de, com a Proclamação da República, em 1889, a União ter dividido com os governos dos estados e dos municípios o direito de explorar os serviços de telecomunicações — diretamente ou mediante concessões —, o sistema como um todo funcionava mal. Na década de 1980, com a crise financeira que assolou o país e deixou o setor público absolutamente sem caixa, a expansão da rede de telefonia não acompanhava o crescimento do Brasil.

A Telebras, que reunia as concessionárias de serviços públicos responsáveis por telefonia fixa e celular em todo o Brasil, era uma empresa estatal com ações na Bolsa, mas parecia longe de ser uma boa opção de compra. Ninguém imaginava que ela poderia ser um bom negócio, considerando que em 1989 o país tinha 14,6 milhões de telefones instalados, o equivalente a cerca de nove telefones para cada cem habitantes. Ou seja: de cada cem brasileiros, 91 não tinham telefone. Para conseguir um era preciso esperar mais de um ano, e uma linha telefônica se tornou um bem tão valioso que era declarado no Imposto de Renda. Uma bagunça enorme.

Mas André havia assistido a uma palestra e visto que a Telmex, a equivalente no México à Telebras, tinha acabado de ser privatizada. As ações haviam saído a um preço de US$ 1,76 para um mercado naquele momento de 5 milhões de linhas telefônicas. A Telebras tinha quase 15 milhões de linhas instaladas, e a ação valia US$ 0,59 devido à grande instabilidade econômica do Brasil, que havia levado a uma desvalorização de 70% em dólar da Bolsa de Valores — qualquer semelhança com a situação de anos anteriores, quando a DTVM Pactual comprou papéis da Vale e de outras empresas brasileiras anos antes e ganhou uma bolada, tem zero coincidência. Mas nesse caso havia um detalhe que tornava a situação mais interessante ainda.

No início de 1991, Collor de Mello promoveu um conjunto de reformas destinadas a abrir a economia brasileira e atrair capital estrangeiro. Uma delas mudou o cenário do investimento na Bolsa de Valores brasileira: a regulamentação de investimentos estrangeiros no Brasil, que facilitou o acesso desses investidores ao mercado de capitais brasileiro.

Antes da implementação da lei, estrangeiros enfrentavam várias restrições e dificuldades para investir diretamente no mercado de capitais brasileiro. Havia três principais barreiras:

1. **Necessidade de autorização específica**: investidores estrangeiros precisavam de autorizações individuais do Banco Central para realizar investimentos no Brasil, um processo burocrático e demorado. Cada transação ou investimento direto tinha que ser aprovado caso a caso.
2. **Uso do intermediário Fundo Brasil**: uma corretora norte-americana era a única que tinha autorização para operar com o tal fundo.

3. **Mercado fechado e pouca transparência**: a Bolsa brasileira era considerada um mercado fechado, com pouca transparência e regras complexas. Além disso, as limitações cambiais e a falta de liquidez dificultavam a entrada e a saída de capital estrangeiro.

Como resultado, muitos estrangeiros preferiam investir no mercado de dívida, adquirindo títulos públicos ou privados do Brasil no exterior. Era muito mais fácil e seguro investir indiretamente no país.

A entrada em vigor da Resolução 1.289, em 1991, tornou possível para investidores estrangeiros comprarem ações diretamente na Bolsa brasileira, modernizando e impulsionando o mercado. A entrada de dinheiro estrangeiro aliada a um valor de ação (Telebras) ridiculamente baixo considerando o tamanho do mercado brasileiro era uma tempestade (do bem) perfeita para um banco com o histórico do Pactual. Mas podia ficar melhor — e ficou — com o rumor de que o banco Merrill Lynch planejava listar ADRs da Telebras na Bolsa de Nova York. Pronto, aumentava a demanda pelos papéis.

E o Pactual comprou tudo o que podia de Telebras. Mas "tudo" não foi apenas tudo. Foi isso e muito mais. Colocou mais de 100% do patrimônio do banco em ações da empresa, tanto na Bolsa quanto no mercado de opções, e encheu as carteiras dos clientes com esses papéis. O resultado? Um lucro extraordinário. O rendimento médio das carteiras dos clientes naquele ano foi de impressionantes 540% em dólares.[1]

E o Pactual saiu de estrela em ascensão no mercado financeiro para lenda. Ninguém acertava mais do que esse banco, inclusive com soluções criativas. Exemplo: se não era possível fazer investimento estrangeiro direto antes da lei de 1991, como Soros poderia investir seu dinheiro no banco?

---

1 BARTUNEK, Florian; NAPOLITANO, Giuliana; MOREAU, Pierre (org.). *Fora da curva*: Os segredos dos grandes investidores do Brasil — e o que você pode aprender com eles. São Paulo: Portfolio-Penguin, 2016.

"Era simples: bastava que o dinheiro não estivesse diretamente no nome dele. E, obviamente, não vou contar como isso foi feito", diz Cezar.

No final de 1992, o Pactual voava baixo com Paulo, André e Cezar comandando o banco. Paulo nas projeções macroeconômicas, André na mesa de operações e Cezar na busca de novos negócios e captação de talentos haviam criado uma máquina imbatível de fazer dinheiro. E o sistema, *partnership*, criado por Cezar, havia gerado um tipo de incentivo ao trabalho único baseado em cinco regras simples:

1ª) Todos avaliam todos.
2ª) A maior e a menor nota são descartadas para diminuir o efeito de questões pessoais na avaliação.
3ª) Cezar era quem sempre vendia uma parte de suas ações para os novos sócios que estavam entrando.
4ª) Um novo sócio comprava as ações pelo valor patrimonial do banco, ficava devendo a compra e pagaria com 95% do ganho total da soma de bônus e dividendos.
5ª) Se um sócio quisesse sair, tinha de vender as ações para a tesouraria, e o valor da venda era também baseado no valor patrimonial do banco naquele momento.

Havia, no entanto, um ponto teórico que o sistema não previa. Historicamente, o Pactual contratava jovens, e todos entravam pela mesa de operações na posição mais baixa, mas e se houvesse uma exceção? Se uma pessoa não começasse nessa posição e não fosse mais tão jovem, como fazer para que ela pudesse trabalhar no banco e se tornar sócia? A resposta é: depende da criatividade e da capacidade de negociação.

Cezar sempre quis expandir o Pactual muito rapidamente. Todo dia acordava pensando em novas possibilidades de negócios. Um dia começou a refletir sobre uma situação hipotética: "Vou produzir soja e vou exportar. Quem me garante que estou mesmo produzindo, não estou pegando o dinheiro para especular no mercado e que na hora de entregar a soja lá na frente não tenho o produto? Por que não fazer um seguro para o comprador de que essa soja será mesmo entregue?"

Cezar conhecia Luiz Claudio Garcia de Souza, do Unibanco. Garcia entendia de seguros, e Cezar propôs a ele criarem uma seguradora de performance para mitigar o risco de não entregar a soja (ou qualquer outro produto que tivesse um tempo grande entre o início da produção e a entrega). Garcia topou, e Cezar, feliz da vida, foi conversar com os sócios. Não teve a recepção que imaginava — não exatamente uma novidade na sua vida profissional —, mas não custava tentar mais uma vez.

Garcia já estava com 40 anos, e todo mundo que entrava no banco começava na mesa de operações. Ele era carta fora do baralho, ao menos no banco, mas não estava escrito em nenhum lugar que não poderia estar em outra empresa ligada ao banco. E Cezar foi negociar novamente com os sócios.

Conseguiu fazer uma seguradora que tinha o Pactual e Garcia como sócios. Aproveitou e já vendeu uma parte dela para a Swiss Re, a maior empresa desse tipo do mundo, de origem suíça. Só que havia um problema: os suíços não entendiam nada de inflação, e o Brasil vivia o auge da hiperinflação, com números que chegavam a 21,87% em março de 1991. O índice parece grande demais, mas em março do ano anterior havia sido de 82,39% — um chocolate comprado por 1 cruzeiro em fevereiro de 1990 custava 1,82 cruzeiros no dia seguinte.

A solução era conversar com pessoas que entendessem o cenário hiperinflacionário. Nada melhor do que a Argentina, que conhecia bem essas agruras. O país havia tido uma inflação anual de 3.000% em 1989 e de 2.314% em 1990. E lá foram Cezar e Garcia falar com um argentino que tinha uma empresa de seguro-garantia. Ele acabou se predispondo a enviar ao Brasil seu melhor homem, Jorge Nunez, para ajudar Garcia a montar a operação de seguro. Mas Cezar queria mais uma informação. E não tinha a ver com operação, mas com remuneração. "Perguntei qual era o bônus que ele dava para os funcionários, o Nunez entre eles, quando a meta era atingida. Ele disse que se a pessoa tinha, por exemplo, filho recém-nascido, comprava fraldas para ela. Não entendi nada, mas fiquei quieto e já imaginei o que iria acontecer com o Nunez quando ele viesse ao Brasil. Simplesmente não voltaria…"

Garcia começou então a tocar a SBF, fazendo seguro performance para construtoras. Na época, para construir para o governo via Banco Nacional da Habitação (BNH), era preciso fazer uma fiança. O custo no mercado era de 6%. Cezar resolveu cobrar metade, 3%, mas na hora de conversar com os sócios: nada feito. Eles não queriam correr o risco. Achavam muito alto. "A solução era repassar parte do risco para um terceiro, e vi que podia fazer isso com uma empresa brasileira", diz ele.

Criado em 1939, o Instituto de Resseguros do Brasil (IRB) foi, até 2013, uma empresa estatal com a função de regular e desenvolver o setor de seguros e resseguros, garantindo que parte dos prêmios pagos pelas seguradoras ficasse no país. Durante décadas isso deu ao IRB um papel central na formação de reservas técnicas e na estruturação do mercado segurador nacional. Uma oportunidade gigantesca para pessoas como Cezar, que queria repassar parte do risco para terceiros. "Toda vez que íamos fazer uma operação na seguradora, perguntávamos para o IRB quanto ele ia cobrar. Se fosse, 0,5%, a gente cobrava 3,5% do cliente. Se eles fossem cobrar 0,3%, a gente cobrava 3%, e assim ganhávamos um *spread* extraordinário."

Em pouco tempo, a seguradora idealizada por Cezar e tocada por Garcia começou a crescer e a dar resultado. Com o negócio indo bem, a SBF mudou de status de filho feio (de quem ninguém quer ser pai) para filho bonito (todo mundo quer ficar perto), e Cezar conseguiu aquilo que queria: convenceu os sócios do Pactual a incorporarem a SBF com uma simples troca de ações.

Garcia vendeu suas ações da seguradora para o Pactual, e vice-versa. O Pactual se tornou o único sócio da SBF, e Garcia se tornou sócio do banco. Ganhou de presente o mesmo que todos os outros sócios: uma folha de sulfite A4 com seu nome completo e o número de ações que tinha do banco, sem nenhuma assinatura. Sim, ninguém assinava o documento. O acordo era no fio de barba — nada de mais em se tratando do modus operandi de Cezar.

Por mais estranho, incrível, ou qualquer outro adjetivo que se queira dar, ninguém, absolutamente ninguém nunca questionou os números.

E assim foi até o banco ser vendido para o UBS em 2006, quando todas as participações dos sócios foram devidamente registradas — impossível não imaginar a cara dos suíços representantes olhando para uma pilha de papel sulfite A4 com nomes e porcentagens sem nenhuma assinatura...

Em paralelo à seguradora, Cezar vivia uma transformação imensa em sua vida pessoal, com a ida de Renata para sua casa na fazenda. A jovem estava começando a precisar de ajuda para as tarefas diárias, e Cezar viu que seria necessário tirá-la do apartamento da Barão da Torre e trazê-la para perto, em um arranjo que continua válido em 2025.

Em 1989, Kolodny já havia mencionado para Cezar que havia apenas cinco casos conhecidos de pessoas vivas no mundo acima dos 25 anos com a doença de Renata, e a complexidade da situação ficou clara. A mutação genética rara desafiava a medicina e, mesmo com toda a assistência possível, a condição de Renata piorava paulatinamente. Cezar achou que a solução seria formar um grupo de pesquisa para tentar encontrar a mutação genética causadora da Niemann-Pick C e passou a patrocinar um time de cinco cientistas, incluindo membros da Clínica Mayo, do hospital Johns Hopkins e do New York Hospital, para descobri-la.

Em pouco mais de quatro anos, o grupo conseguiu. A boa notícia é que havia um gene mutante responsável pela condição. A má é que havia outros fatores envolvidos no desenvolvimento da Niemann-Pick C, e os pesquisadores se viram em um impasse sobre o caminho a seguir. Frustrado, Cezar encerrou o financiamento e propôs que voltassem a conversar quando os cientistas decidissem por onde prosseguiriam as pesquisas.

Nesse meio-tempo, o grupo acabou sendo desfeito, mas Kolodny passou a vir ao Brasil anualmente para examinar Renata; o caso era especial. Ela estava muito melhor do que qualquer um podia imaginar, e Kolodny via que, apesar das limitações, a evolução da jovem superava todas as previsões. Mas ele também sabia que era preciso uma equipe multidisciplinar para cuidar da jovem. O melhor era que essa equipe fosse brasileira e estivesse perto de Renata.

A liderança da equipe ao longo da década de 1990 coube ao biomédico e geneticista brasileiro Danilo Moretti-Ferreira. Já no primeiro contato telefônico, uma surpresa: Moretti-Ferreira suspeitou fortemente de que do outro lado estava um "bicheiro", afinal Cezar tinha dado como endereço a avenida Chile, no centro do Rio de Janeiro, sede do Pactual. Conversa vai, conversa vem, Moretti-Ferreira perguntou o que Cezar fazia e ouviu como resposta do pai de Renata que ele estava naquela semana na capa da revista *Exame*.

Moretti-Ferreira sabia que a *Exame* era uma revista de negócios respeitada, mas não era leitor — muito menos assinante — e continuou a conversa um tanto quanto desconfiado. Desligou o telefone e foi comprar o periódico. Até hoje Moretti-Ferreira acha graça do espanto ao ver a capa e entender quem estava do outro lado da linha. A dupla precisava agora se encontrar pessoalmente. O geneticista queria conhecer Cezar sem Renata para entender o contexto de vida da jovem.

A Universidade Estadual Paulista (Unesp) é uma das mais respeitadas instituições públicas de ensino superior do Brasil. Localizado no interior do estado de São Paulo, o campus de Botucatu é um dos mais importantes da universidade, e foi para o Instituto de Biociências (IBB) da Unesp Botucatu que Cezar voou com Cecilia e Rita, cuidadora de Renata, para conversar com Moretti-Ferreira.

O IBB é conhecido pelas pesquisas em genética, biologia molecular e biodiversidade, atraindo estudantes e pesquisadores de todo o país e também do exterior. Dentro dele está o Serviço de Aconselhamento Genético (SAG) da Unesp Botucatu, comandado por mais de trinta anos por Moretti-Ferreira. A instituição foi criada para atender à demanda por diagnósticos e orientações genéticas a pacientes e familiares com suspeitas de doenças hereditárias ou condições genéticas raras.

Moretti-Ferreira esperava ali quando recebeu um recado da secretária de Cezar: ele estava atrasado — não exatamente uma novidade. A informação surpreendeu o geneticista não pelo fato em si, mas pelo motivo: não havia teto para o helicóptero pousar. Moretti-Ferreira nunca tinha lidado com esse tipo de situação, e, sem saber muito o que fazer, simplesmente ficou esperando Cezar chegar com Cecilia e Rita.

Já na consulta, ansioso, Cezar disparou a falar sobre a doença da filha e o desejo de buscar tratamentos e respostas. Acabou interrompido bruscamente pelo médico. Daquela forma não iria funcionar. Primeiro Moretti-Ferreira precisava entender a condição física e emocional de Renata, depois a doença, e apenas então falariam sobre a possibilidade de soluções para o caso dela.

O que poderia ter estremecido a relação apenas a fortaleceu. Feliz por ter encontrado uma pessoa organizada com quem conseguia conversar e colocar suas dúvidas e angústias, Cezar convidou Moretti-Ferreira para ir a Marambaia conhecer Renata pessoalmente. E, ao longo de um fim de semana, este último observou e conversou com a jovem. Percebeu rapidamente que ela precisava de uma equipe muito maior do que aquela que a atendia no momento. Precisava ser um time multidisciplinar, com psicólogo, psiquiatra e outros profissionais de saúde.

E, então, Cezar e Moretti-Ferreira fizeram um acordo. O geneticista visitaria Renata todo mês para acompanhar o progresso da jovem e discutir os aspectos genéticos da doença com a equipe de profissionais que passaria a acompanhá-la diariamente.

O mesmo tipo de cuidado não se pode dizer que os governantes de Petrópolis tenham tido com a cidade onde está a Marambaia. No início de 1993, um período em que, historicamente, chove muito, os rios de Petrópolis transbordaram. As tempestades que atingiram a região no dia 21 de janeiro haviam sido violentas, e levaram a cidade a uma das maiores tragédias de sua história. Deslizamentos de terra destruíram casas, estradas e boa parte da infraestrutura local. Um caos que se estima tenha matado 170 pessoas, deixado centenas de desabrigados e interrompido por dias a infraestrutura da cidade (pontes, estradas e serviços públicos), tornando os esforços de resgate praticamente impossíveis nos primeiros dias.

A estrada União e Indústria, que corta Petrópolis, havia se transformado em um mar de lama e destruição. E o Vale de Corrêas, onde fica a Marambaia, esperava para entrar na fila dos inundados.

Com as chuvas caindo incessantemente por três dias, Cezar já imaginava o que iria acontecer e observava a situação. Ele sabia que o bom escoamento do terreno da Marambaia o deixava protegido das enchentes enquanto a água descia em cascata no entorno da fazenda, arrastando árvores, casas e deixando muitas pessoas ilhadas. Uma forma de ajudar era tentar abrir caminho para que as equipes de resgate pudessem passar.

Cezar primeiro tentou usar o trator da fazenda, mas cada centímetro de lama removido era rapidamente substituído por mais e mais camadas dela, em uma luta inglória contra as forças da natureza. Nada funcionava. Até que Cezar sobrevoou a área no Sikorsky e viu uma enorme bomba de irrigação de uma propriedade perto da praça de Corrêas. E a ideia veio: usar o jato d'água para ajudar a tirar a lama e abrir caminho para o trator.

E, assim, ao longo de quatro dias, o dono do Pactual, usando galochas e capa de chuva, fez do trabalho de resgate e recuperação da cidade uma missão pessoal. "Eu morava lá. Era minha vida. Obviamente eu tinha uma situação privilegiada, e a única coisa em que eu pensava era em devolver um pouco de normalidade para as pessoas", disse ele.

Nos anos seguintes, normalidade foi tudo o que não aconteceu no trabalho de Cezar. Não que fosse uma novidade; a vida sempre era animada.

O Pactual ia de vento em popa. Estava ganhando toneladas de dinheiro. Havia feito operações que se tornaram lendárias. Mas por que não animar um pouco mais também a vida pessoal? Mesmo que fosse uma situação em que não tinha nenhum controle. Apenas sorte mesmo.

Passeando em São Paulo, Cezar e Cecilia resolveram sair para jantar. Nada de mais, apenas uma visita a um restaurante italiano. A escolha acabou recaindo sobre o Pastasciutta, uma conhecida cantina italiana no bairro do Brooklin, obviamente lotada. Ou quase isso. Havia uma mesa, a única disponível, isolada das demais, separada das outras pelo corredor central do salão.

Com o casal devidamente sentado, Cecilia acabou de costas para a porta de entrada e Cezar de frente. Fizeram o pedido e passaram a conversar amenidades sobre a vida. Logo o prato de Cecilia chegou. O de Cezar ia demorar um pouco mais. Ele havia feito umas "mudancinhas" nele. De repente, Cezar viu quatro pessoas bem--vestidas entrando rapidamente no restaurante.

— Cecilia, vamos ser assaltados.

— Assaltados?!

— Fica quieta, não olha para trás e não fala. Vai tirando os brincos e joga no sapato, por debaixo da mesa. Os anéis também. E continua a comer, não para!

Pálida, Cecilia começou a executar obedientemente uma a uma as orientações do marido. Ao mesmo tempo, Cezar jogou discretamente o relógio de pulso em um dos sapatos. Colocou a carteira virada para baixo dentro do prato — o longo uso no bolso traseiro da calça jeans já a deixara com o formato clássico do "traseiro do dono". A cor vinho e a forma côncava a faziam parecer um simples pedaço de carne a distância.

Um dos bandidos, com arma em punho e aos berros, começou a passar pelas mesas recolhendo os bens de valor dos clientes enquanto outro segurava um revólver apontado para a cabeça do gerente. Um terceiro recolhia o dinheiro e os cheques[2] do caixa, e o quarto vigiava a porta de entrada. E Cezar e Cecilia ali quietos, fingindo que comiam, esperando sua vez de serem roubados.

Mas o corredor central que separava o casal dos demais fregueses da cantina deixou os ladrões de costas, e, apressados, saíram correndo porta afora sem perceber que havia uma mesa em que não haviam feito a "limpeza". Resultado: o casal não foi sequer abordado pelos bandidos.

Mas o enrosco estava apenas começando. Com a saída dos bandidos, os clientes começaram a se movimentar desordenadamente pelo salão.

— Cecilia, vamos embora, depressa!

— Mas... assim, Cezar? Só com um sapato, mancando?

As joias estavam dentro do outro pé de sapato.

— Sim, também vou levar o meu na mão! Isso aqui vai virar um pandemônio quando a polícia chegar!

2 Sim, estamos na época dos cheques, pedaço de papel em que se escrevia um valor, se assinava e isso dava o direito a quem o recebia de retirar o valor no banco.

E a corrida de obstáculos começou com o casal se desenvencilhando das pessoas que se movimentavam assustadas pelo salão. Do lado de fora, tudo calmo. A polícia não havia chegado ainda. Cezar chamou o motorista do casal e foram para casa. A noite já havia sido uma aventura e tanto. E ele tinha uma montanha de trabalho no banco, inclusive de uma nova área que havia criado.

Pouco antes, Cezar havia começado a explorar outra vertente no Pactual, a reestruturação de empresas, uma paixão antiga. Havia começado na área ainda jovem, reestruturando o Banco Mobilizador de Crédito para o Bradesco. Tinha feito o mesmo com o Banco Industrial de Campina Grande e acreditava que havia espaço no Brasil para fazer mais reestruturações de empresas em dificuldades.

Especializada na fundição e usinagem de componentes em ferro, a Tupy concentra suas atividades na produção de peças para os setores automotivo, de máquinas e equipamentos e agrícola. Com a expansão de suas operações ao longo dos anos, se tornou uma das maiores produtoras de blocos e cabeçotes de motor em ferro fundido do mundo. Mas no início da década de 1990 a empresa vivia uma situação complicada. Dava prejuízo. "Faltava foco. Eles tinham cinco áreas: fundição, fabricação de isopor e de perfis de PVC, um software de contabilidade e uma fábrica de tampinha de garrafas PET."

A primeira ação de Cezar ao analisar a situação foi vender o software de contabilidade e fechar a fábrica de tampinhas de garrafa. E estava pronto para realizar a segunda, mas essa era mais complicada e envolvia a família. "Fizemos um acordo. Combinamos que eles ficariam com 100% da fábrica de isopor e entregariam as ações da fundição para a tesouraria. O resultado foi que a família saiu do negócio da fundição."

Não era exatamente uma solução simples, mas efetiva. Faltava resolver a fábrica de perfis de PVC, componentes estruturais feitos de policloreto de vinila (daí a sigla), um tipo de plástico conhecido pela durabilidade e versatilidade amplamente utilizado, por exemplo, na construção civil. A solução foi também a venda, como no caso do software de contabilidade, e quem comprou foi a Tigre, fundada na mesma cidade da Tupy, Joinville, no estado de Santa Catarina.

Com tudo arrumado (software de contabilidade e perfis de PVC vendidos) e a fábrica de isopor com a família — o intuito era ficar apenas com a fundição —, faltava resolver uma questão: a dívida com os credores. A negociação foi simples, ao menos do ponto de vista de Cezar: "Falei a verdade para o Bradesco e a Previ. Disse que eles tinham de converter a dívida em capital e que se não fosse assim a empresa não sobreviveria."

A solução acabou sendo aceita — apesar de uma resistência inicial — e deu espaço para a empresa continuar a crescer, levando-a a se tornar uma das maiores no mundo na sua área. Uma operação quase trivial para Cezar. Longe da ousadia e da criatividade que o caracterizavam e que usaria logo depois com a consultoria de seu advogado e amigo Leonardo Cantidiano — um dos grandes especialistas brasileiros em direito societário — em outro negócio. Mas antes Cezar aproveitou para se aventurar um pouco mais na vida pessoal com sua companheira de sempre.

Parma, na Itália, é famosa pela culinária, pelos queijos e presuntos. O queijo Parmigiano-Reggiano, o prosciutto de Parma e os vinhos da região da Emilia-Romagna dão a tônica das visitas à cidade, uma das mais antigas da Europa. Não para Cezar. Andando pelo local, ele ouviu que do outro lado do vale havia um parque maravilhoso, parada obrigatória. Pronto. O espírito ousado de Cezar não resistiu, ele virou para Cecilia e fez aquela cara de "vamos ver esse parque. Deve ser incrível". Nem adiantava Cecilia falar que talvez não valesse a pena, que podia não ser tão legal etc. etc. etc. Conhecendo muito bem o marido, sabia que aquela era uma batalha basicamente perdida. Nada diferente do que os sócios do Pactual sentiam no trabalho.

O Parco Nazionale dell'Appennino Tosco-Emiliano é uma vasta área de conservação localizada na cadeia montanhosa dos Apeninos e cobre uma área de cerca de 26 mil hectares. Com suas montanhas, florestas de castanheiros, vales e formações rochosas, tem uma grande diversidade de animais, com lobos, cervos, águias-reais e uma variedade de aves e borboletas habitando o local.

Mas, no final, Cecilia estava certa. Não era tão legal. Bonito, sim, mas nada fora do comum. Um prato cheio para Cezar. Afinal, já estava ali e podia explorar os arredores. Para quê? Cezar avistou um vale com uma estradinha sinuosa cortando a paisagem e deduziu que deveria levar "direto a Parma", encurtando o caminho de volta à cidade — mesmo porque já haviam percorrido aquela estrada para ir até o parque e ela era sinuosa e chata de dirigir. Muito mais fácil pegar um atalho.

Sem pensar duas vezes, ele virou para Cecilia, que naquela altura já imaginava o que estava por vir e respondeu de bate-pronto: "Vamos, Cezar." E o carro começou a descer a estradinha pelo vale enquanto as luzes de Parma brilhavam a distância no início da noite. Tudo perfeito até que, sem mais aviso, a estrada simplesmente acabou. E não havia como fazer meia-volta. A estradinha era de cascalho, e o carro tinha tração dianteira, derrapava sem sair do lugar quando Cezar engatava a ré e tentava subir de volta pelo caminho por onde havia vindo — e para manobrar não havia espaço.

A solução era continuar descendo no meio do que, agora ele havia percebido, era um pasto. E assim foi. A cada metro que avançavam, a situação se tornava mais precária. Em alguns momentos o carro inclinava tanto que ficava em duas rodas, e Cecilia tinha de se agarrar ao assento e torcer para dar tudo certo. Mas podia ficar pior. "Uma hora a Cecilia teve de sentar no capô para fazer peso e ajudar a colocar as rodas no chão para podermos continuar andando."

Uma cena tragicômica, mas para Cezar apenas a maneira lógica de lidar com a situação. Mais alguns metros (não, o carro não virou), o casal finalmente avistou uma cerca de arame farpado e, para além dela, uma pequena casa com uma luz fraca na janela. Uma esperança. Se conseguissem cortar a cerca, poderiam atravessar e chegar a uma estrada mais abaixo que avistavam de onde estavam. Mas primeiro precisavam bater na porta da casa para pedir permissão para atravessar o terreno. Também necessitavam de uma ferramenta para cortar a cerca. E Cezar foi bater na porta. Acabou sendo prontamente atendido.

Agora, imagine a situação: início de noite, no meio de uma área rural isolada, um carro desconhecido desce pela encosta com os faróis brilhando. Pouco depois, um sujeito barbudo bate à porta pedindo para atravessar a propriedade, e para fazer isso precisava de uma ferramenta para cortar a cerca. No mínimo assustador.

Quis o destino que, ao abrir a porta Cezar deparasse com uma freira que simplesmente perguntou o que ele queria. Com seu jeito natural de fazer o absurdo parecer normal, Cezar explicou, em *portunholiano* (sua mistura única de português, espanhol e italiano), a situação. E a freira concordou. Pediu para ele esperar, voltou para dentro de casa e dali a pouco apareceu com um alicate grande (mais especificamente um torquês) para cortar a cerca.

Cezar se ofereceu para fazer o trabalho pela freira, mas recebeu um olhar de quem não acreditava que ele fosse capaz de realizar a operação. A freira cortou a cerca com a destreza de quem não estava fazendo aquilo pela primeira vez, e Cezar e Cecilia passaram tranquilamente com a *macchina* pelo buraco para chegar até a estrada que os levaria de volta a Parma.

O assalto ao restaurante em São Paulo e a estripulia em Parma parecem duas pequenas histórias anedóticas em comparação ao que que aconteceria na vida profissional de Cezar entre 1993 e 1999. Nesse período, ele criaria — ou ao menos tentaria criar — dentro do Pactual um braço de *private equity* (chamado na época de Merchant Bank), uma plataforma de educação e investimentos on-line (muitos anos antes de a XP Investimentos existir), um banco digital (muito antes de o Nubank ver a luz do dia) e o Pactual Americas, com sede em Nova York. Além de tentar comprar um banco comercial, o BCN, que acabou sendo o motivo do início da saída de André e Paulo do Pactual, e de reestruturar grandes empresas brasileiras.

A Zivi-Hercules é uma empresa de origem alemã fundada no século passado em Porto Alegre para fazer cutelaria. Com o passar dos anos se expandiu e começou a entrar em outros negócios, como a fabricação de motores, comprando a Eberle, de Caxias do Sul, que em 2003 passou a se chamar Mundial S.A.

Na metade da década de 1990, essa empresa vivia uma briga societária grande. Dois irmãos disputavam a direção da companhia. Um tinha um terço das ações ordinárias (com direito a voto) e outro, dois terços das preferenciais (sem direito a voto, mas com preferência na distribuição de dividendos). O irmão com as preferenciais contratou o Pactual para analisar a situação.

Cezar, vendo o imbróglio jurídico, chamou Cantidiano e acharam uma solução. Só que tinham de implementá-la presencialmente na assembleia de acionistas, e ela iria desagradar profundamente a outra parte. Os dois seguiram para Porto Alegre, Cantidiano morrendo de medo de apanhar ou não sair vivo da "proposta" que iriam fazer e Cezar achando graça da situação toda. Todos na sala, reunião com acionistas iniciada, Cezar pediu a palavra. "Eu só avisei que, conforme a lei das empresas de capital aberto (era o caso da Zivi-Hercules), as ações preferenciais teriam direito a voto caso passassem três anos sem distribuição de dividendos (era esse o caso também). Foi a primeira e última vez que essa tese foi utilizada..."

Pronto. Estava armada a confusão. Tudo dentro da lei, mas o fato é que o irmão que detinha as preferenciais tinha mais ações votantes que o dono das ordinárias e acabou sentado no comando da empresa (em 2025 continua assim).

Uma tacada oportunista, sim, usando um conhecimento específico, também sim, mas que mostra muito o tipo de personalidade de Cezar de buscar soluções onde a maioria das pessoas não enxerga nenhum tipo de possibilidade. Nada se compararia, porém, às duas reestruturações que ele faria a seguir e com a tentativa de fusão de dois dos maiores grupos brasileiros de mídia orquestrada por ele. A primeira delas foi a reestruturação da maior companhia aérea brasileira da época.

A história da Varig se confunde com a do desenvolvimento da aviação brasileira. Fundada em 1927 em Porto Alegre, a empresa foi criada por Otto Ernst Meyer, um imigrante alemão apaixonado por aviação, com um Dornier J Wal Atlântico, um hidroavião de nove passageiros.

A aeronave ligava a capital, Porto Alegre, a Rio Grande, distantes cerca de trezentos quilômetros, e, apesar de um início absolutamente modesto, a Varig se tornou, ao longo das décadas, um dos maiores nomes da aviação brasileira e maior companhia do setor. Na década de 1950, já voava para Nova York e Paris com aviões da americana Douglas Aircraft Company, os DC6.

Mas foi nas décadas de 1960 e 1970 que a empresa decolou, com a compra da Real Transportes Aéreos, em 1961, e com o recebimento das linhas da Panair do Brasil, fechada de maneira ilegal pelo regime militar em 1965.[3] A Varig passou, então, a ser símbolo não apenas de aviação, mas de sofisticação, com a chegada dos icônicos aviões 707 e 747, fabricados pela companhia americana Boeing, e um serviço de bordo reconhecido como dos melhores do mundo. Voar de Varig era sinônimo de luxo, com refeições em talheres de prata, comidas equivalentes às de restaurantes estrelados e atendimento impecável.

Ainda em 1975, com a aquisição da concorrente Cruzeiro do Sul, a Varig passou a deter o monopólio das linhas internacionais. Um negócio e tanto para uma empresa que não precisava se preocupar com os valores das tarifas domésticas, controladas pelo governo brasileiro.

O fim da década de 1980, porém, trouxe o início dos problemas da Varig. Em janeiro de 1987, o ministro da Aeronáutica anunciou alterações na exploração das rotas nacionais e internacionais. Era o fim do monopólio. As novas linhas seriam distribuídas entre Varig, Transbrasil e Vasp. A Varig manteria as linhas que já operava e não teria concorrentes nacionais nelas, mas nas internacionais a questão era mais complexa. Passou a valer o conceito de reciprocidade: se uma grande companhia estrangeira quisesse uma linha para voar para o Brasil, uma empresa brasileira receberia uma linha para voar para o mesmo local no exterior. E assim aconteceu.

O fim do monopólio internacional tornou o mercado mais competitivo, mas uma ação do presidente Collor complicou muito a situação da Varig. Antes de Collor, o governo comprava um terço das passagens internacionais de antemão, e funcionários públicos só podiam viajar de Varig; com isso, tivesse ou não passageiros pagantes da iniciativa privada, um terço dos assentos estavam sempre vendidos.

O governo Collor acabou com esse subsídio, aumentando ainda mais a concorrência, e a partir dali funcionários do governo podiam

---

3 SASAKI, Daniel Leb. *Pouso forçado*: a história por trás da destruição da Panair do Brasil pelo regime militar. Rio de Janeiro: Record, 2005.

comprar passagem com qualquer companhia aérea — e passaram a fazer isso com base no melhor preço. A Varig, pouco acostumada a esse tipo de cenário, acabou se complicando financeiramente e teve de fazer sua primeira reestruturação.

O escolhido foi o Pactual. Cezar recebeu um telefonema de um diretor de banco pedindo para ele olhar a situação da Varig. "O Unibanco era um dos credores da Varig, e já havia sinais de problema. Fui lá falar com o presidente da companhia, Rubel Thomas, juntamente com o Edson Macedo, que trabalhava comigo. O Thomas me disse com todas as letras que eles estavam quebrados e queria que o governo voltasse a comprar os assentos. Eu disse que isso não iria acontecer."

Cezar tinha, porém, uma certeza. Era possível salvar a Varig, e propôs um acordo: caso a empresa sobrevivesse, Thomas teria de deixar uma das três presidências que ocupava na Varig — naquele momento era presidente da Fundação Ruben Berta, maior acionista da companhia, presidente do conselho e presidente-executivo. Acordo feito, o Pactual começou a trabalhar. Mas a situação se mostrou mais complicada do que parecia a princípio. As dívidas eram grandes e de curto prazo, e gerenciá-las estava se mostrando uma tarefa complexa mesmo com uma série de ações para melhorar a estrutura de endividamento e o fluxo de caixa da empresa.

Na primeira atitude, o Pactual dividiu os aviões 747 em duas partes. A parte da frente passou a transportar passageiros e a de trás, carga. Não foi suficiente. O próximo passo foi analisar se fazia sentido ter uma rede de agências mundial. "A Varig tinha mais agências espalhadas no mundo do que o Brasil tinha embaixadas e/ou consulados. Um custo absurdo, e a venda de bilhetes nas agências representava menos de 1% do total de faturamento da companhia. Eu precisava fechar agências, mas teve um tanto quanto de resistência..."

Havia questões, ou melhor, pessoas apadrinhadas de políticos trabalhando nas agências, mas a situação ficou complicada mesmo em uma famosa cidade da Côte d'Azur, às margens do Mediterrâneo, na França. "A gerente era amante de uma figura muito importante da política nacional. Fechei a agência assim mesmo. E em Nova York transferimos a agência mais icônica da Varig, que era linda e ficava no Rockefeller Center, para a Madison Avenue."

As contas, porém, continuavam não fechando. O prejuízo mensal continuava aumentando até que um acidente mudou tudo.

Em 6 de abril de 1993, o MD-11 da China Eastern Airlines número 583 voava suavemente sobre o oceano Pacífico quando a aeronave experimentou um movimento inadvertido dos *slats* — superfícies móveis na parte frontal das asas usadas para aumentar a sustentação durante decolagens e pousos — em plena altitude de cruzeiro.

A movimentação causou uma perda abrupta de altitude de 1.500 metros e movimentos oscilatórios de subida e descida, conhecidos como *porpoising*, pegando passageiros e tripulantes de surpresa. Muitos deles, sem cintos de segurança afivelados, foram arremessados contra o teto da cabine enquanto objetos voavam para todos os lados. Resultado: um pouso forçado na base de Shemya, no Alasca, dois passageiros mortos e outros 149 passageiros e sete membros da tripulação feridos.

A investigação posterior, realizada pelo Conselho Nacional de Segurança nos Transportes dos Estados Unidos (NTSB), identificou que a causa provável do incidente foi a ativação inadvertida da alavanca dos *slats* pelo copiloto, associada à falta de treinamento adequado da tripulação para lidar com a situação. Uma combinação com um efeito colateral inesperado que abriu uma brecha para que Cezar solucionasse a dívida da Varig. "Ninguém mais queria voar de MD-11 nos Estados Unidos, e os aviões acabaram colocados de lado. E uma pessoa que trabalhava na McDonnell Douglas deu uma ideia", conta ele.

A Varig tinha quatro 747-200 que consumiam uma barbaridade de combustível e não estavam voando cheios. Um deles pertencia à empresa, os outros eram *leasing* da GE. Por que não devolver os três 747-200 para a GE, vender o que era propriedades da Varig e comprar MD-11, que ninguém estava querendo naquela altura do campeonato? "Com a economia de combustível dos 747-200, passamos a pagar o leasing do MD-11..."

Tudo lindo e maravilhoso, empresa reestruturada. E Cezar foi cobrar o acordo que havia feito com Thomas. O emissário foi Macedo, que voltou com uma notícia ruim: Thomas havia decidido ficar nos três cargos. Inconformado, Cezar foi conversar com ele. Conseguiram chegar a uma solução: Thomas ficaria com a presidência-executiva, mas para isso precisava eleger o presidente da Fundação Ruben Berta (que era quem elegia o presidente-executivo). "O Thomas tinha certeza de que ia ganhar. Errou. Tivemos que sair correndo para ter um novo presidente-executivo. O eleito foi o [Carlos W.] Engels, mas ele já estava mais velho, e seria uma presidência de transição. Ficou decidido também que o conselho teria mais representantes externos, um deles da GE, outro da Boeing e mais dois conselheiros independentes, além dos dois da Fundação Ruben Berta. Só que faltava um novo presidente pós-Engels."

O Pactual havia feito um estudo e constatado que a empresa com a melhor situação dentro do grupo Varig era sua subsidiária Rio Sul, fundada em 1976, que operava voos domésticos, principalmente rotas curtas e médias das regiões Sul e Sudeste do Brasil, com aeronaves EMB-120 Brasília, Fokker 50 e Boeing 737-500. O presidente da empresa era o piloto Fernando Pinto, e o banco viu nele a figura perfeita para a era pós-Engels. Era piloto e estava fazendo uma ótima gestão na Rio Sul. Indicado pelo Pactual, acabou sendo eleito presidente-executivo pelo conselho da Varig para suceder Engels. "No dia da posse, o Pinto me disse que não queria aquele conselho, mas que, como havíamos combinado, ele iria manter. Porém, no dia em que pagasse as dívidas que havíamos renegociado, o conselho daquela forma não existiria mais. E assim foi feito. Pagamos as dívidas e o conselho que havíamos colocado foi demitido."[4]

No meio do processo de reestruturação da Varig, Cezar, porém, não conseguia tirar da cabeça outra questão: a festa de 10 anos do Pactual. Em 1994, ele estava pensando no que fazer para comemorar a primeira década do banco. Tinha de ser diferente de tudo o que já tinha visto. Ele achava as festas de banco sem charme, para dizer educadamente que na visão dele eram absolutamente sem graça, muito insossas. Mas

---

4 Uma década e meia depois, em 2010, após uma sucessão de erros estratégicos, a Varig faliu.

havia criado um banco com uma cultura única, que em uma década de atitudes ousadas havia gerado retornos astronômicos para seus clientes. E Cezar queria brindá-los com um espetáculo de que todos lembrassem décadas depois.

O Museu Chácara do Céu, no charmoso bairro de Santa Teresa, no Rio de Janeiro, é uma mansão histórica com vista panorâmica da cidade e um acervo artístico de dar inveja a qualquer colecionador. Antiga residência do empresário e mecenas Raimundo Ottoni de Castro Maya, tinha não apenas um ambiente sofisticado, mas também propiciava um mergulho na rica cultura brasileira.

Com jardins projetados por Burle Marx e obras de Candido Portinari, Henri Matisse, Joan Miró e Jean-Baptiste Debret, o museu era o palco perfeito para uma festa nos moldes que Cezar imaginava. E durante seis meses ele desenhou o encontro e deixou com sua secretária a árdua tarefa de gerenciar os pedidos de convite. Virou a notícia do momento. Todos queriam ir à festa, mas o museu, pequeno, não acomodava mais de cem pessoas sentadas nas mesas.

Dia da festa. Logo na entrada, uma surpresa: os convidados foram recebidos com um desafio. Cezar não havia contado para ninguém fora da equipe que trabalhava no projeto, mas o brinde da festa seria um livro de gravuras de um artista francês que retratou o Brasil Imperial de forma única.

Ao desembarcar no Brasil, no início do século XIX, a convite do rei dom João VI, o pintor francês Jean-Baptiste Debret tinha o compromisso de fundar a Academia Imperial de Belas Artes, como parte da Missão Artística Francesa. Impactado pela riqueza cultural e pela diversidade do país, Debret decidiu não se limitar a retratar os salões da corte, mas também as ruas, o povo. Pintou o cotidiano do Brasil Imperial, com escravizados trabalhando, as tradições indígenas, as festas populares, a vida nas cidades e no campo, e se tornou um dos primeiros a documentar em detalhes as diferentes realidades sociais e injustiças do Brasil Imperial.

Em cima de uma mesa, lado a lado, uma gravura original de Debret e uma cópia. O desafio era adivinhar qual a verdadeira. Executivos, empresários e figuras influentes da sociedade se arriscavam na brincadeira. Ao final, para surpresa de todos, mais de 70% erraram, apontando a cópia como sendo original. Uma forma de refletir sobre como nossa percepção pode ser facilmente enganada.

No fim da festa, os convidados levaram para casa um livro com gravuras (cópias, obviamente) de Debret. Uma maneira de prolongar a experiência para além daquela noite, permitindo que a arte continuasse a inspirar a todos. Décadas depois, muitos ainda têm o livro e lembram dele. E os clientes que não foram à festa também receberam, um meio de sinalizar a ambição do Pactual para o futuro. Uma declaração de Cezar de que não valorizava apenas o lucro, mas também a cultura e a inteligência dos que participavam de sua história.

Uma nova reestruturação, dessa vez de uma empresa do setor de chocolates, pouco após a festa, mostraria não apenas essa visão, mas a habilidade de Cezar em encontrar soluções.

— Quanto precisa para reestruturar a empresa?

— Sete milhões de dólares.

— E o que é esse calhamaço?

— O estudo que eu fiz.

Sentado em sua mesa do Pactual, sem tirar o cachimbo da boca, Cezar pegou as quatrocentas páginas, perfeitamente escritas, encadernadas e diagramadas por um de seus analistas e, sem abrir, largou-as ao lado da mesa, no vazio, direto na lata do lixo, onde o material repousou barulhentamente. O jovem, arrasado, saiu da sala. Momentos depois, o chefe dele apareceu.

— Você demitiu o Camões? — perguntou o chefe.

— Eu, não. Foi ele que se demitiu — respondeu Cezar.

— Como a gente vai fazer para reestruturar a empresa?

— Ele disse sete milhões de dólares. Temos que arrumar esse dinheiro.

— E você vai fazer como?

Por coincidência, Cezar tinha agendado naquela tarde uma conversa com outro banqueiro no escritório dele em Alphaville e pensou que talvez pudesse conseguir o dinheiro para a reestruturação com ele.

Pedro Conde era filho de Francisco Conde, um imigrante italiano que fundou em 1929 a Casa Bancária Conde, em Barretos, no interior de São Paulo, semente do que se tornaria o Banco de Crédito Nacional (BCN), criado dez anos depois. Com a morte do pai, Pedro passou a comandar a instituição na década de 1950 e fez do banco um dos maiores e mais respeitados do Brasil nos anos 1970 e 1980. E Cezar não teve dúvida: já chegou ao escritório do colega dizendo do que precisava.

— Pedro, preciso de sete milhões de dólares para uma reestruturação.

— Essa empresa é uma merda — disse Conde, depois de se inteirar da situação. — Não vou dar dinheiro para ela.

— Eu consigo fazer.

— Qual a garantia?

— O meu fio de barba...

— Tá bom. Não me enche o saco.

E Cezar foi embora de Alphaville com US$ 7 milhões e nenhum papel assinado. Só faltava conseguir uma pessoa para presidir a empresa, mas não havia ninguém no Pactual com as habilidades necessárias para tocar uma empreitada como aquela: reestruturar a maior e mais conhecida das fábricas de chocolates brasileira.

Fundada em 1912, a Lacta começou importando chocolates da Europa, mas a Primeira Guerra Mundial forçou a empresa a produzir. Em 1917, a marca nasceu oficialmente. Oito anos depois, a fábrica, no bairro da Vila Mariana, em São Paulo, acabou sendo destruída por um incêndio. As adversidades, porém, não impediram Diamante Negro, Sonho de Valsa, Bis, Laka e Amandita de habitarem as memórias afetivas de gerações de brasileiros.

Na década de 1990, porém, a situação da Lacta estava complicada. A empresa era controlada por Adhemar de Barros Filho, deputado federal por quatro mandatos por São Paulo e empresário brasileiro conhecido como Adhemarzinho por conta do pai, empresário e político de mesmo nome que havia sido prefeito da capital, interventor federal durante o Estado Novo de Getúlio Vargas e duas vezes governador de São Paulo.

A gestão da Lacta não funcionava. A empresa tinha muitas dívidas, e Cezar, com os US$ 7 milhões em mãos, decidiu colocar Álvaro

Gonçalves — um jovem que havia conhecido dois anos antes, em 1993, na ponte aérea São Paulo-Rio — para tocar a empresa.

No voo, sentaram-se lado a lado. Gonçalves não tinha ideia de quem ele era. Acabaram conversando, o que rendeu uma carona de Cezar até a porta do local onde tinha uma reunião — era perto da sede do Pactual — e um convite para visitar o banco após a reunião. E lá foi Gonçalves, sem entender direito por que o presidente do Pactual estava convidando-o para uma visita sem nunca ter trocado mais do que algumas palavras com ele em uma poltrona de avião. Meses depois, para lá de surpreso, Gonçalves recebeu um telefonema da secretária de Cezar convidando-o para conhecer outro sócio do banco, Márcio Fainziliber, desta vez em São Paulo.

Em paralelo, um jovem que estudava em Boston, nos Estados Unidos, ouviu o recado em sua secretária eletrônica dizendo que o presidente do banco Pactual estaria viajando pelo país entrevistando alunos de mestrado de escolas importantes, teve acesso ao currículo dele e queria entrevistá-lo. A primeira reação foi a mais óbvia: pensar que era trote. Brincadeira de algum colega engraçadinho.

Convencido pela secretária de que a conversa era de verdade, o jovem acabou topando e voou de Boston para Nova York com a passagem paga pelo banco para conversar com Cezar no Hotel Delmonico, onde atualmente é o Trump Park Avenue, na esquina da Park Avenue com a 59 East.

Na recepção, a situação ficou mais estranha ainda. O jovem se apresentou e o atendente do hotel simplesmente passou o telefone para ele. Do outro lado da linha, uma voz sonolenta — era de manhã — e mastigada pelo cachimbo entre os dentes pedia para o jovem dizer ao porteiro que estava autorizado a subir. Naquele momento, Paulo Bilyk se deu conta de que Cezar não falava inglês. Uma situação esdrúxula: o presidente de um banco brasileiro recrutando em Nova York não sabia inglês. Mas sempre pode ficar mais esquisito. Já na primeira pergunta da entrevista, o chumbo veio grosso: "E aí, o que você fez na vida além de nascer?"

Bilyk, surpreendido pela demanda, simplesmente parou e pensou que o melhor era responder *ipsis litteris* o que havia feito na vida até aquele momento. E saiu contando sua história. A conversa acabou se estendendo por um bom tempo, e, enquanto Bilyk falava, Cezar seguia sua filosofia de que "um homem tem duas orelhas e uma boca para falar menos e ouvir mais". No fim do relato, com o jovem certo de que a conversa tinha terminado e havia falado demais, a situação se inverteu, e Cezar explicou como o Pactual havia começado e como ele havia escolhido cada um dos seus sócios. Bilyk foi contratado e, anos depois, fundaria a Rio Bravo Investimentos com Luiz Claudio Garcia e o ex-presidente do Banco Central, Gustavo Franco.

Mas a maior de todas as proezas em entrevistas talvez tenha sido de outro jovem. Após a bateria clássica de entrevistas agressivas com os sócios do Pactual, chegou a vez de Cezar falar com o postulante à vaga para decidir se ele seria contratado ou não. O jovem conhecia a fama do presidente do banco: perguntas pra lá de politicamente incorretas. E Cezar entrou na sala. Com o currículo do jovem em mãos, disparou:

— Tu fala japonês?

— Sim, fiz créditos do meu mestrado no Japão e falo japonês.

— Porra, então tu deve ser inteligente pra caralho. Tá contratado.

— Como assim?

— Tá contratado.

— Mas eu estou conversando com outras empresas…

— Vou falar para o Plass, meu sócio, vir aqui agora e te falar quanto você vai ganhar, mas tem de decidir agora.

E o jovem, meio atordoado, viu Cezar sair da sala e dali a pouco Plass chegar. Acabou assinando na hora o contrato. E assim Rodrigo Xavier foi contratado com apenas uma pergunta. Anos depois, Xavier se tornaria presidente do Pactual quando ele foi vendido para o banco suíço UBS e passou a se chamar UBS Pactual.

Mesmo não tendo estudado, Cezar intuía que pessoas com as credenciais de estudo de Bilyk e Xavier seriam importantes para o banco, e que o mercado cada vez mais exigiria gente qualificada. Por isso, criou o programa de MBAs do Pactual, que buscava ativamente todos os anos jovens brasileiros estudando no exterior nas melhores universidades. Uma forma de captar para o Pactual os melhores cérebros, uma das máximas de Cezar da importância de trabalhar com pessoas melhores do que ele mesmo.

Hoje esse tipo de busca é trivial. Todas as informações estão on-line e os meios de comunicação são instantâneos, mas na época havia duas barreiras a vencer para realizar esse tipo de trabalho. Primeiro, não era comum jovens brasileiros fazendo MBA no exterior. Segundo, os meios de comunicação passavam longe do que vemos hoje. Em 1993, a internet ainda era uma rede basicamente restrita a universidades e institutos de pesquisa. Não havia como dar um Google e muito menos perguntar para a inteligência artificial. Tudo era feito por telefone ou por correio mesmo — e não era o correio eletrônico.

Eduardo Plass, o sócio que foi chamado para contratar Xavier, Cezar havia conhecido anos antes, quando o Pactual ainda era uma DTVM, na saída de uma reunião na construtora Camargo Côrrea, na esquina da Juscelino Kubitschek com a rua Funchal, em plena Vila Olímpia, em São Paulo. Chovia torrencialmente, e Cezar tentava junto com Paulo pegar um táxi para ir até o aeroporto de Congonhas — o equivalente a ganhar na loteria em dias de tempestade na capital paulista.

A dupla já estava havia um tempo tentando — e se espremendo na guarita do segurança que tomava conta da saída da garagem — até que Plass embicou o carro para ir para casa. Trabalhava na Camargo Côrrea. O guarda perguntou se ele não podia dar uma carona para aqueles dois senhores até um local em que ao menos eles tivessem alguma chance de pegar um táxi. Ali não iam conseguir de jeito nenhum. Morador de Moema na época, Plass acabou levando Cezar e Paulo até o aeroporto.

Conversa vai, conversa vem, contou que tinha estudado no exterior, e Cezar comentou que precisava de alguém para ser diretor administrativo da DTVM que havia fundado. Plass não levou o papo muito a sério — a Pactual ainda estava no começo e, naquele momento, não passava de uma distribuidora de títulos — até receber o telefonema de Fainziliber com o convite para uma entrevista no Rio de Janeiro. Acabou contratado. Anos depois, se tornaria sócio e braço direito de Cezar. Na época seria, inclusive, nomeado tutor da filha de Cezar, Renata, caso algo acontecesse com ele (Plass ficou sabendo do documento após ter sido feito).

Dias depois da conversa com Fainziliber, Gonçalves aceitou uma proposta de Cezar. O momento era o final de 1993. Pouco antes, outro jovem havia aterrissado em São Paulo vindo do Pactual do Rio de Janeiro para montar a mesa de renda fixa do banco e começar a ascensão que o tornaria o principal acionista do BTG Pactual. Sim, André. Não o Jakurski, mas o Esteves, que Cezar havia transferido do Rio por achar que evoluiria muito tendo mais liberdade para trabalhar.

"O Esteves tem duas características bem específicas, a ambição e o esforço. As duas sem tamanho. Se em um dia você disser para ele que uma lata de refrigerante é feita de alumínio, no dia seguinte ele vai te contar tudo sobre como aquela lata é feita. E sobre a ambição, não preciso comentar. O resultado é o que todos conhecem."

O Pactual tinha ainda um terceiro André, o Schwartz, que trabalhava em *corporate finance* no Rio de Janeiro e anos depois fundaria, juntamente com o também ex-Pactual Rodolfo Riechert, a Genial Investimentos — não sem antes se tornar o mais jovem sócio do Pactual e passar por um apuro único quando recebeu de Cezar uma missão pra lá de fora do *job description*: levar Pedro, filho do chefe, então com 10 anos, ao show do Michael Jackson em São Paulo. Cezar não podia ir e repassou a função para Schwartz, que até hoje lembra o tamanho do pavor de levar o filho do chefe para ver o rei do pop.

Mas havia um motivo: Cezar gostava de observar as habilidades deles para resolver problemas que não estavam teoricamente dentro da capacidade — ou do escopo — do trabalho, para ver como se saíam. Mesmo que parecesse a princípio estranho mandar outro jovem de 25 anos para a diretoria da Anbid quando uma vaga abriu e o Pactual deveria ocupá-la.

Em uma instituição em que o mais jovem componente da mesa era diretor de banco e tinha não menos de 50 anos, Cezar colocou Florian Bartunek, que cuidava dos fundos de ações do Pactual, na cadeira.

Uma escolha absolutamente incomum, mas nada parecido com enviar o mesmo Bartunek para os Estados Unidos para conhecer como funcionava a gestora de fundos Vanguard. Cezar acreditava que o futuro viria de fora do Brasil, e queria ver o que estava sendo feito no exterior para implementar por aqui. Acabou não utilizando o que Bartunek aprendeu na Vanguard, mas anos depois, a XP Investimentos seria criada usando um modelo parecido. Bartunek viria a criar a *asset* Constellation, que gere investimentos dos atuais controladores da 3G Capital: Lemann, Telles e Sicupira.

Já no início de 1994, Gonçalves trabalhava a todo vapor com Cezar e a equipe de *corporate finance*, mas estava infeliz com o Brasil e havia sido aprovado para um MBA. Não gostava do que via na política e na economia e partiu para estudar no International Institute for Management Development (IMD) em Lausanne, na Suíça.

Em paralelo, o Pactual dava retornos fora da curva para seus investidores. Com apenas 280 funcionários, o banco administrava, em junho de 1994, cerca de US$ 1,14 bilhão de 94 clientes, sendo 76% desse valor de investidores estrangeiros. A rentabilidade média, em dólares, das carteiras administradas pelo Pactual entre dezembro de 1984 e junho de 1994 havia sido de 8.479%, cerca de 37 vezes a valorização de 231% registrada pelo índice Bovespa no mesmo período. Em uma frase: quem colocou US$ 100 em carteiras administradas pelo Pactual no início de 1984 teria, em junho de 1994, o valor de US$ 8.479.[5] No ano anterior, 1993, o banco havia tido um lucro líquido de US$ 33,4 milhões, uma rentabilidade de 40% sobre o patrimônio líquido de US$ 83,6 milhões. Somente nos primeiros seis meses de 1994, a rentabilidade já estava em 37%.

Para Cezar, a base do sucesso e principal investimento do Pactual sempre foram pessoas, talentos como Bily[1-] e Xavier.[6] Já o orçamento de marketing do banco era basicamente zero. Apenas uma vez por ano, no dia 1º de janeiro, uma charge feita por Chico Caruso era publicada na primeira página de jornais. Uma das poucas exceções foi no tetracampeonato do Brasil, em 1994. No dia 18 de julho, dia seguinte à conquista contra a Itália nos pênaltis, Cezar mandou publicar no

5 MIYA, Fideo. O Pactual gosta de talentos. *Folha de S.Paulo,* 18 ago. 1994. Disponível em: https://www1.folha.uol.com.br/fsp/1994/8/18/caderno_especial/8.html.l.

6 Ibidem.

Wall Street Journal um anúncio dizendo: "Se você se impressionou com o desempenho do Brasil no campo do futebol, venha conhecer as oportunidades que existem no Brasil no campo dos investimentos."

"O retorno foi fantástico, muito maior do que esperávamos. Logo no dia seguinte começamos a receber telefonemas de investidores querendo informações sobre o Brasil", relembra Cezar.

Enquanto isso, Gonçalves continuava seus estudos em Lausanne e acabou indo dar consultoria para uma empresa de chocolates na Polônia que havia acabado de ser comprada pela Pepsico, gigante de alimentos e bebidas que é dona de marcas como Pepsi, Gatorade, Ruffles, Doritos, entre outras. Um dia, recebeu um telefonema de um headhunter para assumir uma empresa de chocolates. Não quis nem ouvir. No dia seguinte, Cezar ligou. Queria saber por que ele não tinha escutado a proposta do headhunter para assumir a Lacta. Não, não queria, tinha outros planos. Mas Cezar acabou convencendo Gonçalves a tocar o negócio mesmo com o último aterrissando no dia 23 de dezembro de 1995 em São Paulo e dizendo que ia ficar apenas três dias no Brasil. Acabou assumindo a presidência da empresa, não sem antes um pequeno obstáculo. "O [José] Vita chegou para mim e disse que o Adhemar não queria assinar o mandato para tocarmos a reestruturação da Lacta."

A situação havia ficado complicada. Cezar tinha conseguido o dinheiro com Conde e Gonçalves para administrar o negócio, mas agora não tinha como iniciar o trabalho. Sem mandato, nada feito. E não havia como acessar Adhemar rapidamente, pois ele estava em Brasília. Cezar tomou uma decisão: ir naquela hora para a capital federal conversar com o então deputado. Último avião do dia. Já de madrugada, Cezar achou por bem ir direto para o hotel de Adhemar.

Inaugurado em 1961, o Hotel Nacional tem dez andares e 347 apartamentos distribuídos em 43 mil metros quadrados e um histórico de hospedar reis, rainhas, e autoridades que vão dos ex-presidentes Jimmy Carter e Ronald Reagan, dos Estados Unidos, passando pelo ex-presidente francês Charles de Gaulle e pela ex-primeira-ministra da Índia Indira Gandhi, à rainha Elizabeth II da Inglaterra. E Cezar foi bater na porta do quarto de Adhemar. Nada mais inadequado, mas o assunto era urgente. "Ele veio de pijama azul-claro com um viés branco. A mulher dele veio junto dizendo: 'Ah, você quer roubar a Lacta do meu marido.' Eu simplesmente disse: 'Que bom que a senhora é contra. Se eu conseguir te convencer, é porque a minha ideia é boa. Se eu não conseguir, vou embora.'"

E Cezar entrou no quarto. Falou durante horas, até de manhã. Adhemar saiu convencido de que o Pactual poderia ajudar a Lacta e topou assinar o mandato. Mas ele não era o único proprietário da empresa. Os filhos também tinham participação e precisavam assinar o documento. O que parecia trivial se tornou uma operação quixotesca. Pai e os filhos não se davam bem, e, para fazê-los assinar, Cezar colocou cada um em um andar no prédio do Pactual na avenida Paulista. E durante horas desceu e subiu as escadas, negociando com cada um dos três para que assinassem o mandato para o banco. Tudo resolvido. Época de férias, havia chegado a hora de viajar com a sua família e a de Paulo.

A estação de esqui de Aspen é uma das maiores e mais luxuosas dos Estados Unidos. Localizada no Colorado, nas Montanhas Rochosas, tem quatro montanhas principais, com descidas que atendem do iniciante ao avançado, além de uma vida noturna animada, gastronomia sofisticada e uma variedade de acomodações de alto padrão com butiques de luxo na cidade — enfim, um local do bem-viver. Mas bastou Cezar descer do avião que seu telefone tocou. Era Gonçalves. E as notícias não eram nada boas.

— Cezar, só tem os funcionários aqui. Nada de açúcar, nada de cacau. Nada, nadinha para fazer chocolate…

— Tô voltando para o Brasil. Vê quanto precisa para a gente botar esse troço para funcionar.

E Cezar começou a ligar para fornecedores já de Aspen. Conseguiu açúcar e cacau. E pegou o avião de volta. Faltava resolver como pagar os insumos. Já em São Paulo, resolveu recorrer novamente ao amigo banqueiro.

— Pedro, sabe aquela operação que eu pedi para você, para a Lacta, de US$ 7 milhões? Sete milhões não deu, preciso de mais 22 milhões.

— Cezar, você está maluco?

— Não, eu vou aí e te explico.

E Cezar saiu correndo do escritório do Pactual na avenida Paulista para Alphaville. Foi parado por uma pessoa da equipe antes de conseguir pôr o pé do lado de fora, avisando que naquele dia era o leilão do banco Crédito Real de Minas Gerais às 16 horas. Pior. O Pactual era responsável pela venda, mas não havia ainda nenhum comprador. "Cheguei no Pedro, expliquei a situação da Laçta e falei que ele ia comprar também um banco naquele dia, o Crédito Real de Minas. Peguei o telefone, liguei para o pregão e falei: preço mínimo para o BCN, com o Pedro me xingando." E o BCN arrematou o Crédito Real de Minas. Feliz da vida, Cezar ligou para Gonçalves avisando que o açúcar e o cacau estavam chegando. "Falei para ele que estava tudo resolvido e para não me encher mais o saco. Eu não tinha ideia de que estava apenas começando..."

Adhemar sempre gostara de ir à fábrica, mas com Gonçalves nomeado novo presidente a situação ficou estranha. O mandato pressupunha que o Pactual podia executar as mudanças necessárias na empresa, mas Gonçalves mandava fazer X e Adhemar dizia Y. Obviamente prevalecia a opinião do dono da Lacta. Sem saber o que fazer, Gonçalves recorreu novamente ao chefe.

— Troca a equipe de segurança e não deixa o Adhemar entrar — ordenou Cezar.

— Cezar, ele é o dono.

— Foda-se. Manda dizer na guarita que ele não pode entrar. Precisa de autorização do senhor Cezar, senão não entra.

Obviamente a briga foi feia. Cezar conta: "O Adhemar me ligou puto, berrando, dizendo: 'Faz cinquenta anos que eu entro na fábrica, desde moleque, como é que você vai me proibir de entrar? Caralho.' Eu só disse que ou ele não entrava ou nós estávamos fora da operação. Ele não entrou mais. Fiquei aliviado pra caralho. Tudo resolvido. Mal sabia eu..."

Toda vez que o telefone de Cezar tocava e era Gonçalves, ele já começava a imaginar que tipo de imbróglio podia estar acontecendo. Com matéria-prima, equipe e o dono da empresa fora do operacional, não havia sobrado nada que impedisse a empresa de entrar nos eixos. Não exatamente, porque a falta de conhecimento do setor cobrou seu preço. Gonçalves descobriu que 60% das vendas do ano da Lacta eram de ovos de Páscoa e que elas correspondiam a 40% do lucro anual. Só que a produção estava atrasada. Deveria ter começado em outubro do ano anterior, e faltavam apenas dois meses para a Páscoa. Se a Lacta não vendesse bem na Páscoa, seu resultado anual iria afundar.

— Álvaro, eu não quero saber. Você tem que produzir essa porra desse ovo de Páscoa. Vira a noite, bota a segunda turma, a terceira turma. Não quero saber. Se vire.

— Vai precisar de mais crédito...

— Ok. Vou conseguir.

E lá foi Cezar atrás de mais açúcar e cacau, mas faltava controlar o dono da empresa, que estava possesso com Cezar e com o banco. "O Adhemar deu uma entrevista dizendo que o pessoal do Pactual não entendia nada de chocolate, nada de Lacta, e que a gente estava fazendo uma bagunça, que não ia ter produção. Eu tive de ir ao jornal e dizer que era o contrário, que ia ter, mas eu precisava de mais dinheiro e não ia pedir para o Pedro." Cezar foi então falar com um ex-sócio. "Falei para o Beto que a Lojas Americanas era 50% das vendas de ovos de Páscoa da Lacta e perguntei se ele podia me adiantar algum para eu produzir. A resposta foi não."

E a Lacta começou a produzir seus ovos a toque de caixa, atingindo uma meta que ninguém imaginava possível: fazer uma produção maior do que a do ano anterior. A informação, porém, não era pública. Apenas Cezar sabia do fato. A concorrência, não. "Chamei o diretor de vendas e falei para ele dizer para todo os clientes que a Lacta não ia conseguir produzir o mesmo do ano anterior e que quem quisesse comprar, digamos, cem, tinha de encomendar duzentos, caso contrário nem cem ia conseguir."

O que estava complexo ganhou um *plot twist* digno de série (boa) de streaming. O presidente da Nestlé Brasil chamou Cezar para conversar. "Ele me falou que, já que não íamos conseguir produzir, eu podia dizer quanto deveria fazer de ovos de Páscoa para complementar a produção. Eu disse que não ia falar e que queria que ele comprasse a Lacta. Ele ficou bravo. Disse que ia fazer três vezes mais ovo de Páscoa do que produzia normalmente..."

Para complicar ainda mais a situação, Cezar recebeu um telefonema tenso da Kraft Suchard Brasil, subsidiária brasileira da multinacional americana Philip Morris, que na época detinha 40% da Lacta. A Kraft tinha a opção de comprar os 39% da família de Adhemar. E Cezar jogou pesado. Falou para o advogado da Kraft não esquecer que a Nestlé queria comprar a parte da família (um blefe do tamanho do universo), que eles, Pactual, eram bons de briga (aqui já era verdade) e que essa história ia acabar na justiça (provavelmente verdade também). "Aproveitei e falei que eles tinham de fazer um acordo comigo e que a primeira coisa era rasgar a opção de compra do restante da Lacta que ela, Kraft, tinha, senão eu ia vender para a Nestlé [mais um blefe]."

Dias depois, acordo feito. A Kraft rasgou a opção e decidiu se sentar à mesa com o Pactual para resolver a situação, mas Gonçalves (sempre ele) ligou novamente. O problema agora era a embalagem. Todas as fábricas que tinham a matriz para fazer as embalagens estavam lotadas fazendo para a Nestlé e para a Garoto. A Lacta havia começado a produção muito atrasada, e não havia fornecedor com capacidade para entregar as embalagens a tempo da Páscoa. Um beco sem saída. Iam morrer na praia.

Até que Cezar se lembrou de um amigo argentino que fazia embalagens e pediu para ele o material. O amigo mais do que se prontificou a ajudar, mas sua produção não dava conta nem de 10% do que a Lacta precisava. Havia, porém, um fabricante do outro lado do oceano Atlântico que talvez pudesse ajudar. E as embalagens da Lacta vieram de navio dos Países Baixos.

Enquanto isso, a estratégia de Cezar ia de vento em popa. A Lojas Americanas, que comprava cem — e era responsável pelos pedidos de 50% da produção de ovos da Lacta —, pediu duzentos, com medo de que faltassem ovos. E, como ela, todo mundo pediu o dobro. Só que, ao contrário do que o diretor de vendas da Lacta tinha dito, a empresa entregou todo o pedido, inundando as prateleiras com o dobro de ovos de Páscoa do ano anterior. Como sabia que os consumidores compravam Lacta antes de Nestlé e Garoto, Cezar aproveitou para aumentar o preço acima da inflação, que havia sido de 22,4%. Resultado: vendeu 98% da produção quando, historicamente, vendia 92%. E ganhou mais um amigo para o time do broche "Amo Cezar". "O presidente da Nestlé ligou me xingando, dizendo que estava recebendo 50% de devolução dos ovos. Eu disse: 'Produziu porque quis…'."

Com a Lacta gerando lucro, Cezar achou que estava na hora de começar a negociar a venda da empresa e foi até o World Trade Center, um prédio recheado de multinacionais na Marginal Pinheiros, em São Paulo, negociar com a Kraft o valor do negócio. Sozinho, como sempre prefere fazer. Do outro lado da mesa, dois advogados, um americano e um brasileiro, e o presidente da Kraft para a América Latina. Conversa vai, conversa vem e nada de chegarem a um acordo sobre o valor. "Tocou o telefone do advogado brasileiro, ele atendeu e desligou. Quando desligou, tocou o meu e eu atendi. Nem sei quem ligou. Eu disse: 'Acabou a discussão. O advogado de vocês está vazando informação do que nós estamos negociando. Assim não vai dar', e fui embora para o hotel."

Inaugurado em 1979, o Hotel Maksoud Plaza foi um ícone da hotelaria paulistana. Conhecido por sua arquitetura imponente, com um átrio central e 22 andares, elevadores panorâmicos, obras de arte de Aldemir Martins, Alfredo Volpi e Tomie Ohtake em sua decoração, e pelas celebridades que se hospedaram ali ao longo das décadas — Frank Sinatra, Mick Jagger, David Bowie, Ray Charles, Diana Ross, entre tantas outras. Às duas da manhã, o telefone do quarto de Cezar no Maksoud tocou. Era o presidente da Kraft para a América Latina, que falava português, querendo continuar a conversa. "Eu disse que com o advogado brasileiro dele não dava mais. Ele disse que precisava ter um advogado. Falei para ele usar o advogado americano, que poderia traduzir nossa conversa."

E, assim, o presidente da América Latina e o advogado americano da Kraft foram se encontrar com Cezar no Maksoud. A conversa não foi no saguão do hotel, mas no quarto de Cezar, que os recebeu devidamente trajado de pijama e cachimbo. "Acabamos fechando por

US$ 600 milhões", relembra Cezar, e o Pactual concluiu mais uma operação de reestruturação com um *fee* mais do que bom.

Com a área de *corporate finance* do Pactual a todo vapor, Cezar continuava buscando novos negócios. Em 1995, já havia feito Tupy, e Varig e Lacta estavam em andamento. Na visão de Cezar, esse era um setor com oportunidades enormes, e o banco deveria ser cada vez mais ativo nele. Estava certo, e uma das grandes operações feitas pelo Pactual na época acabou sendo em um setor historicamente complexo da economia brasileira.

O Brasil era, na metade da década de 1990, um país com grandes estatais, repletas de burocracia e com baixa eficiência. Para mudar essa história, o presidente Fernando Henrique Cardoso, que governou de 1995 a 2002, decidiu apostar em uma estratégia que fez o coração dos neoliberais bater mais forte: enxugar a máquina pública, deixando o setor privado assumir as rédeas de boa parte da economia, com a criação do Programa Nacional de Desestatização (PND).

O PND buscava tirar o governo de uma situação complexa, para não dizer desesperadora. Como uma pessoa que usa um cartão de crédito para pagar o outro, a dívida pública estava alta, e era preciso encontrar uma forma de gerar receita sem recorrer a mais empréstimos ou aumentar os impostos. Vender estatais e usar o dinheiro para abater essa conta gigante foi a solução encontrada pelo governo. Ao mesmo tempo, havia a lógica de que empresas privadas são mais ágeis, mais competitivas, têm mais recursos disponíveis e geram mais resultados.

Consequentemente, as empresas estatais (quando privatizadas) se tornariam mais eficientes, sem a amarração da máquina pública, e poderiam competir de igual para igual no mercado global, além de abrir as portas para que investidores do mundo inteiro colocassem seu dinheiro no Brasil. Uma promessa de infraestrutura modernizada e uma economia mais dinâmica, em que o governo deixaria de ser um "faz-tudo" e se tornaria muito mais um regulador, com a criação de agências reguladoras dos diferentes setores a serem privatizados.

Primeira estatal da lista, a Espírito Santo Centrais Elétricas S.A. (Escelsa) chamou a atenção do Pactual quando foi anunciada, ainda em 1995, que seria privatizada — poderia ter acontecido em 1994, mas o governo do presidente Itamar Franco suspendeu o leilão para reexaminar as condições de venda.

Criada em 1956 pelo governo do estado do Espírito Santo, a Escelsa buscava centralizar e melhorar a distribuição de energia elétrica de uma região historicamente problemática. O fornecimento de energia era fragmentado e insuficiente para atender às demandas de uma economia em crescimento, que precisava expandir sua rede elétrica para áreas rurais e urbanas em desenvolvimento.

A empresa fazia investimentos na construção de novas usinas e na ampliação das linhas de transmissão, mas com o crescente número de consumidores era preciso impulsionar também — e mais — o desenvolvimento industrial do estado. A Escelsa atuava nas três áreas do setor de energia elétrica: geração, transmissão e distribuição. Atendia 90% da área do estado do Espírito Santo, em 66 municípios, e tinha 651 mil consumidores. Seu parque gerador contava com dez usinas hidrelétricas, representando 20% da energia distribuída pela empresa (o restante vinha de Furnas e Itaipu).[7]

A lista de características era interessante, e, associada ao fato de que tinha "apenas" 28% de perdas, levou o Pactual a entrar no leilão para comprá-la. Em julho de 1995, a estatal de energia passou para as mãos privadas por 357,92 milhões de reais, um acréscimo de 11,78% sobre o preço mínimo estipulado, de 320,20 milhões de reais. Na operação, a Iven, idealizada pelo Pactual, ficou com 45,05%. Mas não foi tão simples quanto parece...

"O João 'Eletricista', meu analista da área de energia do Pactual, chegou e falou que as ações estavam pulverizadas: 51% com o governo federal (Eletrobras), 12,5% com o governo do estado do Espírito Santo e o restante no mercado, com pessoas físicas e prefeituras. E que o Estado já tinha tentado vender suas ações várias vezes e não

7 MELLO, Marina Figueira de. *Os impasses da privatização do setor elétrico.* Rio de Janeiro: PUC-RJ, Departamento de Economia, dez. 1996 (Texto para discussão nº 365).

tinha conseguido." A situação exigia uma estratégia para ficar com o controle da empresa por conta das regras do edital de venda das ações do governo federal. O bloco dele iria a leilão em dois lotes iguais de 25%, e a regra dizia que quem adquirisse o primeiro lote não poderia comprar o segundo. Essa quantidade obviamente não era suficiente para deter o controle da Escelsa. O Pactual precisava de 51%, mas o leilão demoraria ainda para acontecer.

E Cezar começou uma corrida contra o tempo. "Liguei primeiro para Saul Sabbá, do Banco Máxima, e pedi que ele achasse as pessoas físicas e prefeituras que tinham ações da Escelsa e as comprasse para o Pactual. No final, ele conseguiu para o banco 23% dos 36% de ações da Escelsa que estavam com pessoas físicas e prefeituras."

Havia ainda as ações do estado do Espírito Santo. Cezar dessa vez pediu a um amigo e a um ex-governador que fossem até o então governador do estado, Vitor Buaiz, e dissessem que o Pactual garantia a compra em leilão das ações do Estado se ele as colocasse para venda — leilões anteriores já haviam fracassado.

E assim aconteceu. O Pactual comprou os 12,5% do estado. Juntando com os 23%, o banco chegou a cerca de 35% da Escelsa, e nem o leilão das ações do governo federal havia acontecido ainda. Agora era necessário ganhar um dos lotes do governo federal.

Ninguém sabia exatamente como seria, se haveria muitos ou poucos competidores e quem eram eles. Acabou que apenas o Pactual e a Houston Energy, uma empresa de energia americana, apareceram. E Cezar começou a dar lances. O representante da empresa americana foi atrás. E os dois passaram a dar lances de 5 reais a mais do que o anterior, até que Cezar achou que era hora de provocar o concorrente e passou a subir 1 real em cada lance.

"E o gringo fazia o mesmo. Foram 250 lances assim. Só que eles chegaram ao preço-limite autorizado pela matriz. Quando ele foi pedir autorização para aumentar o valor, eu pressionei o leiloeiro e falei que ele tinha de bater o martelo, pois já havia passado o tempo regulamentar!", diverte-se Cezar. E assim o Pactual levou os 25,1% do lote e passou a ter o controle da Escelsa com 60,1%. Já fora da disputa pelo segundo lote de 25,1%, o banco o viu ser arrematado pela GTD Participações, um consórcio formado por onze fundos de pensão estatais (Previ, Fapes, Sistel, Petros, Valia, Escelsos Baneses, Eletros, Faschef, Real Grandeza e Aerus), organizado para participar de privatizações da área de eletricidade.

Cezar só tinha "esquecido" — mais uma vez — de combinar com Paulo e André que iria comprar a Escelsa. Na hora em que chegou para conversar com os sócios, feliz da vida, a recepção não foi exatamente boa. Os dois não concordaram com a compra, mas Cezar tinha que pagá-la nos dias seguintes. O sistema de *partnership* criado por ele dizia que cada voto de sócio valia um, não importava o tamanho da participação na sociedade, e ele havia perdido por dois a um.

"Eu era o controlador do banco e poderia ter mandado o Paulo e o André à merda e peitado a operação da Escelsa, mas não queria esculhambar o Pactual para fazer valer a minha vontade." O resultado imediato foi uma dívida de milhões com vencimento em três dias — o tempo que Cezar tinha para honrar a compra da Escelsa. Um enrosco. Até que ele teve uma ideia: criar uma nova empresa, a Iven S.A., e fazer o *private placement* dela — uma forma de vender ações para um grupo restrito de investidores. E, com o telefone na mão, ofereceu a bancos parceiros pedaços da nova empresa.

No final, os bancos Bozano Simonsen, Nacional e Icatu toparam e o Pactual conseguiu honrar a compra que havia feito. Um ótimo negócio para todos, mas de última hora apareceu um nó para resolver.

A GTD Participações, empresa criada por fundos de pensão estatais, entrou no leilão da Escelsa pronta para fazer um acordo com o Pactual. Achava que, comprando o segundo lote, obrigaria o banco a fazer um acordo de acionistas para gerenciar a empresa. Só não sabia que o Pactual já detinha o controle, pois tinha comprado as ações de pessoas físicas, prefeituras e do estado do Espírito Santo. Na hora em que ouviu a proposta de fazer um acordo, Cezar riu, mostrou as cartas que tinha na manga, virou as costas e foi embora. Mas, no final, teve de capitular. "A GTD foi conversar com o Bozano e com o Nacional, com quem tinha uma relação próxima, para nos convencer a fazer um acordo de acionistas. Nunca assinei nada tão puto na vida, mas não teve jeito..."

Faltava, porém, um presidente para a empresa. Era preciso uma pessoa com experiência no setor e que tivesse um bom *track record*. Cezar lembrou de um nome: Francisco Gomide, presidente da Companhia Paranaense de Energia (Copel). Havia feito um ótimo trabalho nela e parecia a pessoa ideal para tocar a Escelsa. "O Gomide fez um baita trabalho, reduzindo a perda de 28% para 10%. Isso junto com o fato de que as duas privatizações seguintes, a Cerj e a Coelba, tiveram um ágio de 37% e de quase 100% respectivamente, o que fez o valor da Escelsa disparar."

O bom desempenho chamou a atenção de uma empresa de energia de origem portuguesa que estava acompanhando as privatizações no Brasil. Uma das maiores do mundo no seu ramo, a Energias de Portugal é mais conhecida pelo acrônimo EDP. Fundada em 1976, após a fusão de várias empresas, a EDP atua nos setores de geração, distribuição e comercialização de eletricidade e gás e tem presença global, com operações em Portugal, Espanha, Brasil, Estados Unidos, França, Bélgica, Itália, Polônia, Romênia, Reino Unido, Grécia, Canadá, México, Colômbia e Chile.

Em 1997, a EDP acabou procurando o Pactual, que controlava a Iven S.A., para uma possível compra. E durante dois anos a conversa foi e veio. Em paralelo, o valor da Escelsa continuou subindo, até que em 1999 a Iven S.A. vendeu sua parte para a EDP. "O valor foi quatro vezes o preço em dólar que havíamos pago." Um negócio e tanto para o Pactual.

E a ponte aérea Rio-São Paulo continuava trazendo bons frutos para o Pactual. Em 1996, em mais uma de suas inúmeras viagens entre as duas cidades, Cezar avistou José Paulo Amaral, na época diretor-presidente da Lojas Americanas. Não teve dúvida, acenou e convidou-o para se sentar ao lado dele no avião.

Quem conhece Cezar provavelmente sabe que não havia sido à toa. A atitude tinha um motivo: ele havia enxergado uma oportunidade e na hora em que viu Amaral pensou: é dele que eu preciso para realizar meu projeto. Cezar sabia que BCN e Unibanco estavam apreensivos com a situação financeira de uma grande loja de departamentos brasileira e pensou que Amaral seria a figura ideal para ajudá-lo em uma possível reestruturação.

Fundada em 1912 no Rio de Janeiro como filial da empresa francesa Mestre & Blatgé, especializada em importação de maquinário, a Mesbla se expandiu no Brasil como uma rede de varejo e tornou-se um ícone do consumo no país entre os anos 1950 e 1980. Com lojas espalhadas por diversas capitais, vendia de tudo: roupas, eletrodomésticos, móveis, brinquedos, automóveis, barcos e até avião. Nos anos 1990, com a abertura do mercado para importações, mudanças no consumo e a ascensão de novas redes varejistas, a empresa entrou em crise. A dívida com BCN e Unibanco era grande, e Cezar estava pensando em como encontrar uma solução para o enrosco.

Amaral havia trabalhado 14 anos na Mesbla antes de ir para a Lojas Americanas. Conhecia a empresa por dentro. Havia entrado como trainee, feito MBA na FGV e saído diretor das lojas de departamentos, a maior divisão da Mesbla, e muito próximo do diretor-superintendente da empresa, André de Botton. Com essa experiência, acabou sendo chamado por Sicupira para dirigir a Lojas Americanas. E ficou mais 14 anos lá até encontrar com Cezar no avião.

Naquele momento, a Mesbla já havia pedido concordata — um acordo judicial em que uma empresa em dificuldade financeira negocia prazos e condições especiais para pagar suas dívidas —, e Unibanco e BCN queriam saber se havia chance de a empresa sair dessa situação e de eles recuperarem o investimento, ou ao menos parte dele.

Cezar acreditava que sim, mas primeiro precisava fazer um diagnóstico. Só não havia como fazer isso somente com o Pactual, pois o banco não tinha a expertise necessária para realizar esse tipo de projeto. Era necessária uma pessoa com experiência em varejo. E a pessoa sentada ao seu lado na poltrona do avião era ideal. O Pactual tinha analistas, advogados, Cezar e toda uma infraestrutura para dar suporte ao projeto. Amaral tinha conhecimento do operacional da Mesbla.

E, assim, contratado pelo Unibanco e pelo BCN, o Pactual começou a realizar o diagnóstico. Já o contrato entre Cezar e Amaral nunca existiu formalmente. Cezar propôs ao colega com um aperto de mão que dividissem o valor meio a meio. E assim ficou combinado. A conclusão do diagnóstico foi a de que a única chance de salvar a empresa era convencer os credores a converter a dívida em ações da Mesbla e persuadir os órgãos do governo de que havia a possibilidade de pagar os impostos que não estavam sendo recolhidos.

Com a informação em mãos, BCN e Unibanco resolveram dar o próximo passo: colocar o plano em ação com um novo contrato com o Pactual: se a Mesbla conseguisse sair da concordata, eles seriam pagos. Caso contrário, não teriam direito a nada. E Cezar fez um novo acordo com Amaral: 50% do resultado para cada. Mas antes era preciso resolver um "pequeno" empecilho: o administrador judicial da Mesbla achava que era caso de falência e não concordata, o que terminaria com qualquer possibilidade de realizar o plano de salvar a empresa. E Cezar foi tentar convencê-lo a mudar de ideia. Não conseguiu, mas teve a seu favor o juiz, que havia pedido ao administrador judicial para explicar por que era falência e não concordata.

Cezar foi conversar com o juiz. Explicou a operação que queria fazer — a conversão da dívida em ações. Ganhou como resposta que tinha 45 dias para conseguir o necessário para esse tipo de operação: a aprovação de 30% dos credores. Caso contrário, o juiz aceitaria o pedido de falência feito pelo administrador judicial.

A época não poderia ser menos propícia: festas de fim de ano, com Natal e Ano-Novo no meio. Os 45 dias haviam acabado de virar trinta. E lá foi o Pactual juntamente com Amaral atrás dos maiores credores da Mesbla para tentar os tais 30% de adesão ao plano. No último dia, 20% haviam concordado com a conversão da dívida em ações. Nada feito.

A única possibilidade era ganhar uma extensão de prazo do juiz. E lá foi Cezar novamente. Conseguiu mais sessenta dias, porém agora a adesão tinha de ser de 50% dos credores. Novamente, não poderia haver época menos apropriada para a operação: Carnaval e Semana Santa no meio. Os sessenta dias tinham virado 45.

Com apenas 20% dos credores concordando com o plano, Cezar e Amaral tinham mais que dobrar o número deles e não havia a menor possibilidade de negociar separadamente. Eram muitos, e as ações estavam diluídas (muitos credores, cada um com uma pequena quantidade de ações).

A solução foi convocar uma assembleia. No dia, 6 mil deles apareceram e lotaram o auditório da empresa na loja da Mesbla da rua do Passeio, no Rio de Janeiro, conhecida pelo relógio no alto e pela vista de algumas das mais belas paisagens da cidade, como a Marina da Glória, a baía de Guanabara e o Pão de Açúcar.

"Na hora em que eu e [Francisco] Müssnich[8] chegamos ao auditório, achávamos que íamos apanhar. Parecia que éramos os responsáveis pela concordata da Mesbla." Ao final, porém, após Cezar explicar o que pretendiam fazer, todos concordaram com a conversão. Mas era necessário mais do que dizer sim. Os credores tinham de enviar uma carta de adesão, um documento necessário para o juiz não aceitar o pedido de falência do administrador judicial.

No sexagésimo dia, Cezar foi conversar com o juiz. Tinha más notícias: havia falhado. Tinha a adesão de 49% dos credores. Não havia como pedir uma nova extensão de prazo, e ele não tinha nenhuma ideia para resolver a situação, mas quis o destino que o juiz atrasasse mais de uma hora para atendê-lo. "Cinco minutos antes de ele me chamar, chegou um funcionário do Pactual com o 1% que faltava. Eu sempre digo que no nosso negócio tudo é decidido aos 49 do segundo tempo."

Quinze meses depois, a Mesbla saiu da concordata com a conversão da dívida dos credores em ações, e o acordo com o governo e o Pactual preparou o próximo e último passo: vendê-la para um terceiro. Em maio de 1997, a operação acabou sendo realizada. O empresário Ricardo Mansur, que havia terminado de comprar outra grande varejista, o Mappin, adquiriu a Mesbla.

---

8 Quando Müssnich foi montar seu escritório de advocacia, atualmente chamado BMA, procurou Cezar, que estava criando a DTVM Pactual. Ele queria saber se havia a possibilidade de Cezar dar trabalho para a banca que estava criando. Recebeu como resposta que teria um ano de trabalho garantido. E o BMA se tornou o escritório de advocacia do Pactual.

Ao mesmo tempo que reestruturava a Mesbla, Cezar percebeu que a revolução causada pela chegada da internet iria mudar a mídia no Brasil e que seria interessante criar um grupo na mesma área para fazer frente à Globo. E teve a ideia fundir três grupos: Abril, da família Civita, Grupo Silvio Santos, do conhecido empresário e apresentador, e o Grupo Folha, da família Frias. Logo de cara, Luis Frias achou que o negócio não fazia sentido para a Folha, pois o UOL já crescia a passos largos. Restaram a Abril e o Grupo Silvio Santos.

Fundado por Victor Civita em 1950, o Grupo Abril era, em 1997, um dos maiores conglomerados de mídia do Brasil, referência no mercado editorial, com revistas como *Veja, Exame, Placar, Capricho* e *Superinteressante,* e havia entrado fortemente no mercado de TV paga, com a TVA, e de internet banda larga, com a Ajato. O Grupo Silvio Santos tinha o SBT, fundado por Silvio em 1981, e era naquele momento a segunda maior emissora do país, atrás apenas da Globo e conhecida por programas de entretenimento como *Programa Silvio Santos, Domingo legal* e *A praça é nossa.*

Na cabeça de Cezar, a junção das duas parecia o negócio ideal, e ele foi conversar com Roberto Civita e Silvio Santos para saber como eles viam uma possível fusão. "Seria um novo grupo com TV aberta, TV paga, banda larga e ainda uma empresa de cosméticos, a Jequiti, e o hotel Jequitimar, no Guarujá, que eram também parte do grupo do Silvio. Uma potência!"

A negociação foi dura. Durante oito meses Cezar conversou diretamente com Silvio Santos em uma casa ao lado do parque Ibirapuera e com Roberto Civita no prédio que a Abril ocupava na Marginal Pinheiros, para aparar as arestas e fazer os donos do negócio concordarem com os termos da nova empresa. Finalmente conseguiu, e a assinatura do documento ficou marcada para uma quarta-feira. No dia anterior, segundo Cezar, porém, a mulher de Civita resolveu dar um jantar em sua casa. Cezar tentou convencer o dono da Abril a marcar o jantar para um dia depois da assinatura e não um dia antes. Não conseguiu. "No jantar, com a entrada na mesa, o Roberto virou para o Silvio e disse: você fica com aquela m... do seu programa de domingo e deixa que eu toco toda a grade de programação. Naquela hora, o Silvio se levantou e foi embora. A fusão acabou ali."

Trabalhar em grandes negócios, porém, estava deixando o Pactual e seus sócios expostos a outro tipo de risco no Rio de Janeiro: o sequestro. Em 1995, o estado do Rio vivia a explosão dos casos dessa natureza. Um cenário complexo, com 81 casos contabilizados entre janeiro e outubro daquele ano — uma média de dois casos por semana, mas houve dias em que até dez pessoas tinham sido sequestradas. Nesse cenário, a classe social já não era mais tão importante. Os bandidos passaram a sequestrar não apenas empresários e industriais, mas qualquer pessoa.

Preocupado, o governador Marcello Alencar chamou 25 empresários de diversos setores para debater o tema no Palácio das Laranjeiras, conhecido pela beleza de seus jardins, pelos suntuosos salões, pelas obras de arte e por ser a residência oficial do governador. Cezar foi um deles. "Na primeira reunião, eu não sabia se ficava mais preocupado com os sequestros ou com a quantidade de seguranças que tinha no local."

As ideias pululavam nas conversas com o governador, e iam desde não pagar o resgate de jeito nenhum até vamos combinar com a justiça uma solução: sumimos com os bandidos e eles aliviam. Em uma rodinha afastada, Cezar, Julio Bozano (do Banco Bozano Simonsen) e José Isaac Peres (da Multiplan) conversavam sem prestar muita atenção nas ideias que ouviam. Achavam que elas não faziam sentido.

Um dia o empreiteiro Sergio Quintella, pai de Antonio, que havia sido sequestrado, comentou no grupinho que havia visto um programa no Canadá que poderia servir de modelo. Pronto. Essa, sim, parecia uma boa ideia. Junto com eles, Jacob Barata, empresário do ramo de ônibus, também gostou da conversa. Os cinco decidiram ali que o sistema canadense seria um bom modelo a seguir e que ele poderia ser a base para a criação de um sistema no Brasil baseado em três pilares:

1. **Anonimato**: incentiva as pessoas a fornecerem informações sem medo de represálias.

2. **Acessibilidade**: número de telefone que permite a qualquer pessoa ligar para relatar os sequestros. O número nunca seria gratuito, para diminuir o número de trotes.
3. **Processamento**: análise e verificação das informações recebidas e envio para o serviço de inteligência da polícia para que eles tomem as ações necessárias.

A equipe do novo sistema recebia as denúncias, passava para a polícia e acompanhava os casos. Estava lançado o Disque Denúncia, que passou a receber informações e denúncias anônimas sobre sequestros. Mas faltava encontrar uma pessoa para tocá-lo.

Muitos não queriam ter seu nome associado a uma instituição como aquela, já que a possibilidade de represálias por parte de bandidos não era pequena, mas Cezar acabou encontrando um ex-diretor do Crefisul com quem já havia feito negócios no tempo da corretora Garantia — anos depois essa mesma pessoa diria que a existência do Banco Garantia havia sido obra da teimosia de Cezar. "Uma vez eu fui conversar com o Luiz Cezar lá no Garantia — então Corretora Garantia — e, quando saí, o Jorge Paulo me chamou e disse: 'Vem cá, o Cezar continua insistindo com essa história de banco, né, tentou vender pra você que o Garantia deve ser banco, nós não vamos ser banco nunca, vamos continuar sempre sendo uma corretora'."[9] Meses depois, em 1976, a corretora Garantia se tornaria o banco Garantia. E, quase vinte anos depois, em 1995, o Disque Denúncia teria como primeiro diretor, a convite de Cezar, José Antônio Borges Fortes, conhecido por todos como Zeca Borges, que esteve à frente da instituição da sua fundação até sua morte em 2021, aos 78 anos.

O Disque Denúncia, porém, quase não existiu. Uma parte do empresariado não queria o projeto, com medo das consequências dele. Achavam loucura e tentaram convencer Cezar e outros empresários a abortar, dizendo que aquilo teria consequências graves sobre o empresariado do Rio de Janeiro. Claro que essa linha de pensamento não

9 Depoimento a Maria Eli de Queiroz para o texto *O homem de mil contos.*

funcionou com Cezar. Ele não apenas ignorou os apelos como associou seu nome ao projeto, dando entrevistas sobre a sua participação no Disque Denúncia e indo publicamente a vários locais no Rio para incentivar a iniciativa. Ele também esteve em outras cidades, como Recife e Campinas, em que o projeto se tornou um sucesso.

Rapidamente o Disque Denúncia descobriu que havia uma estrutura profissional de sequestro. Um verdadeiro trabalho de equipe, dividido em três áreas principais. Segundo Cezar, a primeira, os "sequestradores", escolhiam e sequestravam as pessoas. A segunda, os *dealers*, recebiam a oferta de sequestrados e faziam leilão para a terceira equipe, os "financiadores", que "compravam" o sequestrado e depois "revendiam" para a família. A linguagem é de negócios, mas o crime é hediondo e a quadrilha foi desmontada graças ao trabalho do Disque Denúncia.

Curiosamente, um dos "financiadores" era um empresário bem-sucedido do ramo de varejo que precisava diminuir o caixa dois e começou a financiar contrabando do Paraguai. A estratégia não fez nem cócegas no caixa, e o enrosco precisava de outra solução que usasse muito mais dinheiro, segundo Cezar. E ele a encontrou no artigo 26 da Lei 10.826/03, que diz que "são vedadas a fabricação, a venda, a comercialização e a importação de brinquedos, réplicas e simulacros de armas de fogo, que com estas se possam confundir".[10]

Mas a população gostava naquele momento de comprar esses brinquedos, e, se havia demanda por que não supri-la? Ele passou a trazer armas de brinquedo do Paraguai e a revendê-las no Brasil inteiro. Era um bom negócio, mas o empresário percebeu que tinha um melhor ainda: a compra e venda de armas reais para criminosos.

"Na convivência com esse pessoal, esse empresário descobriu que podia sumir com caixa dois mais ainda se financiasse sequestros. E foi

---

10 BRASIL. *Lei nº 10.826, de 22 de dezembro de 2003.* Dispõe sobre registro, posse e comercialização de armas de fogo e munição, sobre o Sistema Nacional de Armas – Sinarm, define crimes e dá outras providências. Disponível em: https://www.planalto.gov.br/ccivil_03/leis/2003/l10.826.htm.

isso que ele fez, mas não estava sozinho nesse negócio. Outro que fazia o papel de 'financiador' trabalhava no governo do Rio de Janeiro e rentabilizava dinheiro de campanha com sequestro."

Com essas peças do quebra-cabeças e outras que foram sendo descobertas, muitas delas por intermédio do Disque Denúncia, a indústria de sequestros do Rio de Janeiro foi praticamente desmontada em três anos, o que acabou tendo um efeito colateral indesejado no financiamento da entidade: empresários e industriais que haviam financiado a instituição no boom dos sequestros começaram a sair dele em 1998. Com o tempo, apenas um empresário do grupo original ficou: Cezar, que participou e contribuiu com o projeto ao longo de mais de 25 anos dando suporte financeiro e resolvendo problemas dos mais simples aos mais inimagináveis.

Borges e Cezar tinham um acordo (como sempre, sem nada assinado). Toda vez que o projeto tinha de fazer um investimento, Cezar garantia que, se o Disque Denúncia não conseguisse financiamento entre os empresários, ele complementaria. Mais de uma vez o Disque Denúncia teve de alugar um jatinho ou um helicóptero para resolver um sequestro, e os custos acabavam sendo bancados por Cezar, com seu dinheiro pessoal — muitas vezes se enfiando em situações no mínimo estranhas.

Em uma delas, o Disque Denúncia recebeu a informação de que um conhecido sequestrador de Pernambuco estava foragido no Rio de Janeiro, mais especificamente na cidade de Campos dos Goytacazes, a cerca de 270 quilômetros da capital, que anos depois seria chamada de "Capital Nacional do Petróleo" juntamente com Macaé — pelos campos de petróleo que proliferam pela região tornando o local um grande produtor dele.

O bandido já havia sequestrado dois empresários em Pernambuco. Com a localização em mãos, dois delegados e um policial de Pernambuco voaram ao Rio de Janeiro para se juntar aos colegas cariocas. O importante agora era o elemento surpresa, e um avião seria ideal para levar os policiais até o local. A situação era urgente, não havia como esperar, e um jatinho acabou sendo alugado na conta pessoal de Cezar.

Por volta das oito da noite, oito policiais fortemente armados partiram em direção ao local dado pelo informante e encontraram o sequestrador. Sem nenhum tiro disparado, conseguiram prendê-lo. Um sucesso. Agora era voltar para o aeroporto de Campos e levar o sequestrador para o Rio de Janeiro.

Só não contavam com o aeroporto totalmente cercado pelas polícias militar e civil da região, que tinham certeza de estar perante um assalto a banco. Afinal, oito homens armados pousando de jatinho em Campos à noite só podia ser isso. Naquela altura, a polícia local esperava a volta dos "sequestradores" com os dois pilotos já presos — eles haviam tentado explicar que não era nada daquilo, mas nada feito.

A solução foi ligar para Cezar, que teve de ficar horas explicando a história do avião até convencer os policiais de que o que tinha cara de assalto, jeito de assalto, arma de assalto, não era nada daquilo. Era uma operação policial para prender um sequestrador.

Mas essa não seria a maior das contribuições de Cezar para a perenidade do Disque Denúncia. Com o passar dos anos, entendendo que a instituição precisava diversificar suas fontes de renda, ele usou seus contatos pessoais para trazer patrocinadores para a instituição, como Vale, Petrobras e Bradesco Seguros.[11]

O sucesso de empreitadas de reestruturação e o Disque Denúncia alçaram Cezar ao patamar de lenda viva. Tudo o que ele fazia funcionava, mas uma operação malsucedida levou a uma reviravolta que mudaria o rumo da sua vida.

---

11 Depoimento de Zeca Borges para *O homem de mil contos*, de Maria Eli de Queiroz.

8

Não espere reconhecimento de ninguém a quem você ajudou

> *"Donec eris felix, multos numerabis amicos; tempora si fuerint nubila, solus eris."*
>
> (Enquanto você for feliz, contará muitos amigos; se os tempos forem sombrios, estará só.)
>
> Ovídio, poeta romano

Segundo semestre de 1999

A Land Rover preta entrou no estacionamento da avenida República do Chile, 100. Ao volante, o motorista tinha uma última missão. Pegar os pertences do chefe. Só não esperava encontrá-los na porta do prédio em uma caixa de papelão de supermercado daquelas em que se colocam latas. No caso, de leite em pó para criança.

Em 1999, o Pactual — uma sociedade altamente improvável entre pessoas totalmente diferentes — continuava a crescer, mas a relação entre seus fundadores não era mais a mesma. Na verdade, nunca tinha sido realmente boa. Cezar e André nunca conseguiram ser realmente próximos. Com Paulo, Cezar tinha mais afinidade e as famílias viajavam juntas, mas a proximidade não impediu que houvesse desde sempre uma diferença enorme de visão sobre o presente e o futuro do banco entre os três fundadores.

O empreendedor da turma, Cezar, queria sempre criar mais produtos e novas áreas para o banco. Na visão de um ex-sócio do Pactual, "para o André e o Paulo, se o Pactual fosse apenas um fundo hedge estava ótimo. Eles não queriam mais do que isso. O Pactual se tornou um banco de investimentos pela visão do Cezar".

O caldo havia começado a entornar com a saída de Bronfman, em 1995. Um episódio traumático que quebrou um paradigma criado pelo próprio Cezar: cada um dos sócios do comitê executivo formado pelo trio (Paulo, André e Cezar) tinha um voto, independentemente da quantidade de ações que cada um possuísse. Mas Cezar era o controlador, e, naquele momento, contra os votos de Paulo e André, tomou a decisão de que era hora de Bronfman sair. Na visão de Cezar, a falta de performance do sócio era suficiente para que ele não fizesse mais parte do time. A saída deixou Paulo e André preocupados. Acreditavam que poderia acontecer com eles o mesmo que ocorrera com Bronfman e começaram a se movimentar.

A situação ficou mais complexa ainda quando Cezar comunicou a Paulo e André que estava negociando a compra do BCN de Pedro Conde. O ano era 1997, e ali o caldo entornou de vez. Profundamente irritados com a atitude do sócio, os dois disseram que de jeito nenhum, que não havia hipótese de comprar um banco comercial. Não fazia parte dos planos deles, ao contrário de Cezar, que continuava com sua visão de expandir e inovar sempre. Mas ele acatou a decisão dos sócios.

Todos sabiam, no entanto, que ele não desistiria. Estavam certos: Cezar acabou comprando o banco Sistema, pertencente a Conde, pouco depois — não porque o achasse grande coisa, mas porque queria ter uma licença para operar banco comercial.

Paulo e André, conhecendo o sócio, tomaram uma decisão drástica: sair e criar a J(akurski) G(uedes) P(artners). Ao longo dos anos, a JGP se tornou uma das mais respeitadas gestoras de recursos do Brasil. André e Paulo ficaram ainda como *limited partners* do Pactual, com 1% de ações cada, mas a saída de dois dos três fundadores foi um baque na estrutura do banco. Não apenas pelo reconhecido talento deles em suas áreas — Paulo na economia e André no trade —, mas porque toda vez que alguém saía do Pactual era obrigado a vender suas ações, e pela regra do *partnership* o comprador era sempre a tesouraria do banco. E, no caso de Paulo e André, os valores não eram pequenos.

Na época, o Pactual tinha cerca de US$ 700 milhões em caixa. André e Paulo detinham cerca de 30% das ações do banco. Coube à tesouraria comprar as ações. Mas a situação ainda iria piorar, e muito, e o que ninguém imaginava aconteceu. O terceiro fundador em breve deixaria o banco e não seria por operações no mercado financeiro, mas na área industrial.

Nos anos 1960, o linho vivia seu auge. Era o tecido preferido da alta-costura, um símbolo de elegância e sofisticação, e uma empresa dominava o mercado brasileiro, a Têxteis Barbero (Teba). Com a produção de 40% dos tecidos de linho no Brasil feitos por ela, a Teba tinha representantes em quase todos os estados do país e empregava mais de 2 mil operários em Sorocaba, cidade localizada a uma hora e meia de São Paulo.

No cenário internacional, países europeus como Bélgica, Países Baixos (conhecido durante muitos anos como Holanda), Irlanda e Itália lideravam a produção de linho, abastecendo um mercado que comprava qualidade. O linho era valorizado por sua durabilidade, conforto e toque refinado. Mas a partir dos anos 1970 o mundo assistiu à ascensão das fibras sintéticas, como o poliéster e a viscose. Mais baratos, versáteis e práticos que o linho, esses materiais conquistaram rapidamente o mercado. Eles se adequavam perfeitamente aos novos hábitos de consumo trazidos por uma vida urbana cada vez mais acelerada: tecidos que não amassavam, fáceis de lavar e que não exigiam cuidados especiais. O linho, conhecido por amassar facilmente e precisar ser passado a ferro, começou a se mostrar pouco prático para o novo dia a dia urbano.

Nesse cenário, Cezar recebeu a visita de um amigo na Marambaia, Julio Barbero. Ele queria que o então banqueiro investisse na Teba. O tamanho do negócio havia diminuído bastante, mas ainda parecia bom. O linho já não era tão procurado pela população, mas continuava a ter o seu nicho. Sua indústria havia permanecido estagnada, com pouca modernização nos processos de produção e falta de investimento em marketing para renovar a imagem do produto. A situação era um problema, mas poderia também ser uma oportunidade única. Barbero imaginava transformar a Teba em uma grande exportadora de tecidos de linho.

Parecia um ótimo negócio, e, em 1993, Cezar mostrou a possibilidade de comprar a Teba para o comitê executivo do Pactual, que analisou e achou que não valia a pena. Cezar resolveu fazer então um *private equity,* só que com seu dinheiro pessoal, e se tornou acionista majoritário da Teba, incluindo-a como parte da LatinPart, sua holding de negócios pessoais. Colocou um executivo para tocar o negócio e voltou sua atenção novamente para o Pactual.

Uma das primeiras constatações do executivo foi a de que era preciso comprar máquinas mais modernas. O valor seria alto, porém parecia uma atitude razoável naquele momento. Os equipamentos eram antigos e não davam mais conta de produzir o que o mercado pedia. Uma crise inesperada na produção de linho, porém, gerou um prejuízo enorme na operação.

Na época, o linho de alta qualidade era plantado majoritariamente na Bélgica e nos Países Baixos. Em uma crise de produção, o preço disparou. Com a concorrência dos sintéticos, a indústria simplesmente deixou o linho de lado, e as máquinas modernas da Teba ficaram absolutamente subutilizadas. A indústria do linho nunca realmente se recuperou dessa crise, e Cezar teve de fechar a Teba no fim da década de 1990 sem nunca ter realizado a visão que tinha dela. Mas esse não seria nem de longe seu investimento mais complexo. Ao entrar no negócio de laranja, ele enfrentaria o maior de seus desafios na LatinPart e perderia US$ 200 milhões.

Em meados da década de 1990, o Brasil reinava absoluto como o maior produtor e exportador mundial de suco de laranja. As grandes processadoras — Citrosuco, Cutrale e Cargill — formavam o trio que ditava as regras do jogo. O "mercado livre", segundo o Cade, era, na prática, uma dança ensaiada, em que o pequeno agricultor sempre saía perdendo.[1]

"Um dia, me liga no Pactual o diretor financeiro da Cooperativa dos Cafeicultores e Citricultores de São Paulo e diz que tinham um problema. Do jeito que estava, iam acabar quebrando e precisavam vender, mas era necessário a aprovação dos quatrocentos produtores da cooperativa. Caso contrário, nada feito." Uma missão do tipo que Cezar sempre adorou: unir as pessoas e fazê-las seguir em uma direção. Nada de muito novo. Em poucos meses, a cooperativa acabou vendida, com Cezar conversando com um a um e articulando para que eles fizessem a venda conjunta. A compradora: a francesa Louis Dreyfus Company (LDC), uma das maiores tradings agrícolas do mundo, com raízes que remontam a 1851 na França, e que atua na comercialização, processamento e distribuição de commodities como soja, milho, trigo, algodão, café, além de suco de laranja. Missão finalizada. Meses depois, chega ao Pactual uma proposta de entrar no mercado de suco de laranja.

O comitê executivo do banco novamente decidiu por não entrar no negócio. E Cezar fez mais um *private equity* com seu dinheiro pessoal. Para ele, parecia interessante fazer a operação em um cenário em que a exportação de suco de laranja brasileiro não parava de crescer. E comprou 50% da empresa na pessoa física, entrando na operação junto com os irmãos Paulo e Fábio Rodas, grandes produtores de laranja do interior de São Paulo, primos de Heloisa, sua segunda mulher. Com um detalhe: havia uma cláusula que dizia que os Rodas poderiam vender a parte deles da empresa para Cezar, mesmo que ele não quisesse adquiri-la. "Topei a cláusula porque na minha cabeça eu era apenas um sócio investidor. A outra parte é quem tocava o negócio, e nunca iria querer vender. Era o negócio principal deles, não o meu."

---

1 BRITO, Ricardo. Gigantes do suco de laranja viram réus em ação na Justiça que cobra R$ 1,27 bi por cartel. *G1*, 6 abr. 2023. Disponível em: https://g1.globo.com/economia/agronegocios/noticia/2023/04/06/gigantes-do-suco-de-laranja-viram-reus-em-acao-na-justica-que-cobra-r-127-bi-por-cartel.ghtml.

Não foi bem assim. Em dado momento os Rodas decidiram que havia chegado a hora de vender. E Cezar cumpriu o contrato. Comprou a parte dos sócios, mas, sentindo a pressão, nem sempre suave, das três grandes processadoras de suco de laranja do mercado, saiu em busca de um comprador. Não conseguiu. O negócio continuava rodando com linhas de crédito até que uma situação inusitada aconteceu.

Segundo Cezar, as três grandes compraram antecipadamente a maior parte de produção de laranja por um preço justo e, perto do momento de lotação das fábricas, compraram o restante da produção 50% mais caro. Sem opção, a empresa teve de pagar o novo preço para ter matéria-prima para processar. Mesmo assim ainda era possível colocar o produto no mercado internacional sem tomar prejuízo. "Nessa hora, o preço internacional despencou e eu comecei a vender com prejuízo. Isso se repetiu no ano seguinte. E eu decidi fechar a fábrica e liquidar as linhas de crédito."

Só que os valores eram altos, e Cezar precisava de liquidez. Acabou enredado em uma situação complexa. Um dia, teve de chegar para Plass e contar o que estava acontecendo. Não tinha como pagar os empréstimos que havia tomado e a garantia estava na sua pessoa física. A única solução era vender parte das ações. O que Cezar fez, mas ainda mantendo o controle do banco.

A venda de ações de Cezar diminuiria ainda mais o caixa do banco, que já havia sido reduzido pela saída de Paulo e André. E aqui não fica claro quem procurou quem, mas em uma conversa entre Plass e Paulo ficou combinado que uma solução seria trazer André e Paulo de volta e dividir o controle do banco em três: André, Paulo e Cezar. Uma forma de reforçar o caixa do Pactual. A ideia, porém, não foi para a frente. André já estava em outra com a JGP. Não pensava em voltar atrás, mas havia outra solução. "O Paulo me procurou e me disse que a nova geração (Esteves, Sayão e Serfaty) estava nervosa com toda a situação que estava acontecendo e que valeria a pena dividir o controle com eles para acalmá-los. Foi isso que eu fiz. Dividi o controle com eles além do Plass, do Bilyk e do Luiz Claudio."

O problema parecia ter sido solucionado. Tudo, em tese, sob controle. Só que a empresa de suco de laranja continuava a consumir dinheiro de Cezar até a hora em que ele se viu em uma sinuca de bico. Precisava pagar uma dívida com o Bradesco que vencia dali a alguns dias. E, para arcar com ela, tinha de vender o restante de suas ações. "Eu podia ter dito que não ia fazer, que não as venderia. Aliás, essa foi a recomendação do meu advogado, o Sergio Bermudes, mas havia um risco que eu achava muito pior do que ter de vendê-las: o Pactual ser afetado pelo fato de eu ter uma dívida na pessoa física. Poderia haver uma desconfiança do mercado em relação à capacidade financeira do banco, e isso colocava em risco sua sobrevivência."

E, assim, Cezar vendeu boa parte de suas ações em uma situação de extremo estresse. A dívida vencia em uma segunda-feira, 27 de julho de 1998. Na sexta-feira anterior ao fatídico dia, o contrato de venda das ações ficou de ser assinado. Todos à mesa. Tudo pronto para a assinatura após um debate intenso que começou às 19 horas e terminou às 7 da manhã do dia seguinte.

Os detalhes da conversa variam conforme quem conta, e incluem um enrosco na hora da assinatura para ver se Cezar assinava primeiro a venda das ações ou se o dinheiro era transferido primeiro. Ficou decidido que o dinheiro seria enviado primeiro via TED. Cezar teria saído da sala sem assinar a venda das ações — e a TED não seria válida, pois precisava de duas assinaturas e tinha apenas uma. Segundo Macedo, foi ele que levou os documentos para Cezar assinar, dias depois,[2] e então a transferência foi feita e o controle do banco, dividido.

Mas havia uma possibilidade de ainda manter Cezar no banco. Ele poderia ser financiado pelos sócios para comprar novas ações, uma solução natural. Havia financiado os mais jovens, e agora seria financiado por eles. "Eu acreditava que Serfaty me apoiaria, e havia tido sinais de que isso era verdade. Mas, em uma conversa com o Paulo, o Serfaty acabou convencido de que o melhor mesmo era mesmo eu seguir outros rumos."

---

2 Depoimento a Maria Eli de Queiroz em *O homem de mil contos*.

O argumento de Paulo para Serfaty era que Cezar não tinha muito como se manter no banco com a nova geração, capitaneada por Esteves, Sayão, Plass e o próprio Serfaty.

E, em setembro de 1999, terminava uma era. O trio fundador do Pactual (Paulo, André e Cezar) já não estava mais no banco. Boa parte da segunda geração — que havia iniciado o Pactual com os fundadores — também não. Coube à terceira geração ascender ao poder. Cezar nunca mais pisou no banco, mas meses antes tinha tomado uma atitude que salvaria a instituição de uma potencial enrascada.

O avião de Cezar pousou suavemente no aeroporto internacional do Galeão, no Rio de Janeiro, vindo da Alemanha, nos primeiros dias de 1999. Na saída, a Land Rover preta com Paulo ao volante o esperava para levá-lo ao Pactual. Sua cabeça estava a mil. Precisava achar uma solução para a situação de suas quatro empresas na holding LatinPart — além da processadora de suco de laranja e da Teba, havia ainda a locadora de veículos Hertz e a Overprint. Os prejuízos eram grandes, e ele já havia vendido uma grande parte de suas ações para cobri-los. Mas nada o havia preparado para o que encontraria na mesa de operação de renda fixa do Pactual, liderada por Esteves.

O Plano Real, implementado em 1994, havia conseguido estabilizar a economia e controlar a hiperinflação, mas a âncora cambial que mantinha o real atrelado ao dólar gerou desequilíbrios econômicos significativos com a criação de déficits nas contas externas e a crescente pressão sobre as reservas internacionais.

As crises financeiras asiática, em 1997, e da Rússia, em 1998, haviam aumentado a incerteza nos mercados emergentes, incluindo o Brasil, e resultaram em uma fuga de capitais do país.

Para defender o valor do real, o Banco Central brasileiro teve de tomar medidas drásticas. No entanto, mesmo com o uso significativo das reservas internacionais brasileiras, a defesa do real se mostrou insustentável. Para o governo havia apenas uma solução, quebrar a paridade real-dólar, mas havia um empecilho: o presidente do Banco Central, Gustavo Franco, um dos pais do Plano Real, tinha dificuldade para acreditar que essa fosse a solução ideal. E, às 9h30 da manhã do dia

13 de janeiro, na sede do Banco Central, Franco leu uma nota de uma página e meia anunciando sua demissão e apresentando seu sucessor, Francisco (Chico) Lopes, que rapidamente anunciou a mudança para um regime de "bandas cambiais exógenas".

As tais bandas duraram poucos dias, até que o Banco Central, com perdas acentuadas de reservas, fosse obrigado a adotar o regime de câmbio flutuante em vigor até os dias de hoje, em 2025. A decisão resultou em uma rápida desvalorização da moeda brasileira. Em poucos dias, o câmbio passou de cerca de R$ 1,20 por dólar para aproximadamente R$ 2 por dólar.

E o Pactual ganhou rios de dinheiro. Dois fundos administrados pelo banco tiveram desempenho extraordinário na virada do câmbio. Um deles rendeu 725,6% em dólar apenas em janeiro. As operações foram feitas nos mercados futuro e à vista de dólar. Só as operações do banco na BM&F (Bolsa de Mercadorias & Futuros) renderam 98,2 milhões. O banco investiu no mercado futuro antes da desvalorização do real, quando o BC mantinha a cotação em R$ 1,21. No fim do mês, a cotação disparou para R$ 1,98.[3] Mas a maxidesvalorização do real poderia ter quebrado o Pactual.

"Tivemos sorte. No final de 1998 eu estava viajando e cheguei ao banco nos primeiros dias de 1999. Fui olhar a mesa de operações, e estávamos apostando que o real ia se valorizar em relação ao dólar. Achei que não fazia sentido e insisti para que a posição fosse invertida. A mudança foi feita, e, no início de janeiro de 1999, aconteceu o que todo mundo sabe, o fim da paridade real/dólar", lembra Cezar.

Não foi, porém, a primeira vez que a mesa de renda fixa do Pactual quase errou a mão. Em junho de 1998, em uma reunião de sócios, Esteves defendeu que se aumentasse a posição da tesouraria do banco em títulos públicos russos, os GKOS (*Gosudarstvennoye Kratkosrochnoye Obyazatel'stvo*), ou "obrigações do Estado de curto prazo", que

---

3 PACTUAL foi um dos bancos que mais lucraram em 99. *Folha de S.Paulo*, 22 maio 2001. Disponível em: https://www1.folha.uol.com.br/folha/brasil/ult96u20134.shtml. Acesso em: 8 ago. 2025.

ofereciam rendimentos nominais altíssimos para atrair investidores em um ambiente de risco elevado com vencimentos de curto prazo (três a 12 meses). Era uma forma de tentar recuperar rapidamente o caixa do banco, que havia sido diminuído pela saída de Paulo e André e pela venda de parte das ações de Cezar.

Por sorte, Esteves foi voto vencido. Os outros sócios, influenciados por Paulo — que na época já era apenas um *limited partner* mas mantinha ainda grande influência no banco —, não alocaram mais dinheiro em títulos russos. Meses depois, em 17 de agosto, o governo russo declarou a moratória do GKOs, que se converteram compulsoriamente em novos títulos de longo prazo. Um caos, que levou a perdas de até 80% para alguns investidores.

Em um mundo já instável pela turbulência dos países asiáticos no ano anterior, que havia levado à desvalorização das moedas da Tailândia e da Coreia do Sul, a derrocada dos títulos russos com a desvalorização do rublo (moeda russa) mostrou que o perigo rondava os países emergentes. E o Brasil se tornou a bola da vez.

A inexplicável mudança de posição do Pactual — de vendido para comprado em dólar em 24 horas — chamou a atenção do Ministério Público. Em 6 de janeiro, o Pactual tinha uma posição vendida de US$ 13,8 milhões apostando que o real iria manter a paridade com o dólar, tornando um bom negócio manter uma dívida em dólares e apostando na sua queda. Em 12 de janeiro, véspera da desvalorização, o banco se reposicionou de forma oposta e ficou "comprado" em US$ 19,7 milhões, assumindo compromisso de compra em contrato futuro e apostando numa alta da cotação do dólar.[4]

O Ministério Público suspeitou de que pelo menos dois bancos — o Marka e o Fonte Cindam — haviam comprado informações de Sérgio Bragança, sócio de Lopes numa consultoria. Só que Bragança teria repassado informações erradas, levando à quebra dos dois. Cezar seria acusado por Cacciola, dono do Marka, de ser o chefe desse esquema de

4 PACTUAL foi um dos bancos que mais lucraram em 99. *Folha de S.Paulo*. 22 maio 2001. Disponível em: https://www1.folha.uol.com.br/folha/brasil/ult96u20134.shtml. Acesso em: 8 ago. 2025.

venda de informações privilegiadas do Banco Central para o mercado e de ter usado esse conhecimento para vender por um preço melhor suas ações para os sócios do Pactual.[5]

Na época, Cezar respondeu: "Dou 1 milhão para quem me mostrar a fita do Cacciola e mais R$ 1 milhão se encontrarem minha voz nessa fita."[6] O Ministério Público investigou o Pactual e nunca encontrou nada que incriminasse Cezar. Mas durante anos ele teve de depor na Polícia Federal mesmo após sair do banco, e o Pactual nunca deixou que ele fosse com o próprio advogado. Sempre esteve acompanhado por um escolhido pelo banco.

Ao mesmo tempo, Cezar observava que, com a chegada da internet comercial ao Brasil, em 1995, havia uma grande oportunidade: criar um novo banco, só que totalmente digital. Não havia nada parecido no Brasil, e ninguém sequer imaginava que isso seria possível em um curto espaço de tempo. Ele havia deduzido (corretamente) que o mundo se tornaria on-line nos próximos anos. Já havia acertado a evolução tecnológica anterior.

Poucos anos antes da fundação do Pactual, em junho de 1977, dois "Steves" haviam lançado um microcomputador. Com ele, queriam popularizar a ideia de as pessoas terem computador em casa. Conseguiram. Após o lançamento do Apple II, Steve Wozniak e Steve Jobs, fundadores da Apple, o sonho começou a se tornar realidade. Caríssimo ainda, sim, mas o início da revolução que desembocou no mundo digital.

Em 1977, um Apple II custava US$ 1.298, equivalente a cerca de US$ 6.800 em julho de 2025. Foi um desses Apple II que Cezar importou em 1987 naquela época para a Pactual, e ninguém entendeu nada.

---

5 NA PF, Cacciola acusa ex-presidente do Pactual, Luiz Cezar Fernandes, de ter 'informações'. *O Globo*, [s. d.]. Disponível em: https://oglobo.globo.com/economia/na-pf-cacciola-acusa-ex-presidente-do-pactual-luiz-cezar-fernandes-de-ter-informacoes-2969452.

6 BARROS, Guilherme. "Dou R$ 1 milhão para quem me mostrar a fita", diz ex-banqueiro. *Folha de S.Paulo*, 22 maio 2001. Disponível em: https://www1.folha.uol.com.br/fsp/brasil/fc2205200112.htm.

Um computador? Para quê? A resposta de Cezar foi simplesmente: no futuro haverá um computador para cada pessoa. Ele estava certo. Agora, na virada do século XX para o XXI, enxergava uma nova revolução se aproximando e nada fazia mais sentido do que criar um banco sem agências, totalmente focado em tecnologia e inovação financeira. Só precisava encontrar uma pessoa com quem pudesse conversar sobre o tema. Um empresário, de preferência que entendesse profundamente de tecnologia.

No início dos anos 1970, computadores eram equipamentos enormes e muito caros operados por especialistas. Um mundo à parte, compreendido apenas por um pequeno grupo de geeks, mas uma revolução estava para acontecer. A IBM, uma das grandes fabricantes dessas máquinas, percebeu, na virada para a década de 1980, que precisaria entrar em um novo mercado, microcomputadores para usuários comuns, mas precisava de um sistema operacional. Não tinha nada em vista, mas encontrou o parceiro ideal em uma empresa fundada por dois nerds na cidade de Albuquerque, no estado do Novo México, nos Estados Unidos.

A dupla havia feito o MS-DOS, que se tornaria o primeiro sistema operacional do IBM PC, e iniciaria a revolução que tornaria os microcomputadores um produto quase tão comum quanto uma geladeira na casa das pessoas. Anos depois, no fim dos anos 1980, a mesma empresa criou uma interface gráfica "inspirada" na concorrência, mas com um preço muito mais acessível, o Windows. E o mundo nunca mais foi o mesmo.

Nesse cenário, Cezar achou que o ideal seria visitar um dos fundadores da empresa, Bill Gates — o outro, Paul Allen, já havia saído do dia a dia da Microsoft havia tempos para tratar da saúde. Cezar queria saber sobre a real possibilidade de criar um banco totalmente digital. Ouviu de Gates que seria possível, mas que naquele momento não fazia sentido para ele.

O projeto nunca foi para a frente. Anos depois, em 2016, a J&F Investimentos, controladora da JBS, uma das maiores empresas de alimentos do mundo, controlada pelos irmãos Joesley e Wesley Batista, criaria o Banco Original, sem agências, totalmente focado em tecnologia e inovação financeira — a instituição havia sido criada em 2010, mas ainda não tinha o conceito de ser totalmente digital.

O primeiro presidente do Original, Henrique Meirelles, ex-presidente do BankBoston, Cezar conhecia de longa data do mercado financeiro. Havia também colaborado na campanha vitoriosa de Meirelles para deputado federal por Goiás. Meirelles, porém, não ficou muito tempo no Congresso. Rapidamente foi convidado para ser presidente do Banco Central no primeiro mandato de Luiz Inácio Lula da Silva, em novembro de 2002. Recebeu a notícia de seu novo cargo quando estava na Marambaia, da boca de Cezar, segundo uma pessoa presente na conversa.

Um grupo de empresários, Cezar entre eles, havia articulado com o então candidato Lula para ter Meirelles à frente do regulador do mercado financeiro em um momento em que havia um medo generalizado de que a possível chegada de um partido de esquerda, o Partido dos Trabalhadores (PT), ao poder pela primeira vez no Brasil gerasse um caos financeiro.

"Não foi apenas o Meirelles. Articulamos também para que outros quatro ministros viessem da iniciativa privada para ajudar a dar mais estabilidade ao país." Mas, em 1999, Cezar estava desestabilizado. As dificuldades no trabalho eram apenas a ponta do iceberg. Renata havia feito 40 anos. A cada ano que passava, sua condição física ficava mais limitada e Cezar não acreditava que a filha sobreviveria mais muito tempo. Precisava se preparar internamente para uma possível partida dela, o que, juntamente com todo o imbróglio da LatinPart, que controlava a Teba e a processadora de suco de laranja, gerou um turbilhão emocional. Pouco antes, no ano anterior, simbolicamente, Petrópolis, onde fica a Marambaia, ardeu em chamas. Um prenúncio do que estava por vir.

O Parque Nacional da Serra dos Órgãos é um dos mais antigos do Brasil. Criado em 1939, com uma área aproximada de 20.030 hectares, o parque abrange os municípios de Teresópolis, Petrópolis, Magé e Guapimirim e é conhecido por suas formações montanhosas, entre elas o célebre pico Dedo de Deus. O parque é peça fundamental para a conservação das espécies endêmicas da região, servindo de refúgio para espécies como o muriqui-do-sul, o maior primata das Américas.

E, naquele ano, 1998, o fogo varreu o parque e devorou a vegetação ressequida pela estiagem. As chamas destruíram encostas e vales. As brigadas de incêndio e os voluntários travavam uma batalha desigual contra a fúria do fogo, que, nas imediações de Corrêas, avançava rapidamente. Os jornais falavam em incêndio criminoso, mas a origem das chamas era muito menos urgente do que o problema a ser resolvido: conter o fogo em condições severas de mata seca, terreno íngreme, vento forte e vegetação de altitude, que dificultavam o acesso das equipes de combate a incêndio.

Morador da região, Cezar resolveu olhar o problema de cima. Sobrevoando o local, ele percebeu que a localização da Marambaia seria a base perfeita para as operações da defesa civil, do corpo de bombeiros e dos voluntários. E ofereceu a casa, os dois helicópteros e o heliporto para serem usados pela Marinha e pela Aeronáutica. Só tinha um problema: ninguém acreditava que seria possível pousar os helicópteros militares na pista construída pelo banqueiro. Todos achavam que o peso deles iria danificá-la. "Eu tive de insistir muito. Até me responsabilizei por qualquer dano que houvesse na pista. No final, se convenceram."

Os helicópteros militares — agora baseados na Marambaia — iam e vinham, guiados pelo Sikorsky de Cezar, que mostrava os locais onde era possível pousar e deixar os bombeiros para combater o fogo. Só que faltava água. Não havia muito como levá-la até o alto para ajudar no combate ao fogo, mas existia uma solução: um bombeiro comentou com Cezar que havia uma bolsa fabricada no Canadá utilizada para pegar água dos rios e despejar sobre um foco de incêndio. Só não havia nenhuma delas no Brasil. Ao menos até aquele momento.

Cezar conseguiu falar com o fabricante, comprou uma e, poucos dias depois, ela chegou ao Brasil. Só que tinha ainda mais uma questão: não havia nenhum rio perto onde pegar água. Acabou que um caminhão-pipa passou a ser usado para encher a bolsa. Mas levar a água para combater o fogo era apenas o problema técnico do combate ao fogo. Havia também uma questão operacional. "Eu estava vendo que o coronel responsável pelo combate ao incêndio não entendia nada de serviço externo e falei na cara dele que, com aquela barriga, ele, com certeza, só fazia atuar dentro do escritório. Deu uma briga...", diverte-se Cezar.

Esse foi, porém, apenas o começo da confusão. Cezar observou que um sargento, subordinado ao tal coronel, trabalhava muito bem e acreditava que o comandante da operação deveria ser ele. Não conseguiu ficar quieto — nenhuma novidade — e falou o que achava com todas as letras na frente de todos. Mais um enrosco, dessa vez dos grandes. Colocar o sargento para comandar uma operação com um coronel presente é uma quebra da hierarquia militar impensável, mas todo problema tem uma solução, mesmo que não agrade a todos. "A fazenda era minha. Eu simplesmente avisei que, se o tal coronel continuasse na liderança dos trabalhos, eles não podiam mais usar minha propriedade de base de combate ao fogo. Resolveu rapidinho."

Nos dez dias seguintes, o sargento comandou a operação com mais de duzentos bombeiros, equipes da Marinha, Aeronáutica e voluntários. O pessoal todo trabalhava, se alimentando e dormindo na Marambaia. Uma operação de guerra. O próprio Cezar ajudava a guiar as equipes, pois conhecia cada centímetro do terreno. Ao longo dos anos havia andado por todos os cantos da fazenda e a conhecia como a palma da mão. Aos poucos, as chamas começaram a ceder e até hoje o incêndio é lembrado como um dos maiores desastres ambientais da região serrana do Rio de Janeiro.

A batalha de Cezar, porém, ainda não havia terminado. O coronel relatou aos seus superiores o que havia acontecido e o sargento acabou em uma situação delicada de insubordinação. Cezar teve que ir ao Rio de Janeiro depor a favor do sargento, que acabou absolvido. "O coronel ficou inconformado e abriu outro processo contra mim por desacato a autoridade. Perdeu novamente, e eu ganhei uma comenda do Corpo de Bombeiros pela atuação durante a emergência ambiental."

Resolver o incêndio no entorno da Marambaia acabou tendo um sabor de vitória para Cezar. Já sua saída do Pactual foi duramente amarga.

Todo o dinheiro que o fundador do banco tinha estava em ações do banco. Com a venda delas, havia um prazo para receber o valor, e Cezar não tinha nenhuma liquidez por conta do pagamento das dívidas da processadora de suco de laranja. Acabou socorrido por Moretti-Ferreira (sim, o geneticista de Renata), que, ao perceber o que estava acontecendo, emprestou US$ 400 mil para Cezar. Meses depois, Moretti-Ferreira recebeu de volta o valor, com juros e correção.

9

Olhe sempre para o futuro, mas prepare-se para ele no presente

"A questão não é o que você olha, é o que você vê."

Henry David Thoreau, filósofo norte-americano

Aos 54 anos, Cezar estava, pela primeira vez desde os 14, fora do mercado financeiro. Em quarenta anos de trabalho, havia criado os dois maiores bancos de investimento brasileiros e agora precisava decidir o que fazer da vida. Continuava a criar ovelhas, mas apenas elas não davam conta das ideias que tinha na cabeça. Uma delas: transmissão de dados sem fio. Cezar acreditava que as redes sem fio, que começavam a surgir naquele instante, eram o futuro. Só não sabia que trombaria com a solução absolutamente por acaso em Nova York, em um jantar de gala promovido pela Endeavor, uma organização global sem fins lucrativos que apoia empreendedores de alto impacto.

Durante o jantar, por coincidência, se sentou ao lado de Sergio Cabral Cavalcanti, recém-saído do Núcleo de Computação Eletrônica da UFRJ. O jovem — nenhum parentesco com o futuro governador do Rio de Janeiro, apenas homônimo mesmo — tinha um sonho: implantar no Brasil uma então tecnologia de ponta, conhecida na época como *wireless*, uma rede sem fio de internet.

— O que você faz?

— Eu trabalho desenvolvendo algumas ideias de internet, e você?

— Sou aposentado, moro em uma fazenda que não tem nem internet. Gosto de ideias. Que tal me visitar um dia e falar delas?

Na volta ao Brasil, Cezar passou a ligar para Cavalcanti insistindo que ele fosse visitá-lo. Demorou dois meses, mas conseguiu a atenção do jovem. Pegou-o de helicóptero no heliponto da Lagoa Rodrigo de Freitas e o levou até a Marambaia. Já na chegada, Cezar disparou a falar sobre o que pretendia fazer na fazenda: transformar a cocheira dos cavalos em uma incubadora de tecnologia — uma das primeiras do Brasil.

Assustado com a ideia meio amalucada e ao mesmo tempo atraído por ela, Cavalcanti ouviu as ideias de Cezar até que recebeu a pergunta que estava esperando:

— Onde está seu plano de negócios?

Naquela altura, Cavalcanti já sabia quem era Cezar — só não conhecia sua fama em relação a textos longos —, e sacou da bolsa um calhamaço de setecentas páginas com gráficos e tabelas. Cópia única, digitada no processador de texto WordStar (competidor do Word da Microsoft, atualmente fora de circulação) e feita em uma impressora matricial, o material era o orgulho de Cavalcanti e um atestado de suas habilidades computacionais. Ter conseguido fazer tantos gráficos e tabelas com tecnologia tão rudimentar já atestava isso. Sentado dentro do hangar, Cezar nem tirou o cachimbo da boca. Rasgou as dez primeiras páginas e jogou as outras cerca de 690 no lixo. Tudo isso na frente de um boquiaberto Cavalcanti, que não teve nem tempo de reagir, apenas observar sua obra sendo literalmente destruída e descartada.

— Se sua ideia estiver clara aqui nessas páginas, eu serei seu investidor. Senta aí...

E Cavalcanti passou os três dias seguintes sentado frente a frente com Cezar debatendo a futura empresa. A dupla não saía do hangar nem para comer ou dormir. Cecilia mandava servirem as refeições no hangar e os dois dormiam em um colchonete lá mesmo. Ao final, saíram da reunião com o negócio estruturado. A partir dali nunca mais teriam um encontro formal.

Sem nenhum contrato assinado, nenhum recibo, nenhum papel, no fio do bigode mais uma vez, Cezar criou com Cavalcanti a Taho, uma empresa de transmissão de dados wireless via rádio. Mas faltava ainda encontrar uma tecnologia adequada. Cavalcanti conhecia e era cliente da BreezeCom — uma empresa israelense que chegou a valer US$ 1 bilhão quando fez sua abertura de capital na Bolsa de Valores Nasdaq, nos Estados Unidos, em 2000 —, cofundada por Pablo Brenner, um engenheiro uruguaio que havia estudado em Israel. Bastou um telefonema de Cavalcanti e uma conversa com Cezar para que Brenner se tornasse o terceiro sócio da empreitada.

A escolha da tecnologia da BreezeCom seguiu um princípio simples: segurança. Egresso de banco, Cezar sabia da importância da segurança em transações eletrônicas e acreditava que as redes sem fio seriam amplamente utilizadas apenas quando fossem realmente seguras. Por isso, a Taho decidiu usar a Frequency-Hopping Spread Spectrum (FHSS), que tornava altamente improvável que um terceiro conseguisse interceptar uma conversa e que era utilizada para aplicações militares. Cezar, Cabral e Brenner acreditavam que as pessoas iriam preferir tê-la a outra tecnologia já disponível naquele momento, a Direct-Sequence Spread Spectrum (DSSS), menos segura.

Em poucos meses, a Taho saiu de dez páginas de papel para uma empresa operacional. E logo de cara conseguiu seu primeiro cliente, em outubro de 2001: o polo tecnológico Petrópolis-Tecnópolis, criado dois anos antes para desenvolver a região serrana do estado do Rio de Janeiro mediante a atração de empresas e instituições de base tecnológica.

A cidade de Petrópolis tem uma longa tradição em tecnologia, que vai muito além da sua conhecida vocação original de balneário da família imperial e da elite carioca que buscavam no clima ameno da região refúgio para o calor da capital do Brasil Imperial. Nela está o Laboratório Nacional de Computação Científica (LNCC), primeira instituição a conectar o Brasil a uma rede internacional de computação, em 1987, ao se ligar à Universidade de Maryland, nos Estados Unidos.

Cinco anos depois, em 1992, o LNCC seria um dos três pontos (UFRJ e PUC-RIO eram os outros dois) da espinha dorsal (*backbone*) que permitiria à comunidade científica do Rio de Janeiro se conectar à internet. Com um detalhe: o LNCC mantinha também a espinha dorsal da Rede Nacional de Pesquisa (RNP), que conectava as instituições acadêmicas brasileiras entre si e fazia ainda a interconexão da RNP à internet a uma velocidade de 64 kbit por segundo. Na época, um foguete de tão rápido, mas hoje uma velocidade 5 mil vezes mais baixa do que a média de banda larga fixa, de 369,4 Mbps por segundo, de fevereiro de 2024.[1]

Com a tecnologia da Taho, os computadores do polo Petrópolis-Tecnópolis passaram a acessar a internet sem fio utilizando pequenas antenas conectadas aos seus computadores, as chamadas placas PCMCIA-PC Card, que se conectavam a uma antena emissora de sinal de internet. Hoje uma obviedade. Na época, uma revolução.

Com o antigo estábulo da Marambaia já transformado em escritório da Taho e um investimento de US$ 5 milhões entre adaptações físicas e a licença de uso da tecnologia, a Taho começou a expandir suas conexões. O segundo local a receber a tecnologia foi a própria Marambaia. E já em abril de 2002, sete meses depois da implantação na Petrópolis-Tecnópolis, a Taho lançou comercialmente seu serviço de internet sem fio, oferecendo-o aos habitantes da cidade de Petrópolis.

Uma assinatura básica custava cerca de R$ 110 por mês para um cliente particular e aproximadamente R$ 250 para as empresas, com direito a ligar mais de um computador e acesso ininterrupto 24 horas por dia, 7 dias por semana, com a velocidade de 256 kbps por segundo — um número espetacular para a época.

No entanto, Cezar queria mais. Ele imaginava que podia operar em cidades com uma população entre 30 mil e 300 mil habitantes, com um

1 BRAGA, Lucas. 82% dos brasileiros usam internet diariamente, mas poucos têm boas condições de acesso. *NIC.br*, 16 abr. 2024. Disponível em: https://www.nic.br/noticia/na-midia/82-dos-brasileiros-usam-internet-diariamente-mas-poucos-tem-boas-condicoes-de-acesso/.

investimento de US$ 80 milhões — uma estimativa rápida mostrava na época quinhentas cidades apropriadas para receber o sistema da Taho, uma solução simples em que bastava instalar uma pequena antena na torre da igreja ou em outros pontos altos, os PCMCIA Cards, nos computadores e pronto. Havia acesso à internet a uma velocidade de 128 ou 256 kbps, muitas vezes superior à oferecida pelos provedores tradicionais pela linha discada.

E as cidades começaram a contratar o serviço. A primeira delas foi Piraí, um pequeno município fluminense de 20 mil habitantes, que passou a usar a tecnologia da Taho. O prefeito da época, Luiz Fernando de Souza, responsável por trazer a tecnologia para a cidade, ficaria famoso anos depois como governador do Rio de Janeiro e conhecido pelo apelido, Pezão.

A Taho, porém, não era, na visão de Cezar, apenas uma empresa privada. Ela deveria ter um papel social: dar acesso à internet a pessoas de classes menos favorecidas. Por que não começar pela maior favela do Brasil?

Situada na zona sul do Rio de Janeiro, entre os bairros de São Conrado e Gávea, a Rocinha tem uma população estimada de 72 mil habitantes,[2] segundo dados do IBGE, e uma topografia de morro. Com uma ocupação que data da década de 1930, cresceu de forma desordenada, sem um planejamento urbano adequado.

Apesar dos desafios, a Rocinha tem uma infraestrutura considerável, com escolas, centros de saúde, comércio local e serviços públicos. Ter acesso à internet em 2002, porém, não era simples. Custava caro ficar conectado à internet em uma linha telefônica. Fazer isso sem fio estava mais do que distante dos sonhos da população local, mas Cezar achava que valia a pena, e em parceria com a ONG Viva Rio — criada para promover a cultura de paz, a inclusão social e o desenvolvimento sustentável nas comunidades mais vulneráveis da cidade — a Taho disponibilizou internet rápida sem fio nas unidades da Estação Futuro

---

2 ROCINHA: maior favela do país. *O Globo*, 17 set. 2017. Disponível em: https://oglobo.globo.com/rio/rocinha-maior-favela-do-pais-21834104.

(os cybercafés dos morros). Nelas, os clientes podiam se conectar por R$ 1 durante meia hora.

Havia apenas um problema no caso da implantação da internet na Rocinha: era preciso fazer a instalação das antenas emissoras de sinal sem fio que iriam se conectar aos cartões PCMCIA dos computadores da Estação Futuro de forma razoavelmente rápida. A quantidade de trabalho, porém, era maior do que o número de pessoas capacitadas.

O que ninguém imaginava era que o próprio Cezar, que sempre gostou de atividades manuais e já havia demonstrado ter habilidade com elas, passaria a subir no teto de casas de favelas para instalar antenas. E, assim, a favela da Rocinha se conectou à rede mundial de computadores. Não foi a única. A favela da Maré, um complexo de dezesseis comunidades na zona norte do Rio, também recebeu equipamentos da Taho. Nas duas Cezar percebeu um fato "curioso": "Nunca deixamos de receber um centavo da Rocinha e da Maré. O mesmo eu não posso dizer de alguns dos clientes de Petrópolis..."

O pioneirismo da Taho não passou despercebido pela Wireless Communications Association (WCA), uma entidade que reunia as 530 maiores empresas de telecomunicações e consultorias do mundo. E o inimaginável aconteceu. A Taho, uma empresa de internet com operação em duas das mais conhecidas favelas do Rio de Janeiro e sede em um estábulo adaptado dentro de uma fazenda na zona rural de Petrópolis, ganhou da WCA o prêmio de Melhor Projeto Mundial de Inclusão Digital.

Ao mesmo tempo, a expansão da empresa continuava na área privada. O Hotel Sofitel, na praia de Copacabana, foi o próximo da lista a ser conectado on-line para o encontro do Conselho Empresarial da América Latina (CEAL), organização de empresários que promove a integração e cooperação econômica e social da região. O resultado: de qualquer ponto do hotel ou na praia em frente, os conferencistas conseguiam abrir seus laptops e se conectar à internet sem fio utilizando uma placa PCMCIA.

A operação ia muito bem do ponto de vista econômico, e a Taho se preparava para dar o próximo passo: investir US$ 30 milhões em

18 meses para aumentar sua velocidade de navegação. A ideia atender regiões como a da Baixada Fluminense, onde a concorrência ainda não chegava, mas, de repente, o mercado virou.

No início dos anos 2000, a internet banda larga no Brasil estava em seus estágios iniciais. A maioria das conexões era realizada por meio de linhas discadas, com velocidades limitadas. Transmitir uma imagem era uma tarefa que demandava tempo, paciência e avisar todos os moradores da casa para não tirar o telefone do gancho. Caso contrário, era preciso reiniciar o envio do arquivo. Subir um vídeo na internet, então, era uma tarefa épica.

O YouTube não havia sido inventado — isso aconteceria apenas em 2005, com a popularização da internet via cabo, que estava fazendo seu début no Brasil. Com a promessa de uma navegação mais rápida e muito mais estável, operadoras como @Ajato e Virtua passaram a oferecer assinaturas de internet via cabo. Os primeiros mercados explorados foram os grandes centros urbanos, com sua alta concentração de pessoas, uma forma de mitigar o custo de instalação — os cabos passavam pelo subterrâneo das cidades, pois na época as prefeituras não davam licença para passá-los pelos postes.

Com a base de acesso à internet se expandindo e as conexões sem fio se popularizando, a tecnologia DSSS — mais barata — acabou sendo a preferida das fabricantes de computadores, em detrimento da FHSS da Taho. A situação piorou com a chegada da versão 2.0 do padrão DOCSIS, sigla para Data Over Cable Service Interface Specification, que melhorou significativamente a velocidade de envio (upload) e recebimento (download), chegando a 30 e 40 Mbps respectivamente.

Nesse momento, Cezar viu que a Taho tinha um problema enorme, mas anteviu outro negócio que, olhando em retrospecto, parece óbvio: o crescimento da base de vídeos na internet seria exponencial, e haveria um momento em que as pessoas assistiriam a filmes inteiros por ela. "Fiz uma parceria com uma empresa de Miami para digitalizar 2.500 filmes para que a Taho operasse na locação deles. Mas nesse momento a competição entre provedores de serviços de internet explodiu."

Com uma velocidade de transmissão muito maior que a da Taho, os consumidores passaram a preferir outros provedores, e a base de assinantes da Taho começou a ser erodida. Em 2005, Cezar se deu conta de que não tinha como seguir adiante com aquela tecnologia e a empresa fechou.

Quase vinte anos depois ele descobriria que tem uma patente nos Estados Unidos relacionada à transmissão de dados pela internet. Sob o número US 2004/0215806 A1, "a invenção permite que um provedor de serviços de internet monitore sua largura de banda disponível e ofereça aos usuários largura de banda excedente em taxas variadas, preenchendo assim o *backbone* quando não utilizado". Cavalcanti e Brenner haviam depositado a patente nos Estados Unidos e colocado Cezar como o terceiro inventor.

A internet, porém, continuaria a impulsionar os próximos movimentos de Cezar no início do século XXI.

* * *

O Banco Santos foi um ícone da década de 1990. Comandado por Edemar Cid Ferreira, banqueiro travestido de mecenas das artes que não saía das manchetes dos jornais e das capas de revista, teve uma ascensão meteórica entre 1994 e 2004. Saiu da 125ª posição do ranking dos maiores bancos privados brasileiros para o 21º lugar, até ir espetacularmente à falência no ano seguinte, 2005, e deixar milhares de correntistas e investidores em situação complicada. Entre eles Rodrigo Mendes, então um jovem empreendedor de 22 anos que havia investido em uma startup de voz sobre IP.

Não fazia dez anos que os primeiros provedores de acesso conectaram pela primeira vez, via linha telefônica discada, os brasileiros à internet. E havia um mundo de possibilidades, uma delas na telefonia. O Skype já havia feito uma revolução no setor pouco antes, em 2003, ao permitir ligações via internet ou, tecnicamente falando, via Voice Over Internet Protocol (VOIP).

Quem um dia teve a chance de conversar via Skype com uma pessoa do outro lado do mundo sem pagar nada desde que do outro lado também tivesse Skype não esquece a sensação de alegria e alívio. Até aquele momento, ligações internacionais eram caríssimas, um custo proibitivo para a maioria das pessoas — o WhatsApp é basicamente uma evolução disso para o celular (o Skype funcionava no computador, originalmente).

Na época, celulares eram caros, o iPhone não havia sido lançado ainda (seria lançado apenas em 2007) e telas sensíveis ao toque não povoavam o universo humano. Quem conseguisse massificar a transmissão de voz sobre IP sem precisar de um computador tinha uma mina de ouro. Era nisso que Mendes apostava, fazer voz sobre IP com a RedVox.

A empresa estava começando a ganhar tração, mas enfrentava entraves na Agência Nacional de Telecomunicações (Anatel), que regula o funcionamento do mercado de telefonia no Brasil. Na época, Mendes começou a ser denunciado por outras empresas que entendiam que o uso de voz sobre IP não podia ser feito, pois não havia uma regulação clara sobre ela na Anatel. Ele passou a ter então dificuldades para expandir a empresa e concluiu que precisava de mais caixa para aguentar o tranco das denúncias e ao mesmo tempo expandir o mercado.

Sensatamente, foi fazer um empréstimo no Banco Nacional de Desenvolvimento Econômico e Social (BNDES). Uma tarefa e tanto em um país continental e com tantas diferenças econômico-sociais e culturais.

Mendes conseguiu a aprovação de uma linha de empréstimo, mas na época o banco não podia fazer investimentos diretos em empresas. Era preciso ter um banco associado para fazer esse tipo de operação. Tudo certo, empréstimo liberado e Mendes pronto para sacar o dinheiro e investir na RedVox até que, em 13 de novembro de 2014, todos os jornais e revistas brasileiros estamparam uma única manchete: "BC decreta intervenção no Banco Santos."

* * *

As palavras do título variavam, mas a essência das matérias era a mesma. O Banco Central havia anunciado no dia anterior, 12 de novembro, a intervenção no Banco Santos e na Santos Corretora de Câmbio e Valores por conta de dificuldades financeiras enfrentadas pelas duas, consequência de irregularidades supostamente cometidas por seus administradores.[3]

O dinheiro do BNDES estava no Banco Santos. Nesse instante, Mendes sentiu o investimento da RedVox escorrer por entre seus dedos e viu seu sonho virar pesadelo. A RedVox não tinha mais caixa e o futuro era sombrio. Até que ele recebeu um telefonema de Luiz Claudio Abad, que trabalhava com Cezar, na mesma semana.

Após a tumultuada saída de Cezar do Pactual, Abad havia se juntado a ele na Marambaia Capital e ficou sabendo da RedVox. Gostou do que viu e pediu que Mendes fizesse uma apresentação da empresa para o chefe. O jovem tinha apenas uma vaga ideia de com quem iria falar. Não vinha do mercado financeiro, havia passado a adolescência nos Estados Unidos e depois tinha feito faculdade no Rio de Janeiro. A imagem que tinha de Cezar era apenas de um sujeito muito famoso que tinha criado os dois maiores e mais bem-sucedidos bancos de investimento do Brasil — o Garantia e o Pactual (atualmente BTG Pactual). Apenas isso. Não sabia sequer que ele tinha barba branca e fumava cachimbo (como todo mundo que já viu uma das centenas fotos de Cezar na imprensa sabe). Um perfeito outsider.

E Mendes foi fazer sua apresentação. Cezar ouviu, ouviu, ouviu e baforou o cachimbo. De repente, fez uma pergunta:

— O que você quer fazer com a RedVox?

Já desgostoso com toda a situação, querendo mais é vender o negócio, Mendes contou da história com o Banco Santos, ao que Cezar desabou a gargalhar e mandou sem dó:

---

3 CRUZ, Ney Hayashi da. BC decreta intervenção no Banco Santos. *Folha de S.Paulo,* 11 nov. 2024. Disponível em: https://www1.folha.uol.com.br/fsp/dinheiro/fi1311200402.htm.

— Se tivesse conversado comigo antes, eu te falava que ia dar merda lá...

Sem muita paciência, Mendes respondeu de bate-pronto:

— Se eu te conhecesse antes...

E continuou a responder perguntas de Cezar, agora sobre os números da empresa.

— Rodrigo, você quer ficar com quanto da empresa?

— Vinte por cento.

— Tá bom. Oitenta/vinte é um bom número. Volta amanhã para acertamos os detalhes.

E, assim, no fio de barba pela enésima vez, Cezar comprou uma empresa e colocou mais um jovem sob sua mentoria. No mesmo dia, Abad pegou o avião com Mendes para Uberlândia, sede da RedVox, a fim de conhecer a empresa pessoalmente, e em mais uma semana Mendes estava de mudança para a Marambaia, sede da Taho. Por coincidência, Mendes fumava cachimbo na época. Largou, não por gosto, mas porque sabia do "zum-zum-zum" que já ia começar sobre ele copiar os hábitos do principal acionista da empresa.

Mendes chegou mais do que animado para a nova empreitada. Havia se tornado diretor de novos negócios da Taho, tendo Abad como CEO. A empresa agora tinha dinheiro e um *valuation* de R$ 10 milhões. Mãos à obra.

Mas não foi bem assim. Já nos primeiros dias de trabalho, Cezar chamou Mendes para uma das suas famosas jornadas noite adentro (uma conversa que começa por volta das 18 horas, com amenidades, passa pelo jantar, e somente aí realmente começa, terminando, em geral, com o nascer do sol). No dia seguinte, mais uma dessas jornadas. Mendes logo aprendeu que o horário preferido do sócio era a madrugada e passou os anos seguintes conversando, debatendo e ouvindo-o. Segundo ele, ali aprendeu tudo o que realmente importa sobre economia.

E Cezar, em vez de direcionar os esforços de Mendes para a Taho, começou a dar operações ligadas à Marambaia para o jovem sócio realizar. Mendes não entendeu nada, mas para Cezar a lógica era óbvia:

a RedVox era apenas um brinde, um chaveirinho que viera junto com Mendes. Cezar estava adquirindo mesmo era o talento do jovem. E, já que Mendes conhecia de tecnologia, uma das primeiras operações em que entrou foi a reestruturação da Portugal Telecom no Brasil, mas antes disso Cezar precisou conversar novamente com seu anjo da guarda para fazer o negócio.

Em janeiro de 2005, Márcia Carneiro, sócia de Cezar na Marambaia Agropecuária, recebeu um telefonema dele enquanto voltava de São Paulo. Quando atendeu, pensou que se tratava de alguma questão rotineira, mas do outro lado da linha Cezar pedia a senha do seu próprio cartão bancário, alegando que havia batido o carro e precisava pagar o conserto.[4]

Márcia, conhecendo Cezar, se ofereceu para resolver o problema pessoalmente. Ofereceu até pagar em dinheiro o conserto assim que chegasse à fazenda, mas ele foi taxativo: não, precisava da senha para sacar dinheiro e pagar a oficina. A atitude deixou Márcia desconfiada. Ela sabia que ele não se preocupava com questões bancárias e nunca lembrava senhas ou carregava dinheiro. Mas tentou conseguir a senha. O horário noturno a impediu. Não havia mais ninguém trabalhando na fazenda naquele horário. Cezar havia sido sequestrado. No carro, junto com ele, Antônio Pires, presidente da Cervejaria Cintra.

O Jardim Gramacho é uma área da Baixada Fluminense conhecida por ter abrigado o maior lixão da América Latina até seu fechamento, em 2012. Cezar dirigia calmamente pela área quando foi abordado por quatro homens armados em um Palio, que o forçaram a parar. Eles exigiram que Cezar entrasse no carro deles e entregasse o cartão do banco e a senha para sacar dinheiro.

Enquanto isso, os sequestradores começaram a revirar o carro de Cezar, procurando por objetos de valor, mas rapidamente se frustraram. Além de não encontrar carteira ou talão de cheques, eles perceberam que o carro de Cezar, um Palio Adventure branco, sequer tinha um sistema de som. "Eu disse que não tinha dinheiro para equipar o carro..."

---

4 Depoimento a Maria Eli de Queiroz para o texto *O homem de mil contos*.

A situação se tornou surreal. Os sequestradores, esperando roubar um empresário com recursos, depararam com um veículo sem qualquer acessório de luxo e um motorista que não parecia ser alguém com poder financeiro. A percepção acabou influenciando o comportamento dos sequestradores, que passaram a tratar Cezar de forma mais descuidada, acreditando que ele realmente não tivesse nada de valor a oferecer.

Márcia, por sua vez, começou a perceber que algo muito errado estava acontecendo. Cezar passou a não retornar as ligações. Preocupada, ela contatou Pedro Branco, gerente administrativo da Marambaia, e insistiu que ele tomasse alguma providência. Sem muitas opções, Pedro mobilizou quem podia, enquanto Márcia, já em pânico, pediu ajuda ao marido, que procurou a polícia em Itaipava. A polícia fez bloqueios na saída de Petrópolis, mas ao longo da noite nenhum sinal de Cezar nem de seu companheiro de carro, Antônio Pires, que havia pegado uma carona com ele para ir a Petrópolis.

Por volta de uma da manhã, Cezar finalmente retornou.

— Estou te ligando para dizer que estou bem.

— Bateram em você?

— Não, estou bem. Obrigado por tudo.[5]

Dois sequestradores haviam pegado os cartões de crédito de Pires e o levado para dar uma volta pelos caixas eletrônicos da região, sacando tudo que havia nas contas, enquanto a outra dupla de bandidos "cuidava" de Cezar. Para passar o tempo, Cezar começou a conversar com eles. Perguntou do "trabalho" e da família, e tomou um dos maiores sustos da vida. Estava em um matagal na beira da estrada e via os carros passando pela rodovia Washington Luís, a BR-040, que liga o Rio de Janeiro a Petrópolis. Achou que um deles havia diminuído, e era da polícia. Deduziu que, se eles vissem os bandidos ou vice-versa, estaria morto.

Nessa hora começou a distrair um dos bandidos. Disse que estava com sede e perguntou se não poderiam buscar água para tomar.

5 Depoimento a Maria Eli de Queiroz para *O homem de mil contos.*

O malandro (sabe Deus por quê) achou uma ótima ideia e foram até uma padaria ali perto. Pararam o carro na frente do local, um deles foi comprar a tal água e o outro ficou vigiando Cezar no carro. Com a sede saciada, Cezar fez um comentário nem tão inocente. "Eu continuava com medo de ter polícia no matagal e disse para ele que não precisávamos voltar lá. Podíamos ficar ali. E ele, sei lá por quê, topou."

Naquela altura, Cezar já sabia toda a história da família e das mulheres da malandragem e aproveitou para negociar de ficar com o computador de Pires, um notebook recém-trazido dos Estados Unidos. Os bandidos queriam levá-lo, mas era o começo dos notebooks no Brasil e Cezar argumentou que eles nem saberiam mexer direito no aparelho.

Conversa vai, conversa vem, acabou conseguindo. O malandro chegou com Pires de volta e os bandidos foram embora sem o notebook. De Cezar, levaram apenas o celular. Não porque ele teve de entregá-lo. Os bandidos haviam esquecido de pedir, mas porque esqueceu dentro do carro deles. E foi esse todo o prejuízo, ao menos financeiro, de Cezar. Do susto ele lembra até hoje. Meses depois, o negócio da reestruturação da Portugal Telecom, que tinha tudo para ser ótimo, acabou se tornando esquisito.

Mendes e sua equipe haviam trabalhado dois meses na apresentação de reestruturação para a Portugal Telecom e foram, orgulhosos, mostrar para o chefe. Cinquenta e oito páginas de texto e imagem lindamente desenhados. Receberam como resposta que tinham de reduzir substancialmente a apresentação sem nem abri-la — a única pergunta que Cezar fez foi quantas páginas tinha. Só não disse o tamanho.

A equipe não conhecia o histórico dele em relação a esse tipo de "produto", não sabia a história da Lacta nem da Taho, e ignoravam que Cezar não leria nada com mais de cinco páginas. Era uma segunda-feira, e a equipe trabalhou, trabalhou, trabalhou, conseguiu chegar a 25 páginas na sexta — a reunião com o conselho da Portugal Telecom ocorreria na segunda-feira seguinte — e foi falar novamente com Cezar. Nada feito. Tinha de ficar com cinco páginas apenas.

Sem aguentar a pressão, uma das pessoas da equipe pediu demissão com efeito imediato. Simplesmente desistiu. Não via como aquilo poderia dar certo. Mendes argumentou que tinham três horas para falar com o conselho da empresa de telefonia e que seria estranho ter apenas cinco páginas. A única resposta que ouviu foi que Cezar refaria a apresentação no fim de semana já do outro lado do oceano Atlântico.

O Hotel da Lapa, em Lisboa, é uma referência na cidade e está situado em um dos bairros mais sofisticados da capital portuguesa. Em meio à área residencial tranquila e tradicional da Lapa, marcada por embaixadas e belas mansões históricas, Cezar e Mendes trabalharam na apresentação. E chegaram a um total não de cinco, mas de três páginas, na visão de Cezar, mais do que suficiente. O restante das três horas da apresentação ele usaria da mesma forma que sempre havia feito, falando e usando sua política de D.N.B., um acrônimo impronunciável. E lá foi a dupla Cezar e Rodrigo para a reunião do conselho da Portugal Telecom na segunda-feira de manhã.

Na chegada, a primeira surpresa: o secretário do conselho chegou avisando que a pauta da reunião havia crescido muito e que não haveria tempo para Cezar fazer a apresentação. Teria de ser em outro momento. Cezar nem se abalou. Simplesmente se sentou do lado de fora da sala de reunião e ficou esperando o término dela. Na hora em que o conselho foi saindo da sala, ele entregou na mão de cada um as três páginas da sua apresentação. No corredor, a proposta foi aprovada, e a ABC Capital foi nomeada reestruturadora da Portugal Telecom.

Uma das questões a serem solucionadas era da Primesys, braço de serviços de telecomunicações da Portugal Telecom para o mercado corporativo que tinha entre suas clientes Accenture, Bradesco, BM&FBovespa, Klabin, Lojas Marisa e Unibanco. Com Cezar como mentor, Mendes passou a ir e vir de Portugal estruturando a venda da Primesys para a Embratel, do bilionário mexicano Carlos Slim, que havia comprado a Telmex, empresa de telefonia do México quando ela foi privatizada.

Mas havia outro postulante a levar a Primesys: o grupo espanhol Vivo, chamado na época de Telefónica — em português o acento acabou ficando circunflexo e o grupo seria chamado de Telefônica. O grupo havia participado da privatização da Telebras, em 1998, e ficado com a Telesp, concessionária de telefone fixo do estado de São Paulo. A Portugal Telecom havia levado a Telesp Celular, concessionária de telefonia móvel no mesmo estado. E a Embratel, concessionária de operação de ligações de longa distância nacionais e internacionais, havia sido comprada pela americana MCI WorldCom, que acabou falindo e sendo vendida para a Telmex, de Slim.

Um cenário complexo, mas Cezar conhecia a área razoavelmente. Ainda no Pactual, havia coordenado a compra de uma licença da chamada "banda B" — uma faixa de frequência criada para aumentar a concorrência em uma região e que era diferente da chamada banda A, da qual haviam participado a Portugal Telecom e a Telefónica. Atilano de Oms Sobrinho, dono da Inepar, queria criar um consórcio para arrematar uma dessas licenças e foi até Cezar para que ele angariasse sócios para a empreitada. No final, a americana Motorola e as japonesas DDI, Nissho Iwai e David Feffer, do grupo Suzano, toparam participar. Juntar culturas tão diferentes em uma operação, porém, não era exatamente simples. Cada um queria desenvolver o consórcio de um jeito, até que Cezar teve a ideia de promover um encontro na Marambaia com os representantes de todos os grupos.

"A Cecilia fez um bolo no formato de um aparelho Startac, da Motorola, daqueles que dobravam, com os símbolos de todas as empresas envolvidas. No final do encontro, fechamos o consórcio e o batizamos de Global Telecom." Dias depois, com os agora sócios em Brasília prontos para fazer a oferta para a Banda B da região do Paraná e de Santa Catarina, um pequeno enrosco apareceu: o preço. Não conseguiam chegar a um valor. Cezar e Atilano concordavam com o número, mas os outros três sócios, não. Minutos antes do leilão, Cezar simplesmente pegou o envelope, escreveu um número e mandou o jovem que ia levar o documento ao leiloeiro (sim, o envelope tinha de ser levado fisicamente para ele) esperar uma ordem dele para fazê-lo.

"Cheguei para os sócios e disse: tem um número lá. É aquele que eu falei. Vocês só têm duas opções: entregar ou não. A Motorola não concordou porque precisava da autorização da matriz. Eu disse que eles podiam desistir depois, se quisessem. E mandei entregar o envelope."

Logo na abertura do primeiro leilão, os sócios ficaram desanimados. Os ágios sobre o valor mínimo estavam grandes. São Paulo havia tido 200% acima do preço mínimo, e outras regiões não ficaram muito atrás nos ágios. Cezar havia colocado um ágio de 0,04%. Achando que já não tinha mais chance, Feffer e os representantes dos grupos japoneses DDI e Nissho Iwai foram embora. Só que havia uma regra no leilão: quem ganhasse uma área não podia levar também a outra, e, conforme as empresas levavam regiões, seus envelopes para as próximas áreas eram descartados. Até que chegou a hora da Global Telecom, e ela simplesmente ganhou o certame. "Foi engraçado, pois tinha que avisar o David e os japoneses de que havíamos levado a concessão. Eles estavam no avião do David. Tive de pedir para o piloto do meu helicóptero avisar a torre, que avisou o avião dele do que tinha ocorrido."

Anos depois, em 2003, a Global Telecom se juntou a outras operadoras, uma delas a Telefônica, para formar a Vivo.

A Embratel estava no jogo para comprar a Primesys, pois queria expandir seus negócios na transmissão de voz e dados no mundo corporativo. E a Telefônica (Vivo) estava de olho em uma receita teoricamente fixa vinda de grandes clientes, o que estava longe de ser um mau negócio. Parecia um ótimo negócio para as duas, e Cezar começou a negociar, levando Telefônica e Embratel a entenderem que elas estavam em uma disputa acirrada para comprar a Primesys, o que naturalmente subiria o preço da operação.

Mas havia um detalhe: o negócio da Primesys era deficitário. Os contratos davam prejuízo, e Mendes e Cezar tiveram de reestruturar a empresa e negociar com bancos clientes antes de conversar com os futuros potenciais compradores. Mesmo assim, o prejuízo no balanço era grande. Uma boa e uma má notícia ao mesmo tempo. Quem comprasse assumiria a dívida, e o valor de compra seria, em tese de apenas R$ 1. Em resumo: o custo da operação era zero.

Cezar acreditava que podia pedir mais que R$ 1 pela Primesys — "puxar o preço" no jargão financeiro —, mas a Portugal Telecom estava receosa. Achava que a Embratel podia achar caro e pular fora do negócio. E as partes resolveram marcar uma reunião para decidir o que fazer. Na paralela, Mendes já havia negociado com o então presidente da Portugal Telecom no Brasil, Shakhaf Wine, quem seria a próxima empresa a receber investimento deles: a Taho, em um valor de R$ 70 milhões.

Os portugueses já haviam começado até a fazer *due diligence* na Taho, o processo de levantamento de informações feito por um investidor para avaliar os riscos da transação. E a operação de aporte na Taho já estava bem encaminhada. Estava. Até a fatídica reunião. O valor da operação da venda da Primesys havia chegado a US$ 100 milhões (cerca de R$ 230 milhões), e Cezar tentava convencer os portugueses de que poderia ser mais ainda. O representante da Embratel disse que estava caro e que não pagava mais de US$ 90 milhões.

"O Shakhaf, preocupado que a Embratel pulasse fora, fechou o negócio em R$ 90 milhões. Mas a proposta original era US$ 90 milhões. Chamei ele de burro, disse que ele não estava entendendo que o valor era em dólares e que ele fechou em reais. Fiquei realmente irritado."

Não adiantou. A operação foi fechada em R$ 90 milhões. Naquele momento, a relação dólar/real era de cerca de 2,3 reais para 1 dólar; e uma operação que poderia ter saído por cerca de R$ 207 milhões ficou por R$ 90 milhões. Ao final da reunião, Mendes recebeu um recado para se encontrar no dia seguinte com Shakhaf no escritório da Portugal Telecom. O resultado do encontro: estava cancelado o negócio com a Taho, e essa era a última vez que a Portugal Telecom faria negócio com Cezar.

A reação de Mendes não foi obviamente das melhores. Quis matar o sócio, mas rapidamente, no ano seguinte, a dupla voltou ao mercado com a GoVoIP e o caso teve um desfecho único.

Em 2006, a Bovespa (atualmente B3) estava prestes a iniciar o programa Bovespa Mais, de lançamento de ações para startups, que permitia a uma empresa lançar ações na bolsa e esperar até sete anos para fazer a abertura de capital, o IPO. A primeira a seguir esse modelo seria a GoVoIP, uma sociedade de Cezar com Mendes que fazia PABX via IP, uma evolução do que o Skype havia criado anos atrás, mas em uma escala muito maior.

No início do século XXI, as empresas precisavam ter um número enorme de linhas telefônicas para receber e fazer ligações. Todas centralizadas em um aparelho chamado PABX, que fazia o gerenciamento delas. Uma empresa com escritórios em São Paulo e Rio de Janeiro tinha de pagar uma ligação de longa distância para conectar seus colaboradores, um custo enorme no caso de empresas grandes, que tinham diversos escritórios espalhados pelo Brasil, e exorbitante no caso das que tinham escritórios fora do país e precisavam fazer ligações internacionais.

Até que alguém pensou: se é possível fazer ligações com Skype via VOIP tendo o custo de uso apenas da internet, por que não fazer um aparelho PABX via VOIP que gerenciasse ligações usando a internet e jogando o custo das conversas entre colaboradores de uma mesma empresa a quase zero — apenas o valor de ter uma internet de qualidade. Óbvio, não? Sim, depois que alguém pensa sempre é fácil.

Era esse o mundo em que Mendes e Cezar estavam inseridos. Lançar a GoVoIP no Bovespa Mais. Nada mal para o empreendedor de 23 anos e para o ex-banqueiro conhecido pelas ideias fora da caixa.

Tudo caminhava tranquilamente — dentro do que pode ser calmo em uma operação desse tipo — até que um erro esdrúxulo virou a história de ponta-cabeça. A GoVoIP estava pronta para fazer uma atualização em seu estatuto relacionado ao aporte de capital. Algo trivial. A empresa já era uma sociedade anônima, uma das condições para ser cotada em Bolsa, e iria fazer uma oferta privada de ações para capitalizar o negócio. Absolutamente simples. Zero complicado. Tudo ajustado, inclusive com o marketing preparado para fazer o anúncio no jornal — obrigatório por ser uma S.A. —, e sai o comunicado na página 3 do *Valor econômico*: oferta **pública** de ações! Só que a oferta era **privada**... Um erro descabido cometido, segundo Cezar e Mendes, pelo advogado da empresa. E o dia da dupla se transformou em uma confusão dos diabos — embora a forma de cada um de lidar com a situação tenha sido absolutamente divergente.

Naquele mesmo dia, 24 de janeiro de 2006, o então presidente da República Luiz Inácio Lula da Silva fez o anúncio do novo salário mínimo, mas quem atendeu 48 jornalistas e passou o dia dando explicações foi Mendes. Todos querendo saber mais da tal oferta e ele explicando que não era **pública**, mas **privada**, e que havia um erro! Sim, o erro era esdrúxulo, mas era um erro!

Ao longo do dia, a tela dos terminais Bloomberg — ferramenta utilizada por dez em cada dez pessoas que trabalham no mercado financeiro para receber e analisar informações — explodiu com centenas de histórias da GoVoIP. Todas com a explicação de Mendes. Menos um jornal, que publicou que a empresa tinha captado milhões de reais. E a vida da dupla virou um daquelas cenas de filme.

A empresa não tinha captado nada. Mais um erro de informação, que dessa vez teve efeito ainda mais bombástico e levou a Comissão de Valores Mobiliários (CVM) a soltar um comunicado dizendo "que determinou a suspensão imediata da oferta irregular de ações no mercado de valores mobiliários pela Romen Tecnologia S/A (GoVoIP)." E cravando também: "A oferta pública sem registro e a intermediação não autorizada constituem, também, crimes, de acordo com o art. 7º, II, da Lei 7.492/76, e o art. 27-E da Lei 6.385/76."

O comunicado da CVM, a reguladora do funcionamento da Bovespa, foi ruim, mas o que veio depois deixou Mendes apavorado: uma notícia de que a CVM tinha oficiado o Ministério Público e aberto processo administrativo contra os sócios. Nessa hora, Cezar ligou para Mendes e mandou ele pegar o primeiro avião pra São Paulo — ele estava em Uberlândia. Iriam conversar com o advogado de Cezar, Cantidiano, o mesmo da operação da Zivi-Hercules.

Cantidiano havia sido presidente da CVM de 2002 a 2004. Conhecia por dentro o funcionamento do órgão e já começou dando esporro na dupla: "O que vocês fizeram? Como é que você faz isso, Cezar?" E lá foram Mendes e Cezar explicar tudo de novo, dizendo que havia sido um erro, que a oferta de ações era **privada** e não **pública**.

Ninguém conseguia realmente acreditar, mas, depois de repetir a história diversas vezes, conseguiram convencer os advogados, que, incrédulos, caíram na risada e passaram a fazer piada da história até Cantidiano se levantar da cadeira da mesa de reuniões — daquelas enormes, que comportam um número enigmático de pessoas — e olhar pela janela do suntuoso escritório da avenida Paulista em São Paulo.

— O Cantidiano apontou as pessoas andando na Paulista e disse: vocês estão vendo aquelas pessoas todas andando lá embaixo? É como se vocês, Cezar e Rodrigo, tivessem descido lá com uma metralhadora cada um e tivessem começado a atirar a esmo. Vocês deram sorte, não mataram ninguém. No caso, ninguém comprou ações da GoVoIP, mas isso é tentativa de assassinato (ou de venda de ações), e vocês vão responder por isso.

Apavorado, Mendes só pensava em fazer tudo o que Cantidiano mandasse. Já Cezar estava animadíssimo.

— Você tá louco, Rodrigo? Puta propaganda! Me ligou gente do mundo inteiro querendo comprar essa ação. Não vamos parar com isso, não.

— Cezar, a gente vai ser preso...

— Vamos nada, vamos vender! Vamos vender, porra!

Mendes, apavorado, só conseguia ouvir em sua mente as palavras de Cantidiano: "Isso é tentativa de assassinato (ou de venda de ações), e vocês vão responder por isso." E tinha apenas uma certeza: não ia ser preso, de jeito nenhum. Com a cabeça fervendo, saiu da reunião e encontrou, por acaso, um amigo, sócio de um fundo de investimento e que havia sido presidente de uma grande empresa brasileira.

Ansioso, explicou toda a situação para ele para ouvir apenas: "Parabéns, queria entrar no mercado financeiro? Conseguiu. Entrou pela porta de trás...". Se estava apavorado antes do comentário do amigo, agora Mendes sentia era terror mesmo. A situação acabou virando uma bola de neve, e Mendes e Cezar acabaram se afastando.

No fim, Mendes venceu o debate com o apoio de Cantidiano. Nem ele nem Cezar foram processados, e a GoVoIP acabou vendida por Mendes tempos depois, ajudando-o a se recuperar financeiramente da investida em outra empresa que não tinha dado certo e o havia levado a quebrar. Nenhum dos dois guardou mágoa do episódio, e mais de quinze anos depois Mendes voltaria a conversar com Cezar sobre um novo mercado que estava surgindo, o das criptomoedas.

Chegava ao fim — temporariamente — a empreitada de Cezar no mundo da tecnologia. Seus próximos passos se voltariam agora para o mercado financeiro, com uma tentativa de incursão em telefonia e outra em laticínios.

O ano de 2008 parecia absolutamente sólido para o mercado financeiro. O mundo assistia a uma sequência de ganhos econômicos aparentemente intermináveis, mas uma bomba-relógio estava prestes a explodir. Em setembro, quando o Lehman Brothers, um dos gigantes de Wall Street, quebrou, os mercados entraram em pânico, paralisando o sistema financeiro global. Mas para duas pessoas foi o contrário. Eles viram no caos uma oportunidade única.

A implosão da bolha imobiliária nos Estados Unidos levou à crise dos empréstimos *subprime* — financiamentos de alto risco oferecidos a pessoas com pouca capacidade de pagamento. Parecia um jogo em que todos ganhavam: mutuários compravam casas, bancos lucravam e investidores ao redor do mundo adquiriam títulos criados a partir dessas hipotecas. Tudo embalado pelas agências de *rating*, que garantiam a "segurança" da operação. "Seguro", porém, era tudo que os títulos não eram.

Os hoje famosos *Mortgage-Backed Securities* (MBS) e as *Collateralized Debt Obligations* (CDOS) eram tão complexos quanto frágeis. Quando o banco central dos Estados Unidos, o Federal Reserve (FED), subiu as taxas de juros e os preços dos imóveis começaram a cair, o castelo de cartas desmoronou. Milhões de americanos não conseguiam mais pagar suas hipotecas, e a inadimplência virou uma epidemia.

O valor dos títulos baseados em hipotecas simplesmente derreteu, arrastando grandes instituições financeiras para a beira do abismo e levando governos e bancos centrais a correr contra o tempo para evitar uma crise global. Nos Estados Unidos, o governo lançou o Programa de Alívio de Ativos Problemáticos (TARP), injetando bilhões para salvar os bancos. O FED reduziu as taxas de juros a níveis historicamente baixos e iniciou políticas monetárias para dar liquidez ao mercado. A crise, no entanto, já havia cruzado o Atlântico, afetando economias na Europa e em todo o mundo.

Um dos bancos afetados foi o UBS, um ícone da longa tradição bancária suíça de solidez, discrição e dinheiro grande. Nascido da fusão entre o Union Bank of Switzerland e o Swiss Bank Corporation em 1998, o banco, uma presença global com atuação de peso em *wealth management*, era também conhecido por jogar pesado nos mercados de investimento e consultoria corporativa. Mesmo com todo o pedigree, a crise iniciada em setembro de 2008 levou-o a vender seu *asset* mais valioso da América Latina, comprado dois anos antes, em 2006, e que naquele momento havia sido rebatizado de UBS Pactual.

Em 2006, o Pactual acumulava prêmios, negócios bilionários e sua reputação de fazer negócios incríveis havia sido elevada à enésima potência e fazia inveja aos concorrentes. Naquele momento, o UBS havia chegado ao Brasil com os bolsos cheios e uma proposta ousada: queria comprar o Pactual para consolidar sua presença na América Latina. O valor ficou em torno de US$ 2,6 bilhões, uma cifra que, à época, surpreendeu o mercado e se mostrou um símbolo do apetite global por um pedaço do Brasil, que vivia o auge do seu momento BRIC — termo cunhado em 2001 pelo economista Jim O'Neill, do Goldman Sachs, para agrupar as economias emergentes Brasil, Rússia, Índia e China, que mostravam grande potencial de crescimento econômico e influência global.

Para os sócios do banco, liderados por Esteves, a venda foi também uma jogada estratégica. Não eram apenas as mesas de trading ou os contratos de M&A que o Pactual estava vendendo para o UBS. Era também a cultura e o celeiro de talentos — idealizados por Cezar no início da década de 1980 — que faziam parte do deal, e eram um sinônimo de agressividade e resultados.

Em 2009, com o UBS tentando se recuperar da crise financeira global disparada no ano anterior pelos *subprime*, Cezar enxergou a possibilidade de recomprar o UBS Pactual e foi para a Suíça negociar.

— Os *sponsors* da operação eram o J.P. Morgan e a J.C. Flowers. Eles enxergavam no UBS Pactual uma forma de expandir rapidamente na América Latina.

No início, a conversa parecia que não iria prosperar. Uma das pessoas presentes no encontro ficou absolutamente surpresa que, na saída do primeiro dia de negociação, Cezar simplesmente disse que iam ficar mais uma semana em Zurique. Não fazia sentido. A negociação parecia que não iria para lugar nenhum. A resposta de Cezar: "Conheço essa FDP, está fazendo jogo de cena. Vamos esperar."

Mas havia outro postulante ao negócio, Esteves, e foi ele quem acabou recomprando o Pactual do UBS e criando o BTG Pactual. O mercado olhou o movimento como ousado e o valor como alto demais. Parecia para lá de arriscado, em plena ressaca da maior crise financeira do século, recomprar o Pactual. A estratégia de Esteves se mostrou mais do que bem-sucedida, e o BTG Pactual se tornou a maior força independente do mercado financeiro da América Latina.

Mas a figura de Cezar continua lá. Anos depois, em dezembro de 2023, na festa de quarenta anos do banco, Esteves subiu ao palco e fez uma singela homenagem a Cezar, falando que o filho dele, o banco, estava cada vez mais forte e maior e agradecendo a ele por ter "criado o Pactual e ter criado eles [os jovens que ao longo dos anos se tornaram o motor do banco]". Cezar se sentiu na obrigação de agradecer, e, enquanto ele falava, Esteves comentou com um dos sócios: "Muito bom, mas melhor a gente ir lá. Se não, daqui a pouco, ele acha que é ele que está tocando tudo isso aqui."[6]

E Cezar foi olhar novas possibilidades no mercado financeiro. Não tardou a aparecer uma.

O Commerzbank é um dos pilares do sistema financeiro alemão. Fundado no século XIX, em Hamburgo, o banco cresceu junto com a economia alemã e se tornou uma referência no atendimento a empresas e no varejo bancário. Conhecido pelas atuação sólida e conservadora, o Commerzbank foi peça-chave no desenvolvimento das médias empresas alemães, espinha dorsal da economia do país. Mas, como muitos, não passou ileso pela crise financeira de 2008, o que o obrigou a repensar sua estratégia e foco, inclusive no Brasil. Acabou tendo que vender o Dresdner Bank, que havia comprado recentemente, uma forma de ajudar a garantir sua sobrevivência.

---

6 ABDALLAH, Ariane. *De volta ao jogo*: A história de sucesso, dramas e viradas do BTG Pactual. São Paulo: Portfolio-Penguin, 2025.

Originalmente um banco de varejo, Cezar viu no Dresdner a possibilidade de criar um banco de investimento puro-sangue à la Garantia e Pactual. A habilidade nata para navegar em um mercado turbulento fazia dele a figura ideal para operar na ressaca da crise de 2008, reestruturando passivos. O negócio, estimado em torno de US$ 100 milhões — cerca de 4% do capital do Commerzbank —, já havia recebido o aval do conselho de administração do banco alemão em Frankfurt e aguardava apenas a assinatura e a aprovação do Banco Central. O sócio de Cezar na empreitada era o dono da empresa Tetto, Eugênio Holanda, que fazia a gestão de um fundo de R$ 5 bilhões em títulos imobiliários lastreados no FCVS.

A sigla enigmática significa na verdade Fundo de Compensação de Variações Salariais (FCVS). Por trás do nome esquisito está um dos "esqueletos" mais persistentes das finanças nacionais, criado nas décadas de 1960 e 1970, quando o Brasil vivia um boom de desenvolvimento e urbanização. Para realizar o sonho da casa própria, milhões de brasileiros recorreram a financiamentos habitacionais de longo prazo, oferecidos pelo Sistema Financeiro da Habitação (SFH). Até aí, tudo ótimo. Mas havia um problema no horizonte: a inflação galopante que marcaria os anos seguintes.

Para proteger os mutuários (aqueles que pegaram os empréstimos) das variações imprevisíveis nos salários e na economia, o governo criou o FCVS em 1964, na mesma lei em que foi gestado o SFH.[7] A premissa era simples: se, ao final do contrato, o saldo devedor fosse maior do que o mutuário tivesse capacidade para pagar, o FCVS cobria a diferença. Em outras palavras, um "seguro" que garantia que as pessoas não perderiam suas casas por conta da inflação desenfreada.

---

7 BRASIL. *Lei nº 4.380, de 21 de agosto de 1964*. Institui a correção monetária nos contratos imobiliários de interêsse social, o sistema financeiro para aquisição da casa própria, cria o Banco Nacional da Habitação (BNH), e Sociedades de Crédito Imobiliário, as Letras Imobiliárias, o Serviço Federal de Habitação e Urbanismo e dá outras providências. Disponível em: https://www.planalto.gov.br/ccivil_03/leis/l4380.htm.

Uma ótima ideia teórica, mas que se mostrou na prática um buraco negro financeiro. Com a hiperinflação dos anos 1980 e início dos 1990, as dívidas dispararam, e o FCVS acumulou um passivo gigantesco. Uma bola de neve rolando montanha abaixo, cada vez maior e mais difícil de controlar. Um "esqueleto no armário" que um dia sairia dele. Só não se sabia quando.

Aos poucos, o governo começou a reconhecer essas dívidas e as transformou em títulos públicos, prometendo pagar aos credores ao longo de décadas — alguns com vencimento até 2027 ou para além disso. Com a promessa, os títulos lastreados no FCVS tornaram-se uma moeda de negociação no mercado financeiro. A operação de compra do Dresdner seria feita com base nesses títulos.

E Cezar começou a trabalhar no escritório do Dresdner em frente ao Shopping Iguatemi, na mesma avenida Faria Lima em que estava o UBS Pactual — atualmente BTG Pactual — com o objetivo ousado de mais que dobrar o número de funcionários (setenta na época) e abrir um escritório no Rio de Janeiro. Além da reestruturação de passivos, a ideia era atuar em fusões e aquisições, gestão de recursos próprios e de terceiros, incluindo carteiras para investimento em bolsa. Enfim, um banco de investimento contemporâneo. "Aos 45 do segundo tempo, o Banco Central entendeu que o Eugênio não poderia ter um banco e o negócio acabou naufragando. Faz parte."

Mais uma vez, Cezar estava de volta ao jogo de procurar oportunidades. Achou mais uma delas no início de 2012, quando saía de uma conversa no BTG Pactual e encontrou com Marcus Elias em um restaurante. Conhecia Elias do tempo em que ele havia trabalhado no Pactual, na década de 1980. Ele era dono da LAEP Investments e havia comprado a Parmalat Brasil, subsidiária da matriz italiana, que enfrentava uma grave crise após um escândalo financeiro.

Fundada em 1961, na Itália, por Calisto Tanzi, a Parmalat cresceu rapidamente nas décadas de 1980 e 1990 na área de lácteos ao apostar no leite UHT (popularmente chamado de longa vida ou leite de caixinha). Combinado a uma estratégia agressiva de marketing e aquisições, a empresa tornou-se uma das maiores companhias de laticínios do mundo e passou a investir pesado no esporte, com parcerias históricas como o patrocínio ao time de futebol brasileiro Sociedade Esportiva Palmeiras entre 1992 e 2000, que rendeu ao clube dois Campeonatos Brasileiros (1993 e 1994), uma Copa do Brasil (1998) e uma Libertadores (1999).

A expansão da Parmalat, porém, tinha em sua base práticas financeiras fraudulentas. Durante anos, a empresa inflou lucros e escondeu dívidas bilionárias, criando a ilusão de uma operação saudável. Em dezembro de 2003, o castelo de cartas ruiu e veio à tona um rombo de cerca de 14 bilhões de euros, um dos maiores escândalos financeiros da história da Europa. A fraude envolvia bancos, empresas fantasmas e emissão de títulos sem lastro. O colapso levou a matriz à falência e afetou suas subsidiárias ao redor do mundo, entre elas a Parmalat Brasil, que entrou em recuperação judicial. Elias viu na situação uma oportunidade e comprou a Parmalat Brasil via LAEP Investments. Em 2012, a situação da Parmalat Brasil continuava complicada, e Elias acabou convidando Cezar para ser CEO da empresa.

"Analisei e vi que não dava para recuperar a empresa. Tinha de vender. Fui atrás de um cara que estava comprando todas as licenças da Parmalat no mundo. Ele simplesmente me disse que não ia comprar naquele momento porque dali a pouco teríamos de entregar por 1 dólar", lembra Cezar.

O mercado de leite é complexo. Na época, na Suíça, uma vaca leiteira chegava a produzir 25 litros de leite por dia. No Brasil, apenas três. E o país é enorme, com uma questão gigante para captar a matéria-prima, além de questões logísticas (estradas de terra, em que, quando chove, caminhão não passa) e tecnológicas. Cezar resolveu, então, ir a uma das mais modernas fazendas de leite do mundo, na China.

A estratégia era vender a Parmalat Brasil para eles, pois, mesmo sendo grandes produtores, eles precisavam de mais leite. Apenas a China Modern Dairy, na cidade de Mudanjiang, no norte da China, tinha uma fazenda com 9,105 milhões de hectares e possuía mais de 150 mil vacas em lactação. "Fui lá falar com um produtor de leite. Contei que tinha uma fábrica em São Paulo com 190 funcionários e disse quanto produzia de leite nela. Ele simplesmente riu e me levou para ver uma fábrica deles. Tinha 12 funcionários e produzia o dobro da fábrica que eu tinha comentado com ele."

A situação parecia absolutamente sem saída, mas Cezar acabou encontrando uma possível solução e resolveu fazer um *roadshow* com todos os produtores mundiais de lácteos. Começou por Denver, nos Estados Unidos, e enquanto fazia a viagem recebeu a resposta ao pedido de reunião que havia feito para a Saputo Inc., maior empresa processadora de lácteos do Canadá e uma das maiores produtoras de queijos da América do Norte. Decidiu ir encontrá-los. Só não tinha visto para entrar no país e não havia tempo hábil para solicitar um. Conseguiu — só deus sabe como — driblar o fiscal da imigração na saída dos Estados Unidos em Denver, mas não o fiscal na entrada do Canadá.

Acabou na "salinha", aquela em que ficam as pessoas não liberadas para entrar no país pela imigração. Enquanto esperava, a chefe do policiamento — possivelmente intrigada com aquele senhor ali — decidiu perguntar o que estava acontecendo. Com a ajuda do amigo que havia ido com ele e servia de intérprete, Cezar disse a verdade: estava lá para visitar uma fábrica de queijo.

"Ela pegou os passaportes e disse que a gente só podia ir para o hotel, dormir lá, fazer a reunião e voltar diretamente para o aeroporto. E eu, todo feliz, falei que estava ótimo." Para surpresa de Cezar, apareceram duas policiais — cada uma com quase 2 metros de altura —, colocaram a dupla no táxi e falaram que eles só podiam descer no tal hotel. E que na volta era para ir até o aeroporto e ligar do telefone público que havia lá diretamente para a chefe de polícia. Dia seguinte, reunião feita, Cezar seguiu o combinado. Ligou para a chefe direto do aeroporto e foi "resgatado" por outras duas policiais, do mesmo tipo das do dia anterior, que o "ciceronearam" até a sala da polícia do aeroporto, entregaram o passaporte a Cezar, o escoltaram até a sala VIP e deram para ele a ordem de não sair dela, que em breve iriam buscá-lo. "Fiquei muito sem graça, mas fazer o quê? Não podia nem ter entrado no país. No final, eles me tiraram da sala VIP, me escoltaram até a poltrona do avião e avisaram os comissários de que eu não podia sair do avião de jeito nenhum."

A operação com a empresa canadense acabou não dando certo, mas Cezar não desistiu e tentou vender para outro investidor.

"Ia fazer isso em conjunto com a GP Investimentos, que também tinha uma empresa de lácteos, mas acabou não dando certo. Aí não tinha mais o que fazer, e eu simplesmente saí da Parmalat. E fui cuidar das minhas ovelhas na fazenda."

* * *

A segunda-feira, 17 de março de 2014, seria apenas mais um dia não fosse por uma operação deflagrada pela Polícia Federal que se tornou mundialmente famosa, a Operação Lava Jato. Inspirada em uma investigação de lavagem de dinheiro em postos de combustíveis, a operação caiu como uma bomba no meio político e empresarial brasileiro e envolvia um esquema de corrupção e lavagem de dinheiro em conexão direta com a maior estatal brasileira: a Petrobras.

No centro de tudo, Alberto Youssef, um doleiro que movimentava milhões de reais em transações suspeitas. Com a delação premiada de Paulo Roberto Costa, ex-diretor de Abastecimento da Petrobras, a PF começou a entender a rede de contratos superfaturados, cartéis de empreiteiras e a máquina de corrupção que financiava partidos políticos. Tudo muito bem organizado até ser paulatinamente revelado pelas várias fases da força-tarefa da operação.

O impacto foi imediato. Doleiros presos. Executivos de empreiteiras algemados. Contas bloqueadas. Para muitos, era a justiça finalmente chegando; para outros, uma visão inédita de como funcionavam as engrenagens da corrupção no Brasil. E o país acompanhava, com o mesmo fascínio de quem assiste a uma novela, só que com atores reais e uma narrativa de milhões. Conforme as fases avançavam, os desdobramentos passaram a atingir empresas além das empreiteiras.

E, no dia 24 de novembro de 2015, o mercado financeiro acordou estarrecido. Esteves havia sido preso de manhã cedo em casa, no Rio de Janeiro, e levado à Superintendência da Polícia Federal acusado de supostamente tentar obstruir as investigações da Operação Lava Jato. Ao lado dele, foi preso também Delcídio do Amaral, senador e líder do governo no Senado, acusado de arquitetar um plano que envolvia subornos e pressão para barrar uma delação premiada.

Segundo a Procuradoria-Geral da República (PGR), Delcídio prometera pagar R$ 50 mil por mês à família de Nestor Cerveró, ex-diretor da Petrobras, para impedir que ele delatasse supostos esquemas de corrupção envolvendo a compra da refinaria de Pasadena, nos Estados Unidos; e Esteves teria contribuído para pagar a mesada a Cerveró. A suposta conexão foi gravada em conversas entre o senador Delcídio do Amaral e Bernardo Cerveró, filho do ex-diretor.[8]

A prisão do controlador do BTG Pactual gerou um turbilhão, com clientes ligando e sacando dinheiro e a ação do banco caindo cerca de 20% na Bolsa de Valores no dia da prisão. Uma combinação tóxica que poderia acabar muito mal, com a quebra da instituição. Rapidamente, o BTG Pactual afirmou estar à disposição para colaborar com as autoridades, e a ação rápida dos sócios, que se uniram e trabalharam juntos, evitou que o pior acontecesse.

Mas um ex-sócio também agiu em silêncio. Cezar, que levantou o telefone e realizou uma série de conversas com a imprensa. Na sua cabeça era inconcebível deixar o banco que havia criado afundar daquela

---

8 A TENTATIVA de comprar o silêncio de Cerveró. *O Globo*, [s. d.]. Disponível em: https://oglobo.globo.com/politica/a-tentativa-de-comprar-silencio-de-cervero-18136948. Acesso em: 26 set. 2025; JUSTIÇA absolve Lula e Esteves no caso Cerveró. *Valor*, 13 jul. 2018. Disponível em: https://valor.globo.com/politica/noticia/2018/07/13/justica-absolve-lula-e-esteves-no-caso-cervero.ghtml. Acesso em: 26 set. 2025; BRONZATTO, Thiago; COSTA, Ana Clara. Por que a prisão do banqueiro André Esteves assusta o governo e o PT. *Época*, 4 dez. 2015. Disponível em: https://epoca.globo.com/tempo/noticia/2015/12/por-que-prisao-do-banqueiro-andre-esteves-assusta-o-governo-e-o-pt.html. Acesso em: 26 set. 2025; RICHTER, André; CANES, Michelle. PGR: senador e banqueiro pagariam R$ 50 mil mensais por silêncio de Cerveró. *Agência Brasil*, 25 nov. 2015. Disponível em: https://agenciabrasil.ebc.com.br/politica/noticia/2015-11/pgr-senador-e-banqueiro-pagariam-r-50-mil-mensais-por-silencio-de-cervero. Acesso em: 26 set. 2025.

forma, mesmo porque conhecia Esteves desde que ele era apenas o jovem técnico que programava na linguagem de computação Clipper no Pactual. Não acreditava que ele tivesse realmente feito aquilo do que era acusado. Mas também sabia que, quanto mais pesadas fossem as matérias saídas na imprensa, maior o risco de o banco quebrar. Cezar tinha uma larga experiência em conversar com jornalistas, mas estava claro para ele que no caso de Esteves era necessário mais do que isso. Era preciso falar com os donos dos grupos de mídia do Brasil. E assim ele fez.

Uma pessoa que estava ao lado de Cezar durante as conversas ficou impressionada com toda a argumentação feita pelo ex-banqueiro para diminuir o impacto das matérias: uma obra de arte da negociação, sem envolver nenhum tipo de sacanagem. Apenas lógica mesmo. Na base dela, o fato de que não havia realmente provas contra Esteves. Tudo era baseado no que Delcídio tinha dito. Fora isso, nenhuma prova.

No final, as matérias saíram em espaços muito menores do que estava previsto inicialmente. Esteves acabou ficando preso preventivamente durante 22 dias até que o Supremo Tribunal Federal (STF) autorizou sua liberação, substituindo a prisão preventiva por medidas cautelares, entre elas a prisão domiciliar.

Em abril de 2016, o STF revogou as medidas restritivas restantes, permitindo que o banqueiro retomasse suas atividades profissionais. E, em julho de 2018, foi absolvido das acusações relacionadas à Operação Lava Jato sem nunca ter nada provado contra ele. Em paralelo aos telefonemas para os donos dos grupos de mídia, Cezar sabia que o banco poderia simplesmente quebrar caso precisasse de mais liquidez do que fosse capaz de levantar e foi atrás de um fundo de *private equity* especializado em ativos que estão em risco, conhecidos em inglês como fundos *distressed*. A operação acabou não passando da fase de um *term sheet* inicial no valor de US$ 500 milhões por conta de uma exigência do fundo. "Eles queriam impor que o Esteves não tivesse mais cargo executivo no banco. Obviamente não funcionou..."

Em paralelo, Cezar continuava a pagar as dívidas da processadora de suco de laranja e precisava de liquidez para seguir com a criação de ovelhas. A solução encontrada foi fazer um empréstimo com o Banco BBM, na época controlado pela família Mariani, que Cezar havia ajudado no tempo em que estava na Garantia. Em 1973, o Banco Econômico, controlado por Ângelo Calmon de Sá, começou a comprar ações do Banco da Bahia. O intuito era realizar um *take over* hostil da instituição comandada por Clemente Mariani a quem Calmon de Sá chamava respeitosamente de tio.[9] "O Eduardo Mariani me procurou na corretora Garantia e pediu para comprarmos ações deles para impedir a tomada de controle pelo Econômico. Fizemos isso, e depois eles recompraram de nós as ações."

Os negócios de Cezar, porém, não iam bem. A situação começou a ficar complexa em 2010, quando ele não conseguiu pagar uma dívida tomada com o Banco BBM dos Mariani — o mesmo cuja família ele havia salvado de perder o controle para Calmon de Sá. O valor era de R$ 6 milhões.

A dívida corria havia anos, agora estava prestes a ser executada e Cezar não tinha como honrar o compromisso naquele momento. Preocupado, Macedo, que havia saído do Pactual no mesmo dia que Cezar, foi falar com Esteves e explicou a situação. Na mesma hora o banqueiro, agora controlador do BTG Pactual, assumiu o compromisso de comprá-la. Achou que estava indo na direção errada e que seria achincalhado pelos sócios. Errou. Recebeu apoio de todos — ex-sócios, inclusive —, que se prontificaram a participar do aporte necessário para quitar a dívida. A preocupação de todos, na verdade, era a garantia dada por Cezar para o empréstimo: a Marambaia. A ideia de comprar a fazenda, porém, não foi originalmente de Esteves.

Anos antes, em 2006, a revista *Piauí* havia feito um perfil de Cezar no qual ele havia dito com todas as letras: "O Esteves havia sido dinâmico e atuante, mas sempre tive consciência de que ele venderia a

---

9 ÂNGELO Calmon de Sá. *FGV CPDOC*. Disponível em: https://www18.fgv.br/cpdoc/acervo/dicionarios/verbete-biografico/sa-angelo-calmon-de.

mãe para ter o poder."[10] A frase, um dos poucos arrependimentos de Cezar na vida,[11] deixou Esteves furioso. Inconsolável, ele conversava com dois sócios quando uma personalidade improvável e carismática entrou na sala.

Um conhecido economista, professor titular da PUC-SP, da FGV-SP e empresário, estava na sede do BTG Pactual em São Paulo naquele dia para conversar com Pérsio Arida, sócio do banco, que conhecia havia anos. O assunto não tinha nada a ver com Cezar, mas, ao ver o tamanho da perturbação de Esteves, deu a solução: comprar a Marambaia e deixar Cezar morando nela o resto da vida.

A ideia ficou guardada por anos até ser executada em 2010 pelo principal acionista do BTG Pactual. A proposta era de uma perspicácia única. Simples e ao mesmo tempo sofisticada. Cezar havia tornado Esteves banqueiro com uma atitude de quase pai, e agora o pupilo retornaria o que havia recebido dele.

O coração do trader, porém, falou mais alto, e Esteves fez uma "pequena" adaptação na ideia. "O BTG Pactual comprou a dívida, porém o acordo foi de que eu pagaria o valor aportado pelo banco com o passar dos anos", relembra Cezar.

Só que não deu certo. Sem conseguir realizar a operação, em 2017 o fundador do Garantia e do Pactual foi visitado por um sócio do banco que elegantemente falou para ele que estava na hora de resolver aquela questão. A solução encontrada foi tornar a fazenda um loteamento e deixar Cezar com uma opção de compra sobre a empresa que fez o empreendimento. No ano seguinte, 2018, após quarenta anos, Cezar teve de descer definitivamente a serra e voltar a morar no Rio de Janeiro.

Mas, antes de chegar à Cidade Maravilhosa, Cezar teve um daqueles atos típicos dele. Fez um churrasco com os vinte funcionários e

---

10 DIEGUEZ, Consuelo. De elefante a formiga: Luiz Cezar Fernandes, que teve banco, helicóptero e uma fortuna de 300 milhões de dólares, hoje cria ovelhas na serra fluminense. *Piauí*, nov. 2006. Disponível em: https://piaui.folha.uol.com.br/materia/de-elefante-a-formiga/.

11 O outro foi ter dito que o ex-presidente Fernando Henrique Cardoso não mandava nem no cachorro da casa dele e, por isso ele, Cezar, nunca votaria nele.

suas famílias para agradecer ao tempo de dedicação. Entre eles havia crianças que já eram a segunda geração nascida na Marambaia. Ou seja: os pais haviam nascido na fazenda, pois os avós já trabalhavam lá quando Cezar chegou. Flávio, o cozinheiro que acompanha Cezar há mais de trinta anos, chegou à fazenda aos 15 anos e está lá desde então. Muitos aparecem na casa de Cezar em São Paulo para degustar a comida preparada por ele, de dar inveja a qualquer chef renomado. Sim, Flávio foi treinado durante seis meses por um chef francês que havia estudado na Le Cordon Bleu, uma rede internacional de escolas de culinária fundada em Paris em 1895, com 35 institutos em vinte países, que oferece diversos cursos nas áreas de Cuisine e Pâtisserie. O encontro se deu por acaso. Em um navio que Cezar alugara para passar as férias com a família no Mediterrâneo havia um cozinheiro, o tal que tinha estudado no Le Cordon Bleu. Fascinado pela comida, Cezar o convidou para passar seis meses na Marambaia ensinando Flávio. Possivelmente o melhor investimento já feito por ele, que adora um bom prato.

10

Fale a verdade, sai sempre mais barato

"É longo o caminho que vai do projeto à coisa."

MOLIÈRE (JEAN-BAPTISTE POQUELIN), dramaturgo francês

A mudança da Marambaia para o Rio de Janeiro não foi simples. A casa da fazenda era enorme e Cezar havia vivido lá por quarenta anos. Mas tudo acabou se ajeitando com a ajuda de três funcionários da fazenda. Ao final, acabaram os três mais Cezar em um camarote do Maracanã para assistir a um jogo do Flamengo pelo Campeonato Brasileiro daquele ano. Festa pura. Não se sabe quem estava mais feliz, Cezar, os agora ex-funcionários, ou todos juntos. Provavelmente a última opção. Fim da festa, Cezar pegou seu cachimbo e voltou à labuta com uma de suas paixões, as reestruturações, agora na GRT Partners, uma butique especializada em operações estruturadas. E logo na saída deu de cara com um projeto bem ao seu estilo.

O Grupo Horita produz soja, milho e algodão. Em 1984, os jovens Walter, Wilson e Ricardo Horita, com o apoio do pai, Satoshi, resolveram investir em uma promissora área de cerrado, no oeste da Bahia, com 1,5 mil hectares. Nos anos seguintes, a empresa se expandiu e chegou a 150 mil hectares de terra, evoluindo em paralelo com o aumento das exportações brasileiras.

Mas, em 2016, uma seca excepcional levou o grupo a perder 35% de sua produção e a situação ficou complicada. A dívida chegou a R$ 1,3 bilhão para um faturamento de R$ 700 milhões. Uma situação para lá de complicada, que necessitava de um especialista em mercado financeiro para renegociar com bancos, tradings e fornecedores.

Nesse cenário, Horita chegou a Cezar por indicação de um amigo. Os dois se deram bem desde o começo. Tranquilos, quietos, observadores, passaram a conversar com os bancos. Sem pressa. Ouvindo mais do que falando. Uma estratégia clássica de Cezar. Ao longo de seis meses negociaram a dívida do grupo — às vezes juntos, às vezes separados — e a reestruturaram com uma combinação de renegociação de valores e alongamento. Nove anos depois, em 2025, o grupo fatura mais de R$ 1 bilhão e a dívida está absolutamente sob controle.

Aos poucos, a vida de Cezar parecia estar se estabilizando e ele começou a fazer mais duas operações na GRT Partners até ser parado por um vírus que o tirou de ação por um ano.

Em 2005, o governo brasileiro criou o Programa Nacional de Produção e Uso de Biodiesel, uma iniciativa feita para diversificar a matriz energética do Brasil e promover a inclusão de pequenos produtores agrícolas. O programa abriu caminho para o surgimento de empresas pioneiras no setor, entre elas a BSBIOS, fundada por Erasmo Battistella tendo como sócia a Petrobras, que rapidamente se destacou como produtora de biodiesel, atendendo à crescente demanda por combustíveis renováveis e alinhando-se à visão de um Brasil mais sustentável.

Com o passar dos anos, Battistella entendeu que estava na hora de comprar os 50% do sócio e seguir em frente sozinho. Mas a Petrobras, por ser uma companhia pública, necessitava seguir um processo de desinvestimento rigoroso. Ao mesmo tempo, Battistella tinha direito de preferência da compra da participação do sócio, fator que espantaria qualquer concorrente que cogitasse disputar os 50% da Petrobras — afinal, Battistella poderia simplesmente cobrir a oferta e ficar com o negócio no último minuto.

A situação ficou ainda mais complicada devido ao clima de extrema cautela dentro da Petrobras, fruto da Operação Lava Jato, que abalou profundamente a reputação e as finanças da empresa e a levou a adotar critérios e processos ainda mais transparentes em suas vendas de ativos, visando evitar qualquer suspeita de irregularidade ou favorecimento indevido. Uma situação que a impedia de simplesmente vender seus 50% diretamente para Battistella, pois poderia parecer uma operação viciada.

Por outro lado, Battistella não desejava vender sua parte, mas, sim, comprar a parte da estatal. Uma sinuca, daquelas aparentemente sem saída, na linha em que Cezar gosta de trabalhar. Mas ele chegou à conclusão de que seria possível fazer uma venda conjunta de 100% da BSBIOS. Battistella e a Petrobras colocariam à venda suas partes da empresa, o que aparentemente parecia uma sandice, mas havia uma lógica.

Primeiro, Battistella renunciaria ao direito de preferência. Como consequência, passaria a concorrer como um investidor qualquer, tornando o processo competitivo e absolutamente igual para todos que quisessem participar dele. Ao mesmo tempo, impedia qualquer possível acusação de a Petrobras estar favorecendo seu outro sócio. Obviamente, haveria o risco de um terceiro comprador querer a parte da Petrobras e/ou a de Battistella, mas, no fim, a operação acabou mesmo sendo feita com ele concluindo a compra dos 50% da Petrobras em fevereiro 2021. Mas não foi tão simples como pode parecer.

Nos meses anteriores as partes haviam chegado a um impasse. Era preciso ajustar dezenas de cláusulas contratuais para viabilizar o negócio. O advogado de Battistella entendia que 18 cláusulas precisavam ser modificadas. Coube a Cezar e a Giovanni Calfat, um jovem da GRT Partners, negociar cada uma delas na sede da Petrobras no Rio de Janeiro com seis representantes da empresa e dois assessores do Rothschild, o banco de investimentos que a auxiliava na operação.

E a conversa começou a ficar diferente já na recepção. Ali Cezar encontrou a equipe do Rothschild e contou uma história sobre uma palestra em que simulou uma briga com um colega para despertar a plateia, que estava entediada. Calfat, sem entender muito bem a estratégia, apenas observou. Não tinha ideia do que estava por vir. Ninguém tinha...

Todos na sala. Cezar, rindo, perguntou se os assessores do Rothschild não poderiam vir para o lado dele da mesa — estavam junto com as seis pessoas da Petrobras. Segundo ele, "só para não ficar uma sensação de oito contra dois". Tudo pronto, contrato na tela grande para análise e Cezar novamente interrompeu a conversa. Educadamente, perguntou se não podia dar uma palavrinha antes de falarem especificamente do contrato. Todos, obviamente, concordaram. Afinal, imaginavam "apenas" uma palavrinha, mas a primeira frase já veio, digamos, dura:

— Esse contrato que vocês montaram é uma maluquice que nem minha mãe, que tá no túmulo, assinaria.

E Calfat teve a certeza de que seriam colocados para fora da reunião. Para sua surpresa, porém, silêncio. Ninguém falou nada. Todo mundo parou para ouvir, e ele falou durante mais de trinta minutos. Cezar falou até que a pessoa que liderava o processo pelo lado da Petrobras exigiu que começassem a olhar as cláusulas do contrato. Resultado final da conversa: 17 das 18 cláusulas ajustadas.

Detalhe: o contrato tinha quarenta cláusulas no total. A conversa, no fim de outubro de 2020, deu o empurrão necessário para que a transação saísse e Battistella passasse a ter 100% da BSBIOS, rebatizada depois de B8: Energia Renovável. Enquanto isso, Cezar negociava em paralelo outra operação.

Em 2018, a empresa de investimentos privados Bain Capital comprou mundialmente a italiana Fedrigoni, que faz papel-moeda e papéis adesivos. Três anos depois, decidiu desinvestir de toda a parte de papel-moeda e ficar apenas com papéis adesivos. No Brasil, havia um interessado na compra e um empecilho técnico.

Papel-moeda e papel adesivo eram parte da mesma empresa. O normal seria fazer uma cisão das duas e vender só a de papel-moeda, mas a Fedrigoni Itália queria fazer a cisão no meio da aquisição. Ou seja: faço a cisão, mas só depois que receber a proposta de aquisição. E começou a propor esse modelo para o mercado.

O resultado não estava sendo dos mais animadores: não conseguiam vender a parte de papel-moeda no Brasil de jeito nenhum. Ninguém queria sequer ouvir a proposta. O comprador fazia provavelmente um raciocínio simples: a empresa pode ser até boa, mas o balanço das duas está junto (papel-moeda e papel adesivo). Conclusão: como vou saber o que estou comprando?

No entanto, onde outros viram um problema, Cezar enxergou uma oportunidade. Ele conhecia o empresário Riccardo Gambarotto, sabia que ele queria comprar uma empresa, e a Fedrigoni caía como uma luva para ele. Em fevereiro de 2020, os dois combinaram de estruturar a operação. Semanas depois, porém, o mundo virou de cabeça para baixo.

Em dezembro de 2019, na cidade de Wuhan, na China, o mundo ouviu falar pela primeira vez de um vírus, o SARS-CoV-2. Rapidamente, o que muitos imaginavam ser apenas mais um surto sério de gripe se transformou na epidemia de covid-19, com a Organização Mundial da Saúde (OMS) declarando oficialmente pandemia em março de 2020, quatro meses após o surgimento do primeiro caso.

E o mundo fechou. Ninguém mais podia sair de casa. Cezar, que estava constantemente em São Paulo, acabou isolado em sua casa no Rio de Janeiro. Não podia correr riscos. Aos 75 anos, fumava havia exatos 63 — somando cigarro e cachimbo — e era sedentário. Mas a operação da Fedrigoni continuava andando. Julio Bechelli, outro jovem da GRT Partners, passou a tocá-la juntamente com Calfat, orientados ao telefone por Cezar.

Gambarotto, animado, queria fazer uma proposta para a Fedrigoni rapidamente, mas havia outro empecilho: ele não tinha todo o dinheiro necessário para fazer a aquisição. Obviamente, para Cezar isso não era exatamente um problema, apenas um pequeno obstáculo a ser superado. Melhor fazer já a proposta pela empresa e depois resolver como pagar. Já havia feito esse tipo de aquisição algumas vezes na vida, e não seria um "pequeno detalhe" como ter o dinheiro antes da operação que iria impedi-lo de realizá-la.

E Cezar começou a conversar com bancos para fazer um *leverage buyout*, uma aquisição financiada com dívida, usando os ativos da empresa adquirida como garantia. O Credit Suisse topou olhar o negócio e fazer um empréstimo, mas, com a pandemia correndo solta, ninguém sabia o que iria acontecer no minuto seguinte e a situação da Itália havia se agravado rapidamente.

Com o país fechado, a negociação andava por telefone. Mas era necessário, antes de o banco colocar o dinheiro, fazer o *carve-out* —

a estratégia de separar uma parte de uma empresa, no caso a divisão de papéis de segurança Fedrigoni —, para vendê-la a Gambarotto. E, do jeito que a proposta de *carve out* da Fedrigoni veio, ela voltou. "Eu perguntei para a Fedrigoni se eles queriam que a Receita Federal batesse na porta do Gambarotto e cobrasse dele o dobro do que havia pagado pela empresa."

Não satisfeitos com a resposta, os assessores da Fedrigoni na Itália insistiram que fosse feita uma chamada de vídeo para falar sobre o *carve-out*. De um lado, Cezar e Bechelli. Do outro, cinco pessoas da Fedrigoni. "Eu expliquei a situação. Tentei com toda a paciência do mundo. Expliquei que já havia feito aquele tipo de operação do mesmo jeito e que havia dado merda. Mostrei os detalhes do que iria acontecer, até que um italiano lá falou uma 'batata'."

O próximo som que os italianos ouviram foi Cezar gritando: "Vocês não querem fazer essa porra, eu não vou comprar essa merda, tchau." E simplesmente desligou na cara de todo mundo.

O negócio, ao que parece, havia chegado ao fim. Ao menos o primeiro round. Não demorou cinco minutos para que Bechelli recebesse um e-mail do head de M&A da Fedrigoni com um singelo texto na linha do "Acabei de falar aqui com os assessores, parece que deu um problema, você pode falar?". E todos entraram na chamada novamente: Cezar, Bechelli e os assessores da Fedrigoni, agora com o chefe de M&A na sala. Todos quietos. E o chefe de M&A perguntou:

— De qual jeito vocês querem fazer?

Novamente, Cezar explicou sua estratégia. E os italianos toparam fazer o *carve-out* do jeito proposto pela GRT Partners.

O próximo passo era fazer o acordo de compra de ações, mas essa conversa tinha de acontecer pessoalmente. Decidiu-se que a melhor possibilidade era Portugal, que havia sido um dos primeiros países a entrar em lockdown e em junho de 2020 já estava em uma situação menos ruim do que outros locais do mundo. E Calfat, Bechelli e Gambarotto cruzaram o Atlântico em direção a Portugal. Pagaram uma fortuna nas passagens por conta das restrições de viagem da covid, mas conseguiram. Cezar ficou, por ser do grupo de risco. Não tinha a menor possibilidade de fazer a viagem, mas conversava o tempo todo com o trio.

Após três dias de reunião, as tratativas andavam bem. O *share purchase agreement* (SPA) — o acordo de compra e venda — estava pronto para ser assinado, mas no último dia um debate enroscou o negócio, uma diferença de R$ 5 milhões. E Calfat virou para Bechelli, que participava da negociação junto com ele, e pediu um minuto. Saíram da sala e foram falar com Cezar. A recomendação: levanta da mesa e vai embora. E assim eles fizeram. O detalhe: os dois eram jovens com menos de trinta anos na época.

Gambarotto, o comprador da empresa, havia ido até Portugal, mas haviam combinado de última hora que ele não iria à reunião. O chefe de M&A da Fedrigoni, ao ver os dois jovens com quem iria negociar, não acreditou. O que ninguém sabia — e a Fedrigoni demorou a acreditar — é que os jovens tinham o aval de Gambarotto para fazer o negócio. Um tipo de arranjo absolutamente incomum, considerando que eles eram assessores do negócio e não o comprador.

E, entre a indignação e a surpresa, a equipe sênior da Fedrigoni teve de se sentar à mesa para conversar com dois "moleques", achando que aquilo só podia ser brincadeira. Mas assim, em 23 de dezembro de 2020, o negócio foi fechado e a Fedrigoni, rebatizada de Blendpaper, trocou de mãos.

Cezar, porém, não viu nem participou da assinatura. Estava internado no Pró-Cardíaco, no Rio de Janeiro, com covid-19, lutando pela vida. Havia chegado ao hospital no dia 3 de novembro com sintomas leves (febre e tosse), mas rapidamente sua saúde se deteriorou — na mesma época, as primeiras vacinas contra a covid, desenvolvidas em tempo recorde, começaram a ser distribuídas, mas ele não tinha mais como se beneficiar delas naquele momento. Já havia contraído o vírus.

E o que tinha tudo para dar muito errado, com um paciente fumante, sedentário e com mais de 75 anos, deu certo. Não que o paciente tenha sido colaborativo. Nos três dias iniciais da internação, ainda consciente, Cezar começou a ficar irritado. Queria ir embora para casa, e quando fazia um pedido e a enfermeira, segundo ele, demorava para vir, se "agitava". "Eu chacoalhava as grades de proteção da cama e fazia um baita barulho. Acabei amarrado na cama..."

A rebeldia durou pouco. Rapidamente a situação dos pulmões piorou e ele acabou entubado. Mais alguns dias e chamaram os familiares.

A situação era muito grave, e possivelmente aquele seria o último dia de Cezar. Contra a expectativa de todos, não foi. Mais alguns dias e chamaram a família novamente. A situação estava mais grave ainda. Cecilia e Pedro sugeriram aos médicos fazer um transplante de plaquetas. Eles não gostaram exatamente da ideia, mas acabaram topando o procedimento. Não tinham uma opção melhor. Era uma tentativa, já que não fazer nada provavelmente seria fatal. Usar as plaquetas daria uma chance maior que zero.

Mesmo assim, os médicos concordaram com o transplante apenas após a família assinar um termo de responsabilidade pelo procedimento. As plaquetas viriam do paciente do quarto ao lado, que estava em estado terminal devido à covid-19. O efeito acabou sendo pequeno. Cezar melhorou um pouco, mas não o suficiente para os médicos terem esperança de que um dia ele sairia do hospital com vida. Na terceira vez, porém, o jogo virou. O médico chamou a família novamente e disse que, se Cezar continuasse piorando, ia colocá-lo em um pulmão artificial.

"Tenho certeza de que o meu anjo da guarda ouviu e disse: 'Pulmão artificial nem fodendo!'" E, com o passar dos dias, como que por milagre, ele começou a melhorar, contra o prognóstico da própria família e dos médicos.

Apenas uma pessoa nunca duvidou de que ele sobreviveria, Cecilia. Aceitar que aquele seria o fim do companheiro de uma jornada de mais de trinta anos nunca foi uma opção para ela, que sempre se opôs fortemente a qualquer pessoa que dissesse que ele morreria. Cezar acabou ficando cem dias no hospital, 66 deles em coma, boa parte com traqueostomia.

Quando saiu do Pró-Cardíaco, em fevereiro de 2021, Cezar não falava nem andava. O prognóstico de que conseguisse fazer qualquer uma das duas coisas novamente era péssimo. Mas ele cismou que ia voltar não apenas a falar, mas a andar e trabalhar. Uma teimosia que mais parecia um capricho. Afinal, para voltar a andar ele teria de se dedicar à atividade de que menos gosta na vida.

"Se eu não fizesse exercício, não ia ter jeito. Então eu faço. Continuo odiando, mas fazer o quê? Não tenho opção." O mesmo não se pode dizer do cachimbo. Tinha a opção — quase o dever — de parar de fumar, mas continua cachimbando. Em São Paulo apenas, é verdade. Quando está em casa nos fins de semana, no Rio de Janeiro, entrou em acordo com Cecilia de que não fumaria — para ser mais honesto, ela determinou que seria assim. Nem sempre cumpre o acordo, e ela fica brava, mas ele nunca reclama. Sabe que a mulher tem razão, e, se está combinado, está combinado.

Já o tratamento para voz com a fonoaudióloga ele faz religiosamente. Todos os dias, faça chuva ou faça sol. E conseguiu voltar a falar em menos de um ano, embora em alguns momentos perca a voz e nenhum especialista da área consiga explicar o motivo. O mais impressionante, porém, é a falta de sequelas mais graves. Apenas parte dos dentes acabou caindo, e a visão de um olho ficou bastante prejudicada. Não que isso o impeça de continuar dirigindo à la Cezar....

Abril de 2023 — Um ano e dois meses depois da saída do hospital

— Vou na Leroy Merlin. Quer vir comigo? Fiquei pensando que não estava bom ainda o rearranjo que fiz no quarto do Flávio. Agora já sei o que estava faltando.

— Ouvi dizer que você dirige "superbem"..

— Meus netos não andam comigo de carro.

— Os pais não deixam?

— Não, eles têm medo...

A Marginal Pinheiros liga as zonas leste e oeste da cidade de São Paulo e tangencia a zona norte. Por ela circulam todos os dias 338 mil automóveis, 8 mil ônibus e 54 mil caminhões em vias que chegam a ter seis pistas com uma velocidade máxima de noventa quilômetros por hora. Não para Cezar. Para ele, noventa é apenas um número formado por dois algarismos e três letras com uma barra depois da segunda delas. E ele gosta mesmo é de ver três números no velocímetro do seu Palio, que dirige com uma destreza invejável para quem tem visão baixa em um dos olhos — para não dizer que ele vê apenas sombras com ele. E a noite é repleta delas, em especial com os faróis dos carros e caminhões que ele vai ultrapassando conforme desliza pelo trecho da Marginal que liga a ponte do Jaguaré à ponte da Cidade Universitária, passando atrás do campus da Universidade de São Paulo.

Trocando de marcha com precisão, sem desviar os olhos um segundo da faixa enquanto vai para direita e a esquerda, ele dribla obstáculos invisíveis, abandonando-os em uma dança surpreendentemente suave, sem solavancos. Sempre de cinto de segurança para não infringir a lei, como ele mesmo gosta de dizer.

— Pronto. Foi rápido, não?

— Sim. Super. Cinco minutos e trinta segundos para ir. Três minutos e 45 segundos dentro da loja; e quatro minutos e 23 segundos para voltar. Surpreendentemente estamos vivos…

— Eu disse que ia ser assim, mas as pessoas nunca acreditam em mim.

O maior medo de todos os que convivem com Cezar era que ele perdesse parte da capacidade cognitiva após a covid, mas não foi o caso. Continua sendo ele mesmo.

— Passo a vida tentando convencer as pessoas de que eu estou certo. Olha aqui — diz ele, mostrando o celular. — Em agosto de 2022 eu disse pros meus sócios da GRT Partners que o dólar ia começar a cair. Ninguém acreditou. Olha o valor do dólar agora. Caiu, não caiu? — Ele vira o celular de volta para si mesmo.

— É, caiu bem…

— Mas ninguém quis tomar o risco lá trás. Se tivéssemos feito a operação, tínhamos ganhado uma banana de dinheiro para o cliente…

— E por que o dólar caiu?

— Basta ler as notícias. Eu disse L-E-R as notícias, não as manchetes. Olhar a entrelinha delas.

As ideias de Cezar raramente andam na direção da boiada. Em geral, seguem uma lógica própria, difícil de entender à primeira vista, o que leva muitas pessoas que conviveram e convivem com ele a defini-lo em uma palavra seguida de uma qualificação não exatamente elogiosa: genial e cabeça-dura.

A capacidade de pensar além do óbvio e de colocar no mundo as próprias ideias faz de Cezar uma figura diferente. Uma pessoa que enfrenta os altos e baixos da vida com a certeza de que qualquer obstáculo pode ser contornado, não importa a dimensão. Há sempre uma solução, ela apenas não foi encontrada ainda.

Para ele, a questão não é se ganhou milhões como banqueiro, perdeu outros tantos na indústria e agora está novamente reestruturando e criando meios de comprar empresas. O que realmente interessa são os projetos e a motivação de realizá-los e quão inovadores eles são.

Em 1983, o criptógrafo americano David Chaum concebeu um tipo de dinheiro eletrônico criptográfico — o eCash — e deu o pontapé inicial no mundo das criptomoedas. Mas foi apenas 12 anos depois, em 1995, que o próprio Chaum deu o impulso definitivo no mercado de criptomoedas ao criar uma forma de pagamentos eletrônicos criptográficos para o eCash, o Digicash. O sistema exigia que o usuário criasse chaves criptografadas antes de enviar a moeda digital (eCash) para um destinatário, tornando o eCash não rastreável por terceiros. No caso, apenas quem recebe o dinheiro sabe de onde ele veio, uma das bases daquela que, quatro anos depois, se tornaria a primeira criptomoeda, o bitcoin.

Intitulado "Bitcoin: Um sistema de dinheiro eletrônico peer-to-peer", o texto assinado por Satoshi Nakamoto e publicado em 1999 começava dizendo: "Uma versão puramente peer-to-peer de dinheiro eletrônico permitiria que pagamentos on-line fossem enviados diretamente de uma parte para outra, sem passar por uma instituição financeira."[1]

---

1 NAKAMOTO, Satoshi. Bitcoin: um sistema de dinheiro eletrônico peer-to-peer. Disponível em: https://bitcoin.org/files/bitcoin-paper/bitcoin_pt_br.pdf. Acesso em: 8 set. 2025.

O detalhe mais do que importante das primeiras palavras do artigo está no "sem passar por uma instituição financeira". Uma revolução, pois instituições financeiras (bancos, por exemplo) sempre serviram como garantidores da licitude de uma operação, o que significa que é a instituição financeira que valida uma operação, por exemplo, de transferência de dinheiro entre duas pessoas. Ao transferir R$ 10 da minha conta para a conta do João, quem verifica a operação e manda o dinheiro para o João é o banco, e na outra ponta um banco recebe o mesmo dinheiro. Basicamente um intermediário. Vale para pessoa física e jurídica. E vale para transferir R$ 10, R$ 100 milhões ou R$ 1 bilhão.

A identidade de Nakamoto é uma incógnita até hoje. Há inúmeras especulações, entre elas a de que ele seria um grupo de pessoas, mas seu produto, o bitcoin, chamou a atenção de Mendes lá atrás, e ele começou a investir em criptomoedas. Daí para se interessar por criar a Enor foram alguns anos até que, em 2021, decidiu que era chegada a hora. Em meados de 2022, porém, precisava de ajuda para entender e saber como agir diante de um projeto de lei que visava regulamentar o tipo de operação feita pela Enor. E lembrou do ex-sócio que havia participado da criação de normas do Banco Central e instrumentos financeiros.

Mendes sabia do problema que tinha em mãos. Ficar desregulado significava não ter acesso ao dinheiro dos investidores institucionais, que é onde estão os grandes valores. Mendes então foi conversar com Cezar. Parecia que o tempo não tinha passado.

Setembro de 2022

Durante três semanas seguidas, Mendes passou as noites com Cezar, conversando, explicando, mostrando para ele a Enor, um ecossistema financeiro baseado em blockchain. E Cezar, bem ao seu estilo, perguntando e fumando o cachimbo. No começo, cético, ele de repente entendeu o negócio.

— Porra, Rodrigo. Isso é um banco. Por que não falou logo?! — E emendou: — Até que enfim na sua vida construiu alguma coisa decente.

Até que enfim fez alguma coisa que vai dar certo. Só quero saber uma coisa…

— O quê?

— Não vai deixar eu ser sócio dessa brincadeira?

— Porra, Cezar, sócio? Você tá com 77 anos e ainda quer uma sarna desse tamanho pra se coçar? É briga com Banco Central de todo lugar do mundo, com B3, com banqueiro, com deus e o mundo. E a chance de isso dar certo ainda é meio duvidosa…

— Que é isso, Rodrigo? Isso é banco. Não tem jeito de dar errado. É tudo o que eu sei fazer.

— Eu não esperava que você quisesse ser sócio.

— Esperava o quê? Três semanas vindo aqui toda noite e eu ia te falar parabéns, tchau, vai embora?

Mendes não respondeu imediatamente. Não porque não quisesse ter Cezar como sócio novamente. Queria, mas tinha medo. Não das atitudes de Cezar — já o conhecia e sabia lidar com ele; estava preocupado com a responsabilidade. Havia uma chance de esse ser o último banco da vida de Cezar. Mendes não queria carregar o risco de colocar o ex-sócio em um negócio potencialmente arriscado e que podia dar errado.

Sem saber de nada que se passava pela mente de Mendes, Cezar pressionava, querendo saber por que não recebia uma resposta. Mendes meditou. Não um ou dois dias, mas uma semana, e finalmente concordou — para uma pessoa com a personalidade de Cezar foi uma eternidade e ele provavelmente xingou mentalmente todos os antepassados do agora sócio.

A intensidade e a incapacidade de ter limites de Cezar sempre estressou ex-sócios e sócios ao longo das décadas. Mas, na definição de um deles, talvez a mais precisa, Cezar é "um gênio de pesquisa e desenvolvimento. E, nessa área, de cada dez ideias, nove não prestam e podem levar a um baita problema se não forem colocadas no seu devido lugar rapidamente: a lata do lixo. Algo que o Cezar nunca soube realmente fazer. Agora, quando ele acerta, é genial e faz história".

O que todo mundo concorda é que Cezar é também correto e honesto. Nunca deixou de pagar o que devia, mesmo que isso tenha lhe custado US$ 200 milhões para pagar as dívidas da processadora de suco de laranja e da Teba na década de 2000. Ele acreditava que assim tinha que ser feito e não como viu repetidas vezes acontecer, com casos de empresas que não pagaram a ninguém e o dono saiu ileso.

Agora, após quase vinte anos, Cezar e Mendes estavam novamente juntos em uma empreitada. A equipe? Jovens egressos das melhores universidades brasileiras. Não por acaso. Mendes se inspirara nas longas conversas com Cezar na Marambaia, de como ele contratava a equipe para o Garantia e para o Pactual. Estava decidido a treiná-los como Cezar havia feito ao longo de décadas. Pegou os recém-formados de uma famosa faculdade de negócios de São Paulo e falou para si mesmo que ia prepará-los. Quase morreu de raiva. O choque geracional foi grande, e Mendes não percebeu naquele momento que estava tentando emular uma habilidade única e rara do sócio: escolher o ser humano capaz de realizar um trabalho específico e também domar o gênio dele. Mendes descobriu na pele o quanto isso é difícil de fazer.

A única pessoa que Cezar nunca conseguiu domar foi a si mesmo. Mas também nunca realmente se interessou por isso: "Cinquenta por cento das pessoas que me conhecem me amam. Cinquenta por cento me odeiam. E eu reconheço que não sou exatamente fácil de trabalhar junto. Não tenho medo do desconhecido. Pelo contrário, não saber me encanta. Me ajuda a criar."

Poucas pessoas, porém, têm a disponibilidade interna de Cezar para trabalhar com esse tipo de incerteza sobre o futuro. Vai contra a natureza humana. Gostamos, no final, de certezas. No caso de Cezar, não. Ele navega melhor sem saber exatamente o caminho, como quem constrói uma ponte ao mesmo tempo que anda sobre ela. Se a ponte quebra, também tudo bem. Ele parte para construir outra. Sem drama.

Ser a favor da incerteza no mercado financeiro — no entanto, porém, contudo, todavia — é quase uma heresia. Ali, tudo deve andar dentro de uma lógica teoricamente exata, mesmo que ela seja, na maioria das vezes, apenas uma ilusão — as crises financeiras internacionais como a de 2008, que quase quebrou a economia norte-americana, são um exemplo. E lidar com pessoas como Cezar, que se questionam o tempo inteiro sobre o melhor caminho a seguir e que literalmente dizem o que pensam, não é tão simples. Pode ser potencialmente explosivo, mesmo que a intenção não seja essa.

Em novembro de 2022, pouco depois da conversa com Mendes, com a voz ainda não totalmente recuperada, Cezar deu uma entrevista ao podcast *Market Makers* e acabou involuntariamente servindo de oráculo.

— [Lojas Americanas] nunca foi lucrativo... [Beto e Jorge] vão morrer com isso...[2]

Em 11 de janeiro de 2023, dois meses depois, o mundo ficou sabendo que havia inconsistências no balanço da Lojas Americanas na "dimensão de R$ 20 bilhões na data-base de 30/09/2022".[3]

Obviamente, a entrevista dada ao *Market Makers* levou a uma enxurrada de jornalistas querendo ouvir a opinião de Cezar sobre a Lojas Americanas.

— Não sei por que eles ficaram surpresos. Falo que a Lojas Americanas é uma merda há trinta anos. Qual a novidade?

E não foram apenas jornalistas. Uma das primeiras pessoas que a CVM convidou para conversar foi Cezar. E ele repetiu para eles, com as mesmas palavras, o que achava da Americanas — ontem, hoje e sempre: uma merda.

A sinceridade com que Cezar fala sobre a própria vida, negócios, ex-sócios e sócios é duramente real, mas fez com que angariasse — ao longo de uma carreira de mais de seis décadas — respeito entre seus pares e que nunca passasse pelo seu maior medo: não ser atendido. Seja quem for, todas as pessoas para as quais liga o atendem com cordialidade e respeito, mesmo que discordem de suas posições. E, após uma dessas ligações, que terminou em uma conversa pessoal em outubro de 2024, ouviu: "Tem um banco aqui que estão querendo vender."

---

2 "TRAGÉDIAS e triunfos: a incrível história de Luiz Cezar Fernandes" | Market Makers #20. 2023. 1 vídeo (2h27min4s). Publicado pelo canal Market Makers. Disponível em: https://www.youtube.com/watch?v=DpUdJ8RIswo.

3 FATO Relevante "Questões Contábeis e Alterações da Administração". Disponível em: http://bit.ly/3N4O2ns.

Fênix

> "Tens de querer queimar em tua própria chama: como te renovarias, se antes não te tornasses cinzas?"
>
> FRIEDRICH NIETZSCHE em *Assim falou Zaratustra*

Pedro Andrade é um jovem economista formado pelo Ibmec em São Paulo. Começou a faculdade em Minas Gerais, mas, em uma conversa com Cezar nos últimos dias de março de 2023, disse que estava procurando emprego e perguntou se ele não sabia de ninguém que estivesse precisando. Recebeu a resposta na lata: "Eu", seguido de uma lista de perguntas sobre a sua vida profissional e pessoal. Nos dias seguintes, Andrade acabou sendo entrevistado por mais quatro pessoas.

Uma semana depois, no dia 7 de abril, Andrade já estava morando em São Paulo, pronto para trabalhar com Cezar na GRT Partners. Seria apenas mais um jovem recrutado por Cezar. Nada de mais até que, após um ano, com a saída de Cezar da GRT, Pedro foi com ele. E, em agosto de 2024, para provocá-lo, o jovem mandou direto e reto: "Vamos comprar um banco?" E riu. Até mesmo Cezar — que não é dos mais risonhos e prefere sempre cachimbar a qualquer outro gesto — achou graça. Mas quem o conhece sabe que a risada era um sinal. Ele havia gostado da ideia. E não havia sido pouco.

Dias depois, em uma entrevista para o canal *MyNews*, da jornalista Mara Luquet, soltou: "Estou tentando comprar outro banco para dar uma nova partida."[1]

E a dupla começou a trabalhar nas possibilidades. Encontraram o Travelex Bank, um banco exclusivo para operações de câmbio.[2] Na verdade, souberam que os donos teriam interesse em vender a operação. As conversas, porém, não prosperaram por conta do preço. A Travelex queria receber mais do que eles estavam dispostos a pagar. E a dupla começou a procurar um novo banco para comprar.

No momento da finalização deste livro, Cezar continuava com o sonho de ter um novo banco. Se a nova empreitada vai dar certo ou errado, é o que menos importa.

A vida sempre foi e continua sendo, para ele, uma jornada de construção. Criar os dois maiores bancos de investimento do Brasil foi apenas uma oportunidade que a vida apresentou e Cezar agarrou. Era o que havia para aquele momento. Mas sempre houve uma condição. Inconsciente, sim, mas que servia de leme interior: que eles, os bancos, criassem uma família muito melhor que a que ele teve quando criança.

Rio de Janeiro, domingo, 29 de junho de 2025

Os convidados começam a chegar. Entram sem muita cerimônia. Conhecem o local como a palma da mão. As crianças brincam, pulam na cabeça do avô e bisavô, puxam a barba dele, que se deleita com a brincadeira. Os filhos conversam entre si sobre os 80 anos do pai em Petrópolis e sobre a frase da camiseta comemorativa da festa: "Causando desde 1945." Uma festa do pijama com todos os filhos, netos, bisnetos e agregados coroada por uma guerra de travesseiros. Uma ideia que só poderia ter sido criada por uma pessoa. E foi. A única que ele realmente ouve.

---

1 LUQUET, Mara. A volta do banco de Cezar. *MyNews*, 2 ago. 2024. Disponível em: https://canalmynews.com.br/mynews-previdencia/a-volta-do-banco-de-cezar/.

2 No final de 2024, quando se tornou banco múltiplo.

Dia anterior

Cecilia chega em casa e se depara com Cezar sentado no sofá.

— Oi, amor, tudo bem?

— Quase tudo bem — responde, olhando para o lado esquerdo do marido.

— Por quê?

— Combinamos que você não fumaria aqui em casa...

— Ah... — Silêncio.

— Bem, vou sair rapidinho. Já volto.

— Tá bom...

Com Cecilia já do lado de fora do apartamento, sem pestanejar, Cezar pegou o cachimbo com a mão esquerda e tateou o acendedor com a direita.

— Você viu meu isqueiro?

— Tá aí mesmo do seu lado direito... — respondo.

Clique, clique, clique.

— Acho que tá sem gás...

Clique, clique, clique. Chama acesa. Três baforadas depois:

— Ela não é o máximo?

São Paulo, 30 de agosto de 2025 (sábado), 18h55

O celular toca. No identificador de chamadas, "Luiz Cezar Fernandes". Entre ler o nome e ouvir a voz rouca de Cezar do outro lado da linha, meu espírito saiu do corpo e voltou. Aos fins de semana, tínhamos um combinado não escrito de mandar mensagem perguntando antes se o outro poderia falar. Ele ligar direto denotava algo urgente.

— Vou seguir em frente com a criação da nova empresa.

— Quando?

— A reunião com os sócios será na segunda-feira.

São Paulo, 11 setembro 2025 (quinta-feira), almoço, casa de Cezar em São Paulo

— Decidimos o nome da empresa.

— Qual vai ser? — pergunto.

— Garantia Capital.

— E quando começa?

— Agora.

No início de outubro, o Garantia Capital estava em processo de se transformar em um banco de investimento. Na equipe, André Perfeito, ex-economista chefe das corretoras Necton e Gradual; Marcelo Bragaglia, ex-CEO da Scalable; e quatro executivos com mais de 25 anos de experiência no mercado financeiro que ainda estavam em período de transição de seus trabalhos atuais para o Garantia Capital.

— E o que vai fazer exatamente o Garantia Capital? — questiono.

— O mesmo que eu sempre fiz: inovar.

Agradecimentos

> "Ninguém faz nada sozinho."
>
> ANÔNIMO

Este livro só pôde ser escrito devido à colaboração do biografado, Luiz Cezar Fernandes, que, ao longo de dois anos, me recebeu semanalmente para conversar em sua casa em São Paulo. Nunca se negou a falar de nenhuma de suas dores (das alegrias todo mundo fala), e disponibilizou o telefone de amigos, inimigos, sócios e ex-sócios.

Ao longo desse período, 77 pessoas também abriram espaço em suas agendas para conversar comigo. São elas (em ordem alfabética de primeiro nome): Alex Abeid, Álvaro Gonçalves, André Barake, André Esteves, André Perfeito, André Schwartz, Argemiro Baudson, Carlos Eduardo Gomes, Carlos Gradin, Claudia Wanderley, Claudio Haddad, Danilo Moretti-Ferreira, Dayanna Medeiros, Déo Rozindo, Domenico Italo Barone, Eduardo Plass, Eduardo Rocha Azevedo, Erasmo Battistella, Fabio Pinheiro, Fatima Mendes, Fernando Mello (*in memoriam*), Florian Bartunek, Francisco Müssnich, Giovanni Calfat, Guilherme Aché, Guilherme Fernandes Quintas, Guilherme Paes, Gustavo Andrade Rocha, Gustavo Franco, Heloisa Demenato, Igor Ávila, Ivan Sant'Anna, João Dantas, João Emilio Ribeiro Neto, José Paulo Amaral, Jorge Paulo Lemann, José Elias Abeid, José Marcio Rego, Julio Bechelli,

Levy Lopes, Luiz Carlos Mendonça de Barros, Luiz Claudio Garcia de Souza, Marcello Almeida, Marcelo Bragaglia, Marcelo Fontes, Marcelo Kalim, Marcelo Serfaty, Márcio Fainziliber, Marcos Pinheiro, Maria Cecilia del Castillo Fernandes, Maria Lucia Cantidiano, Margarida Fernandes, Mario Teixeira, Mauro Muratorio Not, Patricia Helena Bollmann, Pablo Brenner, Paulo Bilyk, Paulo Cesar Barbosa, Paulo Guedes, Paulo Rodas, Pedro Andrade, Pedro Demenato Fernandes, Priscila do Amaral Fernandes, Regina Rique, Renata do Amaral Fernandes, Renato Santos, Rivadavia Couto Filho, Roberto Sallouti, Rodolfo Riechert, Rodrigo Guedes Xavier, Rodrigo Mendes, Rogerio de Castro Maia, Salvatore Ambrosino, Silvano Gersztel, Valter Melo, Wadico Bucchi e Walter Horita.

Sou imensamente grato a todos pelas conversas e esclarecimentos.

Um agradecimento especial a Maria Manoela Vieira, que me apresentou Luiz Cezar Fernandes, a Riccardo Gambarotto, que incentivou a publicação deste livro, e a João Gabriel Berton Greco, que leu e corrigiu as epígrafes em latim e em grego do início dos capítulos.

E todo o meu amor para Gabriela, minha mulher, João Gabriel, Lívia, Helê e Ana Júlia, meus filhos, por apoiarem — sempre — a tarefa que dei a mim mesmo de escrever biografias.

Fontes

Livros

ABDALLAH, Ariane. *De um gole só*: a história da Ambev e a criação da maior cervejaria do mundo. São Paulo: Portfolio-Penguin, 2019.

ABDALLAH, Ariane. *De volta ao jogo*: a história de sucesso, dramas e viradas do BTG Pactual. São Paulo: Portfolio-Penguin, 2025.

BARTUNEK, Florian; NAPOLITANO, Giuliana; MOREAU, Pierre (org.). *Fora da curva:* os segredos dos grandes investidores do Brasil — e o que você pode aprender com eles. São Paulo: Portfolio-Penguin, 2016.

CACCIOLA, Alberto. *Eu, Alberto Cacciola, confesso*: o escândalo do banco Marka. Rio de Janeiro: Record, 2001.

CORREA, Cristiane. *Sonho grande*: como Jorge Paulo Lemann, Marcel Telles e Beto Sicupira revolucionaram o capitalismo brasileiro e conquistaram o mundo. Rio de Janeiro: Primeira Pessoa, 2013.

FILGUEIRAS, Maria Luíza. *Na raça*: como Guilherme Benchimol criou a XP e iniciou a maior revolução do mercado financeiro brasileiro. Rio de Janeiro: Intrínseca, 2019.

QUEIROZ, Maria Eli de. *O homem de mil contos*. Publicação da Autora.

ROZINDO, Déo. *História de um capixaba*: do nascimento e juventude humildes ao empresário de sucesso. Vitória: Edição do Autor, 2024.

SASAKI, Daniel Leb. *Pouso forçado*: a história por trás da destruição da Panair do Brasil pelo regime militar. Rio de Janeiro: Record, 2005.

SEIXAS, Antônio Pádua. *Minha história*: saltando fogueiras. São Paulo: Soul Editora, 2021.

VENTURA, Mauro. *Os grandes casos do Disque Denúncia*. Rio de Janeiro: História Real; Instituto MovRio, 2023.

On-line

ADACHI, Vanessa. Bradesco conclui a compra do BCN. *Folha de S.Paulo*, 4 dez. 1997. Disponível em: https://www1.folha.uol.com.br/fsp/dinheiro/fi041205.htm.

ADACHI, Vanessa. Pactual muda diretoria, e Fernandes está de saída. *Folha de S.Paulo*, 22 jun. 1999. Disponível em: https://www1.folha.uol.com.br/fsp/dinheiro/fi22069923.htm.

AIRCRAFT Accident Report. *China Eastern Airlines*. NTSB. Disponível em: https://www.ntsb.gov/investigations/AccidentReports/Reports/AAR9307.pdf.

ANTARCTICA Paulista. *São Paulo Antiga*, 2 jul. 2009. Disponível em: https://saopauloantiga.com.br/antarctica-paulista/.

AVERBUG, Marcello. Plano Cruzado: crônica de uma experiência. *Revista do BNDES*, dez. 2005. Disponível em: https://web.bndes.gov.br/bib/jspui/handle/1408/11943.

BANCO surge em 43 no interior de SP. *Folha de S.Paulo*, 28 jan. 1999. Disponível em: https://www1.folha.uol.com.br/fsp/dinheiro/fi28019915.htm.

BANQUEIRO pela terceira vez. *IstoÉ Dinheiro*, 4 mar. 2009. Disponível em: https://istoedinheiro.com.br/banqueiro-pela-terceira-vez.

BARROS, Guilherme. "Dou R$ 1 milhão para quem me mostrar a fita", diz ex-banqueiro. *Folha de S.Paulo*, 22 maio 2001. Disponível em: https://www1.folha.uol.com.br/fsp/brasil/fc2205200112.htm.

BATISTA JR., Paulo Nogueira. Beato Salu, vítima da hipocrisia nacional. *Carta Capital*, 18 out. 2021. Disponível em: https://www.cartacapital.com.br/opiniao/beato-salu-vitima-da-hipocrisia-nacional/.

BC decretou intervenção do Banco Santos em novembro de 2004. *O Globo*, 26 maio 2006. Disponível em: https://oglobo.globo.com/economia/bc-decretou-intervencao-do-banco-santos-em-novembro-de-2004-4581628.

BENETTON GROUP. Group history. Disponível em: https://www.benettongroup.com/en/the-group/profile/group-history/.

BENEVIDES, Maria Victoria. O velho PTB paulista (partido, sindicato e governo em São Paulo 1945/1964). *Lua Nova* (17), jun. 1989. Disponível em: https://www.scielo.br/j/ln/a/DZMYTY3HnfxMV5bh7pt3ygt/.

BOEING 747-200. *Varig Airlines*. Disponível em: https://www.varig-airlines.com/pt/b747200.htm.

BRAGA, Lucas. 82% dos brasileiros usam internet diariamente, mas poucos têm boas condições de acesso. *NIC.br*, 16 abr. 2024. Disponível em:

https://www.nic.br/noticia/na-midia/82-dos-brasileiros-usam-internet-diariamente-mas-poucos-tem-boas-condicoes-de-acesso/.

BRASIL. *Lei nº 4.380, de 21 de agosto de 1964.* Institui a correção monetária nos contratos imobiliários de interêsse social, o sistema financeiro para aquisição da casa própria, cria o Banco Nacional da Habitação (BNH), e Sociedades de Crédito Imobiliário, as Letras Imobiliárias, o Serviço Federal de Habitação e Urbanismo e dá outras providências. Disponível em: https://www.planalto.gov.br/ccivil_03/leis/l4380.htm.

BRASIL. *Lei nº 10.826, de 22 de dezembro de 2003.* Dispõe sobre registro, posse e comercialização de armas de fogo e munição, sobre o Sistema Nacional de Armas – Sinarm, define crimes e dá outras providências. Disponível em: https://www.planalto.gov.br/ccivil_03/leis/2003/l10.826.htm.

BRITO, Ricardo. Gigantes do suco de laranja viram réus em ação na Justiça que cobra R$ 1,27 bi por cartel. *G1*, 6 abr. 2023. Disponível em: https://g1.globo.com/economia/agronegocios/noticia/2023/04/06/gigantes-do-suco-de-laranja-viram-reus-em-acao-na-justica-que-cobra-r-127-bi-por-cartel.ghtml.

BRONZATTO, Thiago; COSTA, Ana Clara. Por que a prisão do banqueiro André Esteves assusta o governo e o PT. *Época*, 4 dez. 2015. Disponível em: https://epoca.globo.com/tempo/noticia/2015/12/por-que-prisao-do-banqueiro-andre-esteves-assusta-o-governo-e-o-pt.html.

BURLE MARX ESCRITÓRIO DE PAISAGISMO. Memória. Disponível em: https://www.burlemarx.com.br/memoria/.

CALMON DE SÁ, Ângelo. *FGV CPDOC*. Disponível em: https://www18.fgv.br/cpdoc/acervo/dicionarios/verbete-biografico/sa-angelo-calmon-de.

CHINA Eastern Airlines 583 06 April 1993. *Aviation Safety Network*. Disponível em: https://asn.flightsafety.org/asndb/325298.

CHOQUE do Plano Collor é o maior de toda a história. *Folha de S.Paulo*, 17 mar. 1990. Disponível em: https://almanaque.folha.uol.com.br/dinheiro_17mar1990.htm.

CLEMENTE, Isabel. Termina a concordata da Mesbla. *Folha de S.Paulo*, 12 dez. 1997. Disponível em: https://www1.folha.uol.com.br/fsp/dinheiro/fi121218.htm.

COLÉGIO Diocesano Meninópolis encerra suas atividades no final de 2004. *Sampa online*, 13 dez. 2004. Disponível em: https://www.sampaonline.com.br/reportagens/colegiomeninopolis2004dez14encerramento.htm.

COLÉGIO MENINÓPOLIS. Memórias, fotos e histórias. Disponível em: https://meninopolis.com/.

COMPANHIA MELHORAMENTOS NORTE DO PARANÁ. Home page. Disponível em: https://www.cmnp.com.br/.

CRASH de 1971: a bolha especulativa do Brasil! *Os Melhores Investimentos*. Disponível em: https://www.osmelhoresinvestimentos.com.br/curiosidades/crash-de-1971/.

CRISE do México traz impactos ao Brasil. *Memorial da Democracia*. Disponível em: https://memorialdademocracia.com.br/card/crise-do-mexico-traz-impactos-ao-brasil.

CRISE mundial que começou na Ásia completa 10 anos. *O Estado de S. Paulo*, 2 jul. 2007. Disponível em: https://www.estadao.com.br/economia/crise-mundial-que-comecou-na-asia-completa-10-anos/.

CRÔNICA de um banqueiro entre cumes e vales, *Relatório Reservado*, 22 maio 2018. Disponível em: https://relatorioreservado.com.br/noticias/cronica-de-um-banqueiro-entre-cumes-e-vales/.

CRUZ, Ney Hayashi da. BC decreta intervenção no Banco Santos. *Folha de S.Paulo*, 11 nov. 2024. Disponível em: https://www1.folha.uol.com.br/fsp/dinheiro/fi1311200402.htm.

CVM determina suspensão de oferta de ações pela Romen Tecnologia (Govoip)— *Comissão de Valores Mobiliários*, 24 jan. 2006. Disponível em: https://www.gov.br/cvm/pt-br/assuntos/noticias/2005/cvm-determina-suspensao-de-oferta-de-acoes-pela-romen-tecnologia--govoip--b507a2062859463e8f6551c823f2d0a7.

DIEGUEZ, Consuelo. De elefante a formiga: Luiz Cezar Fernandes, que teve banco, helicóptero e uma fortuna de 300 milhões de dólares, hoje cria ovelhas na serra fluminense. *Piauí*, nov. 2006. Disponível em: https://piaui.folha.uol.com.br/materia/de-elefante-a-formiga/.

DOCUMENTÁRIO: 40 anos do Selic (Sistema Especial de Liquidação e de Custódia) – BC e ANBIMA. 2019. 1 vídeo (42min39s). Publicado pelo canal ANBIMA. Disponível em: https://www.youtube.com/watch?v=EUaMyxI_DXE.

EM 1997, crise na Ásia atingiu emergentes. *Folha de S.Paulo*, 20 dez. 2006. Disponível em: https://www1.folha.uol.com.br/fsp/dinheiro/fi2012200604.htm.

EM APUROS, Rússia decreta moratória. *Memorial da Democracia*. Disponível em: https://memorialdademocracia.com.br/card/em-apuros-russia-decreta-moratoria.

ENTENDA melhor o que é um PABX IP e seus benefícios. *Tripla*. Disponível em: https://tripla.com.br/o-que-e-um-pabx-ip/.

ESPORTE CLUBE BANESPA. Site oficial. *História do Clube*. Disponível em: http://www.ecbanespa.com.br/historia.asp.

ESPOSITO, Mauricio. Bradesco irá adquirir o controle do BCN. *Folha de S.Paulo*, 28 out. 1997. Disponível em: https://www1.folha.uol.com.br/fsp/dinheiro/fi281011.htm.

ESTEVES ajuda Cezar. *Veja*, 7 abr. 2010. Disponível em https://veja.abril.com.br/coluna/radar/esteves-ajuda-cezar/.

FALCÃO, Marina. Luiz Cesar Fernandes é o novo presidente da Laep. *Valor*, 23 fev. 2012. Disponível em: https://valor.globo.com/empresas/noticia/2012/02/23/luiz-cesar-fernandes-e-o-novo-presidente-da-laep.ghtml.

FAVELA High Tech. *IstoÉ Dinheiro*, 11 jan. 2002. Disponível em: https://istoedinheiro.com.br/favela-high-tech/.

FERNANDES compra o Dresdner no Brasil. *O Globo*, 27 fev. 2009. Disponível em: https://oglobo.globo.com/economia/fernandes-compra-dresdner-no-brasil-3113329.

FERNANDES, Fátima. Empresa ficou atrasada em tecnologia. *Folha de S.Paulo*, 1º jan. 1994. Disponível em: https://www1.folha.uol.com.br/fsp/1994/1/01/dinheiro/9.html.

FERNANDES, Fátima. Holding compra 54% das ações da Teba. *Folha de S Paulo*, 1º jan. 1994. Disponível em: https://www1.folha.uol.com.br/fsp/1994/1/01/dinheiro/8.html.

FERNANDES, Fátima. Setor têxtil é a prioridade. *Folha de S.Paulo*, 3 out. 1994. Disponível em: https://www1.folha.uol.com.br/fsp/1994/10/03/dinheiro/3.html.

FERNANDES, Fátima. WestHem relança marca Fiorucci. *Folha de S.Paulo*, 3 out. 1994. Disponível em: https://www1.folha.uol.com.br/fsp/1994/10/03/dinheiro/2.html.

FRANCO, Célia de Gouvêa. Administrador aposta na reestruturação de empresas. *Folha de S.Paulo*, 28 jan. 1996. Disponível em: https://www1.folha.uol.com.br/fsp/1996/1/28/dinheiro/26.html.

GAMEZ, Milton. Controle da Lacta muda de mãos. *Folha de S.Paulo*, 30 abr. 1996. Disponível em: https://www1.folha.uol.com.br/fsp/1996/4/30/dinheiro/21.html.

GAMEZ, Milton. Pedro Conde inicia sucessão no BCN. *Folha de S.Paulo*, 14 jul. 1996. Disponível em: https://www1.folha.uol.com.br/fsp/1996/7/14/dinheiro/2.html.

GASPAR, Malu. O fiador: a trajetória e as polêmicas do economista Paulo Guedes, o ultraliberal que se casou por conveniência com Jair Bolsonaro.

Piauí, set. 2018. Disponível em: https://piaui.folha.uol.com.br/materia/o-fiador/.

GLOBAL Telecom vence licitação para celular no PR e SC. *Agência Folha*, 7 abr. 1998. Disponível em: https://www1.folha.uol.com.br/fol/eco/ult070498022.htm?.

GUSTAVO Franco sai em meio a turbulência. *Folha de S.Paulo*, 13 jan. 1999. Disponível em: https://www1.folha.uol.com.br/fsp/dinheiro/fi13019925.htm.

HÁ 20 anos Madrid sofria o maior atentado da sua história. *Correio Braziliense*, 8 mar. 2024. Disponível em: https://www.correiobraziliense.com.br/mundo/2024/03/6815511-ha-20-anos-madri-sofria-o-maior-atentado-de-sua-historia.html#google_vignette.

HERMAN Hollerith — 29 de fevereiro 1860. *DW*. Disponível em: https://www.dw.com/pt-br/1860-nasce-herman-hollerith-pai-do-processamento-de-dados/a-312287.

HISTÓRIA da aviação no Brasil: Parte 23. *Abrapac — Associação Brasileira de Pilotos da Aviação Civil*, 17 jan. 2020. Disponível em: https://www.pilotos.org.br/post/hist%C3%B3ria-da-avia%C3%A7%C3%A3o-no-brasil-parte-23.

JOÃO Elek assume a presidência da PrimeSys. *Teletime News*, 29 nov. 2005. Disponível em: https://teletime.com.br/29/11/2005/joao-elek-assume-a-presidencia-da-primesys/.

JORGE & Cia. *IstoÉ Dinheiro*, 10 mar. 2004. Disponível em: https://www.istoedinheiro.com.br/jorge-cia/.

JUSTI, Adriana; DIONÍSIO, Bibiana. Banqueiro André Esteves é preso pela Polícia Federal no Rio de Janeiro. *G1*, 3 dez. 2015. Disponível em: https://g1.globo.com/pr/parana/noticia/2015/11/banqueiro-andre-esteves-e-preso-pela-policia-federal.html.

LACTA vai ser disputada por cinco empresas. *Folha de S.Paulo*, 29 dez. 1995. Disponível em: https://www1.folha.uol.com.br/fsp/1995/12/29/dinheiro/22.html.

LOBATO, Elvira. Leilão da Telebrás tem 76 interessados. *Folha de S.Paulo*, 22 jul. 1998. Disponível em: https://www1.folha.uol.com.br/fsp/brasil/fc22079806.htm.

LNCC — Laboratório Nacional de Computação Científica. Histórico. Disponível em: https://www.lncc.br/historico.

LUÍS Augusto Bragança admite ter intercedido pelo Marka junto ao presidente do BC. *Agência Senado*, 28 maio 1999. Disponível em: https://www12.senado.leg.br/noticias/materias/1999/04/28/luis-augusto-de-braganca-admite-ter-intercedido-pelo-marka-junto-ao-presidente-do-bc.

LUIZ Cezar Fernandez. *Sergio Cabral Cavalcanti*. Disponível em: https://sergiocabralcavalcanti.blogspot.com/2016/02/luiz-cezar-fernandez-by-sergio-cabral.html.

LUIZ Cezar Fernandes minimiza redução de rating do Dresdner Brasil. *Infomoney*, 19 mar. 2009. Disponível em: https://www.infomoney.com.br/mercados/luiz-cezar-fernandes-minimiza-reducao-de-rating-do-dresdner-brasil/.

LUQUET, Mara. A volta do banco de Cezar. *MyNews*, 2 ago. 2024. Disponível em: https://canalmynews.com.br/mynews-previdencia/a-volta-do-banco-de-cezar/.

MAFEI, Maristela. Varig vende agência de publicidade e hotéis. *Folha de S.Paulo*, 12 jul. 1994. Disponível em: https://www1.folha.uol.com.br/fsp/1994/7/12/dinheiro/24.html.

MASCHIO, José. Banda B chega a SC e PR em dezembro. *Folha de S.Paulo*, 8 nov. 1998. Disponível em: https://www1.folha.uol.com.br/fsp/dinheiro/fi08119810.htm.

MELLO, Marina Figueira de. *Os impasses da privatização do setor elétrico*. Rio de Janeiro: PUC-RJ, Departamento de Economia, dez. 1996 (Texto para discussão nº 365). Disponível em: https://www.econstor.eu/bitstream/10419/186610/1/td365.pdf.

MINISTÉRIO DA CIÊNCIA, TECNOLOGIA E INOVAÇÕES. *Ponto Memória*: um centro de memória de C&T no LNCC. 23 de fevereiro de 2023. Disponível em: https://www.gov.br/lncc/pt-br/assuntos/noticias/ultimas-noticias-1/ponto-memoria-um-centro-de-memoria-de-c-t-no-lncc.

MIYA, Fideo. O Pactual gosta de talentos. *Folha de S.Paulo*, 18 ago. 1994. Disponível em: https://www1.folha.uol.com.br/fsp/1994/8/18/caderno_especial/8.html.

MORAES, Luís Felipe M. de; ALBUQUERQUE, Márcio Portes de; RIBEIRO FILHO, José Luiz. Infraestrutura redes de alta velocidade no Rio de Janeiro: história e estado da arte. *Rede Rio*. Disponível em: https://rederio.br/downloads/ArtigoRR.pdf.

MOSCOU torna-se o epicentro da crise. *Folha de S.Paulo*, 14 ago. 1998. Disponível em: https://www1.folha.uol.com.br/fsp/dinheiro/fi14089802.htm.

MUDANÇA desvaloriza o real. *Folha* de *S.Paulo*, 14 jan. 1999. Disponível em: https://www1.folha.uol.com.br/fsp/dinheiro/fi14019915.htm.

MUSTIQUE ISLAND. Disponível em: https://mustique-island.com/.

NAKAMOTO, Satoshi. Bitcoin: um sistema de dinheiro eletrônico peer-to-peer. *Bitcoin.org*. Disponível em: https://bitcoin.org/files/bitcoin-paper/bitcoin_pt_br.pdf.

NASSIF, Luis. O salvamento da Mesbla. *Folha de S.Paulo*, 21 fev. 1997. Disponível em: https://www1.folha.uol.com.br/fsp/1997/2/21/dinheiro/9.html.

PACTUAL compra Banco Sistema. *Folha de S.Paulo*, 19 dez. 1997. Disponível em: https://www1.folha.uol.com.br/fsp/1997/12/19/dinheiro/13.html.

PACTUAL foi um dos que mais lucraram em 99. *Folha de S.Paulo*. 22 maio 2001. Disponível em: https://www1.folha.uol.com.br/fsp/brasil/fc2205200110.htm.

PAULINO NETO, Fernando. Assinado o acordo para salvar a Mesbla. *Folha de S.Paulo*, 12 out. 1996. Disponível em: https://www1.folha.uol.com.br/fsp/1996/10/12/dinheiro/15.html.

PETRÓPOLIS-TECNÓPOLIS completa quatro anos. *Faperj*, 16 out. 2003. Disponível em: https://siteantigo.faperj.br/?id=153.2.5.

PLANO Cruzado. *Atlas Histórico do Brasil*. FGV. Disponível em https://atlas.fgv.br/verbete/6297.

PLANO Real. *Atlas Histórico do Brasil*. FGV. Disponível em: https://atlas.fgv.br/verbete/6303.

PORTUGAL Telecom vende Primesys para Embratel. *TI Inside Online*, 5 ago. 2005. Disponível em: https://tiinside.com.br/05/08/2005/portugal--telecom-vende-primesys-para-embratel/.

PROCURADOR diz que já sabia de celulares. *Folha de S.Paulo*, 22 maio 2001. Disponível em: https://www1.folha.uol.com.br/fsp/brasil/fc2205200109.htm.

QUAL a origem das criptomoedas? Descubra a história completa aqui. *Faculdade XP*, 28 dez. 2022. Disponível em: https://blog.xpeducacao.com.br/origem-das-criptomoedas/.

REIS, Tiago. Bovespa Mais: veja como funciona este segmento de listagem no mercado. *Suno*, 17 abr. 2018. Disponível em: https://www.suno.com.br/artigos/bovespa-mais/.

REIS, Tiago. Crise asiática de 1997: entenda como aconteceu a crise dos Tigres Asiáticos. *Suno*, 9 mar. 2019. Disponível em: https://www.suno.com.br/artigos/crise-asiatica/.

RICHTER, André. STF arquiva investigação sobre banqueiro André Esteves. *Agência Brasil*, 5 dez. 2018. Disponível em: https://agenciabrasil.ebc.com.br/justica/noticia/2018-12/stf-arquiva-investigacao-sobre-banqueiro--andre-esteves.

RMB — Refinações de Milho, Brasil. *Origem das Marcas*, 4 de outubro de 2011. Disponível em: https://origemdasmarcas.blogspot.com/2017/09/rmb-refinacoes-de-milho-brasil.html.

ROCINHA: maior favela do país. *O Globo*, 17 set. 2017. Disponível em: https://oglobo.globo.com/rio/rocinha-maior-favela-do-pais-21834104.

RUBEN Berta. *Academia Brasileira de Eventos e Turismo*. Disponível em: https://academiaeventosturismo.org.br/cadeiras/ruben-berta-cadeira-06/.

SABINO, Fred. Em Monza, Prost disparou para o título, e Piquet e Senna subiram juntos ao pódio pela 1ª vez. *GE*, 8 set. 2020. Disponível em: https://ge.globo.com/motor/formula-1/blogs/f1-memoria/post/2020/09/08/em-monza-prost-disparou-para-o-titulo-e-piquet-e-senna-subiram-juntos-ao-podio-pela-1a-vez.ghtml.

SAIBA quem é Francisco Lopes. *Folha de S.Paulo*, 8 jun. 2000. Disponível em: https://www1.folha.uol.com.br/fsp/brasil/fc0806200012.htm.

SALASAR, William. O executivo que mudou o rumo do Bradesco. *Valor*, 17 out. 2019. Disponível em: https://valor.globo.com/financas/noticia/2019/10/17/o-executivo-que-mudou-o-rumo-do-bradesco.ghtml.

SALOMON, Marta. Amigo de Lopes negociou ajuda ao Marka, diz Cacciola. *Folha de S.Paulo*, 23 abr. 1999. Disponível em: https://www1.folha.uol.com.br/fsp/brasil/fc23049902.htm.

SANTOS, Francisco. Governo inicia privatização do setor elétrico pela Escelsa. *Folha de S.Paulo*, 12 jul. 1995. Disponível em: https://www1.folha.uol.com.br/fsp/1995/7/12/brasil/4.html.

SCIARRETTA, Toni. Banqueiro que adora crise compra o Dresdner no Brasil. *Folha de S.Paulo*, 27 fev. 2009. Disponível em: https://www1.folha.uol.com.br/fsp/dinheiro/fi2702200908.htm.

SELIC 40 anos: as histórias de um sistema. *Anbima*. Disponível em: https://selic40.anbima.com.br/.

TABELA Selic: entenda a evolução da taxa ao longo da história. *Onze*. Disponível em: https://www.onze.com.br/blog/tabela-selic/.

TELÉGRAFO. *Brasil Escola*. Disponível em: https://brasilescola.uol.com.br/historiag/telegrafo.htm.

TENÓRIO Cavalcanti comandou o império do terror na baixada fluminense. *O Globo*, 31 out. 2013. Disponível em: https://acervo.oglobo.globo.com/em-destaque/tenorio-cavalcanti-comandou-imperio-do-terror-na-baixada-fluminense-10614288.

TRAGÉDIAS e triunfos: a incrível história de Luiz Cezar Fernandes Market Makers #20. 2023. 1 vídeo (2h27min4s). Publicado pelo canal Market Makers. Disponível em: https://www.youtube.com/watch?v=DpUdJ8RIswo.

TSUKAMOTO, Renato Yoshi. *Privatização da Telebrás*: razões, forma e perspectivas. 1999. Orientador: Domingo Zurrón Ocio. Dissertação (Mestrado em Administração) — Escola de Administração de Empresas de São Paulo, Fundação Getulio Vargas, São Paulo, 1999. Disponível em: https://repositorio.fgv.br/bitstreams/110a0438-05ec-4115-981b-0e56f9f175c5/download.

VARGAS, Priscila Gonçalves; BUNDE, Altacir. Indústria automobilística brasileira: uma análise das principais transformações tecnológicas no sistema produtivo e seu impacto sobre o emprego. *Revista Pegada*, v. 22, n. 2, maio/ ago. 2021. Disponível em: https://revista.fct.unesp.br/index.php/pegada/article/download/8555/pdf/33093.

VARIG: linha do tempo. *Varig Airlines*. Disponível em: https://www.varig-airlines.com/pt/90.htm.

VERSIGNASSI, Alexandre. O que foi o confisco da poupança? *Você S/A*, 9 set. 2022. Disponível em: https://vocesa.abril.com.br/coluna/guru/o-que-foi-o-confisco-da-poupanca/.

VILLAS BÔAS, Bruno. Fundador do Garantia e Pactual, Luiz Cezar Fernandes abre escritório em SP e tenta se reerguer após perder o Dresdner. *O Globo*, 2 jul. 2011. Disponível em: https://oglobo.globo.com/economia/fundador-do-garantia-pactual-luiz-cezar-fernandes-abre-escritorio-em-sp-tenta-se-reerguer-apos-perder-dresdner-2720935.

VISITA técnica à Casa Marambaia. *Papo de Paisagista*, 29 ago. 2023. Disponível em: https://papodepaisagista.com/visita-tecnica-a-casa-marambaia-por-vitoria-davies/.

WERNECK, Antônio; ORDOÑEZ, Ramona. Na PF, Cacciola acusa ex-presidente do Pactual Luiz Cezar Fernandes de ter informações. *O Globo*, 5 ago. 2010. Disponível em: https://oglobo.globo.com/economia/na-pf-cacciola-acusa-ex-presidente-do-pactual-luiz-cezar-fernandes-de-ter-informacoes-2969452.

ZEQUINHA de Abreu. *Estância Climática Santa Rita do Passo Quatro*. Disponível em: https://www.santaritadopassaquatro.sp.gov.br/portal/zequinha-de-abreu/.

Índice

3G Capital Inc., 232

Abad, Luiz Claudio, 278-79
ABC Capital, 283
Abeid, Alex, 112
ABN AMRO Bank N.V., 88, 93
Abreu, Zequinha de, 24
Academia Imperial de Belas Artes, 225
Accenture plc, 283
Adecif (Associação dos Diretores de Empresas de Crédito, Investimento e Financiamento), 85-86
Aerus (Instituto Aerus de Seguridade Social em Liquidação Extrajudicial), 242
Agência Nacional de Telecomunicações *ver* Anatel
Aguiar, Amador, 50, 58, 63, 65, 146, 148
Agusta S.p.A., 196-97, 200-01
Ajato Global Telecom Ltda, 247, 275
Albrecht, Ernesto, 60, 82, 106, 135, 139-40
Alencar, Marcello, 248
Alfa Romeo Automobiles S.p.A., 173, 179-81
Allen, Paul, 264
Almeida, Moacir Gomes de, 142
Alpargatas, 146-48
Amaral, Delcídio do, 298-99
Amaral, José Paulo, 243-45
Amaral, Maria do Carmo do, primeira esposa, 60-61, 63, 66-67, 71-73, 75-76, 89, 96-98, 106-07, 122, 129, 142, 153-54, 159, 170
Amaral, Silvio do, tio, 66
Amauri (Nem), funcionário da fazenda Marambaia, 193
Anatel (Agência Nacional de Telecomunicações), 277
Anbid (Associação Nacional dos Bancos de Investimento e Desenvolvimento), 86, 135, 157-60, 231
Anbima (Associação Brasileira das Entidades dos Mercados Financeiro e de Capitais), 86
Andima (Associação Nacional de Dirigentes de Mercado Aberto), 86-87, 103-04, 106
Andrade, Pedro, 319
Andy Warhol, 123
Antarctica (Companhia Antarctica Paulista), 25
Aplicap S.A., 160, 162
Apple Inc., 263
Aracruz Celulose S.A., 204-05
Arida, Pérsio, 301
Arinos, Guilherme, 90
Arnault, Bernard, 150

Associação Atlética Banco do Brasil (AABB), 37
Associação Brasileira das Entidades dos Mercados Financeiro e de Capitais *ver* Anbima
Associação dos Diretores de Empresas de Crédito, Investimento e Financiamento *ver* Adecif
Associação Nacional de Dirigentes de Mercado Aberto *ver* Andima
Associação Nacional dos Bancos de Investimento e Desenvolvimento *ver* Anbid
Atlântico Boavista S.A., 148
AutoModelo S.A., 142
Azevedo, Eduardo Rocha (Coxa), 119

B3 S.A., 105-06, 286, 315
B8 *ver* BSBIOS Indústria e Comércio de Biodiesel Sul Brasil S.A.
Bain Capital, LP, 306
Banco BBA S.A., 65
Banco BBM S.A., 300
Banco Boavista S.A., 88, 93, 129, 157
Banco Bozano, Simonsen de Investimento S.A., 88, 93, 126, 242, 248
Banco Bradesco S.A. ("Banco Brasileiro dos Dez Contos"), 42-44, 46-48, 52-56, 58-59, 61-63, 65, 68, 72, 74, 82, 86, 91, 102, 104, 134-35, 146, 148, 166-67, 191, 216-17, 259, 283
Banco Brasileiro de Descontos *ver* Banco Bradesco S.A.
Banco Central do Brasil (Bacen), 55, 59, 80-83, 85, 87, 90, 92-94, 103-06, 112, 118, 124-25, 129-30, 134-36, 139-40, 158, 162, 165, 167, 182, 206, 229, 260-61, 263, 265, 277-78, 293
Banco Comind S.A., 102, 151
Banco Crefisul S.A., 249
Banco da Bahia S.A., 300
Banco da Inglaterra (Bank of England), 184
Banco de Crédito Nacional S.A. (BCN), 219, 227, 235, 243-45, 254
Banco de Crédito Real de Minas Gerais S.A., 235
Banco de Investimentos Garantia S.A., 19-20, 58, 92, 95, 97, 118-19, 131, 133-42, 144-50, 155-56, 161-62, 164, 166, 191, 249, 278, 293, 301, 316
ver também Garantia Corretora de Valores S.A.
Banco do Brasil S.A., 31, 37, 55-56, 77, 80, 82, 88, 92
Banco do Estado de São Paulo (Banespa), 26
ver também Banco Santander S.A.
Banco do Estado do Espírito Santo S.A. (Banestes), 126-27, 158
Banco do Estado do Rio de Janeiro S.A. (Banerj), 130, 138
Banco Econômico S.A., 300
Banco Fonte Cindam S.A., 262
Banco Francês e Brasileiro S.A. (BFB), 136, 162
Banco Holandês Unido S.A. *ver* ABN AMRO Bank N.V.
Banco Icatu S.A., 242
Banco Industrial de Campina Grande S.A., 71-72, 74, 80-82, 84, 91, 135, 216
Banco Ipiranga S.A., 130
Banco Itaú S.A., 86, 138
Banco Marka S.A., 87, 262
Banco Matrix S.A., 159
Banco Máxima S.A., 241
Banco Mobilizador de Crédito S.A., 52, 216
Banco Nacional S.A., 88, 93
Banco Nacional da Habitação (BNH), 166-67, 197, 210, 293
Banco Nacional de Desenvolvimento Econômico e Social (BNDES), 145, 277-78
Banco Nacional Interamericano (BNI), 52
Banco Operador, 129
Banco Original S.A., 264-65

Banco Pactual S.A. *ver* BTG Pactual S.A.
Banco Pactual Americas Ltda., 219
Banco Rothschild & Co, 305
Banco Safra S.A., 108
Banco Santander S.A., 26, 102
Banco Santos S.A., 276-78
Banco Sistema S.A., 254
Banco União Comercial S.A. (BUC), 86-87, 119
BankBoston N.A., 265
Barata, Jacob, 248
Barbero, Julio, 255-56
Barbosa, Lúcia, 110
Barbosa, Müssnich, Aragão Advogados (BMA), 246
Barbosa, Paulo Cesar (Paulinho), 109-10, 112, 130
Barros, Adhemar de, 227
Barros, João Ary de Lima, 83, 85, 94, 112-13, 118
Barros, Luiz Carlos Mendonça de, 159, 182-83
Barros Filho, Adhemar de (Adhemarzinho), 227, 233-37
Bartunek, Florian, 231-32
Batista, Joesley, 264
Batista, Wesley, 264
Battistella, Erasmo, 304-06
Bayer AG, 167
Bechelli, Julio, 307-09
Benetton, 150, 173
Benetton, Luciano, 150-51, 178
Bermudes, Sergio, 259
Bernardo, Antônio, 143
Bicalho, Eduardo, 106
Bilyk, Paulo, 228-29, 232, 258
Blendpaper S.A., 309
Bloomberg L.P., 288
BM&FBovespa S.A., 106, 119, 283
Boeing Company, 221, 224
Bolsa de Mercadorias & Futuros (BM&F), 119, 261
ver também BM&FBovespa S.A.
Bolsa de Valores de Chicago *ver* Chicago Stock Exchange
Bolsa de Valores de Nova York *ver* New York Stock Exchange
Bolsa de Valores de São Paulo *ver* Bovespa
Bolsa de Valores do Brasil, 87-88, 161, 205-7, 298
ver também B3 S.A.
Bolsa de Valores do Rio de Janeiro (BVRJ), 80, 287-88
Botton, André de, 244
Bovespa, 88, 119, 232, 286-88
ver também B3 S.A.; BM&FBovespa S.A.
Bowie, David, 238
Bozano, Julio, 248
Bradesco Seguros S.A., 252
Bragaglia, Marcelo, 322
Bragança, Sérgio, 262
Branco, Pedro, 281
Brandão, Carlos, 104-05
Brandão, Lázaro de Mello, 58-59, 62-63, 65, 69
Brasul Corretora de Câmbio e Valores S.A., 119
BreezeCom Ltd., 271
Brenner, Pablo, 271, 276
Bronfman, Renato, 156, 166-67, 254
BSBIOS Indústria e Comércio de Biodiesel Sul Brasil S.A., 304-06
ver também B8
BTG Pactual S.A., 20, 58, 90, 95, 115, 120, 127, 135, 150, 156, 159, 161-70, 182-85, 188-89, 191, 194, 197-98, 203-10, 212, 214, 216-20, 222, 224, 226-32, 234-37, 239-46, 248, 253-63, 267, 278, 284, 291-94, 298-301, 316
ver também UBS Pactual S.A.
Buaiz, Vitor, 241
Burle Marx, Roberto, 37, 186-87, 195-96, 225
Burroughs Adding Machines Companies, 65, 104

Cabete, Manoel, 50-51
Cabral de Menezes Corretora de Câmbio e Valores Mobiliários S.A., 134
Cacciola, Salvatore Alberto, 87, 262-63
Cade (Conselho Administrativo de Defesa Econômica), 256
Caixa de Previdência dos Funcionários do Banco do Brasil *ver* Previ
Caixa Econômica Estadual, 25, 29-30, 41-42, 120
Calfat, Giovanni, 305-09
Calmon de Sá, Ângelo, 300
Camargo, Sebastião, 147-48
Camargo Côrrea S.A., 147-48, 230
Camões, funcionário da Pactual, 226
Campos, Roberto, 86
Cantidiano, Leonardo, 217, 220, 288-89
Capricho, (revista), 247
Carabina, Valdemar, 39, 73-74
Cardoso, Fernando Henrique, 239, 301
Cargill Inc., 256
Carmen Miranda, 24
Carneiro, Márcia, 280
Carter, Jimmy, 233
Caruso, Chico, 232
Carvalho, Ana Clara Motta (Nini), avó, 24, 28, 47, 50, 60, 74
Carvalho, Mariana Amaral, tia-avó e madrinha, 28
Carvalho, Rubens do Amaral, tio, 74
Casa Bancária Conde, 227
ver também Banco de Crédito Nacional S.A.
Casa da Moeda do Brasil, 55-56
Castello Branco, Roberto, 115-16, 157-58
Castello Branco, Silvia, 115
Castello Branco, Vera, 115-16
Catedral de Estrasburgo (Cathédrale Notre-Dame de Strasbourg), 176
Cavalcanti, Sergio Cabral, 269-71, 276
Cavalcanti, Tenório, 53
Célio, empregado da corretora Levy, 81
Central de Custódia e Liquidação Financeira de Títulos Privados *ver* Cetip
Cerâmica São Caetano, 65
Cervejaria Brahma, 25, 146, 148
Cervejaria Cintra, 280
Cerveró, Bernardo, 298
Cerveró, Nestor, 298
Cetip (Central de Custódia e Liquidação Financeira de Títulos Privados), 20, 86, 105-06
Chaplin, Charles, 23
Charles, Ray, 238
Chase Manhattan Bank, 88, 126, 139
Chaum, David, 313
Chevrolet, 73-74, 171, 189-90
Chicago Stock Exchange, 80
China Eastern Airlines, 223
China Modern Dairy, 295-96
Christiane, noiva de Alex, 112
Cielo, Cesar, 133
Citrosuco S.A., 256
Civita, família, 247
Civita, Roberto, 247-48
Civita, Victor, 247
Clínica Mayo, 211
Clóvis, avô materno de Cezar, 37, 39, 188
Club Athletico Paulistano, 20, 41
Clube de Regatas Piraquê, 107
Coelba (Companhia de Eletricidade do Estado da Bahia), 243
Colégio Brasileiro de Almeida (Colégio da Cidade), 171
Colégio Caetano de Campos, 40
Colégio Diocesano Meninópolis, 28
Colégio Pedro II, 113
Colégio Santa Marcelina, 34
Colégio Santo Inácio, 61
Collège Du Léman, 169
Collor de Mello, Fernando, 127, 203-06, 221
Comissão de Valores Mobiliários (CVM), 288, 317
Commerzbank AG, 292-93

Companhia de Eletricidade do Estado da Bahia *ver* Coelba
Companhia de Eletricidade do Rio de Janeiro (Cerj), 243
Companhia Melhoramentos Norte do Paraná, 23
Companhia Paranaense de Energia (Copel), 243
Conde, Francisco, 227
Conde, Pedro, 227, 233-36, 254
Congresso Nacional, 24, 75, 265
Conselho Empresarial da América Latina (CEAL), 274
Conselho Nacional de Segurança nos Transportes dos Estados Unidos (NTSB, na sigla em inglês), 223
Conselho Nacional de Trânsito (Contran), 75
Constellation, 232
Construtora Metropolitana, 91, 145
Contipelli, Ernani Mori, 46
Convenção Corretora de Câmbio S.A., 119
Cooperativa dos Cafeicultores e Citricultores de São Paulo (COOPERCITRUS), 257
Corpo de Bombeiros, 62, 266-67
Côrrea, Sylvio, 147
Costa, Lucio, 186
Costa, Paulo Roberto, 297
Costa e Silva, Artur da, 77
Couto, Rivadavia, 83, 113
Credibanco S.A., 156, 160, 162
Crédit Lyonnais S.A., 156
Credit Suisse Group AG, 164-66, 168, 307
Cutrale Ltda., 256

Dantas, San Tiago, 96
DDI Corporation, 284-85
De Gaulle, Charles, 233
Débora, namorada do Carabina, 73
Debret, Jean-Baptiste, 225-26
Demenato, Aderval, 120
Demenato, Heloisa Machado, segunda esposa, 120-21, 123, 128-29, 143, 159, 161, 170-71, 174, 177-78, 187, 257
Destefani, 162
Digicash Inc., 313
Diniz, Abilio, 18
Disque Denúncia, 18, 249-52
Dom João VI, rei, 225
Douglas Aircraft Company, Inc., 220 *ver também* McDonnell Douglas
Dresdner Bank, 292-94

Eberle S.A., 219
Editora Abril S.A., 247
Edvar, diretor regional do Banco Industrial de Campina Grande, 78-79, 81-83
Eletrobras (Centrais Elétricas Brasileiras S.A.), 240
Eletros (Fundação Eletros de Seguridade Social), 242
Elias, Marcus, 294-95
Elizabeth II, rainha da Inglaterra, 233
Embratel (Empresa Brasileira de Telecomunicações S.A.), 283-86
Endeavor, 269
Energias de Portugal (EDP), 243
Engels, Carlos W., 224
Enor Securities, 314
Escelsa (Espírito Santo Centrais Elétricas S.A.), 239-43
Escelsos Baneses, 242
Escola Nacional de Belas Artes, 186
Espírito Santo Centrais Elétricas S.A. *ver* Escelsa
Esporte Clube Banespa, 26
Esporte Clube Pinheiros, 133
Estaleiro Mauá S.A., 142
Esteves, André, 90, 156, 231, 258, 260-62, 291-92, 297-301
Exame (revista), 212, 247
Expresso Brasileiro, 63

Faber-Castell, 137
Faculdade Candido Mendes, 114-15
Fainziliber, Márcio, 228, 230-31
Fazenda Marambaia, 19, 37, 185-97, 201-02, 211, 213-14, 255, 265-67, 270, 272, 274, 279-80, 284, 297, 300-03, 316
Federal Reserve (FED, Banco Central dos Estados Unidos), 165, 290
Fedrigoni Itália, 306-09
ver também Blendpaper S.A.
Feffer, David, 284-85
Fernandes, Ana Maria, irmã, 24, 26, 31-32, 72
Fernandes, Cecilia Maria, irmã, 24, 26, 32, 72
Fernandes, Clara Maria (May), irmã, 24, 26, 31-32, 72
Fernandes, família, 23-27, 30-31, 35
Fernandes, Luiz, pai, 21, 23-25, 27-30, 32-34, 39-42, 72, 74
Fernandes, Luiz Álvaro (Zau), irmão, 24-26, 28-29, 31
Fernandes, Luiz Carlos (Lica), irmão, 23, 25-26, 28-29, 31, 84
Fernandes, Margarida Maria (Gaida), irmã, 24, 26, 31-32, 72
Fernandes, Maria (Mariúcha), mãe, 23, 26-27, 28-34, 39, 66-67, 72, 74, 84
Fernandes, Maria Cecilia del Castillo, terceira esposa, 17-19, 145-46, 152-54, 164, 188-89, 192, 195-96, 199, 212, 214-19, 270, 284, 310-11, 321
Fernandes, Nelson ("Botinada"), tio, 23-25
Fernandes, Pedro Demenato, filho, 161, 169-70, 231, 310, 320
Fernandes, Priscila do Amaral, filha, 66-67, 72-73, 106-09, 142, 169-73, 187, 191, 320
Fernandes, Renata do Amaral, filha, 84, 106, 109, 142, 151-54, 169-71, 184, 197, 211-13, 230, 265, 268, 320
Fernandes, Sonia Maria, irmã, 24, 26, 31-32, 72, 76, 89
Ferraz, Hélio, 142
Ferreira, Edemar Cid, 276
Fiat Automobiles S.p.A., 17-19, 73, 179-80
Fifa (Fédération Internationale de Football Association), 175
Fiorucci, Elio, 123-24, 143, 150-51
Fiorucci Holdings Limited, 123-24, 143, 150, 174
Flávio, cozinheiro da Marambaia, 302, 311
Folha de S.Paulo (jornal), 52
Força Aérea Brasileira (FAB), 196, 221, 266-67
Forças Armadas do Brasil, 53
Ford Motor Company, 73
Fórmula 1, 173-75, 179-81
Fortes, José Antônio Borges (Zeca Borges), 249, 251-52
Franco, Gustavo, 90, 229, 260-61
Franco, Itamar, 240
Frias, família, 247
Frias, Luis, 247
Fundação Antonio e Helena Zerrenner, 25
Fundação de Assistência e Previdência Social do BNDES (Fapes), 242
Fundação de Assistência e Serviço Social da Cia. Hidrelétrica do São Francisco (Faschef), 242
Fundação Getulio Vargas (FGV-RJ), 118, 244
Fundação Getulio Vargas (FGV-SP), 301
Fundação Real Grandeza de Previdência e Assistência Social, 242
Fundação Ruben Berta, 222, 224
Fundação Sistel de Seguridade Social (Sistel), 242
Fundição Tupy S.A., 20, 216-17, 239
Fundo de Compensação de Variações Salariais (FCVS), 293-94

Fundo de Garantia por Tempo de Serviço (FGTS), 166
Fundo Monetário Internacional (FMI), 131, 155-56, 158, 165, 168
Furnas Centrais Elétricas S.A., 240

Gafisa S.A., 142
Gambarotto, Riccardo, 307-09
Gandhi, Indira, 233
Garantia Capital, 322
Garantia Corretora de Valores S.A., 25, 73, 81, 90-96, 103, 106, 109-10, 118-20, 123-27, 129-31, 161, 188, 249, 300
ver também Banco de Investimentos Garantia S.A.
Garcia, Hélio, 189
Garoto S.A., 237-38
Gates, Bill, 264
Gebauer, Antonio, 131
General Electric Company (GE), 223-24
Genial Investimentos Corretora de Valores Mobiliários S.A., 231
Gentil, Adolfo, 90, 95, 129-30, 141, 160
Global Telecom S.A., 284-85
Godoy, Luiz, 32
Goldfarb, Bernardo, 144
Goldman, Marcus, 98
Goldman Sachs, 97-98, 101, 136, 291
Gomes de Almeida Fernandes *ver* Gafisa S.A.
Gomide, Francisco, 243
Gonçalves, Álvaro, 227-28, 231-37
Goulart, João, 53
Goulart Junior, Joaquim, 190
GoVoIP Telecomunicações Ltda (Romen Tecnologia S.A.), 286-89
GP Investimentos Ltd., 297
Gradual Corretora de Câmbio, Títulos e Valores Mobiliários S.A., 322
Gregg, Hubert, 146, 148
Grêmio Recreativo Escola de Samba Império Serrano, 68
Grêmio Recreativo Escola de Samba Portela, 68
GRT Partners Consultoria Ltda., 303-05, 307-08, 312, 319
Grupo Abril S.A., 247
Grupo Ducal S.A., 85
Grupo Folha da Manhã S.A., 247
Grupo Horita Agropecuária Ltda., 303
Grupo Pão de Açúcar,
Grupo Silvio Santos Participações Ltda., 247
GTD Participações S.A.
Guedes, Paulo, 115, 157-60, 162-64, 166-67, 169, 183-84, 204, 208, 219, 230, 234, 242, 253-55, 258-60, 262
Gulfstream Aerospace Corporation, 194, 196, 199

Haddad, Claudio, 119, 136, 141
Haegler, Alex, 164
Hedging-Griffo Corretora de Valores S.A., 164
Henry, Edward, 100
Heráclito, 37
Hertz Corporation, 260
Hilton Hotels & Resorts, 111
Holanda, Eugênio, 293-94
Hollerith, 48-49
ver também IBM
Horita, Ricardo, 303
Horita, Satoshi, 303-04
Horita, Walter, 303
Horita, Wilson, 303
Hospital dos Bancários do Rio de Janeiro, 66
Hospital Federal da Lagoa, 66
Hospital Pró-Cardíaco, 309-10
Hospital Santa Helena S.A., 25
Hotel da Lapa Ltda., 283
Hotel Jequitimar Guarujá Resort & Spa, 247
Hotel Maksoud Plaza, 238
Hotel Nacional, 233

Hotel Othon Palace, 124
Hotel Sofitel, 274
Houston Energy L.P., 241
Hubbard, Elbert, 17

IBGE (Instituto Brasileiro de Geografia e Estatística), 23, 273
IBM (International Business Machines Corporation), 102, 104, 135-36, 138, 264
Ibmec (Instituto Brasileiro de Mercado de Capitais), 157-58, 184, 319
Ibope (Instituto Brasileiro de Opinião Pública e Estatística), 182
Igreja Católica, 35, 52-53, 110, 112, 140
Inepar S.A. Indústria e Construções, 284
Insper Instituto de Ensino e Pesquisa, 119
Instituto Aerus de Seguridade Social em Liquidação Extrajudicial *ver* Aerus
Instituto Brasileiro de Geografia e Estatística *ver* IBGE
Instituto Brasileiro de Mercado de Capitais *ver* Ibmec
Instituto Brasileiro de Opinião Pública e Estatística *ver* Ibope
Instituto de Biociências (IBB) da Unesp, 212
Instituto de Resseguros do Brasil (IRB), 210
International Institute for Management Development (IMD), 232
Isabel, empregada doméstica, 108
Isócrates, 71
Itaipu Binacional, 240
Iven S.A., 240, 242-43

J&F Investimentos S.A., 264
Jack, gerente financeiro da Pactual, 163
Jackson, Michael, 231
Jacoby, Jonathan, 154
Jagger, Mick, 238
Jaguar, 17-19
Jakurski, André, 156, 158-60, 162-64, 166-69, 184-85, 204, 206, 208, 219, 231, 242, 253-55, 258, 260, 262
JBS S.A., 264
JC Flowers & Co. LLC, 291
Jequiti Cosméticos Ltda., 247
JGP Gestão de Recursos Ltda. (JGP Partners), 254, 258
João "Eletricista", analista do Pactual, 240
Jobim, Tom, 38
Jobs, Steve, 263
Johns Hopkins Hospital, 154, 211
J.P. Morgan & Co., 97-101, 130-31, 136, 291
ver também JPMorganChase & Co.
JPMorganChase & Co., 98

Kalil, família, 123
Kalil, Gloria, 123-24
Kalil, José, 123
Kichi, Hiro, 62
Klabin S.A., 283
Kolodny, Edwin, 152-53, 211
Kraft Suchard Brasil, 237-38
Kubitschek, Juscelino, 38

Laboratório Nacional de Computação Científica (LNCC), 271-72
Lacta S.A., 20, 227, 233-39, 282
LAEP Investments Ltd., 294-95
Land Rover, 193-94, 253, 260
LatinPart S.A., 256, 260, 265
Lavecchia, Miriam Ângela (Miriam Batucada), 122
Lehman Brothers Holdings Inc., 290
Lemann, Jorge Paulo, 86-91, 93, 95-97, 99, 109, 117, 119, 129-30, 133-34, 138, 143-46, 149, 155, 160, 162, 164, 185, 232, 249, 317
Lemann, Tote, 143
Lemgruber, Antônio Carlos, 158
Leopoldo (Jacaré), 109, 112, 130
Leroy Merlin S.A., 311

Levine, David, 151-52
Levy Corretora de Câmbio e Valores S.A., 81, 83-87, 108
Libra Corretora de Câmbio e Valores S.A., 86-90
Lima, Negrão de, 142
Lira, Paulo Hortêncio Pereira, 103-04
Lojas Americanas, 134, 144, 148-50, 155, 236-37, 243-44, 317
Lojas Brasileiras (LoBras), 144
Lojas Marisa, 283
Lopes, Francisco, 261-62
Lopes, Levy, 120
Louis Dreyfus Company B.V. (LDC), 257
Loureiro, Orozimbo Roxo, 52
Ludolf, Rita, 212
Lula da Silva, Luiz Inácio, 165, 265, 287
Luquet, Mara, 320
Lutterbach, Hercias, 91-92, 130
Lutterbach, Júlio César, 130
LVMH Moët Hennessy Louis Vuitton SE, 150

Macedo, Edson, 222-24, 259, 300
Machado, Arari Pinheiro, 47, 61
Machado, Fernando Pinheiro, 61, 63, 67, 86
Madeira, José Carlos, 50-51
Madonna, 123
Mansell, Nigel, 179
Mansur, Ricardo, 246
Mappin (Casa Anglo-Brasileira S.A.), 246
Marambaia Agropecuária, 280-81
ver também Fazenda Marambaia
Marambaia Capital, 278
Marcelo Leite Barbosa Corretora de Câmbio e Valores, 83
Mariani, Clemente, 300
Mariani, Eduardo, 300
Mariani, família, 300
Marinha do Brasil, 266-67
Marinho, Roberto, 187
Martinez, Antônio Beltran, 65, 68-69
Martinez, Wilson, 43, 45-47
Martins, Aldemir, 238
Matisse, Henri, 225
Maya, Raimundo Ottoni de Castro, 225
McDonnell Douglas, 223
MCI WorldCom, Inc., 284
Medina, Roberto, 18
Meirelles, Henrique, 265
Mello, Ana, 121, 174, 177-78
Mello, Fernando, 121-22, 150, 174-81
Mello, João Manuel Cardoso de, 182
Mello, Zélia Cardoso de, 203-05
Mendes, Rodrigo, 276-80, 282-83, 285-89, 314-17
Mercedes-Benz Group AG, 176
Merchant Bank, 219
Méridien Hotels & Resorts, 111
Merrill Lynch & Co., Inc., 207
Mesbla S.A., 20, 244-47
Mestre & Blatgé S.A., 244
Meyer, Gloria *ver* Kalil, Gloria
Meyer, Otto Ernst, 220
Microsoft Corporation, 264, 270
Midland Bank plc, 133
Ministério Público, 262-63, 288
Miró, Joan, 225
Molière (Jean-Baptiste Poquelin), 303
Monteiro, Julio, 186-87
Monteiro, Odete, 186
Moraes, Vinicius de, 38
Moretti-Ferreira, Danilo, 153, 212-13, 268
Morgan, J. Pierpont, 98
Motorola, Inc., 284
Motta, Nelson (filho), 71
Motta, Nelson (pai), 71
Motta Filho, Cândido, 60
Multiplan Empreendimentos Imobiliários S.A., 248
Mundial S.A., 219
Murer, Fabiana, 133
Museu Chácara do Céu, 225
Museu do Louvre, 98
Müssnich, Francisco, 246
MyNews (canal), 320

Nakamoto, Satoshi, 313-14
Nascimento, Luiz Roberto Ortiz, 147-48
Nasdaq Stock Market, 271
Necton Investimentos S.A., 322
Nestlé Brasil Ltda., 236-38
Netto, Delfim, 88
New York Hospital, 211
New York Stock Exchange (NYSE), 80, 207, 290
Niemeyer, Oscar, 52
Nietzsche, Friedrich, 319
Nin, Anaïs, 203
Nissho Iwai Corporation, 284-85
Novartis International AG, 175
Nubank (Nu Holdings Ltd.), 219
Núcleo de Computação Eletrônica da UFRJ (NCE/UFRJ), 269
Nunez, Jorge, 209-10
Nuno, Thomas, 99-100

O'Neill, Jim, 291
Ogilvie, John G., 99-100
Ohtake, Tomie, 238
Oliveira, Adolfo de, 103
Oliveira, Octavio Frias de, 52
Olivetto, Washington, 18
Oms Sobrinho, Atilano de, 284
Ordem dos Franciscanos, 34
Organização das Nações Unidas para a Educação, a Ciência e a Cultura (Unesco), 176, 186
Organização Mundial da Saúde (OMS), 307
Organizações Globo S.A., 187, 247
Osório, Roberto, 142
Overprint Locadora Ltda., 260
Ovídio, 253

Packard, Fred, 120
Palmeiras (Sociedade Esportiva Palmeiras), 295
Panair do Brasil S.A., 221
Parlamento Europeu, 176
Parmalat Brasil S.A., 294-95, 297
Parmalat S.p.A., 294-95
Paróquia Sagrado Coração de Jesus, 29
Partido da Frente Liberal (PFL), 182
Partido do Movimento Democrático Brasileiro (PMDB, atual MDB), 182
Partido dos Trabalhadores (PT), 265
Partido Trabalhista Brasileiro (PTB), 23
Pelé (Edson Arantes do Nascimento), 72
PepsiCo, Inc., 233
Pereira, Marinete, 140
Peres, José Isaac, 248
Perfeito, André, 322
Petrobras (Petróleo Brasileiro S.A.), 116, 252, 297-98, 304-06
Petrópolis-Tecnópolis, 271-72
Petros (Fundação Petrobras de Seguridade Social), 242
Philip Morris International Inc., 237
Piauí (revista), 300
Pilota, Luigi, 178
Pinto, Fernando, 224
Piquet, Nelson, 174-75, 179, 181
Pires, Antônio, 280-82
Placar (revista), 247
Planibanc S.A., 159
Plass, Eduardo, 229-30, 258, 260
Polícia Federal (PF), 263, 297-98
Pontifícia Universidade Católica de São Paulo (PUC-SP), 301
Pontifícia Universidade Católica do Rio de Janeiro (PUC-Rio), 61, 170, 272
Portinari, Candido, 225
Portugal Telecom S.A., 280, 282-86
Previ (Caixa de Previdência dos Funcionários do Banco do Brasil), 217, 242
Primesys Soluções Empresariais S.A., 283, 285-86
Procuradoria-Geral da República (PGR), 298
Prost, Alain, 179
Puma Automóveis, 110

Queiroz, Eduardo Pessoa de (Caramuru), 162
Queiroz, Maria Eli de, 45
Quest Corretora de Valores S.A., 159
Quintella, Antonio, 248
Quintella, Sérgio, 248

Ramos, Regina, 108, 113-15, 118
Reagan, Ronald, 233
Real Transportes Aéreos S.A., 221
Receita Federal, 308
Rede Nacional de Ensino e Pesquisa (RNP), 272
RedVox S.A., 277-80
Refinações de Milho Brasil S.A., 23
Rehab Facilities, 151
Ribeiro, Ildefonso Queiroz, 51
Ribeiro, Sérgio, 129-30, 134, 139
Ribeiro Filho, Leonídio, 148
Riechert, Rodolfo, 231
Rio Bravo Investimentos S.A., 229
Rio Sul Linhas Aéreas S.A., 224
Rique, João, 83
Rique, Newton, 71, 76-80, 83
Rivellino, Roberto, 28
Rocha, José Carlos (Rochinha), 79
Rocha, Martha, 31
Roche, La, 175
Rodas, Fábio, 257-58
Rodas, Paulo, 257-58
Ross, Diana, 238
Sabbá, Saul, 241
Sachs, Samuel, 98
Salles Filho, Lywal, 119
Sanchez, Francisco, 62-63, 65-66
Sant'Anna, Ivan, 79-80, 88
Santos, comandante, 185
Santos Corretora de Câmbio e Valores, 278
Saputo Inc., 296
Sarney, José, 182-83
Sassi, Donato Francisco, 46
Sayão, Gilberto, 258, 260
SBF Comércio de Produtos Esportivos S.A., 210
SBT (Sistema Brasileiro de Televisão), 247
Scala D'Oro S.A., 123
Scalable Capital GmbH, 322
Scalable, 322
Schwartz, André, 231
Secretaria de Educação do Estado de São Paulo (SEE-SP), 40
Selic (Sistema Especial de Liquidação e de Custódia), 20, 86, 101-06
Sena, José Júlio, 158
Sêneca, 91, 155
Senna, Ayrton, 173-75, 178-79, 181
Serfaty, Marcelo, 258-60
Serviço de Aconselhamento Genético da Unesp (SAG), 212
Serviço Federal de Habitação e Urbanismo (SFHU), 293
Serviços Aéreos Cruzeiro do Sul, 221
Setubal, Alfredo, 86
Sicupira, Beto, 133-34, 136, 138, 144, 148-50, 155, 232, 236, 244, 317
Sienra, Argemiro Baudson, 83-85, 108
Sigaud, Paulo Eduardo, 137-38
Sikorsky, 198-99, 214, 266
Silva, Déo Rozindo, 126
Silva, José Carlos Ramos da, 88-90, 129, 144
Silvio Santos, 247-48
Simonsen, Mario Henrique, 124-25, 130-31, 159
Sinatra, Frank, 238
Sistema Especial de Liquidação e de Custódia *ver* Selic
Sistema Financeiro da Habitação (SFH), 166, 293
Sistema Financeiro do Saneamento (SFS), 166
Sistema Nacional de Armas (Sinarm), 250
Skype Technologies S.A., 276-77, 286-87
Slerca, Mario, 146

Slim, Carlos, 283-84
Sociedades de Crédito Imobiliário (SCI), 293
Soros, George, 184-85, 207
Soros Fund Management LLC, 184
Sousa, Wladimir Alves de, 186-87
Souza, Gustavo Duriez de, 94-95, 130
Souza, José Luiz Moreira de, 85
Souza, Luiz Claudio Garcia de, 209-10, 229, 258
Souza, Luiz Fernando de (Pezão), 273
Sperry Corporation, 104
ver também Unisys Corporation
Steinle, João, 61, 63, 67
SulAmérica Companhia de Seguro Saúde S.A., 139, 146, 148
Sumoc (Superintendência da Moeda e do Crédito), 55-56
Superintendência da Moeda e do Crédito *ver* Sumoc
Superinteressante (revista), 247
Supremo Tribunal Federal (STF), 60, 299
Suzano S.A., 284
Svastich, Peter de, 151
Swiss Bank Corporation (SBC), 126, 291
Swiss Re (Swiss Reinsurance Company Ltd.), 209

Taho, 271-76, 279, 286
Tanzi, Calisto, 294
Tatão, vigia da agência, 62, 64
Teixeira, Mario, 135, 166-67
Telebras (Telecomunicações Brasileiras S.A.), 136, 138, 140, 158, 205-07, 283
Telefônica S.A., 283-85
ver também Vivo S.A.
Telesp (Telecomunicações de São Paulo S.A.), 284
Telesp Celular S.A., 284
Telles, Claudia, 111-12
Telles, Marcel, 97-101, 109, 111-12, 120, 125, 130, 134, 138, 232
Telmex (Teléfonos de México, S.A.B. de C.V.), 206, 283-84
Tesouro Nacional do Brasil, 59, 83, 92, 103
Tetto Empreendimentos Imobiliários Ltda., 293
Têxteis Barbero S.A. (Teba), 255-56, 260, 265, 316
Thomas, Rubel, 222-24
Thoreau, Henry David, 269
Tigre S.A., 217
Toleman Group, 173
Transbrasil S.A. Linhas Aéreas, 221
Travelex Bank S.A., 320
Tribunal de Justiça de São Paulo (TJSP), 41
Trindade, frei Henrique Golland, bispo de Botucatu, 34
TVA Sistema de Televisão S.A., 247
Tyrrell Racing Organisation Ltd., 173

UBS Pactual S.A., 229, 291-92, 294
União Europeia, 176
Unibanco S.A., 86, 158, 209, 222, 243-45, 283
Unibanco Leasing S.A., 156
Union Bank of Switzerland (UBS), 164, 211, 229, 290-92
ver também UBS Pactual S.A.
Unisys Corporation, 104
Universidade de Chicago, 119
Universidade de Maryland, 271
Universidade de São Paulo (USP), 137
Universidade Estadual Paulista (Unesp), 153, 212
Universidade Federal de São Carlos (UFSCar), 137
Universidade Federal do Rio de Janeiro (UFRJ), 168, 269, 272
Universidade Santa Úrsula, 170
UOL (Universo Online S.A.), 247
Usina Nuclear Angra I, 151

Vale S.A., 168, 206, 252
Valia (Fundação Vale do Rio Doce de Seguridade Social), 242
Vanguard Group, Inc., 231-32

Vargas, Getúlio, 23-24, 90, 227
Varig S.A., 20, 97, 122, 220-24, 239
Vasp (Viação Aérea São Paulo S.A.), 102, 221
Veja (revista), 247
Vemag (Veículos e Máquinas Agrícolas S.A.), 73
Vesper S.A., 89-91
Vianna, Arthur, 185
Vilma, amiga, 35, 38, 40-43, 47
Vírgílio, 133
Virtua, 275
Vita, José, 233
Viva Rio, 273
Vivo S.A., 283, 285
Volcker, Paul, 165
Volkswagen Group, 73
Volpi, Alfredo, 238

W/Brasil Agência de Publicidade Ltda., 18
Waddington, Ari, 135
Wall Street Journal (jornal), 233
Walmart Inc., 149
Walton, Sam, 149
Walton's 5&10 *ver* Walmart Inc.
Whatsapp LLC, 277
William, funcionário do Banco Brasileiro de Descontos, 43
Willys-Overland Motors, 54, 73
Wine, Shakhaf, 286
Wireless Communications Association International (WCA), 274
Wozniak, Steve, 263

Xavier, Rodrigo, 229-30, 232
XP Investimentos S.A., 219, 232

Youssef, Alberto, 297
YouTube LLC, 275

Zivi-Hercules, 219-20, 288
Zuleika, funcionária da Caixa Econômica, 42

Este livro foi composto na tipografia Dante MT Std,
em corpo 12/15,5, e impresso em
papel off-white no Sistema Cameron da
Divisão Gráfica da Distribuidora Record.